Full-time
wife

全职太太

一言 ✛ 难尽

水湄伊人
作品

海南出版社
HAINAN PUBLISHING HOUSE

图书在版编目（CIP）数据

全职太太 / 水湄伊人著 . —— 海口：海南出版社，2018.5

ISBN 978-7-5443-8212-0

Ⅰ.①全… Ⅱ.①水… Ⅲ.①长篇小说 – 中国 – 当代 Ⅳ.① I247.5

中国版本图书馆 CIP 数据核字 (2018) 第 076469 号

全职太太

作　　　者：水湄伊人
监　　　制：冉子健
内容策划：冉子健　优阅优剧
责任编辑：孙　芳
执行编辑：朱庭萱
责任印制：杨　程
印刷装订：北京天宇万达印刷有限公司
读者服务：蔡爱霞　郗亚楠
出版发行：海南出版社
总社地址：海口市金盘开发区建设三横路 2 号　　邮编：570216
北京地址：北京市朝阳区红军营南路 15 号瑞普大厦 C 座 1802 室
电　　　话：0898-66830929　　010-64828814-602
投稿邮箱：hnbook@263.net
经　　　销：全国新华书店经销
出版日期：2018 年 5 月第 1 版　　2018 年 5 月第 1 次印刷
开　　　本：880mm×1230mm　　1/32
印　　　张：12.5
字　　　数：324 千
书　　　号：ISBN 978-7-5443-8212-0
定　　　价：42.00 元

楔子

世上最受误解的职业或许就是全职太太吧。

全职太太，全时待命，24小时×7天，没有休息日，更没有解约期。相夫、教子、持家、待人、接物……做了许多事，受着很多累，自己的时间被割裂，人生变得琐碎，付出了太多太多，却还是别人眼中的"闲人"。

世上风险最大的职业或许就是全职太太吧。没有"劳动合约"，没有相关保障，爱情是唯一筹码。选择做全职太太，是对另一半的绝对信任。

本书女主人公尚萌萌正是这样一位全职太太，她满心以为只要自己全心全意为家庭付出，就可以维持平淡却幸福的相夫教子的生活，却没想到危机已然靠近，那些她无比重视甚至引以为傲的生活仿佛一夜之间土崩瓦解，那些幸福和憧憬变得荡然无存，而她必须重新寻找自己的人生轨迹和价值。这个过程是如此痛苦，如此惊心动魄，却又无法逃避，宛若涅槃重生。

好戏，也从此刻正式开始上演……

目录

全职太太

第一章　意外

1

　　宋丝雨蹬着一双粉红毛球的厚底萌靴，头仰得老高，那粉嘟嘟好看的嘴巴却不停地蹦出各种难听的话。那一刻，尚萌萌真想一脚踹在她的膝盖腘上，那样，宋丝雨就会毫无悬念地趴在地上做狗啃地状。然后，尚萌萌再来一脚，猛踹她屁股，接着拍拍手，很解气地说："你再敢来骚扰我家沈利，欺负我的儿子，下次，我就找人划花你的脸，划成一朵玫瑰花！你就使劲新鲜吧！"

　　但此时的尚萌萌，却愣是不吭声地看着宋丝雨在自己的面前趾高气扬，大斥宁宁是怎么让人操心。

　　"宁宁妈妈呀，你知不知道你儿子有多么不听话哩。小小年纪怎么就这么叛逆哩，我让他坐着，他偏偏要站着；中午大家都躺下来睡觉，他吱吱呀呀到处跑。刚刚他还推了一把比他小的女孩子，把人家额头摔破了哩，还好只是一点皮肉伤，否则，我这工作也要丢了哩。

刚刚人家家长来告状，我是说好说歹向人家道歉。老这样对我们幼儿园的声誉也不好，我都快崩——唉，我接触过这么多孩子，还是头一次碰到这么不听话的奇葩哩！"

如果此时是别人说宁宁奇葩，尚萌萌一定会扑上去跟他拼命，但现在说她儿子奇葩的是老师。

尚萌萌心想，要不是这个幼儿园离自己家最近，接送方便，她才不会让儿子在这里受罪。刚上幼儿园的孩子，不得有个适应的过程吗？哪个孩子一开始就能适应集体生活？

其实，她让宁宁上这个硬件方面并不突出的私立幼儿园，是有私心的。她想知道，导致沈利出轨的神秘女人，究竟是个怎样的女人？当这个女人在家长的报名单上看到沈利这个名字，她会怎么对待宁宁？如果这个女人对宁宁真诚善良，她无话可说；如果不是，她指望沈利会迷途知返——一个对他的亲生儿子尚且如此的女人，对他怎么可能会有真感情？从此了断他们之间的关系，看在孩子的份上，她可以装傻。尚萌萌却不知道，一个被欲望蒙蔽了双眼的男人，瞎起来时眼睛全然无光。

当初，他口口声声称，全世界的女人除了她不过是过客，只有她尚萌萌才能给他实实在在的温暖和拥抱，这一生，有她足矣。这句话，时隔多年，依然留在他的QQ空间里，每看一次，她便感动一次。而现在，他早就忘了这么一句话了吧。只有她傻傻地相信，那些感人肺腑的情话，是照亮她生命的星星。而现在，这颗星星陨落了，她的世界瞬间暗淡无光，而她却还企图聚拢那些碎裂的星光。

为了宁宁，为了这个家，她辞掉了工作，放弃了自己事业，成了一名全职太太。她有遗憾，却不后悔，因为她觉得于女人而言孩子才是最重要的存在。育儿专家说过父母跟孩子最亲昵的时间就这么几年，错过可能会后悔一辈子。更何况宁宁出生以来身体就一直不大好，给别人带，她也不放心。所以，一个原本一到办公室就先检查口红有没有在吃早餐的时候掉色了，眉毛一定修得连一根杂毛都不放过的女人，活生生变成了持家的女汉子，一堆护肤品、化妆品都放着直到过期，鞋子只有平底鞋，衣服就那么几件，一个连睡眠都觉得是奢侈享受的女人，何以谈生活？又何以取悦丈夫？光照顾孩子的吃喝拉撒就令她疲惫不堪了，一有空闲还要处理家务，这两年多的全职太太时光于她而言，真的是辛苦远多于快乐。

其实于女人而言，男人最大的关爱便是对她的理解与分担，但是男人却觉得自己辛苦赚钱，回家还得看不修边幅的黄脸婆，还有孩子无尽的啼哭，这当然令他厌烦，于是出轨反成了顺理成章的结果，这便是可笑且残酷的现实。

尚萌萌也反思过，这可能跟自己也有关系，毕竟，两个人走在一起不容易，而且还有了孩子。她是不是应该做出一些改变？毕竟一个女人没有了社会价值也是可悲的。是的，这个全职太太她做够了，是到了找回自己的时候了。她爱孩子，爱丈夫，爱这个家，她不能让别人的插足轻易打碎她的幸福，她要扫去一切阻碍他们幸福的绊脚石，找回原来的自信。她相信她能行。

尚萌萌低声下气地说："宋老师对不起，他才刚上幼儿园，平时被我宠惯了，现在一下子跟这么多的小朋友集体生活，可能还没怎么适应，需要一个过程。他在家里其实也没这么淘气，明天我去买份礼物过来，送给受伤的孩子表示我的歉意。你就看在他还这么小的分上，原谅他吧。"

宋丝雨的语气终于缓和下来："他现在也确实有点小哩，比班里的孩子小了点。这样吧，如果他真不能适应幼儿园的环境，还是先回去吧，等大点了再来。学费呢，我去跟园长说说，是可以退还一部分的啦。"

尚萌萌有点急了："不不，不行，我刚找到工作，带着他，就没法上班了。"

"你可以让他爷爷奶奶带呀，或者他爸爸也行呀。"

"他爸爸太忙了，他没有爷爷……奶奶也很忙。我是真没办法，宋老师。"

尚萌萌为自己的低声下气感觉耻辱，但现在，除了这样她还能怎么做？她只有把宁宁当镜子，才能照出妖魔鬼怪，让沈利看到。真要抱着孩子，拿着被子不再回来吗？不，她不能就这么输了，而且，宋丝雨不过是临时聘请的老师而已，她有什么权力让宁宁退学？

宋丝雨叹了口气，摸了摸一直没吭声的宁宁的头发："唉，宁宁其实是个很聪明的孩子，就是太好动了。好吧，宁宁，以后不许再欺负别的小朋友了啊。"

看宁宁没吱声，尚萌萌赶紧为这尴尬的气氛解围："你听话，妈妈会买好多好吃的给你。好了，我们要回家了，跟老师再见。"

宁宁今天表情呆滞，他没有跟宋丝雨摆手。尚萌萌尴尬地抱起宁宁，赶紧跟宋丝雨说了声再见便走了。

2

一路上，绿化带里的各色花儿开得很艳，黄盈盈红彤彤粉嫩嫩的，像宋丝雨那张年轻而娇媚的脸。是啊，自己一个三十多岁的女人，拿什么跟她比？

可是，谁不曾年轻粉嫩过啊。那时候，她把自己最粉嫩的青春奉献给了沈利，现在，为什么这样的事会发生在自己的身上？虽然每个婚后的女人都曾担忧过，但是一旦怀疑变成了事实，那么，曾经以为的天长地久，瞬间土崩瓦解，无论选择结束，还是选择原谅无视，都已经不再是原来的模样了。它就像坠裂的玉佩，就算粘得再天衣无缝，那道痕依然隐隐可见，并且，你不知道几时会再次倏然开裂。

现在的尚萌萌，就徘徊在选择无视还是结束之间。

她觉得，宁宁的存在，是她唯一能做选择的勇气，否则，她会坚决离开。貌合神离的婚姻，躺在一张床上做着两个世界的梦，不要也罢。

牵着宁宁的手，看着没有往日活泼甚至显得委屈的宁宁，尚萌萌感觉很愧疚。或许，她真不应该拿宁宁当作维持婚姻的情感武器，让他落在宋丝雨的手里。她停下脚步蹲下来，把宁宁的小手放在自己的手心里："宁宁，你跟妈妈说实话，你今天有没有把小朋友推倒在地上？要是你把小朋友推倒了，这样做真的不对，下次不能这样了。"

宁宁摇了摇头，急了："妈妈，我没——没，是她自己跑起来，撞——撞到我身上，摔倒了……"

尚萌萌有点惊讶："真的是这样吗？"

宁宁拼命地点着头。尚萌萌想问宁宁为什么刚才在幼儿园不说，但她还是决定不再问了。宁宁的表达还不是很好，她也不能确定宁宁是不是说了谎。有时候，家里有些小东西不是宁宁弄坏的，宁宁却总是自豪地说："这是宁宁弄坏的。"

或许，宋丝雨知道宁宁是沈利的儿子，故意让她难看？借机发泄，让自己识趣点，别搞什么小九九来破坏她跟沈利之间的感情？告诉自己这点把戏，她宋丝雨早就看穿了？如果这样，那不是送宁宁入虎口吗？如果她是故意针对宁宁的，那对宁宁会是多么大的伤害啊！不行，我不能这么自私，把宁宁当作挽回婚姻的筹码。

大人的事，不应该让孩子掺和其中，这对孩子不公平。

3

尚萌萌心绪不宁地打开家门，来不及多想，便在厨房开始忙活起来。宁宁总是一回家就急着吃饭，一想到这个她就心疼。

饭菜烧好后，她先给宁宁喂饭。宁宁快吃好时，尚萌萌看了看时间，嘀咕着沈利怎么还没回来。

就在这时，沈利开门进来了，宁宁立即跑过去叫爸爸。

尚萌萌平静地说："宁宁今天被老师骂了。"

沈利面无表情："是宁宁太调皮了吧？"

"我不知道。老师说宁宁不听话，该坐不坐，该睡觉不睡觉，还把同学推倒在地。"

"他还小，知道什么。我让你迟点送他去幼儿园，你就是不听。如果他真适应不了，就明年再上吧。"

这话，跟宋丝雨真是如出一辙，难道他们背地里台词都商量好了？

尚萌萌不由得怒从心生，她强行压了压心里的火："你觉得宁宁真没有适应吗？真不适应的孩子会哭着死活不去的，而他前几天都是开开心心地过去，他只是还不懂得怎么好好地适应集体生活而已。可那个姓宋的老师，趾高气扬的，非说宁宁不听话，还把小朋友推倒了。宁宁说那小朋友是自己摔倒的，我看她是怕家长找麻烦才故意赖在宁宁身上。"

一提到宋丝雨，沈利的脸抽动了一下："不至于吧！宁宁这么小，小孩子的话，也不能全信。"

"自己亲儿子的话不信，别人说的话就信了？你很了解她吗？难道你们认识很久了？"

"不不，我可不认识她。"

"那你知不知道她骂宁宁的话有多难听？她竟然说宁宁是奇葩！我怀疑她背地里故意为难我们宁宁。我就奇怪了，难道我们家跟她有过节？她怎么就爱针对宁宁啊？而且她经常在家长群里点名批评，弄得我都抬不起头了！"

尚萌萌越说火越大，却还要对他们的关系装聋作哑，这令她心里像趴着只苍蝇一样难受。换在以前，尚萌萌早就掀桌子摔碗，摊开来说明话，把他骂得狗血喷头，最后要么让他滚，要么自己滚，从此两不相见。

现在有了宁宁，一切都已不同。想跟沈利离婚的念头她也不是没有过，但是，宁宁两天没看到沈利，就会不停地念叨爸爸，甚至哭着要爸爸。她知道一个残缺的家庭对孩子意味着什么，所以，她决定一定要挽回沈利的心，哪怕自己再憋屈也在所不惜，为了宁宁，而不是自己。

沈利这会儿不语了，沉默地吃了一会儿饭："这样吧，我几时找老师谈谈，再买几张超市券送过去。你觉得怎么样？"

"这事我来处理好了，你不用管了。"

尚萌萌明知道只有沈利的话才有作用，但是一想到他们又能见面，心里又扯着痛。

沈利扒了几口饭，好像想到什么："明天我要找客户洽谈，约在九点半，不用那么早去上班。要不，我送宁宁去幼儿园吧。"

尚萌萌赶紧摇了摇头："不用不用，还是我送宁宁去吧，反正我上班顺路。"

沈利没有再坚持，这时他的手机响了起来，他接起来，嗯了一声，然后就挂了。他看了看尚萌萌，欲言又止："萌萌，我要回公司一趟，还有些事情需要处理……"

"都下班了，还有什么事要处理？"

"明天不是找客户洽谈吗？有几份资料忘了准备，我得先回公司弄好，这样才有足够的信心把案子拿下。"

说完，他继续扒了几口菜，然后拿了公文包要走。尚萌萌心里清楚，这不过是个借口，除了去跟那个姓宋的女人幽会还能干啥？

她用哀求的语气对沈利说："老公，不去好吗？"

沈利毫不迟疑地说："不行，我一定要去弄完，否则明天没办法谈。"

　　尚萌萌感到一阵心寒，这个就是曾经对自己信誓旦旦，要跟自己一起到老，还经常念叨这世界上只有老婆大人最重要的男人吗？那么多甜蜜幸福的往事，那么多的爱，于她来说是一生的信仰，而于他而言，却不过是狗屁吗？

　　看着他关上门走出去，走得那么干净利落，没有一丝一毫的犹豫与停顿，她感觉一颗心已被撕裂成碎片。尚萌萌猛地抓起桌子上的筷子往地上砸，宁宁被她这个突然的举动吓住了，"哇"的一声哭了起来。

　　她抱着宁宁，眼泪流了出来。

　　"妈妈，我觉得好热……"

　　她把脸贴在宁宁的额头上，真的有些烫，怪不得觉得他今天的状态有点不对。

　　"好像发烧了。宁宁，你等下，妈妈给你量下体温。"

　　她用红外线温度计探了下宁宁的耳廓——38.5°。不对啊，看样子不像感冒，难道是扁桃体发炎？

　　"宁宁，今天有没有吃零食？"

　　宁宁摇了摇头。对于经常生病的宁宁，尚萌萌感觉自己都成了医生。她打开手机电筒功能："张开嘴巴，啊——"

　　宁宁的喉咙确实有点红肿，看来真是扁桃体发炎了，知道了原因倒也好点，不用急着往医院跑了。尚萌萌舒了一口气："对了，今天在幼儿园吃什么东西了？"宁宁想了想："小朋友生日……吃了蛋糕……"

　　尚萌萌叹了口气，怪不得。她突然真后悔送宁宁去幼儿园，自己再带一年也行。宁宁免疫力原本就弱，出生以来就多病，前几天感冒刚好，这会儿又扁桃体发炎。如果沈利真的这么执迷不悟，我又何苦挽留，让宁宁白受罪呢？

　　"妈妈给你泡点药，乖，喝了早点睡觉，睡一觉就好了。"

　　"嗯。"

尚萌萌在烧开水的工夫给沈利打了个电话："沈利，宁宁发烧了，你能回来吗？"

"刚才不是还好好的，怎么就发烧了呢？要紧吗？"

尚萌萌想，他终究还是关心自己的亲生儿子："扁桃体发炎了，喉咙有点肿。"

"那没事，家里不是有退烧药和消炎药吗？让他吃了就行了。我这会儿还回不去，有几份文件要做完，况且，我回去了也没用呀，是吧？就这样。"

尚萌萌的心再一次掉入了寒窖，对于一个连儿子生病都漠不关心，宁可去陪情人的男人，还有什么值得挽留？之前的努力全当她尚萌萌白费了。好吧，沈利、宋丝雨，既然都到这个份上了，这个家我也不想要了，但是，我也不会让你们占着半分便宜。

尚萌萌的内心从来没有像现在这么坚定，这么清醒，这么无畏，仿佛这么多年，她第一次感受到，面对背叛原来自己也可以很坚强。以前她就像依附在沈利身上的一根藤，不能想象如果有一天离开了他，她会如何生活。而现在，是该剥离这根藤的时候了。

其实说依附，也不过是在经济上。尚萌萌从怀孕后就辞职做了全职太太，这两年多她带着宁宁并持家，干的是带娃保姆与家务保姆两份活，活得特别累。可以说，其实她对家庭付出的，远比沈利多。

而沈利除了经济上给他们娘俩安全感外，她真不知道他还付出了什么。特别是现在，他经常以忙为由夜不归宿，作为敏感的妻子，她其实心里早有预感。只是，尚萌萌不是无理取闹的人，他的手机设有密码，她抓不到把柄。直到那天，一个好事的同学把偷拍的俩人幽会的照片发给她，她才发现担忧变成了事实。

于是她便把宁宁送进那家幼儿园，原本是想让这个小三知道，沈利是有老婆有孩子的人，希望她自重，别把他们好好的家庭弄得支离破碎。

事与愿违，小三基本上是没有情操的。她忽略了这一点。

这样也好，事已至此，离就离吧。既然沈利的心里没有这个家，她强行挽留又有何用？说实话，她把宁宁送到幼儿园，还有一个原因，就是她得为自己与宁宁的后路做打算。倘若离婚，她马上就会无枝可攀，因此她必须独立，而她已找到了工作。

现在，该是真正为自己活着的时候了，也为了宁宁有个新的开始。

一生很短，何必在过于容忍与愤怒中消耗余生。

或者，离婚了，对宁宁、对自己反而都是一种解脱。

是的，现在除了宁宁，什么都不重要。她边给儿子喂药，边想着这段时间发生的事，内心无比苍凉。

4

宋丝雨站在立交桥上，看着慢慢暗淡下来的天空，如覆盖上一层灰黑浓厚的幕幔，云朵就如一个出神入化的画家随手泼洒的墨汁，随意得没有任何形状，又随意成各种形态。风有点大，她的丝质围巾随风飘着，与长发缠绕在一起。

曾几何时，她感觉自己成了有秘密的人。一个原本单纯的女子，过着卑微的生活，有着一份单纯的爱情，但为了能有更多的钱，那股野心的火突地腾腾腾燃烧起来，使她陷入了一人几面的生活。虽然很累，但是她觉得，所有的付出都是有回报的，她现在就在付出的过程中，等着回报。

一瞥眼，余光中，她看见沈利气喘吁吁地赶过来，却非常无视地背对着他，依旧对着天空。

沈利喘着气，看着如画般伫立在桥头的宋丝雨，眼神里充满着温柔，心里荡漾着年少时的那股萌动。他也不知道为什么就陷了进去，着了魔一般，就如有一段时间沉迷于游戏，明知如此深陷是不对的，但却管不住自己，无法自拔。

他轻轻地靠在她旁边的栏杆上："丝雨，我来了。"

宋丝雨纹丝不动，依旧对着天空，说："你打算几时离婚？"

沈利没有回答，而是反问她："今天的事，你是不是故意的？"

宋丝雨转过了脑袋："什么事？"

"就是宁宁的事。听我老婆说，你骂他，还冤枉他。"

宋丝雨像是突然想到什么似的，语气恢复了往日的娇嗔："你说你儿子呀，我怎么会冤枉他呢？以后我就是他的继母了，拍他马屁还来不及呢，怎么可能会做诬陷他的事情呀，你说是吗？"

"其实，你一直知道，宁宁是我的儿子，萌萌是我的老婆吧。"

"这是必须的呀。一个有点脑子的小三，知己知彼，方能百战不殆；想上位，没点心思怎么行呢？只有这样，假以时日才能成为你的妻子。亲爱的，难道你不想吗？你不想我们永远在一起吗？"

"丝雨，我是爱你，是想跟你一直在一起，但是，你不能把大人的恩怨放在小孩子的身上啊。"

"我说过，我没有。"宋丝雨有点生气了，随即又压下了情绪，"我没拿宁宁出气，他确实欺负别的孩子……唉，教室里没监控，说不清楚。说实在的，我觉得你老婆实在太可笑了，你说，谁会把自己的孩子送到情敌手上呢？她那点心思，我还不明白，无非是在你面前，故意造我的谣，说我怎么虐待你儿子，借这个来挑离我们之间的关系。作为女人，哎呀，我挺替她难过的，这么能装，又这么傻。"

沈利皱了下眉头："你是说，她知道了我们之间的关系？"

"是啊，否则怎么可能那么巧，宁宁刚好分到我班里。我问了我们园长，园长说你老婆指定宁宁来我班的。她还以为自己很聪明呢，喂，亲爱的，这样的老婆都被你娶到了，你真亏，幸好你遇到了我。"

宋丝雨搂着他的腰，开始撒起娇来。

沈利喃喃地说："不要这么说她，她其实是个很好的女人，是我对不起她。"

"哎呀，还没离婚呢，就开始为她说话了，哼！"

沈利刮了下她噘起的小嘴："好了好了，不说这个了，又吃醋了。想去哪里玩，你说，我带你去。"

宋丝雨摇晃着他的双手："只要跟你在一起，我去哪里都愿意。"

这时，她又突然想到了什么似的："你还没回答我的问题呢，不行，今天你必须得回答。"

"哎呀，我的小姑奶奶，又是什么问题？"

"你们几时离婚啊？你还有什么后顾之忧？孩子的抚养权，如果她坚持要的话，就给她吧，我给你生一个就是了嘛。沈利，我真的不想再这样等下去了。"

为什么出轨的男人终究都要面对这么一个艰难的选择？这是咎由自取，自作孽不可活，还是结束一桩无趣婚姻，然后开始另一桩幸福甜蜜的婚姻生活？

沈利的心，乱如麻。

"好吧，我这几天找个机会，跟她好好谈谈。反正她都知道了，我们摊开来说还好点，这样，宁宁也不用掺和了。"

"对，亲爱的，这才是坚决果断、魄力无限的你嘛。走吧，我还没吃饭呢，饿得都快成纸片人了。你先陪我去吃点东西，然后我们再去上次那家宾馆吧，我特别喜欢那张情趣沙发……"

说着宋丝雨用无限狐媚的眼神瞅着他，把手伸进了他的衣兜，低低地说："我今天一定要让你全身骨头都酥掉，让你体会什么叫真正的欲死欲仙……"

沈利戳了下她的鼻子，笑骂了一声："你个小浪货，我就喜欢这样的你。"

然后两个人相偎着离去，消失在夜色之中。

他们却不知道，这将是一个非常不平静的夜晚。

天空，那块云层依旧浓厚，月亮不知去向，只有微弱的星光，在虚缈无力地闪烁着。

5

尚萌萌给宁宁喂好消炎药和退烧药，侍候他躺下，盖好被子。她摸了下他的头发，无限慈爱地看着这个婚姻生活所带给她的唯一馈赠。

悲痛的情绪却如潮水般漫上来。

此时，她没有多余的时间沉浸于无用的悲伤。

不管怎么样的婚姻，唯有孩子，是上帝送给他们的最好礼物。

"宁宁要好好睡觉，做个好梦，晚安。"

宁宁睡着后，她把房间里的灯关好出了门。她回到客厅，想了想，拿出手机，想打给沈利，但最终还是打给了弟弟尚成成。

尚成成一米七八的个儿，145斤的体重。小伙身板挺好，长得也帅气，却光有一张好皮囊，打游戏、盗号、弄软件、黑网站、跳槽，还有泡妞，都非常精通内行，正经事却一点都不干，烂摊子一堆又一堆，没少令尚萌萌头痛。好在最近两个月他还没有失业，在一家电脑公司，干着一些杂事。

"成成，你前几天说的那个什么追踪软件靠谱吗？"

"靠谱，绝对靠谱，姐，我介绍的还能有错吗？"

"那可不一定，你这个人太不靠谱了。"

"有这么说自己亲弟弟的吗……姐，姐夫不会真的出轨了吧？你会不会只是捕风捉影，冤枉我姐夫？女人啊，就是疑心病太重，我啊，也是深受其害的人哪……"

"你先闭嘴，是不是冤枉很快就知道了。你赶紧把软件给我发过来！"

"姐，这软件真的挺贵的……要花钱买的……"

"行了行了，多少钱了我马上给你发红包转过去。"

"好的，那我买下了啊。等下我给你传过去，收到后，你把里面的一张图片发给姐夫，他只要打开这张图片，定位追踪软件就自动安装进他的手机。他在哪里，手机里有什么秘密，你就全都知道了。"

"好，你赶紧发过来，他这会儿一定在跟那个女人幽会，我一定要抓个现行！我对他已经绝望了，如果有证据在手，财产分配对我更有利。"

尚成成停顿了下："姐，你这样会不会太冒失了？你可不要冲动啊。这样啊，我现在离你家不远，我去帮你安装APP，这个APP是需要注册序列号的，你那么笨……唉，说了你也不懂。"

"好，那你马上过来。"

不一会儿，尚成成风风火火地赶到了，在她的手机上捣鼓了一会儿，说："发送过去了，只要他打开这张带木马的图片，软件就安装成功了，你的手机就能监听到他手机上的动静了。"

"那你说，他会不会打开这张图片呢？"

尚成成耸了耸肩："这我哪知道？"

6

此时的沈利与宋丝雨刚吃完了夜宵，相拥着进了宾馆大门，俨然一对热恋中的情侣。

　　进了房间之后两人一阵激吻，喘气的工夫，宋丝雨突然像想到了什么，推开了沈利："急什么呢，今天还挺早的，我们有的是时间嘛，我还有很多好东西没有拿出来呢。"

　　说着，她从自己的大包里拿出很多情趣用品："还有你的东西呢，亲爱的你挑下，你喜欢哪些东西呢？"

　　沈利给自己挑好了衣服，色眼迷离地看着她："就这些吧，甜心。"

　　宋丝雨亲了下他的脸，拿着自己挑好的几件东西："那你要等我下呀！别急，亲爱的，我先去洗个澡，就马上上菜啦。"

　　说着，宋丝雨往卫生间走，沈利笑着摇了摇头，这女人确实有一手，总是变着花样寻开心，难怪自己会如此执迷不悟。换成哪个男人都会这样吧？沈利心想，只是有的男人一辈子都没遇上这样的尤物罢了。人活着为了啥呢，不就是为了享受吗？如果下半辈子有这样的艳福，我也心甘情愿。石榴裙下死，做鬼也风流。

　　但是另一个理智的沈利告诉他，离婚，跟她在一起，可能是件愚蠢的行为。因为，最美妙的激情也抵不过柴米油盐的琐碎。如果真跟她生活在一起，到头来，可能结果还是像跟尚萌萌在一起生活一样平淡，甚至可能还没跟尚萌萌那样融洽。

　　无奈，他已经中了宋丝雨的毒，这毒，需要时间去淡化，或者，他根本不愿意去排毒。

　　他不知道，宋丝雨是个很聪明的女人，她懂得在吊着男人胃口的时候就乘胜追击，用强劲的攻势把男人拿下，而不是等男人开始厌倦她的时候，给他逃离的机会。

　　沈利解着衬衣，准备也先洗个澡，好好地享受这美妙的春宵。这时手机的短信提示声响起，这声音提醒他，一定要把手机给关掉，这样，才不会被打扰到好事。

　　于是他拿起手机，原来是尚萌萌发给他的，里面只有一张很普通的风景图。他有点纳闷，尚萌萌发这样的图片给他干什么？他才不会打电话问呢，于是点大图片看了好几遍，还是看不出名堂，心想，可能她就是想让我欣赏下美景吧，仅此而已。

这时，宋丝雨洗完澡，一身性感地出来了。沈利想了想，没选择关机，而是把手机调成了静音，万一家里或者客户有什么事呢。

这边的尚成成大叫："姐，有信息了，软件已装入他的手机，我来定位他的地点。"

这时，他突然呆住不说话了，尚萌萌奇怪地问："怎么了？出什么事了，是不是这软件不管用？"

尚成成摇了摇头，心想着，老姐真不是凭空猜测，姐夫出轨的事看来是真的，于是就说："你自己看吧。"

尚萌萌凑过来，看到云都宾馆这几个字，全身的血液就往脑门上冲。

她一声不吭地抓起包就摔门出去，尚成成急了："姐，你要往哪里去？等等我，好歹还有弟弟为你助阵啊……"

7

尚萌萌骗服务员开门，说老公要闹自杀，人命关天，服务员最终还是半信半疑给开了门。

走进房门，那一幕倘若不是亲眼所见，尚萌萌真不敢相信，关于捉奸这么狗血的事，会发生在自己的身上。而且，她做梦都没想到，自己同枕了三年的爱人，自己的老公，竟然还有这爱好，竟然会玩这么前卫的性爱游戏，跟另外一个女人。这画面，真是不敢直视。

她使劲地揉了揉眼睛，真怕自己走错了片场，可惜，现实有时候比影视剧更能喷人一脸狗血。

宋丝雨看到他们进来，尖叫一声裹上了被子，但是那醒目的情趣内衣还是狠狠地刺痛了尚萌萌的眼睛。此时的尚萌萌非常清醒，不吵也不闹，拿起手机，不停地拍照片。

沈利跑过来抢夺，但被早已有防备的人高马大的尚成成一把挡住。尚成成嬉皮笑脸地说："姐夫，真不知道你还好这口呀。那早说啊，真是的，下次，我跟这个女人玩的时候叫上你啊，我们可是老相好了，人多热闹，你说是吧？"

宋丝雨尖叫道："我根本不认识他！"

她想抢尚萌萌的手机，但是一拉开被子，全身的点儿就漏光了。尚萌萌咔嚓又是一张，她只好放弃。

看拍得差不多了，尚萌萌冷冷地说："宋丝雨，这些照片，我会好好保存的，一定会发挥它们最大的娱乐大众的作用。我会送给你们园长和同事，让他们好好看看，你是个怎样的女人。抢别人的老公真的很有意思吗？"

沈利不知几时已换好了衣服，像一只哈巴狗般在一边哀求着："萌萌，你别这样……我错了……都是我的错，跟她没关系……"

尚萌萌冷笑道："你给我闭嘴，都到这份上了，你还在为这个女人说话。真不知道你的客户、你的员工、同事，还有你的母亲，看到这些照片有什么想法。他们一定不知道你还有如此豪放不羁的一面吧，我想，他们可能会因此更了解你吧。亲爱的老公，我觉得我也才刚刚认识你似的。"

尚萌萌这句话还真是一把利刃，一下子就刺中了沈利的要害。

沈利突然扑通一声跪了下来："老婆，你不要这样，我知道错了，你千万别闹到我们公司，不然我这个老板怎么面对那些员工，我的客户会怎么想；也别让我妈看到，我妈心脏不好，你是知道的，她会气死的；而且，我公司败落了，对你对儿子也没有好处……老婆，我知道错了，都是这个女人勾引我的，我以后再也不跟她在一起了。

老婆，求求你了，看在宁宁的分上，给我一次机会吧……"

这个自己曾经以为能依靠终身、白头偕老的男人，事实上是如此地不堪与龌龊，刚刚还偷情偷得那么理直气壮，现在，一下子就溃败而退了。

而此时，尚萌萌竟然连一丝悲悯的情绪都没有了，从知道他出轨的那一刻起，她的悲伤，她的泪水，她的愤怒，她的隐忍，她的委曲求全，她为收回他的心而绞尽脑汁所设的那些小计谋，还有连日来的焦虑与不安，似乎已经完全挥霍尽了。她累了，也该解脱了。

"你就等着法院传票吧，成成，我们走。"

尚成成朝他们呸了一声，然后跟姐姐走了。沈利跟在他们后面，一路追过去。宋丝雨趁这空儿穿上了衣服，大叫道："沈利，你给我回来！"

沈利现在哪还有心思理她呢。

8

尚萌萌急急地往回赶，宁宁一个人在家里，还生着病，实在是让她不放心，现在还有谁比宁宁更重要呢。

尚萌萌拦了辆出租车，沈利跟在后面叫："萌萌你要回家吗？我们一起啊。"

尚成成这回不知道要不要跟着去，还在犹豫的工夫，尚萌萌便"砰"的一声关上了车门，尚成成拍着车窗："老姐，你怎么把我也扔下啊？"

尚萌萌扬长而去，沈利讨好地凑过来："成成，姐夫送你回去吧。"

"我呸，我才没有你这样的姐夫，你走你的，别再让我看到你！还搞蝙蝠侠呢，怎么不是超人啊，我呸呸呸！下次再看到你跟别的女人鬼混，我一定把你打得满地找牙！"

"不会了不会了，真的再也不会了。"沈利这会儿一点脾气也没有，一味讨好着这个小舅子。现在，或许只有讨好这个小舅子才是他沈利保住婚姻，更准确地说，保住他辛苦打拼出来的公司的唯一出路。一个靠信誉赚钱的公司，现在正值蒸蒸日上的阶段，他可不想因为自己的丑事影响公司的发展，况且，那些照片实在是不堪入目啊。

尚成成瞅着这个衣冠楚楚、内心肮脏的姐夫，心里十分鄙夷，可转念一想，趁他讨好自己的时候，何不好好地利用一番呢，也算是为老姐出口气吧。于是，尚成成便缓和了语气。

"那个，你跟我姐的事情，我也不好插手，毕竟这是你们一家人的事，对吧？但是，作为尚萌萌的亲弟弟，我是不允许你这么欺负我姐的，所以呢，我想问你一个问题，你得老实回答我。"

沈利忙不迭地点头。

"我问你，你是真的不打算跟我姐过了吗？"

本来沈利是真的有这个打算，现在既然他有把柄抓在尚萌萌手上，他就不敢乱来了。凭他对她的了解，她应该不会真的把这些照片散布出去，但是要知道，一个恼怒的女人，什么事情都可能干得出来。

"没有，我——真的没有，其实我根本就没想要离婚。你说我有老婆有孩子，好好的一个家，闹什么离婚呢！我只是一时糊涂，成成——你知道，男人有时候，就是把持不住自己，这个……你也懂的。"

"离不离婚，也是我姐说了算，轮不到你来提。你确定你不想离婚？"

"确定确定，非常确定，我可没有傻到把路边的野花采过来当家花养。成成呀，萌萌就你这么一个弟弟，姐夫现在非常需要你的帮助，你能不能帮我说说好话，让你姐放弃离婚的念头？毕竟，宁宁还小，需要爸爸呀。"

"我呸，你还记得你为人父啊！宁宁都是我姐一个人带，这几年她瘦多了，我都觉得心疼。你呢，在外花天酒地玩女人，一样不落，我都想揍你！"尚成成越说越激动，抡起了拳头。

"这个确实是我不对……成成，姐夫平时也没有亏待你，你就帮我一把吧。"

这话倒没错，尚成成确实背着姐姐向沈利借了好几次钱，而且从来没还过。这点，尚成成心知肚明，并且有点心虚。

"这样吧，如果你真不想离婚，我倒是可以帮你说服我姐，不过，我有三个条件。"

"你说吧，十个条件我都答应，别说三个。"

"第一，跟那个女人断绝一切关系，你能做到吗？"尚成成紧紧地盯着他的脸。

沈利的脸上闪过一丝惊讶，想不到尚成成这个浪子居然能正儿八经地谈事，他很快平静下来，心想，先答应下来再说吧。"能，能，我发誓，从今以后我再也不会去找那个女人，否则……否则天打雷劈！"沈利迟疑地举起了手。

"行了行了，像你这种把发誓当饭吃的男人太多了，雷公实在忙不过来。第二，房子加上我姐的名字。"

这下，沈利真犹豫了："这恐怕不好吧，这房子是我父母用他们毕生的积蓄买过来的，这事，我真的做不了主。"

"算了，我就知道你没一点诚心，等着离婚，还有艳照曝光吧。我看明天微博的转发率，最高的非你的艳照莫属了，说不定，您老还能上头条。哎哟喂，多香艳的照片呀，敢情男主比女主还香艳。"尚成成说完便要走。

"别别——"沈利跑到尚成成的跟前，哭丧着脸，"我答应就是了，第三个条件是什么？"

"这个，咳咳，这个跟我有关，跟我姐没什么关系。"

沈利有点糊涂："跟你？"

"嗯，是这样的，前段时间，我一时鬼迷心窍，借来一万块买网游的装备，到现在都没有还掉……"

沈利舒了口气，心想这小舅子真是死性不改，于是就掏出手机，快速操作了几下："我往你支付宝账号转了两万，你看一下到了没。"

尚成成立马拿起手机查看，顿时眉开眼笑："到了到了，姐夫真够豪爽的。这事就包我身上了，我保证我姐不会跟你离婚。"

"你能不能想办法让你姐把那些照片删掉？"

"这……这个我真做不了主。"尚成成虽然见钱眼开，但是还没到利令智昏的程度。他马上拒绝，心想，有这些照片，我姐至少有证据证明他是过错方，就算离婚了再怎么不济也能分到一半财产吧，你就拿这两万打发我？

"那，好吧……"沈利也没有再勉强。

正说着，沈利听到后面有女人的叫声："沈利你在这里啊——"

两人回头一看，是宋丝雨终于找到了他们。尚成成目光如炬地看着沈利，沈利一把拉过尚成成进了自己的车子："我们赶紧走。"

宋丝雨追过来，只追到一屁股的汽车尾气，气得直跺脚。

9

尚萌萌回到家，刚放下包，就听到微弱的嘶哑哭声。她的心猛地一紧，赶紧往卧室跑，她开了灯，却见宁宁趴在小床旁边的地上哭得气息微弱，额头上有一片血迹。尚萌萌的心直颤抖。

她抱起宁宁，控制不了地呜咽："宁宁宁宁，你怎么了，你怎么会爬出来啊？"

"妈妈——"

宁宁只是一个劲地哭，哭声越来越虚弱，而且脸色发红，身上也很烫。他爬出来大概是因为发烧不舒服，睡了一会儿醒过来要妈妈，但是妈妈没在，他就爬出去找，房间很黑不小心摔倒磕到了头。

尚萌萌感觉浑身都在颤抖，每次宁宁病得厉害，她就控制不了自己的情绪，真怕有一天会失去他。宁宁一出生就跟别的孩子不同，不是很健康，所以，每一次孩子病重，她都害怕是永别。

尚萌萌的眼泪汹涌而出："宁宁乖，乖宝宝不要哭，妈妈带你去医院。"她抱着宁宁便往外冲。

此时，整个世界仿佛凝固了，只有她抱着宁宁在跟时间赛跑。

10

沈利回到家，发现大门半开着，这可不是胆小的尚萌萌一贯的作风。她有强迫症，每次关门都要再三确认门关好了没有，如果三个人都在家，一定要把门反锁。以前，沈利总笑她是不是每天都要检查三次以上，才能睡得着。

"萌萌——"

里面的灯是亮着的，却不见尚萌萌的踪影，难道她这么快就睡觉了？还没关好门开着灯就睡了？

当他推开睡房的门，却见地上有一摊血，尚萌萌与宁宁都不见踪影。那一刻，他突然有一种不祥的感觉，那种感觉堵在心里让他透不过气。他第一次明白，尚萌萌与儿子于他来说是多么重要，这个家在他心里占着多么重要的位置，可他却浑然不觉。

沈利感觉自己快疯了，他大声地叫着尚萌萌与宁宁的名字，跑到楼道，还是不见他们的踪影。他急着给尚萌萌打电话，可此时尚萌萌刚从出租车上下来，流着眼泪抱着宁宁拼命地往医院急诊室跑，哪有空理会手机啊。

宁宁因为失血过多需要输血，尚萌萌急急地伸出手臂："医生，你就抽我的吧，我是他妈。"

医生说："我们血库里有储备，你不要急。现在时间紧迫，你先出去，等下我们再叫你。"

"好，好。"

尚萌萌在外面焦虑不安地来回走着，根本没办法安静下来。这时医生示意她进来，说宁宁要转到普通病房："现在基本上没什么危险了，不过他是心肺功能不全的早产儿，平时要注意尽量健康作息与饮食，一旦发烧感冒什么的，一定要及时来医院检查。先住院观察几天，挂点滴，你先去办住院手续吧。"

尚萌萌办完手续，精疲力尽地回到宁宁的身边。他挂着点滴睡着了，小脸很平静，黑黝黝的细睫毛，衬着稚嫩白皙的肤色，特别分明。

她轻轻地贴着宁宁的小脸，想着今天所经历的一切，似乎人世间所有的不幸都在这一天击打了她，令她无力还手。她突然不知道她跟儿子两个人，明天该何去何从，这样想着眼泪流了出来。

这时，她的手机不停地响起来，她怕吵醒宁宁，拿着手机往病房外走。电话是尚成成打来的："姐，你怎么了？是不是出什么事了？姐夫说，你们都不在家里，地上还有血，打你的电话你一直不接。到底怎么了，急死我们了。"

尚萌萌说："宁宁受伤了，现在在医院，没什么事了，吊针也快打好了，不过还要住院挂两天吊针。"

"你在哪家医院，我马上过去。"

"不用，我待在这里就好了。现在这么晚了，你明天再来看吧，现在没什么事了。"

"好吧，不过你总得告诉我在哪家医院吧，我明天好去看你们。"

尚萌萌报了医院名字后挂掉电话，趴在宁宁旁边很快就睡着了。她今天实在太累了。

11

这边尚成成一挂电话马上给沈利通风报信，沈利心急火燎地赶到医院，看到包着额头的儿子安静地躺着睡着了，尚萌萌也蜷在旁边睡着了，心里一阵痛。她为了孩子、为了这个家竭尽全力，而自己呢？他叹了一声气，脱下外套，盖到她的身上。

尚萌萌被这动作弄醒了，她揉了揉眼睛，看到了眼前这个男人。这个她曾经深爱的男人，现在于她来说，不过是陌生人而已，他以为一件衣服就能带给她所要的温暖？

她需要他的时候，他没有在；她一个人拉扯着年幼的孩子，他没有帮忙，也没有给她请一个保姆来分担。他总觉得，这是一个女人应该做的分内事，当妈的人了，有什么好矫情的。这一切，她都忍了，但她不能容忍他的背叛与对孩子的冷漠。

她希望他能回头，就算看在孩子的分上也好，但他走得那么坚决。孩子生病了，他居然没有回来。在她最孤独最无助的时候，他还是没有在，而是满心满脑想着怎么跟新欢偷情。尚萌萌原本容着他的那个位置，已经不再有他，只有冰冷与绝望后的麻木。

沈利柔声地说："萌萌，你先回去睡觉吧，这里交给我，明早你再过来。"

此时的尚萌萌感觉嗓子眼疼痛，浑身难受，要感冒的样子。她看看熟睡的宁宁，脸色已红润多了，她真的想回家好好躺一下。在离婚前，沈利依旧对宁宁有着监护人的义务，凭什么让他这么舒服，而自己累得要病倒？虽然为了儿子她愿意付出她的全部，但是，沈利就不应该尽一个做父亲的责任吗？而且要不是他，儿子会出这样的事情吗？

这么一想，尚萌萌心里的怨气又上来了。倘若自己病倒了，那么宁宁谁来照顾，指望工作与情人两头忙的沈利吗？

尚萌萌不禁凄然一笑，她没有跟沈利说话，拿起包就走。也好，明早给宁宁炖点小米瘦肉青菜粥送过来。

是的，我尚萌萌不能倒下，我若不坚强，孩子就没有支柱。

12

在医院的这几天，沈利确实很尽心，一下班就过来照顾宁宁。有时候中午他也会带好吃的过来，特别是尚萌萌喜欢吃的，这确实令尚萌萌省力不少。宁宁也比以前快乐多了，甚至会黏着爸爸讲故事。

只是，短暂的赎罪，就能抹杀他的过错吗？就能回到原来的样子，保证他不再拈花惹草吗？就能保证这个家庭不会支离破碎吗？

但是看着父子俩亲密无间的样子，尚萌萌原本坚定的心又有点动摇了。现在她才发现，一旦有了孩子，就会有太多复杂的情感掺杂在里面，离婚，并不是一件说分就分、说断就断、老死不相往来的事情。

宁宁出院的时候，尚成成也过来了，还带着他的新女朋友。对于他换女朋友的速度，尚萌萌早已习以为常了，所以她礼貌性地打了声招呼，也没问名字，因为记了也是白记，下次带过来的不一定会是这个姑娘。

尚成成看着沈利拎着包牵着宁宁出了病房，低声地说："姐，他这几天表现不错吧？"

尚萌萌白了他一眼："你想说什么？"

"男人嘛，都差不多这个样子，虽然说姐夫过分了点，不过不是说浪子回头金不换嘛。既然姐夫知道自己错了，你就别提什么离不离的，就凑合着过日子吧。你说跟谁过不是过，是吧，姐？只要他以后表现好就行了，这次就给他一个机会，也给自己一个机会，你也不希望宁宁没有爸爸，是吧？"

尚萌萌睨视着自己的亲弟弟："沈利是不是给你好处费了？"

尚成成连忙摆了摆手，笑嘻嘻地说："哪里哪里，你弟弟哪是这样的人，没有的事没有的事。"然后他拉起女友的手，对尚萌萌说："姐，我们赶紧走吧，他们都在那里等急了。"

尚成成竟然为这个姐夫说话，虽然他说的话不无道理，可尚萌萌知道，如果他们还在一起，她心里的疙瘩终究无法解开，毕竟这是原则问题，沈利已触犯了她的婚姻底线。倘若不是因为孩子，这个婚，她一定会离，但是现在，她真的有点动摇了。

几个人刚上了沈利的车，尚萌萌的手机就响起来，她拿起来一看，是公司的领导打来的。

"尚萌萌，你上班才半个月，请假请了多少天？这个班你还要不要上啊？"

"要要，真的对不起，我儿子这几天在医院，今天出院，我明天就去上班，好吗？"

对方气呼呼地挂了，沈利咳了一声："萌萌，你还是不要去上班了吧，哪有时间去上班呢。好好照顾宁宁就好，赚几个钱也没什么意思。"

尚成成也跟着说："是啊，姐姐，姐夫有能力养你们。再说宁宁还小嘛，需要有人照顾，你一去上班，谁来照顾他呀？"

关于工作这事，尚萌萌已经想过了，她不想看着沈利的脸色要钱。事实上，一个家庭妇女的价值，远高过一个男人所认为的。男人总以为你在家带带孩子而已，自己拼死拼活地养着你，你还有什么不满足的？他就不想想，请一个做家务的保姆外加一个带孩子的保姆，除了给薪水外，还得供她们食与宿。而她得到了什么？尚萌萌不想解释，她已厌倦了自己这些年被认为毫无价值的生活，这些年的付出，不仅没人感激你的好，反而成了一个女人应该做的，还不能有半句怨言。

"我想好了，把我妈接过来住，让她白天照顾宁宁。再过半年，就给宁宁找个好点的幼儿园。这工作，我不想失去。"

"姐，你真是有福不会享。"

"福？"尚萌萌冷笑一声，"这两年多，我还真没享过一天的福。"

车里的空气一下子冷了下来，沈利打了圆场："你姐喜欢，就由她去吧。这几年我工作忙，确实对他们关心得不够多。这样吧，我请个保姆照顾吧。"

"不必了，如果离婚了，这保姆费是你出还是我出？"

沈利一时尴尬得说不出话来，尚成成接口说；"把妈接过来也好，我们都在这边生活，她来这里，就能经常看到我们，也省得她老唠叨。"

沈利又说了句客气的话："如果你妈不习惯这里的话，也没关系，可以让我妈来照顾宁宁。"

尚萌萌冷笑了声："你妈那个性，你还不清楚，我不想天天吵架。"

沈利赔笑："好好，你要怎么样就怎么样，你觉得好就行。"

尚成成问道："那妈几时过来啊？"

"她说下午坐车子过来。"

沈利说："那我们大家晚上一起吃个饭吧，难得人凑这么齐。"

"好好，那我跟小玫刚好可以混个饭。"

几个人回到了沈利的家。尚成成的女友小玫，不知道是不是讨好未来的婆家姐姐，表现得非常勤快。一到尚萌萌家，她又是扫地又是拖地，俨然是这个家的主人，弄得尚萌萌非常不好意思。

"你坐着就行，你是客人，怎么能干这些事？"

可小玫就是抢着干："没事的，没事的，你们这几天在医院多辛苦，都没睡好吧，回来先养好精神。反正我闲着也是闲着，由我来吧。"

尚成成也说由着她吧，看样子，他倒是满不在乎她干什么。

尚萌萌看着她这么懂事，打心眼里喜欢这个小姑娘。可她又叹了口气，怕自己这个不争气的弟弟会负了人家姑娘，那不是害人家吗？不过，今天他能把姑娘带到这里，又不怕被妈看到，敢情这回他是动了真格了？

她偷偷地问尚成成："你真的喜欢她？这次确定不是玩玩？"

尚成成含糊其词地说："算是吧。"

尚萌萌狠狠地戳着尚成成的鼻子："你再敢拿感情当儿戏，我就把你数不清的烂事告诉妈。"

"唉，姐，你要知道，都是人家姑娘甩了我好不好，不是我甩了人家姑娘。"

"你啊，长点脑子、处事稳重点、人踏实点，人家姑娘会甩你？"

"哎，我改我改。"

这时，尚母的电话打过来，说是到车站了。尚成成向沈利拿了车钥匙，拉着小玟，就去接母亲了。

沈利看着他们走了，笑着对尚萌萌说："萌萌，今天可真热闹。我去买点菜吧，在家里可以尽兴点，我也很久没烧菜了，就让我来吧。"

尚萌萌不冷不热地说："今天还是出去吃吧，人多。"

"没事没事，今天的家务都让我来吧。你看，小玟已经收拾得这么干净了，等会儿碗也由我来洗，你跟妈好好享受就行了。"

说完，沈利就要往外走，宁宁叫道："爸爸，我要吃牛肉丸。"

"好好，我买牛肉给你做啊。"

尚萌萌看着沈利的背影，这些天来第一次露出了微笑。可她又为自己的心软感到羞愧，竟然就这么原谅了沈利，一切就这么过去了？可是，如果一切真的恢复到原来的美好状态，她又何必死磕，那不是太便宜小三了？

或许，为了宁宁，也为了自己，为了这个家破镜重圆，她不得不原谅沈利。她没想到，这不过是她以为的假象罢了。

13

沈利兴冲冲地走出大楼，进入小区的林荫道，才走了几步，蓦地一个婀娜的身影拦住了他的去路。

当他看清了这人的相貌后，内心岂止是"心惊肉跳"四个字能够形容的。

这个人是宋丝雨。沈利紧张地东张西望，好不容易才让尚萌萌原谅了自己，可千万别让她看到宋丝雨来找他，否则一切都毁了。沈利忙把宋丝雨拉到相对隐蔽的地方。

宋丝雨一把甩开他的手："干什么啊，拉拉扯扯，我们很熟吗？"

"姑奶奶，你来干什么啊？"

"怕成这样，至于吗，沈利！前几天你还说怎么怎么爱我，说要跟我在一起，口口声声说要离婚。就几天没见，你连我的电话都不接，也不来找我。跟我玩失踪是吧，你这算什么意思啊。"

"丝雨，我真的——真的太忙了，儿子住院，公司医院两头跑。"

这时，沈利像是突然想到什么似的，从裤兜里摸出一个皮夹，拿出一叠人民币："这里有四五千，全给你，改天，我再给你五万。以后，你别来找我了好不好？我现在有急事，过两天再找你，把钱一次性给你，好不好？"

宋丝雨先是一呆，像是受到了莫大的侮辱，她冷笑一声："你拿这点钱，就想彻底甩开我是吧？想玩就玩，玩腻了就一脚踢开？"

"丝雨，不是这样的。唉，我不想我儿子受伤害，毕竟我是当父亲的人，你也要站在我的立场想想。"

宋丝雨看着这个前几天还信誓旦旦地说要跟她永远在一起，要离婚要娶她的人，这会儿，他却以儿子为借口，要跟自己分手，而且还想把她当叫花子一样打发掉。宋丝雨除了感觉悲怆，更多的是愤怒。

她是个聪明的女人，如果此时拿了沈利的钱，那么，她就会全盘皆输。她知道，沈利的公司资产与房产合起来值千万，他以为花个几万就能像打发叫花子一样把她打发走？而且，他又不够大方，如果让他拿百万当分手费，他是绝对不会拿的，她又何必捡了芝麻丢了西瓜，她要的是全部！如果实在没办法挽回，她也有另外的打算，当然不止这个价位。

想到这里，她的声音缓和下来："沈利，我真的不能没有你，你要孩子，我可以给你生。只要你喜欢，我什么都可以为你做，不要这么对我好不好？你知道吗？这几天，我吃不香睡不着，想你想得快疯了，我只想能天天见到你，为什么就这么难……"

说着，她的眼泪像断了线的珍珠般不断地往下掉，然后她便扑进了沈利的怀抱。沈利原本坚决要跟她分手的心，一下子又软了下来，毕竟，如果说对她没有一丝感情，那是假的，只是在家庭与情人之间，他真的难以选取。

做出任何一个选择，都会伤害另一方，无法两全其美。

14

尚母在车站东张西望，脚下一个大包，左右手还拎着两大袋的东西。只要她一来这里，就恨不得把老家的土特产全盘搬过来，让姐弟俩吃个一年半载的。

尚成成看到老妈，迎了过去："妈，你又带这么多东西干什么，这里又不是买不到。这得多重啊，路又远。"

"城里能吃到自己种的东西吗？都不知道打了多少农药。这小香薯与嫩笋干你姐可爱吃了，我还晒了些鱼干、腌了些腊肉给你跟你姐，就知道你爱吃肉。城里的房子啊，连个晾腊肉的地方都没有。"

说到这里，尚母才发现儿子旁边站着一个漂亮的姑娘，一直微笑地看着她，于是问道："哟，这姑娘是谁呀？"

"我给你介绍，她叫小玫，是我的——朋友。"

"朋友？朋友？"尚母眯着眼把小玫上上下下打量个遍，看得小玫面红耳赤。她轻轻地叫了声："伯母好，这一路辛苦了吧。"

看得出，尚母对小玫还是挺满意的："还好还好，也就几个小时。小玫姑娘是哪里人？唉，成成太让我操心了，真该找个姑娘让他收收心。男人啊，还是先成家，再立业，这样才会有责任心哪。"

"妈，我们先上车吧，站在这里干什么呢。"

"对对对，我光顾着说话了。"尚母笑道，于是几个人便往停车场走去。

三个人下了车往尚萌萌家里走，走在后面的小玫眼尖，看到那边树下一男一女抱在一起，男的背对着他们，那条纹的衬衣，还有那背影，应该是沈利，那么，女的不用说应该就是尚萌萌了。

小玫笑着对尚成成与尚母说："哎，真想不到，姐姐跟姐夫这么浪漫，大白天的在楼下搂搂抱抱。叫他们一起上楼吧，要不我们上去了也没人开门。"

走在前面的尚成成与尚母都停了下来，尚母东张西望："他们在哪里呀？我怎么没看到？"

小玫嘴巴往那边一努，尚母也乐了："我去叫他们。"说着，便轻手轻脚地跑过去。

当尚成成发现不对劲的时候，已经太迟了。只听见"啪"的一声脆响，沈利的脸上早出现了一个红色的五指印，农村老太太其他不说，都能干活，所以力气小不了。

然后尚母又朝宋丝雨打了一巴掌，宋丝雨躲得及时，巴掌打偏了。尚母火气冲天，气得不轻："你们这对贼男女，竟然在我女儿眼皮底下做偷鸡摸狗的事！你们害不害臊啊？还是不是人啊，良心都被狗吃了吗？"

尚母这个人是个直性子，做事勤快、为人热情但脾气火暴。尚成成赶紧扔下东西拦着她，心里却叫苦不迭："我说沈利啊沈利，你真是狗改不了吃屎。现在就算我想帮你，老天也不帮你啊，这事居然让我妈看见了！"

"妈，好了好了，先回去好不好？你这么一叫，大家都过来看热闹了，以后你让姐怎么见人呢？"

沈利被这一巴掌打蒙了，此时清醒过来却瞬间六神无主。他不知道事情会弄到这个地步，居然被自己的丈母娘抓了个现形，那还有什么好说的。沈利纵有万口也难辩了。

他示意宋丝雨赶紧先走人，宋丝雨却觉得自己真正的机会到了。如果沈利的丈母娘知道了他们之间的事，把他丈母娘惹火了，是一件多么有利于自己的事情啊。这么一闹，尚萌萌必然以为沈利跟自己断绝关系不过是骗她而已，她就会更加恼火，更加伤心，那么这个婚也就离定了，只要沈利一离婚，还怕自己吃不到沈利这块肥肉？

所以这事必须得闹，而且闹得越大越好。

想到这里，她推开沈利，也扯起了嗓门："哎哟喂，乡下老太婆，你知道什么是爱情吗？不知道吧？我告诉你，我跟沈利才是爱情，真爱，我们爱得光明正大，两个人好得跟一个人似的，如胶似漆呀。你那女儿算什么，三十多岁的女人，要不是沈利看她可怜没人要，才不会要她呢。现在沈利好不容易找到了真正的爱情，你们就识趣点滚吧。"

尚成成听不下去了，吼道："你给我嘴巴放干净点！信不信老子打扁你?"

尚母已经气得浑身哆嗦，连话都说不利索了："就你这样专门勾引人家老公的狐狸精，还配谈什么感情，我——我打死你这个狐狸精!"

说着，尚母就扑向宋丝雨。沈利快要崩溃了，他没想到宋丝雨这么嚣张，边拦着尚母边对宋丝雨吼："你还不给我滚啊!"

宋丝雨看情形不对，估计再打嘴仗真要被揍了，就在沈利的掩护下嘟囔着跑了。尚母此时怒极生悲："你竟然还护着这个狐狸精!气死我了!"

沈利不停地赔不是："今天的事千万别告诉萌萌，算我求你们了。萌萌这几天在医院陪宁宁，特别累，如果——"

"知道我女儿这么辛苦，你还有脸勾搭别的女人啊。"尚母吼道。

尚成成拉着母亲："妈，我们先回去吧，别气坏身子。"

说好说歹尚成成才把尚母拉走。因为这边的动静太大，不时有人停下来看着他们，还有很多人从窗户探出头来。

15

尚萌萌开着电视陪宁宁在客厅里看动画片，没有听到外面的响动，她还等着一家人吃团圆饭呢。

门开了，却见母亲怒气冲冲地进来，尚成成与小玫脸色也不大好看。沈利跟在后头，低声下气的，像个犯了错的学生。

"你们——都怎么了，发生什么事了?沈利，你不是说去买菜的吗?怎么什么都没买?我们吃什么啊?喂，你们到底怎么了，怎么都哑巴了？"

"看妈这么快就来了——我就——我就没买了。我们等下下馆子好了。"

宁宁冲尚母叫了声"外婆好"，尚母勉强露出笑颜应了声。尚成成对小玫耳语了几句，小玫便对宁宁说："宁宁，我们去里面的房间看动画片好不好？"

"好的。"小玫便把宁宁哄进了房间。

一看到小玫、宁宁进去了，尚母就再也沉不住气了。她指着沈利，还没开口，却见沈利扑通一声就跪在了尚萌萌的面前。

"萌萌，妈真的误会我了。我没有再跟宋丝雨来往，刚刚是她来找我的。我铁了心要跟她分手，她来纠缠我，我就安慰她几句，我们之间真的没什么。"

尚萌萌有点不明白地看看自己的母亲与弟弟，在她的逼问之下，尚成成叹了口气，只得把刚才看到的一幕告诉尚萌萌。

尚萌萌听完久久没言语。现在反倒是他们成了一对患难夫妻，而自己呢，倒像是棒打鸳鸯的小人，她真是活生生地把自己活成了笑话。

沈利继续跪在地上："萌萌，我发誓，以后再也不见宋丝雨了。看在宁宁的分上，你原谅我吧。这次，我确实是跟宋丝雨摊牌断绝关系的，叫她以后再也不要来找我了。"

尚母冷笑一声，打了一个手势："哎哟，你们那么亲密地搂在一起，是我这个老太婆眼花了，还是眼瞎了？萌萌，妈妈现在才知道，你过得有多么委屈。这样的男人，就算有再多的钱，你也不会过得幸福的。这几年，你独自带着身体不好的宁宁，受了多少苦累，他也舍不得在你身上花钱，请个保姆都舍不得！"

这话击中了尚萌萌的软肋，确实，她一直那么傻，怕给沈利太多压力，独自默默地撑着。结果呢，这种默默的承担，却变成了理所当然与逆来顺受，沈利才放心地在外面风花雪月，不可一世。

"萌萌，无论你做什么样的决定，妈都支持你！"

尚成成轻声地说："姐，我也支持你。那个钱，姓沈的，我会还给你的。"

尚母眼睛一瞪："什么钱，你是不是又不干好事了？"

"没没，妈，我不是一时手头紧吗？向姐夫，不，向他借了点，不过，我很快就会还他的。"

这会儿，尚萌萌终于说话了："妈，宁宁先跟你回去住几天，等我把这边事情办好了，再去接他。"然后对沈利说："你起来吧，缘分尽了，就不要强求了，随缘的好。妈，我累了，先进房间休息会儿。"

她是真的累了，特别特别疲惫。几年来的料理家务、照顾儿子，干的那些数不清的丧失自我的琐碎事，原来一直是她自找苦吃。不离婚，她累，还得忍受被背叛的焦虑与煎熬；离婚，她还是累，但是，至少在精神上能得到解脱吧。

尚萌萌起身往卧室走，尚母跟过去，对着尚萌萌咬耳朵："沈利钱不少，你可要盯紧了，不能亏了自己，要多分点！女儿，唉，都是我刚才嘴贱，你不会真的要离婚吧，一个人带孩子真不容易……"

话没说完，她就被尚萌萌"砰"的一声，关在了门外。

尚母有点生气，随即又叹了一口气，回到客厅，看着沈利说："还跪着干什么？现在知道自己错了，以前干吗去了？"

沈利起了身，哀求着丈母娘："妈，这次你一定要帮帮我，你也不希望看到萌萌离婚是吧。离婚终究不好听，就算萌萌以后再婚，对方也不一定就比我好，况且，宁宁也不能没有爸爸。现在这个时代，教育一个孩子不仅花大钱又花大精力，谁愿意做后爸后妈呢，只有亲生的，才会对孩子真心好。"

尚母气头一过，也发现了这个问题，有点后悔让尚萌萌知道这事了。哪有当娘的撺掇孩子离婚的，自己真是一来就败事。再说，他们一离婚，不是白白便宜那个狐狸精了吗？她越想越懊恼，恨不得扇自己的嘴巴。

"唉，我真是会坏事，可——谁叫你干这么缺德的事啊——事情都这样了，怎么办？怎么办才好？"

沈利看着尚成成："成成，你主意多，想想办法让你姐打消离婚的念头，我不会亏待你的。"

尚成成看看焦虑不安的母亲，又看看平时确实对他不薄的姐夫，坐在沙发上，手撑着下巴，一副苦恼样："姐夫，我已经帮过你一次了，这次，我真的帮不了，看你自己的造化了。如果我姐坚决要离婚，我也真的爱莫能助。不过，我希望你别亏待我姐，毕竟她这几年一个人带着孩子也不容易，而且，宁宁是她的命根，她绝对不会放弃宁宁的抚养权。"

沈利又颓了下来，但尚母越想越不对，一想起宋丝雨那嚣张的气焰就来火，凭什么要萌萌离婚，那不是刚好遂了那狐狸精的心愿，着了她的道？萌萌前脚一走，她后脚就会进来，当起阔太太，凭什么啊！沈利这几年生意做得这么顺，还不是讨了萌萌之后的事，还不是我这傻女儿省吃省用没浪费他一分钱，凭什么我女儿还没享受到好日子就让她占了便宜？

尚母越想越窝心，另外也有点担心女儿，便敲了敲尚萌萌的门："萌萌，开门，妈有话跟你说。"

尚萌萌这会儿是真的心寒，她含辛茹苦这几年，为了给沈利省钱，她除了儿子的奶粉与用品，不舍得在自己身上花太多的钱，几百块的衣服有时也舍不得买，因为带孩子很少出门，连化妆品都不用了，护肤品也换成了国产的。本以为沈利成功了终究会惦记她的好，现在好了，原来不过是她替别的女人攒钱，而这个男人也根本没意识到她为他做过什么。她为婚姻付出了全部，牺牲了自我，换来的却是彻骨的寒冬。她真想不明白。

尚萌萌开了门，眼睛红肿，看样子是哭过了。

尚母一阵心痛，进了房间把门关上："萌萌，你有什么打算，就实话告诉妈吧。"

"妈，我决定了，这婚，是一定要离的。"

"这事不能急，萌萌，你一离婚，他们不是太高兴了，这不是把沈利拱手让人吗？他好歹会赚钱，那女的肯定会趁机榨干她。你辛苦了这么多年，要跟宁宁出去过苦日子，让他们逍遥快活，你傻了呀你？我告诉你，这婚千万不能离。"

"妈，我不管他们活得怎么样，我一定要离，我想搬出去。"

"你，你疯了啊？是他出轨不是你出轨，让他净身出户才是啊，你别气死我！"

"妈，这房子是他买的婚前财产，我也分不过来。钱多多少少能分到一些吧，具体，我再咨询下律师。我想拿到钱另外买一套，跟宁宁两个人清静地生活。妈，接下来要辛苦你了，宁宁先跟你，带着宁宁我也没办法办事情，等这边的手续弄好了，钱顺利到账，我还要看房子买房子，可能会很忙。"

尚母这才缓了一口气："萌萌，一定要多要些钱，现在房子这么贵。唉萌萌，我还是觉得别离，男人犯点错也正常，有的女人看见男的有事业有钱，就会像苍蝇一样粘上来，甩也甩不掉。妈虽然年纪大，但我经常看电视看新闻，我都知道的。"

"妈，不瞒您说，其实，我早就有这个心理准备了，唉，不说这个了。走吧，我们收拾下，去外面随便吃点，宁宁刚从医院回来，冰箱里也没什么菜。"

"那不是又要破费了？好好，我叫上成成、宁宁、小玫一起走吧。"

于是一家人便一起出去吃饭，落下沈利大叫："喂，我请你们吃大餐，别落下我啊。"

尚萌萌"砰"的一声把沈利关在了里面，宁宁奇怪地说："爸爸怎么不跟我们一起吃饭？”

尚萌萌鼻子一酸，强作欢笑：“爸爸另外还有事情，我们先去吃。”

饭毕回来，沈利不在家，尚萌萌也不想知道他去了哪里。她收拾了宁宁的必需品，抱着宁宁亲了又亲，这是宁宁第一次离开自己，心里有着万分的不舍。

行李搬上了车子，尚萌萌柔声地对宁宁说：“宁宁乖，你先去外婆家住一段时间。过几天，妈妈就去看你，你一定要听外婆的话。”

尚母拉着宁宁的手上了车，原本一直很乖的宁宁看到妈妈没上车，突然间意识到了什么。宁宁哭了，他挣脱了外婆的怀抱，边跑过来边大叫着：“妈妈，妈妈——”

尚萌萌也哭了，她抹着泪水，紧紧地抱着宁宁。最后尚母说好说歹，无奈硬是把哭得撕心裂肺的宁宁抱上了车。车越开越远，心如刀割的尚萌萌突然特别害怕失去什么，她想追，又想起摆在眼前的残忍。这把利刃一刀一刀割在她的心上，令她模糊了视线，令她腿如灌铅，唯任眼泪汩汩流下……

第二章　离婚

1

　　早上，沈利一大早就出门了，他怕尚萌萌拉他去离婚。

　　昨晚，沈利喝得烂醉回来时已是半夜，一躺下就睡着了。尚萌萌睡不着，这段时间，她严重失眠。有时候，她真不明白，为什么生活会如此残酷无情，为什么朋友圈里只有别人的爱情，别人的幸福，别人的相濡以沫，别人的冷暖相知、深情相依。所有的美好都跟她无关，原本，她不是也曾拥有的吗？有了孩子之后，她只看到一个无尽疲乏、脸色憔悴的女人，抱着孩子的影子映在或夜深或凌晨的窗户上，哄着孩子边走边晃，而身边，没有任何给予她帮助的人，甚至白天也没有，顶多只是把你泡好的奶粉递到孩子的嘴边。

　　她终于明白，孩子才是照妖镜，谁真心待你，跟你患难与共，谁不过假情凑合，眼里只有他自己，有了孩子之后，才知道。真心爱你的人会懂得心疼你，反之，不但不心疼你，还会嫌弃你的不修边幅或你的埋怨。

而她跟沈利之间，其实，并不是一个宋丝雨这么简单。

所以，尚萌萌决定离婚，不管他往哪里躲。她给自己挑了件漂亮的衣服，然后直接去公司找沈利，他正在办公室里发呆，烟灰缸里堆满了烟头。想想这几年对家里所缺失的爱，想想对尚萌萌的背叛，他确实心里有愧，但是，事已至此，他真的不知道该怎么挽回。

尚萌萌从包里拿出一张纸，放在桌子上："我们还是别逃避了，该面对的就好好面对吧。这是我昨晚写的离婚协议，你看看有没有异议。我的要求不高，财产分割，我只要现款，你没有意见吧？另外，宁宁的抚养权归我。"

"我说萌萌，你非要跟我离婚吗？我那么跪着求你，你也不能原谅我吗？"看着尚萌萌咄咄相逼，沈利也有点来气。

"是的，这事，逃不了。"

"好好，离就离，不过，我公司的钱，你一分都拿不走！"

尚萌萌久久地看着他，看着这个自己曾经深爱的、同床共枕了那么多年的男人。这段时间，他是怎么剜割了她的心，旧伤加新伤，令她千疮百孔，而现在，又说出了那么绝情的话。沈利的态度令她感到愤怒，他难道体会不了，一个女人单独带着孩子，需要多少的精力与财力？好，我现在除了宁宁什么都没有了，为了让宁宁生活得好，我必须争取！

"沈利，你非要逼我跟你打官司吗？我告诉你，我证据在手，如果找律师，我分到的钱远远不止你给的！"

一想到她手上的那些照片，沈利就无力了。

尚萌萌抓起包，走了几步又停了下来："下午两点半，我在民政局等你，如果你不来也没关系，我诉讼离婚！"

沈利长长叹了一口气，这就是他的报应吧。事实上，关于宋丝雨，他内心清楚，就算他离了婚，也不一定会娶她，只是没想到，他一心想挽留的尚萌萌会如此坚决。

现在，只能走一步算一步，别无选择。

2

此时，宋丝雨站在二室一厅的出租房窗前，看着外面下起了蒙蒙细雨，心里五味杂陈。

她知道，沈利是她唯一的胜算，只要跟定了他，她就能在这里立住脚；只要让他娶了自己，她就能过着衣食无忧的生活。当然，她想要的比这更多，因为，她是有野心的女人，更因为，她穷怕了。

她的灰色童年，还有父母的离异，都带给了她无限的心理创伤与阴影，她知道，她必须靠自己。这一路她走得非常辛苦，而现在，沈利无疑是她手里的一根稻草，她又怎么能够轻易放弃？

如果不是沈利，她可能还住在破旧简陋的出租房里，而根本租不起这样的套房；如果不是沈利，她可能依旧在漫无边际的迷茫中，找不到出路，甚至连方向都没有。如果说对沈利没有一点感情，那是假的。她确实很迷恋沈利，因为从没有哪个男人，像他那样带给她不管精神上，还是身体上，抑或是物质上的满足感。这种满足感，她觉得她宋丝雨应该一直拥有，这是命运与上天所欠她的。

但是，她爱着另外一个男人。他叫陈海洋，他们一同来到这个城市，在彼此身上寻求着温暖。那些日子，他们都是彼此唯一的慰藉，有时候，她怀疑自己爱他胜过爱自己的生命，所以，她接近沈利是有所企图的，虽然她对沈利有时有一种依赖，想当他永远的情人。

宋丝雨正想着，看到楼下有一个熟悉的身影，在不停地徘徊着。那个人似乎鼓足了很大的勇气，才拿起了手机。宋丝雨的手机跟着响起，正是陈海洋："丝雨，我真的好想你，特别是这样的天气。我也不知道怎么回事，走着走着就到了你这里……"

宋丝雨的心一阵揪痛："海洋，最近我们先不要来往了，我们要忍，要慢慢熬。你知不知道，我们出头的日子快要来了。"

"不行，我今天一定要见你，我快要疯掉了。"

宋丝雨叹了口气，想想沈利最近忙着离婚，估计也没有心情来看她，趁这个时机，跟陈海洋幽会也好。

重要的是，她也想他了。

宋丝雨打开门，陈海洋一进来就使劲地抱着她，他身上被雨淋得潮潮的。他捧着宋丝雨的脸深吻起来，一时间宋丝雨被吻得喘不过气来。激情过后，陈海洋依旧紧紧地搂着宋丝雨："我们这样还要多久？"

宋丝雨冷静地说："很快了海洋，沈利已经在办离婚了。我有办法让他很快娶我，我会让你过上好日子的。"

陈海洋突然吼道："不行，你是我的女人，我怎么能让你嫁给别人！"

"海洋，你冷静点。你想想，你是个孤儿，是你姥姥把你带大的；我呢，情况好不了多少。我们想过上幸福的生活，必须得有钱，必须得想办法，但我们都没有本钱。在这个城市里，如果打普通的工，你想想，我们得干上多少年才能有自己的房子？这辈子就算干到老也不可能！所以，这是我们唯一的出路！你放心海洋，我结了婚，就会去沈利的公司上班，我要想办法管财务，这样，我就能掌握沈利的命脉。过个两三年，我就提出离婚，至少有一半的财产属于我。那时候，我们想到哪儿玩，就到哪儿玩，两个人过着幸福的生活。我们还年轻，只要三十岁之前过上想要的生活，都不算太晚，是吧？"

陈海洋一边恨自己没用，一边叹着气："丝雨，虽然我不能带给你物质上的满足，但是，我们相爱着，我觉得我们这样子挺好的啊——"

　　他的话还没说完，就被宋丝雨打断了："好个屁，难道你要我跟你一辈子住在破旧的出租屋里，年年得搬家？你觉得无所谓，我已经受够了！"

　　陈海洋没有再说话，这时，宋丝雨的神情缓和了下来，她靠在他的肩膀上："海洋，我们生个孩子吧。只要我怀孕了，我就认定是他的孩子，他没有选择的余地，必须得娶我，以后，我们一家三口就能快乐地生活在一起。"

　　陈海洋没有拒绝，默然接受了宋丝雨所安排于他的爱情，不管是精神的，还是身体的。

　　他们并不知道，对面的房子伸出一个镜头，正对着他们因为意乱情迷而没拉好的窗帘，不停地咔嚓着，镜头后的那张脸上，露着一丝冷笑。

3

　　尚萌萌与沈利从民政局出来，在门口停了下来，沈利说："我送你吧，虽然我们已不再是夫妻，但也不至于成敌人。至于你提出的150万，我这几天努力凑好，划到你户头。"

　　尚萌萌点了点头，上了车，两个人一时无话，沈利再次打破了沉默："你现在有什么打算？"

　　尚萌萌不明白，两个人从夫妻变成了不相干的人，反而能好好说话了："我暂时先找房子租下来，等有合适的房源再买。"

　　"对，房子一定要买合适的，急不来。如果暂时没地方住，先住家里吧。"

“这是你的家，又不是我的家。”这话一出，尚萌萌莫名其妙地想掉眼泪。

“你别这样，你不是要找房子吗？哪里想找就能找到，而且，宁宁也不一定喜欢。”

“我已经托了朋友帮我一起找。我先回去拿点东西，等下去房产中介。”

两个人回到家，却见沈利的母亲等在里面，她好像探到了什么消息似的：“你们，你们不会闹离婚吧？”

沈利看了一眼尚萌萌，他觉得这事想瞒也瞒不住，不如如实说出，就默默地点了点头。

沈母突然“哇”的一声号啕大哭：“真是作孽啊！沈利啊，你是不是做了对不起萌萌的事？好好的一个家，就这么被你给搞坏了，你爸如果在天有灵，他一定会再被你气死的。”

“妈——”

尚萌萌看着婆婆，这个一向自私的婆婆这会儿为她说话，她还是挺感动的。

“妈，你不要哭，以后，有空我会去看你的，我现在要找点东西。”

说完，尚萌萌便去卧室里找东西。当她准备出去时，听到外面在小声嘀咕着什么，想了想，还是停下来听了听。

“儿子啊，房子她真的没要吗？”

“嗯，她说她不要。”

“那就好那就好，这可是我和你爸一辈子的积蓄买的，如果被她弄过去，我怎么向你爸交代？那，儿子，她问你要了多少钱？”

“这个……也不多，就几十万吧。”

“什么，几十万？真是狮子大开口，她才嫁过来几年啊，嫁个几年就能分到几十万，谁的钱赚得这么快啊！你老实告诉我，到底是几十万啊？"

"这个这个，就20万，20万，少着呢，我不到一年就能赚回来。"沈利长了心，如果老太太知道他出150万的话，还不跳起来要死要活。呵呵，原来，她跑过来不是关心他们是不是真的离婚，也不是关心孙子归谁，而是关心他们家的房子，还有他们家的财产到底有没有被分走。不过也是，宁宁从小到现在，她没来带过一天，偶尔来一回，总是急急地回去，不是家里有什么晒着的衣服要收，就是广场舞要开始了，而孙子似乎与她无关。

还好，尚萌萌的决定是多么明智，如果要了这房子，估计这辈子都得跟他们家纠缠下去，至少老太太会不停过来纠缠。

"20万呀？唉，多是多了点，算了算了。"老太太的语气这才有点缓和。

"是啊，妈，她一个人带着宁宁，真的挺不容易的。"

老太太这才像发现还有个孙子似的："宁宁给她吗？这怎么可以，这是我的孙子啊，给她干什么？"

"妈，这个您就别说了。不是我说您，宁宁一直是萌萌带着的，对他妈妈很依赖。宁宁两岁多了，您也没抱过几天，是吧？每次您过来，他都当您是陌生人，认不出来了。再说，您这么忙，总有忙不完的事，哪有时间照顾他？我也忙，要上班要赚钱，也没时间照顾宁宁，所以啊，宁宁就归萌萌养着吧。"

"我可以推掉所有的事情照顾宁宁啊。"

"行了妈，我还得去上班，下午有个重要客户要见，我得先走了。"

尚萌萌推开了门，当作什么事都没有听见："妈，不，阿姨，我也有点事情，要出去了。"

老太太看着两个人的背影，心里挺纳闷，自言自语道："不是离婚了吗？还这么双人双出的，这闹的是哪出啊……"

4

　　尚萌萌正往房介中心去的路上，闺密秦伊夏打电话过来，听声音，她的情绪好像不怎么样："萌萌，你在干什么呢，过来陪陪我吧。"

　　"我哪有空陪你，忙着找房子呢。"

　　"你找房子？为什么要找房子？房子卖掉了吗？不行，你必须得陪我——我离婚了。"

　　"什么？"尚萌萌一时没听明白。当秦伊夏再次重复自己离婚的消息时，尚萌萌长长地叹了口气，换在以前，她肯定会先问个究竟，但是现在她只说了一句："好吧，你在哪里，我马上过去。"

　　秦伊夏跟尚萌萌是多年的好友，两个人如同亲姐妹，只是，两姐妹的婚姻生活结局会如此相似，这是尚萌萌万万没有料到的。

　　秦伊夏跟尚萌萌不同，她是个事业至上的好强女人，觉得女人就应该趁年轻好好奋斗一番，否则会后悔的，于是她奋斗到三十四岁还不想要孩子。之前，尚萌萌一直羡慕秦伊夏的洒脱与自由。

　　原来，一直洒脱的秦伊夏也有自己的苦衷。在秦伊夏断断续续的诉说中，尚萌萌得知，婆婆天天冷言冷语，暗示她是不是生育能力有问题。丈夫在母亲的挑拨下，也渐渐疏远了她，她这才意识到自己的婚姻出了问题，于是决定妥协，要生个可爱的孩子。于是她拉了丈夫去做检查，结果发现自己的输卵管堵塞，怀孕的可能性很小。

　　几天之内，秦伊夏便尝遍了人世的冷暖，早就对她感情淡漠的丈夫趁机提出了离婚，他的话跟他的母亲如出一辙：我要的是一个知冷知暖的老婆，而不是一个工作狂，而且我是个传统男人，我想要享受天伦之乐。

　　秦伊夏知道自己有错，但是当她累了、疲惫了的时候，他嘘寒问暖过吗？男人总觉得女人的付出是应该的，而自己任何付出都是一种施舍，就如最新一项调查，如果妻子得癌，离婚率是21%，但如果丈夫得癌的话，离婚率仅3%，所以，能共患难的大多是女人。况且这种病也是可以医的啊，他不积极让她就医，却选择离婚。

心灰意冷的秦伊夏没有强求这已无爱的婚姻，说离就离了。房子首付是秦伊夏付的，按揭秦伊夏跟她丈夫各一半，所以，这房子就归她，而她丈夫所付的按揭款她全部补回去。她现在是银行信贷部主任，收入不菲，她有能力付这个钱。

女人到了一定年龄，事业再强大有什么用，面对着空空的房子，无限的寂寞，秦伊夏后悔药都没的吃。而最重要的是，如果治疗不理想，她怀孕的概率很小，只能尝试做试管，对女人来说这是一道硬伤。况且，面对这样的男人，她还有什么心情去治疗。

秦伊夏用低沉的声音说出这一切，听得尚萌萌目瞪口呆，想不到这样的事情竟然会摊在秦伊夏身上。秦伊夏其实比自己更可怜，至少，自己还有宁宁，而她，却子然一身。

于是，她也跟秦伊夏说出了自己这段时间的遭遇。

秦伊夏听到尚萌萌也离婚了，一时没了声音，不知道谁该安慰谁。

秦伊夏轻轻地抱着尚萌萌，拍了拍她的肩膀："对了，你不是要找房子吗？这样吧，你先住我这里，几时买了房子再搬出去也不迟。我现在一个人住，真的感觉冷清得发慌，宁宁也可以一起搬过来。以后，宁宁就是我的干儿子。"

这句话又触及了秦伊夏心里的疤，她的眼睛又红了。

尚萌萌想了想："这样也好，等沈利钱打过来，我就好好地找房子。宁宁暂时住在我妈家，我妈照顾他，我也放心。还有，我得另外找份工作，好好赚钱，为了宁宁也为了自己。原来的这家我上班不到半个月，就请了这么多天的假，对方肯定会辞了我。"

"这样吧，我帮你搬过来吧。我也是昨天才办了离婚手续，今天没心思上班请了假。我这里，你想住多久都可以，房子可以慢慢找。"

尚萌萌的眼圈红了："谢谢你，伊夏，谢谢你在我最落魄的时候收留了我。"

"行了，别跟我说这种客气话。我们先去你那里收拾下东西，回头我给你一把钥匙。"

尚萌萌点了点头。

5

沈利下了班回到家，发现客厅里的婚纱照不见了，尚萌萌与宁宁的物品也不见了，似乎他们俩的存在只是一场梦，梦醒一切烟消云散，只有孤零零的自己。

他颓然倒在沙发上，那一刻，他才明白他已彻底失去了尚萌萌。

这时，手机响起，是宋丝雨打过来的："亲爱的，你在哪里，我想你了。"

"丝雨，让我安静几天好不好？"

"怎么了，发生什么事了？"

宋丝雨，关于他离婚的事，确实还不知情。沈利有气无力地说："没什么，我们已经离婚了。"

宋丝雨听到这话，心里一阵狂喜，看来，她宋丝雨的春天终于要来了。现在她一定要抓住时机，补这个缺漏。

"亲爱的，这是好事啊，我们应该庆祝才是。你在家里吧？还没吃饭吧？我去超市买些菜，施展一下我的厨艺，给你做好吃的，嘿嘿。"

　　沈利心想，事已至此，也好，就让宋丝雨来填补这个空缺，或许她是帮他度过这个时期的最好良药。

6

　　尚萌萌来到公司，直接去了老板办公室。老板姓马叫应龙，三十出头的年纪，还有点小帅，据说最近在恋爱。恋爱中的男女总是患得患失，情绪容易激动，马应龙也不例外。

　　尚萌萌还没开口，就被马应龙骂了一通："有你这样上班的吗？真上不起这个班，就不要来了。你上班才几天，请了多少天的假，最后还玩消失。如果你一直这么消失下去，我还真不气了，就当我从来没招过你这个的员工，可你怎么又出现了呢？是不是觉得那几天的工资没拿，我很亏欠你啊？"

　　尚萌萌被劈头盖脸骂了一通，有点蒙，好在她已经有心理准备了："真的对不起，是我没想好就来上班了。这几天家里发生的事情太多了，我也没想到。如果你开了我，我没话说，也不惦记那几天的薪水。我今天来，除了向你道歉，也是向你辞职的……"

　　"我说尚萌萌，你真有那么多的事吗？前几天你说你儿子住院，我批了你假，现在又轮到谁住院了？我就想不明白了，你家其他人呢？你老公呢？他就不能照顾你儿子吗？你要一直这样，你到别的地方上班，也干不了几天。现在让我来告诉你一个员工应有的职业道德，什么叫职业道德，你知道吗？"

　　这时，突然后边冒出一个女人的声音："说谁呢？谁没有职业道德了？"

　　尚萌萌回头一看，惊呆了，竟然是秦伊夏，她怎么会到这儿来了？

　　马应龙慌忙站起了身："是秦主任啊，欢迎大驾光临，怎的来了也不通知声啊，真是有失远迎。"

　　秦伊夏摆了摆手："我来嘛是路过，顺便来提醒下你关于贷款的期限，你的贷款可是还有半个月就要到期了，到时候一定要准时还啊，否则信用下去了，再贷，我可帮不了你。"

　　马应龙连忙点头不停地应着。这时秦伊夏像发现新大陆似的叫起来："哟，萌萌，你怎么在这里啊？"

　　马应龙一愣："你们认识啊？"

　　"岂止认识。我们是无话不谈的好姐妹、好闺密呢。萌萌，怎么这么巧啊，昨天我找你吃饭，都没找着你，今天居然在这里碰到了。"

　　秦伊夏朝尚萌萌眨了眨眼睛，尚萌萌终于明白为什么昨晚她老是问自己在哪家单位上班了。

　　"我，我是来办辞……"

　　"辞职"还没有说完，马应龙就紧接着说："对！是'词'语！你先回办公室，帮我再想几个好的词语我会议上用，精辟点啊。"

　　尚萌萌迟缓地点了点头，心想，这回工作是保住了，但自己现在的状态，难保工作不出差错啊，自己确实有愧于老板。

　　"那，那我先出去。"

　　"等下。马老板，我也得回去了，还要很多事情要处理。我这妹子如果在工作上有什么欠妥的地方，你多担当一下啊。"

　　"会的会的，萌萌做事挺认真的，她在这里，我又多了个好帮手。"马应龙除了说这些言不由衷的话，还能做什么？

　　秦伊夏搭着尚萌萌的肩往外走，尚萌萌把她送到了楼下，眼里充满了感激："伊夏，今天真的谢谢你了，你为我做了这么多，我……"

"傻姑娘，谁叫我们是朋友呢。我们这个年纪，找个要好点的、能掏心掏肺的朋友不容易，别想了，好好工作，我先走了。"

"嗯。"

尚萌萌折回马应龙的办公室："马总，我……"

马应龙挥了挥手，不过态度却好多了："唉，你后台这么硬，我还能怎么样？你下去做事吧，以后请假要提早说。"

尚萌萌乐了："谢谢马总。"

秦伊夏还真是能呼风唤雨，有权就是有势啊。尚萌萌这样想着，突然有点羡慕。看来，女人在事业上做得成功，确实很有成就感与存在感，而不是像她这样，一旦离了婚，天好像都要塌了。于秦伊夏而言，离婚，显然没有对她的生活产生多少影响。

要努力工作啊！尚萌萌挺了挺腰板，回到了自己的办公室。她看着旁边的同事们，个个光鲜靓丽，都在努力地工作。她到了这个境地，还有理由不努力吗？

有时候，命运就是这么爱开玩笑。她跟秦伊夏都是财会专业毕业，秦伊夏现在是银行的信贷部主任，她却还只是个小小的出纳。曾经，她毫不在乎别的女人事业上的风生水起，因为她至少有个还算美满的家庭，有个可爱的孩子。而现在，她跟秦伊夏同样失去了家庭，成了离异的女人，秦伊夏依然活得很光鲜，而她尚萌萌有什么？作为女人，真的不能失去经济上的独立，不然你全心全意地付出，最终却失去了自身的价值，这会变得很可悲。

不对，她还有宁宁，这是尚萌萌唯一觉得安慰，甚至骄傲的。是的，秦伊夏以后可能很难有孩子，这点，秦伊夏又比她可怜。

尚萌萌叹了口气，开始整理堆在一起的发票。

7

宋丝雨洗了个舒服的澡从浴室出来，擦了擦头上的湿发，然后裹上了干发帽，坐在沙发上，打开电视。

这几天宋丝雨的心情非常好，她觉得不久的将来，她就可以过上天天逛商场、餐餐美食城、夜夜美容瑜伽的富太太生活了。至于陈海洋，她觉得应该尽快摆脱这个累赘，什么情啊，爱啊，在尊贵富裕的生活面前，不过是镜花水月骗骗傻子用的。

现在，宋丝雨已经一步一步地接近自己的目标了，正当宋丝雨又幻想着自己的幸福生活时，她接到了一个电话。这个电话，是她最不愿意接的，但她想了想，还是把电视声音调小，接了起来。

对方是不急不缓的女声："丝雨，祝贺你的鱼儿成功上钩，你可以来拿另外的20万了。"

宋丝雨很不客气地冷笑："姐，我改变主意了。"

"什么意思？"

"我想把原来的那10万定金还给你。"

"你什么意思？"

宋丝雨突然哈哈大笑："我不傻，姐，我不会离开沈利的。"

说完，她便按掉了电话，手机再次响起，她索性关机了。

此时，她心里一阵冷笑：我好不容易才让沈利喜欢上我，答应跟我在一起，我怎么可能为了这区区的30万，离开一个资产上千万的男人？我宋丝雨，终于有了苦尽甘来的机会，怎么会这么容易放弃？

宋丝雨拿起遥控把电视声音调大，然后拿起一个苹果，悠闲地享受着。她心想着，等下还要贴一张面膜，晚上还要跟沈利约会呢。对了，还要收拾一下东西，她打算直接搬他家住，不信搞不定他。

　　宋丝雨拉着一个行李箱，穿着一件包臀裙，化着不浓不淡的妆，美丽的容貌与性感的身材特别惹眼。她拐过人行道，正想打车去沈利家，一个戴着墨镜的女人拦住了她的去路。

　　宋丝雨的嘴角抽动了一下，想往回走，明显想逃避这个女人，但是女人叫了一声："丝雨，我的亲妹子，你不用逃，我今天来找你，是有些东西想送给你。"

　　宋丝雨戒备地说："什么东西？"

　　女人拿给她一个信封，看着她，就像看着手里的一个玩偶，漫不经心地说："你自己看看吧，希望你对艺术效果满意。这可是用徕卡Medition60拍的，花了我好几万呢。"

　　宋丝雨拿过信封，抽出一张，竟然是她跟陈海洋的床上照片。信封里面一叠都是这种照片，而且画面挺清晰，她的脸色一下子变得煞白，忙把照片推进信封，看了看四周。这时一个学生家长跟她打招呼，她勉强挤出笑脸回应，然后把这个女人拉到一旁的角落。

　　"这些东西哪里来的？"

　　女人依旧漫不经心地绽开一丝微笑："你说呢？"

　　"是陈海洋那浑蛋？"

　　"哈哈，宋丝雨，你不愧是我同父异母的妹妹，在两个男人之间游走得游刃有余，一个至今还蒙在鼓里，另一个却心甘情愿受你摆布，这还真不是常人能做到的。"

　　"你究竟想干什么？"宋丝雨很愤怒，但又无可奈何。

　　"我想做的事情，你难道还不清楚吗？"

　　"如果我不按你说的做呢？"

　　"那好说，我就把这些照片，发给你的沈利大哥，让他看看，你是在他的床上奔放呢，还是在你的青梅竹马的床上更豪放一点？"

　　宋丝雨的小脸涨得通红："你——"

　　"至于你工作的地方就算了，反正你也只是个临时工，做不做这份工作并不重要。不过，我这个人做事还是挺周到的，我手头还有你跟沈利的亲昵照，我会发给你们的园长，勾引学生的家长，她看了肯定很吃惊。"

女人忍不住地笑，宋丝雨咬牙切齿："你这女人真歹毒。"

女人收住了笑："宋丝雨，是你求着我帮助你的，你说你需要钱。其实，我非常讨厌你跟你妈，但是还是看在我们有点血缘的情分上，帮你一把。对，我是借这个机会利用了你，可是我出钱了呀，而且出价不菲，30万哪。你想想，你在哪里能赚到这么多的钱！我告诉你，你在这里，吃的喝的用的还有房租，干上十年也根本攒不到这么多钱。别给脸不要脸，你如果不离开这里，我告诉你，我就把这些照片送给沈利，到时候，别说沈利不要你，就是剩余的20万，你也一分钱都别想拿到！"

说完，她抽走宋丝雨手里的信封，转身就走。

宋丝雨有点急了，连忙拦住了她："姐，你让我好好考虑下还不行吗？"

"你明天就给我一个答复。"

宋丝雨想了想，说："给我三天的时间，好吗？我必须得走了，手头的事情要处理，幼儿园这边我得办辞职手续，还有班里的孩子要交给新老师，不能说走就走啊！"

女人想了想，点了点头："好，那就给你三天的时间。这三天，你把该办的事情全部处理好，我会给你跟陈海洋送机票，你们拿到这20万，就可以在别的城市好好生活了。别让我在这里再看到你！"

"我知道了，姐，三天后，我打你电话。"

"嗯。"

女人转身就走，宋丝雨呆立在那里，恨得咬牙切齿，又无可奈何。其实她早应该想到，这个同父异母的姐姐老谋深算，手段狠辣，并且做事滴水不漏，她怎么可能让自己鸠占鹊巢坐享其成呢？

现在这些照片在她手上，宋丝雨无计可施，看来得改变策略，趁着这三天的时间，好好享受与捞金吧。不过，搬家是没必要了。

宋丝雨叹了一口气，拉着行李箱往回走。

8

自从秦伊夏那天来了之后，马应龙对尚萌萌客气多了，简直像老佛爷一样供着她，甚至还经常来打探秦伊夏的消息。

这天，正是午休时间，同事们都去快餐店吃饭了。尚萌萌没有去，这段时间她心绪不宁，老是失眠，便叫了外卖，想多点时间打个盹。

她仰靠在椅子上，把腿架在另一张椅子上，正打算眯会儿，却见马应龙走过来，赶紧把脚放了下来。

马应龙看看周围无人，拉了条凳子坐了下来："他们都去吃了吧，你怎么不一起去啊？"

"我，不想出去。"

"你脸色不大好。"

"嗯，最近睡眠不大好。"

"失眠吧，女人最易患失眠。对了，尚萌萌，我能不能问点私事？"

尚萌萌看着他："看你问什么了，有的问题我可不愿意回答。"

马应龙碰了个钉子，咳了一声，说："随便问问嘛，你不用太在意。前几天我不小心听到玲玲她们在咬牙根，说你离婚什么什么的，小三有多坏，不会是真的吧？"

尚萌萌心想：真是哪壶不开提哪壶。好事不出门，坏事传千里，跟她们才同事几天啊，就在私底下议论起我来了。不过也没什么，这么大的事情，不知道才奇怪。可能我打电话的时候被她们听到什么了吧，女人的想象力就是特别丰富。

"是啊。感情没了，就离婚了，儿子归我，还有什么疑问吗？"

"哎，听说你老公不是挺有钱的，你怎么弄到这个地步，还要跑出来打工，不会是你做了坏事了吧？"

尚萌萌可真有点生气了："马应龙，我离婚关你屁事。"

马应龙看她真生气了，赶紧赔笑："我只是随便问问，这不是关心下属嘛。对了，那你现在住在出租房喽？"

尚萌萌白了他一眼："暂住秦伊夏家里。"

马应龙一拍大腿："那太好了！"

尚萌萌有点不解地看着这个一向严肃的上司，奇怪他这会儿怎么变得朋友般跟她东拉西扯，是他太闲了，还是对秦伊夏有所企图？

她定定地看着他，马应龙摆了摆手："那个，你别误会，我是说，你对秦伊夏的生活一定很了解是吧？"

尚萌萌终于明白了，看来自己的猜测是正确的："绕了大半天，敢情你对秦伊夏有意思啊？"

"我也是随便了解下嘛。对了，她应该结婚了吧？"

"是啊，结婚了。"

这回马应龙一脸的失望。

"不过，现在你又有机会了，她刚离婚。"

马应龙瞪大了眼睛："真的啊，这年头离婚这事还真是流行啊。不对不对，我总觉得这事儿有点不对劲，容我想想。"

马应龙一副沉思的样子，令尚萌萌觉得这个男人有着常人看不到的天真的一面。突然，他想到什么似的："喂，你们不会是……你离婚，她也离婚，然后你们俩住在了一起……"

尚萌萌忍不住大骂："我呸！你神经病啊！"

"不好意思不好意思，我只是开玩笑的啦。这可不行啊，再怎么着你也不能骂我神经病啊，哪有员工这么骂老板的。尚萌萌，我虽然是个小老板，但好歹是个老板啊，以后不许这么骂我，这次我就不追究了。"

尚萌萌白了他一眼，实在不想理他。

这时外卖到了，尚萌萌打开来，边狼吞虎咽地吃着，边拿着手机看，完全无视马应龙。马应龙觉得没趣，便退了出去。

9

下班时，秦伊夏过来接她。到了车上，尚萌萌有点不好意思。说实话，她真的不希望麻烦别人，纵然是再好的朋友："伊夏，不用麻烦接我，我坐公交就行。"

"没事，你搬到我家，我们还没好好庆祝一番呢。平时呢，我也不一定有时间，今天刚好有时间，我们好好吃顿饭，然后顺便去商场逛逛。"

于是两个人吃饭、逛街，尚萌萌已经很久没有自由过了，更别说这么散漫地闲逛。自从怀孕生了宁宁后，她所有的日子都是围着儿子与丈夫转，连一次独自逛街的机会都没有，所有吃的用的穿的统统在网上解决。如果说不逛街的女人不是真正的女人，尚萌萌已不做女人很多年了。

两个人回到家，扔下手里的大包小包，尚萌萌瘫在沙发上喘着气："我感觉把这几年落下的全给逛回来了，不过，还真是有些体力不支啊。想当初，踩着高跟鞋走两个小时都没觉得累，现在踩着平底鞋都快把我这条老命逛没了。"

秦伊夏踢掉高跟鞋，光脚走到沙发前坐下，揉着小腿："我也比不上当年了，现在感觉逛街比上班还累。不服老都不行，时光啊饶过谁。我先去洗洗。"

尚萌萌欲言又止，想对这个好友说感谢的话，又觉得说出来显得那么矫情，但终究还是忍不住："伊夏，谢谢你陪着我，对我这么好。"

"傻瓜，说什么呢，现在只有我们俩可以互相依靠了，我们不对彼此好点，谁会对我们好呢？以后，不管发生什么事，我都是你最好的朋友。"

尚萌萌微笑着，用力地点了点头。

秦伊夏轻轻地拍了拍她的肩膀："那我洗去了。"

尚萌萌再次点点头："你去吧。"

这会儿，她才明白，再伟大的爱情，也抵不上友情的可贵与恒久。爱情这东西太变幻莫测，这会儿山盟海誓、如胶似漆、爱得死去活来，下一分钟可能就撕破脸互泼脏水，再难听的话都骂得出来，甚至大打出手。

谁都无法预测一对男女的未来，他们往往会对感情突生惶恐，而真正的友情却简单而纯粹，有时候比好的爱情，更令人心生暖意。

尚萌萌这会儿就是这么想的。

10

这三天里，宋丝雨自是没闲着，她以买衣服、买化妆品、买包包等各种理由，卷走了沈利十万余元，然后拿着秦伊夏给她跟陈海洋买的机票，远走高飞了。

沈利好几天都没有联系上宋丝雨,有点急了。他发现她不仅已辞职,还从他为她租的出租房里搬走了。

所幸,宋丝雨还留下了一张纸条,证明她曾在他的生命里停留过:沈利,我离开这个城市了,以后也不会再来了,不用找我。谢谢你这段时间的陪伴,这是我一生中最快乐的时光。再见了,我的爱。宋丝雨。

沈利盯着这张纸条足足十分钟,都没明白过来,这到底是什么情况。

想想她这几天的异常表现与疯狂搜刮,他似乎明白,他可能遇到了一个女骗子。不过他还是不明白的是,如果真是骗子,她可以骗到更多的钱再离开,甚至可以骗到跟他结婚,骗得他的资产,刮走他更多的钱再走也不迟,现在就这么消失了算怎么回事?

沈利怎么也想不明白,当然,他怎么也想不到这是一个阴谋。宋丝雨这个人,此后就像是一个烙印一样,烙在他的心里,不是他对她有多么深厚的感情,而是他实在不明白,她为什么要离开,为什么不辞而别,她欠他一个理由。

他现在更多的是悔恨,还有对她的恨。倘若不是她百般勾引,他不会失去尚萌萌,也不会失去儿子,他原本幸福的家庭也不会四分五散。宋丝雨令他失去了他生命中最珍贵的东西,然后就离奇出走了?

他隐隐觉得这里面似乎藏着什么见不得光的东西,但是,他不能确定。宋丝雨在他决定跟她在一起时,却又突然撤退,是不是遭到了威胁?还是发生别的事情,比如父母身体不好,需要她的照顾,她的离开,有她不得已的原因?

这一切他都无从得知。他对她根本就不了解,也没有一个共同的朋友可了解。她的同事说她性格怪僻,从不跟她们来往,所以对她的情况也是一无所知。

于是他在短时间里失去了一个男人所有的幸福，他突然觉得郁闷得难以自制。

沈利失魂落魄地从那两室一厅的出租房里出来，突然感觉自己其实是个很失败的男人。事业虽有成，但一个对老婆小气、对情人大方的男人无疑就是渣上加渣，现在落了个赔了夫人又折兵，一瞬间，老婆情人皆失。

当他回到家，面对冰冷无人气的房子，那种感觉是无与伦比的孤独与寂寞。他以为能在宋丝雨这里找到慰藉，现在也不可能了。

他走出了曾经那么温馨现在那么冷清的家，开着车在路上转了一圈又一圈，在一家酒吧门口停下了。除了以酒消愁，似乎没有更好的办法，来排遣他打掉牙和血吞的苦闷。

半瓶芝华士下去，他感觉每个毛孔都在发烧，像是要着火，脑子逐渐迷糊，甚至眼皮都难以睁开。这时，耳边传来一个似曾熟悉的女声："沈利，你怎么喝了这么多的酒，没事吧？"

他努力地睁开眼睛，看到一张仿佛很熟悉的面孔，他一把抱住了她："萌萌，我好想你，我要回家，我要回家——"

女人搀着他，温柔地说："好好，我们回家，我们回家。"

11

自从尚萌萌跟秦伊夏住在一起，两个女人彼此都有了依靠，不再那么寂寞了。否则，宁宁不在身边，尚萌萌会觉得特别冷清。

秦伊夏经常很忙，忙得有时半夜三更才回来，有时干脆不回家。尚萌萌想，像秦伊夏这么成功、相貌不错又无孩子的女人，一离婚，必定会有很多男人相追。看来，没有孩子的离异女人，并不特别影响她追求幸福，而带着孩子的，想洒脱都洒脱不起来，再嫁也难。这年头，养一个孩子这么花心思，特别是教育方面，谁愿意扯着一个没有血缘关系的孩子各种奔走学这学那。继父继母都不好当，特别是继母，还得管着孩子的吃喝拉撒，只是有的女人就是愿意牺牲，而愿意牺牲的男人却少之又少，所以说，单身母亲基本没前途。

尚萌萌并不后悔有宁宁，男人可能就陪你几年，孩子却有可能陪你二十余年，虽然其中付出的艰辛是难以想象的，虽然孩子长大之后，便展翅高飞了。

这天，秦伊夏还没有回家，尚萌萌把头发一扎，便打扫了起来。尚萌萌觉得这是自己应该做的，你想，这么好的房子让你白住，你不做点事，自己也觉得不好意思。况且，秦伊夏这人不爱收拾，平时都是请钟点工一个星期来一趟，现在再让她请钟点工，尚萌萌会觉得过意不去。

门铃响起来，尚萌萌以为是秦伊夏回来了，没看猫眼便直接开了门："才回来呀？"

她往外一看，却是孔向东，秦伊夏的前夫。一想起孔向东一家人那么对待秦伊夏，并逼她离婚，尚萌萌的气就不打一处来，她没好气地说："你找谁？"

孔向东看到尚萌萌也愣了："是萌萌呀，我是来找伊夏的。"

"她不在。"

孔向东似乎对尚萌萌冰冷的态度很是困惑："萌萌，我有些东西还在这里，我来拿下。"

"不行，你拿东西必须得经秦伊夏同意，我是不会让你随便乱拿的。你还是等秦伊夏回来，再找她吧。"

说完，尚萌萌就欲关门，孔向东更纳闷了，他抵住了门："萌萌，这是怎么回事啊？我找秦伊夏，关你什么事啊？"

"我不是说了她不在吗？你来责问我？你居然还有脸责问我？你

跟你妈怎么对待秦伊夏的，你心里清楚！真是一家子的浑蛋。"

　　说完，她用力把孔向东往外推，孔向东可真是来倔脾气了："尚萌萌，你给我说明白，我跟我妈怎么对秦伊夏了？我们可是好好对她，没招她没惹她，是她自己死活要离婚！"

　　尚萌萌怔住了："她要离婚？谁信啊！她不是不会生吗？不是你们逼她离婚的吗？"

　　这会儿轮到孔向东发愣了，他的脸涨得通红："她是这么跟你说的？真是个可怕的女人，气死我了！我告诉你尚萌萌，我从没在乎她会不会生，而且我这个人很讨厌孩子，我妈虽然经常过来唠叨，但也没对她怎么样！是她这个人根本不是表面那样，觉得我配不上她，一直对我不冷不热，指手画脚，早就看我不顺眼。我知道，我是配不上她，我看她早就有相好的了，然后找个借口把我一脚踢开。离婚就离婚，这些年，我也受够了。"

　　"你有证据吗，这话可不能乱说。"

　　"好吧，我告诉你一个秘密，这就是我跟她离婚的导火线。"

　　尚萌萌瞪大眼看着他。

　　"我发现她一直在资助一个乡下女孩子，刚开始我以为她是献爱心，后来感觉这事情不大对劲，然后去了解情况，发现那孩子管她叫妈妈！"

　　"你是说，秦伊夏有个私生女？"

　　尚萌萌的脑子有点乱，她感觉智商不够用：怎么会这样，这跟秦伊夏说的完全不一样啊？秦伊夏竟然有个私生女？她毫不知晓啊。

　　"你说的不是真的吧？是不是其中有什么误会？"

　　"我骗你干什么啊。一想起她之前不知道跟哪个男人生过野种，而且竟然一直瞒着我，我就特别生气。可她还拒绝承认，我们为这事一直吵架，然后干脆离婚了。我看啊，你对你的这个好闺密要重新认识下才是。她来了，你告诉她一声，车库里，我还有些东西，我要回来拿。"说完，孔向东气呼呼地走了。

尚萌萌关上门，坐在沙发上，好一会儿都没回过神来：秦伊夏竟然有个私生女，她以前到底经历过什么？如果孔向东没说谎的话，那就是秦伊夏对我说了谎，可是，她有必要骗我吗？我跟她认识这么久，一直把她当作推心置腹的朋友，难道是怕我会怪她品行不良？可能她会觉得面子上过不去吧，以她好强的性格，孔向东说的也未必是假话。在尚萌萌的印象中，孔向东一向老实，安分守己，对秦伊夏一直关怀备至。朋友们曾经都很羡慕秦伊夏有这么一个体贴稳重的好老公，秦伊夏倒是漫不经心地说："要不是我，他能住上好房子吗？"言语里透着轻视。

算了，这是他们夫妻间的事，关我这个外人什么事。说不定，秦伊夏还真的有秘密情人呢，她几时回来，我得好好审她一番。哼哼，这样的好事，也不让我知道，真是的。

想到这里，尚萌萌倒也坦然了。毕竟，如果秦伊夏有自己喜欢的男人了，也未必是件坏事，说不定，她很快就会再婚了。

于是尚萌萌便继续打扫卫生，把地扫完了，便开始擦桌子。角落里的东西，都积着挺厚的灰尘，书架上的书也落了些细蒙蒙的灰，尚萌萌便把上面的东西一件一件地擦拭好，又放回去。架子上还摆了很多本影集，用胶卷冲洗出来的照片一张张放在里面。她把影集搬出来，擦好一本放回一本。这时，有几张照片从里面掉了出来，她拿起来一看，是秦伊夏二十来岁时的照片。那时的秦伊夏看上去挺青涩的，像只青苹果，清香、淡雅，没有现在这么锋芒毕露。

里面还有张照片，明显不是秦伊夏的。照片上是个十三四岁的女孩子，长得很稚嫩，尚萌萌觉得好眼熟，似乎在哪里见过，可一时没想起来。正要塞回去时，她发现后面还写着一行字：宋丝雨，你这个不要脸的私生女，也配跟我较劲？

宋丝雨？这名字怎么这么熟啊。天啊，勾引沈利的那个女人不就叫这个名字吗？她再仔细地端详照片，那女孩的眉目真的跟她认识的宋丝雨很像，长得如此像，名字也完全一样，这照片里的女孩子应该就是宋丝雨无异。

秦伊夏怎么会认识沈利的小情人宋丝雨？而且还骂她私生女？这是什么意思？难道秦伊夏跟宋丝雨有什么过节，以至于这么恨她？

关于秦伊夏的身世，尚萌萌知道得不多。秦伊夏很少提及自己的家庭，只记得有一次她气呼呼地说："那一对贱人竟然向我们家要钱！"当时尚萌萌莫名其妙地问了一句："什么一对贱人啊？"秦伊夏没好气地说："就是我爸偷养的情人跟她的女儿。"尚萌萌挺震惊，没想到秦伊夏还有如此复杂的家庭，但当时看她气愤的样子，也没有多问。

现在细细想来，尚萌萌推断，宋丝雨可能是秦伊夏父亲的私生女，也就是她同父异母的妹妹。

不行，我得调查清楚到底是怎么回事。哪有这么凑巧的事，她妹妹怎么跟沈利勾搭上了？

尚萌萌越想心里越不舒服，总觉得哪里不对劲，这段时间发生的一切真的可以用"不同寻常"四个字来形容。

她想了想，给尚成成打电话："成成，你这几天忙吗？"

尚成成依旧油腔滑调的："又要上班，又要泡妞，你说呢？"

"少给我贫，有件事情交给你，帮我调查一下。"

"姐，你的事情还真不少。"

"你就给我说一声，帮不帮，有报酬。"

尚成成听到"报酬"两字立马起死回生了："唉，咱们都是亲姐弟，谈钱多伤感情，只要不难的我都做，你说吧。"

"帮我调查秦伊夏的情况，她前夫说她有个私生女养在乡下，你去确认下这事是不是真的。还有，我想了解她的家庭情况，你去打探下，问问那些邻居，她家是什么情况，她爸是不是也有个私生女，名字叫宋丝雨。"

"宋丝雨？"尚成成叫了起来。

"对，就是沈利的情人，所以，我才觉得这事特别蹊跷。我把照片发微信给你，她家情况这么复杂，我觉得这件事应该闹得比较大，一般邻居都会知道，实在不知道，找他们亲戚打听下。我知道秦伊夏的姨妈住在哪里，说不定他们会知道。"

"姐，给多少钱？请个私家侦探起码得上万吧，你自己说。"

"唉——唉，我怎么会有你这么个钻钱洞的弟弟啊，给你两千，当路费。"

"这哪儿够啊，我想带小玫一起去，有个女人好说话。要去这么多的地方，你说两个人的路费餐费住宿费开销得多大，总不能让小弟我亏钱吧，给三千算了，姐夫给你的钱不是到账了嘛。"

"好好好，你真是什么都知道啊，真应该改名叫尚钱钱或尚神通。懒得跟你废话，这事一定给我调查清楚，我这就支付宝转你。"

"嘿嘿，保证完成任务！"

尚萌萌摇着头按掉手机，然后给尚成成转了钱。她现在要尽快调查清楚，为什么沈利会跟秦伊夏的妹妹搞在一起。还有，她所认识的秀外慧中、聪明能干、呼风唤雨、侠义心肠的秦伊夏，到底是不是如她前夫所说的那样，是个表里不一的女人。

12

沈利一觉醒来，头痛欲裂，接着发现自己躺在宾馆里。

他想不起来为什么会在这里，只记得，昨晚有一个女人扶着他走出酒吧。那个女人昨夜似乎一直陪在他的身边，而且两个人稀里糊涂地激情了一番，那种凉滑温润的感觉现在仍在。

难道只是梦境？房间里没有其他人，沈利真不确定自己是不是在做梦。如果不是做梦，那么那个女人是谁？难道是尚萌萌？

他立即摇了摇头，现在尚萌萌才不会关心他的死活呢，她对他已失望透顶，那么，会是宋丝雨吗？

想到这儿，他便拨打了宋丝雨的号码，电话依旧处于停机状态。

正当他准备不再纠结这个问题，洗漱下就回公司时，他的手机响了起来，是一个陌生来电。他犹豫了一下，接了起来，对方是个温柔的女声，很亲昵地问候道："亲爱的，昨晚睡得怎么样？"

沈利重新看了看号码："你——不会打错了吧？"

女人嘻嘻地笑："亲爱的，没有错，你怎么这么快就忘了我呀？昨晚，你搂着我不肯放手，我被你抱得呼吸困难，一夜没有睡好，呵——"她打了个呵欠，还真是困了。

沈利窘得脸发红，还好，电话里对方看不到自己的模样。这女人的声音听起来确实有点熟悉，令他有点迷惑："你——请问你是哪位？"

女人突然冷笑道："沈利啊沈利，你连你的老情人都忘了？是不是在女人身上滚太多了，分不出前后主次了？"

秦伊夏？难道真是秦伊夏？昨晚跟自己温存的女人是她？

沈利有些头大，而且有点懊恼。最近，他已经被这些女人搞得相当头痛了，这会儿再搭上旧情人秦伊夏，还有没有停歇的时候啊。

可如果不是她昨晚把自己送到宾馆，说不定自己会像流浪汉那样醉倒在街头呢，身上的东西被别人抢光，流浪狗也来啃一通。怎么说，她也有恩于自己，就算出于礼貌，也得对人家表示谢意吧。况且，你还莫名其妙把人家给睡了。

"秦伊夏，真的是你？昨晚，真的……如果有什么冒犯之处，请多原谅。"

"喂，你跟我客气什么呢！昨晚我陪朋友在那儿过生日，刚好看见你喝成那样，也不知道你住哪里，就把你送宾馆了，就是不知道你把我当作谁了……"

沈利赶紧打断她的话："真是谢谢。这样吧，为了表达谢意，晚上我请你吃饭。"

"那——好吧，不见不散。"

那边的秦伊夏挂上电话，嘴角露出稳操胜券的微笑。

13

秦伊夏可真会选地方，她选择的餐厅，是他们以前经常来的。不过小店早已改头换面了，以前拥挤杂乱的快餐店变成了看上去挺雅致、挺清新的花园餐厅，绿萝与花藤爬满原石的墙。

沈利没想到秦伊夏点了田鸡干锅，他深刻地记得以前秦伊夏是不吃田鸡的，说是这种东西带有高温也杀不死的细菌。秦伊夏如此别有用心地选择了这个地方，看来，她的目的是让他怀旧，让他回味他们以前的恋爱时光与那些小甜蜜，而吃什么就不那么重要了。

除了田鸡干锅外，沈利另外点了几个菜，这样秦伊夏至少不会饿着肚子。

看着坐在对面的秦伊夏，沈利恍惚了起来。岁月似乎并没有过多消磨她的青春，她那略显婴儿肥的脸，不再稚嫩，但是看上去更为成熟动人。他们曾轰轰烈烈地爱过，天天如胶似漆地黏在一起，后来因三观不合彼此厌烦，天天吵架，吵了很多年，分分合合，六年的感情最终还是烟消云散。分手不久，沈利就跟尚萌萌发展了关系，并结了婚，那时候，他不知道秦伊夏有多恨他。

此刻的沈利却感受不到她的恨意，倒是沐浴在她春风般温柔的目光中。

于是，沈利自动剔除了不愉快的记忆，独取美好的事，想起那些他们天天腻在一起，甚至关在房间里两天两夜不出门，叫外卖填肚子的日子。那时候，他们是多么年轻、多么疯狂啊。

要不是秦伊夏的出现，沈利觉得那种疯狂的日子像隔世那么遥远。

如果说此时他对秦伊夏没有一点想法，那是假的。他们曾在一起六年，这比他跟其他任何一个女人都久，包括尚萌萌。况且，秦伊夏还是如此优雅美丽，透着一丝扣人魂魄的妖娆。

眼前的秦伊夏，身上V领紧身连衣裙，便是对她完美身材最好的诠释：微露酥胸，事业线很深，看似不张扬，其实恰到好处地在炫耀。

沈利突然想起了昨夜那酥软满怀的感觉。他开始胡思乱想，他不知道现在的自己竟然对秦伊夏会有这么多的想法。

倒是秦伊夏先开了口："沈利，最近过得好吗？"

"我——还好吧，你怎么样？"本来沈利想老实地说自己离婚了，可他最近经历的事情太多了，心生疲惫，另外又怕自己在空窗期会对秦伊夏控制不了感情，所以把这个念头硬生生地压了下去。

"我呀，也挺好的，就是离婚了。"秦伊夏漫不经心地说。

沈利瞪大了眼睛："你离婚了？几时的事？为什么——就离婚了呢？"

"也没多长时间，至于原因嘛，我也不想说前夫的坏话，只能说夫妻情分已尽吧。"

秦伊夏这话说得很巧妙，暗示着因为前夫的过错，才导致离婚事件的发生，她只是这场婚姻的受害者，却显得大度不计前嫌。这份气定神闲，还真不是一般的刚离婚的女人所做得到的，起码尚萌萌就没这么淡然。

"真——对不起，没想到会这样。"

"有什么好对不起的，我觉得这样挺好的，与其两个人都痛苦着，不如一刀切去烦恼根，大家都能得解放。有收有放的人生，才能风轻云淡，你说是吧。"

看着秦伊夏如此坦然地面对失败的婚姻，沈利突然觉得汗颜。他既为她的坦率而心生钦佩，又觉得自己太不像个男人了，离婚就离婚吧，有什么好藏着的，现在离婚率这么高，也不是什么不光彩的事。

只是他心里隐隐有点担心，难道跟秦伊夏再重续前缘吗？虽然眼前的秦伊夏确实令他着迷，但是他们之间所藏着的秘密，却又令他觉得很不安。

不过对于重新恢复单身的旧情人而言，在这么一种眉来眼去的情调中，不重续旧情那简直是对不起自己。

沈利突然想起了什么："念念还好吧，我今年都还没去看她。"

秦伊夏的脸部神经抽动了下："我最近也忙，没时间去，几时有空了去吧。"

沈利叹了一口气。

两个人一时沉默了，过了良久，沈利支支吾吾地说："其实，我也离婚了，是我——是我对不起她。"

秦伊夏似乎对他的这句话并没有什么太大反应，或者说，她表现得太镇定了，令沈利有点意外。

她打量着四周，似乎感慨颇多："想不到这里的变化这么大，沈利，你一定还记得这个地方吧。记得那年的情人节，你约我来这里吃饭，还送了一束玫瑰给我，那时候，我真的觉得好幸福好幸福，只可惜……想不到我们在岁月的河床上走了一大圈，又再次相遇，而且，我们又重新成了孤家寡人。或许，这就是命运的安排吧。你觉得呢，沈利？"

秦伊夏深情地看着他，如此坦率的表白，令沈利有点不知所措。

要知道，他还没有完全从与尚萌萌离婚和宋丝雨的不辞而别里走出来，没想到紧接着就冒出了这个旧情人。沈利真不知道，自己今年是不是太招桃花了。

话又说回来，沈利是谁，现在是游走于情场的老手，不是当初的那个毛头小子了。秦伊夏的出现并不是什么坏事，至少接下来的日子，有了秦伊夏，他可以从离婚的自责情绪中很快解脱出来。忙碌的生活可以让人没心没肺，白天为工作，晚上为女人，这样，他就没时间想太多头痛的事了，应该说，这并不是坏事。

男人就是这样，如果有条件可以继续另一段感情，就算是刚了断一段感情，他也绝不会放弃。

他顺着秦伊夏的话，感怀了一句："只是我们都不再年轻了——伊夏，你真的很喜欢我吗？"

秦伊夏说了句令他震惊又甜蜜的话："不是喜欢，是爱。其实，我从没有停止过爱你！"

14

关于从前的那些事，其实秦伊夏从不曾忘记，甚至回忆越来越炽烈，像一团不熄的火焰。于她而言，这段感情太刻骨铭心。

她这辈子，如果说心里住着谁的话，那就是沈利；如果说她只爱一个男人的话，也只有沈利。因为，这个男人耗去了她的青春与激情。在最青葱、最美好的时光里，她曾幸福地徜徉着，快乐地憧憬着，想象着她穿着洁白的婚纱，挽着一身正装的沈利，走向红地毯，音乐欢快地奏起，洁白的鸽子在教堂的上空飞翔。

这个美好的情景，她想过很多次，唯独没有想过新娘不是她，而是另一个女人。后来，两人打起了冷战。那段时间她只想安静地独处，跟一个人相处得太久，余下的只有平淡、波澜不惊，以及吵吵闹闹。她有些厌倦，沈利也有些厌倦。于是，秦伊夏托医院的亲戚弄了个假证明，请了长病假，独自去了她最想去的丽江。在美丽的丽江，她嚼石榴，爬雪山，晒太阳，跟纳西族姑娘有一句没一句地聊天，悠闲地度过了一个月的时光。在这期间，她的"好朋友"本该到了却没来，肠胃也有点不舒服，她以为是高原缺氧导致的，也没太在意。这一个月，她不曾接过沈利的一个电话。她的倔劲上来了，跟自己傻傻地较劲，在那里待了两个月，待得自己快疯掉了。整整两个月，沈利没给过她一个电话，也不问她在哪里。更要命的是：她发现自己真的怀孕了。

当确认这个消息后，她马不停蹄地赶了回来，她要沈利跪地求她，自责自己对她的忽略与狠心。她实在没有想到，他竟然结婚了，就在前几天。听到这个消息，秦伊夏当场晕倒，大病了一场。

当她稍微恢复后，拖着呕得一塌糊涂的虚弱身体，找到了沈利，沈利当时的表现她依然记得。

他说出了这辈子她听过的最残忍的话："打掉这个孩子吧，伊夏。我知道我欠你的太多了，可我现在真的没有退路了。我以为你不再爱我，我去你家找过，你妈说，你有男朋友了，叫我别来找你，当时我不信，想等你的解释，但是你一直不给我打电话，我给你打了几次，电话没有通。我以为这是真的，所以，我听从了父母的安排，况且——她刚怀上——"

那边有时候收不到手机信号是真的，虽然她并不确定他是不是撒了谎。秦伊夏当时不知道有多震惊，而更多的却是愤怒，分开才两个月，你就搞大别的女人的肚子，还结婚了？那我跟你这么多年，把所有的青春都给了你算什么？

"沈利，我跟了你六年，你要我打掉——她跟了你才多少天？一个月还是两个月？你们就上床了，还怀上了？你以为我是傻子啊？你别骗我了好不好？跟她分手吧行不行，算我求你了好吗……"

任秦伊夏怎么哭闹，沈利都无动于衷，最后冷漠地走掉。

接下来的一年，是秦伊夏生命中最灰暗、最痛苦的一年，如果说这世上有炼狱，秦伊夏觉得自己那一年就是待在炼狱。她跟平常一样上班，装作自己很正常。在产前两个月，她又弄假病历请长假……月子刚坐完，就拖着虚弱的身体全心全意投入了工作，拼命挽回工作上的缺失。那个孩子，她放在乡下一户农家，这成了沈利与她的秘密。沈利压根没去看过孩子，她也很少去看，去了也只是给抚养费，顺便看一眼。

往事如烟，秦伊夏看着窗外，想起沈利这个男人，事实上她并不确定是不是真的还爱着他。那件事情过去之后，她匆忙地嫁了，但是她对孔向东没任何感情，而且她觉得沈利欠她的必须得还给她。

所以当她那个讨厌的同父异母妹妹，跑来这个城市理直气壮地投奔她的时候，她假装善意地给她弄了份专业对口的幼师工作，又以一笔不少的钱，诱惑她勾搭沈利。这钱她得不吃不喝攒上十年才能赚到，而且工作难度又不高，无非是色诱，又不是拖地、搬砖、打扫卫生间之类的体力活。这个虚荣心很强的妹妹咬咬牙，果真答应了。

对于男人，只要使上蛮劲，花上心思，还真难有攻不下的城。

她可以残忍到看着自己的亲妹跟沈利滚床单而无动于衷，这是三年来磨炼的结果。她才不在乎此一时呢，从此后，沈利必定只属于她自己。

而跟尚萌萌，是她有意亲近。尚萌萌是个内心简单的女人，她们又是旧相识，自然而然就把她当心腹闺密了。

饭后，秦伊夏没有继续勾引沈利，而是洒脱地回了家。她对沈利要实施欲擒故纵，而不是死缠烂打，现在的秦伊夏早已脱胎换骨，今非昔比。

回到家，秦伊夏才想起钥匙落办公室了，便按了门铃。等了一会儿，尚萌萌身着淡黄色的睡裙出现了，她睡眼惺忪地看着秦伊夏："你这几天跑哪里去了？我猜呀，肯定是跟男人约会去喽。"

秦伊夏露出笑脸，心想，如果你知道我忙着跟你前夫幽会，不知道你会有什么样的表情。"这几天出差在外，忙着各种各样的会，其实一点用都没有。不去吧，又不行，折磨死人了。我去洗洗，累死了。"

出差有不带行李的吗？尚萌萌看了看秦伊夏的房间，行李箱依旧待在衣柜旁的角落，她不动声色地说："好，早点睡吧，我继续做我的梦喽。"

尚萌萌回到房间继续睡觉，她现在只有等待尚成成的调查结果，关注秦伊夏的动向，其他的，多想也无用。

15

尚成成与其说是给尚萌萌调查真相，不如说是找个机会和小玫游山玩水一番。自从跟小玫谈恋爱后，他们吃饭都是路边摊，尚成成还真的没带她去哪里好好玩过。自从看到自己的亲姐姐被那个臭男人弄到如此境地后，尚成成突然良心发现，觉得女人其实永远是弱势群体，自己不能再做浑蛋了。

于是他一收之前那种玩世不恭的姿态，决定好好对待小玫。人生苦短，他还有多少多余的时间供他挥霍？他实在是想不起自己换过多少个女友了，有被他甩的，也有甩了他的。像他这样的穷小子，现在能搭上一个善良并真心爱他的姑娘，已属造化，他还有什么不知足的。

秦伊夏的老家离城里并不远，一两个小时的车程。这里是小县城，尚成成、尚萌萌的老家也在这个地方。这里山清水秀，有着江南小城的味道，虽然没城里繁华，经济却并不落后，一到节假日，来这里的游客特别多。所以，尚成成带着小玫，一来刚好游山玩水；二来，如果有时间，还可以回老妈家看看；三来，当然是办正事，姐的事是最重要的。

尚成成一到县城，先找了个档次还过得去，看起来也算比较干净的商务宾馆。当然，他们是不能回家睡的，免得饶舌与过分关心的老妈败坏他们的兴致。

登记入住的时候，总台服务员突然冲着一直低着头写单子的尚成成尖叫："尚成成！"

尚成成愣了愣，女服务员长得挺可人，细皮嫩肉，看起来有点熟，貌似以前还处过一段时间吧，但就是想不起名字了。玲玲？张玲？黄玲？他只记得她的名字里有个"玲"字，姓什么想不起来了，叫"玲玲"应该没有错。这个女孩跟他交往的时间，绝对不会超过一个月。

尚成成有点尴尬地看了一眼站在一边的小玫："你是玲——"

"玲什么玲，我是丽丽。哎哟，我说你以前整天跟在我屁股后面转悠，还为我打过架，现在连我名字都想不起来了呀？"

小玫的脸色马上黑了下来。

"原来是丽丽，你知道，我一向记不住名字的——"

"我叫张丽丽，你个死鬼，这几年跑哪里去了，我找你都找不到呢。"

这话一出，尚成成吓得魂飞魄散。小玫的脸更难看了，转身要走。

张丽丽看这情形赶紧从服务台跑出来喊："喂，成成女朋友吧，我开玩笑的，你别介意啊。"

尚成成也拦着小玫："你看，她是开玩笑的。"

张丽丽不停地向小玫道歉："我这个人就是爱开玩笑，其实我们半毛钱关系都没有，就算有关系也是过去的事了，你别介意。"

小玫刚刚缓和的脸听到最后一句又绷了起来，张丽丽连忙说："你们是来登记房间的吧，我给你们安排个安静的好房间，打个七折，这是我能做主的最低折扣。"

小玫这会儿终于吱声了，她提高声音："尚成成，我们不缺钱，还是换个地方吧，我怕待在这里睡不好。"

尚成成进退两难，张丽丽使出了杀手锏："实话告诉你们吧，这家宾馆是我叔叔开的，我说了算。这里的卫生与设施没的说，你们去星级酒店也就这样了。最实惠的是单人间，你们用足够了，平时至少280元一晚。看在你们的分上，我给你们一个内部价——150元，再送免费早餐券两张。要不要，你们自己决定吧。"

这确实够实惠的。换在别的地方，稍好一点的，200来块是少不了的，还不一定有免费早餐吃。

尚成成拉着小玫的手，又起了占小便宜的心："这里真的挺不错的，离景区也近，明早起来，我们可以逛过去呀。否则我们又得提着行李到处找地方，再说也不一定有房。"

小玫噘着个小嘴巴，她毕竟是个善解人意的女子，也没再说什么。尚成成看她默许了，便高兴地对张丽丽说："给我们开个吧，清静点的。"

这时，尚成成突然想起，秦伊夏的老家就在旁边不太远的地方，张丽丽是这里土生土长的，兴许，她会知道秦伊夏家的情况。

尚成成接过房卡，问道："丽丽，能不能帮我打听一个人？"

"什么人？"

尚成成便拿出手机，翻出一张写着地址与名字的照片。那正是尚萌萌给他的，他怕带着弄丢了，便拍照保存在手机里。

"秦伊夏？我们这边姓秦的倒有好几户人家。这样吧，我帮你打听下吧，应该没什么问题。呃，你们要打听什么呢？"

尚成成今天来这里真是来对了。张丽丽熟人多，由她来打听，可比离家十几年的自己容易多了。他可以跟小玫肆意地游山玩水，不用操心这事了。

尚成成看了看周围，压低了声音："是这样的，这女人欠了我一笔钱，我想了解下她家的情况，比如说她家境怎么样，父母现在是不是工作，还有家庭关系怎么样，家里有几口人。特别是，要问问她父亲以前有没有情人，她是不是还有另外的兄弟姐妹夺财产什么的。对了，听说她还有个私生女——"

张丽丽听得瞠目结舌，眼睛瞪得大大的："现在欠债要这么调查了？我怎么听着像在搞什么情报啊？"

"嗯嗯，现在讨债太难了，你一定要调查清楚。我们会在这里待上几天等你的信儿。不过，千万不能让秦家的人知道。"

说完，尚成成摸出几张单百头塞给张丽丽："这几天辛苦了。"

张丽丽有点难为情地接了过来："这个——好吧，你放心吧，这事就包我身上，一定把这个女的祖宗八代都打探清楚。"

拿了钱就不能忽悠了，此时的张丽丽，觉得自己身上的担子真是不轻啊。

尚成成一手拉着行李箱，一手拉着小玫，边上楼边说："你看，还好遇上这个张丽丽，这是多明智的选择啊。咱们可以自己玩自己的，还能不费吹灰之力得到情报，真是一箭双雕啊。"

"得了，说不定一切都白等，等个几天，然后又得自己来。"

"不用担心，亲爱的，我们还是好好享受我们的旅行时光吧。这是我们第一次出来玩，玩得开心就好。"

两个人进了房间，放下行李，突然感觉美好轻松的时刻就要开始了。那种突然间得到放纵的感觉就像匹脱缰的野马，再加上心里的默契，两个人不由自主地越靠越近，嘴巴凑在了一起。

这时门当当当被敲响了，他们原本不想理，但是很明显，敲门的人非常有耐心。尚成成不耐烦地叫："谁啊？"

"我啊，给你们送消毒过的洗漱用品与一次性用品。"

是张丽丽的声音。尚成成无奈，只得去开门。他接过东西，把张丽丽挡在了门外："谢谢谢谢，我自己会放好的。"

张丽丽只得放弃了亲自服务的机会。

这一打扰，弄得两个人一时间没了兴致。小玫便脱掉了外套去卫生间，闲着无聊的尚成成打开了电视。看小玫出来了，尚成成一把搂住了她，双手开始乱摸："我现在竟然有种偷情的感觉，咱们可不能把这可贵的感觉给浪费了。"

小玫也开始配合着尚成成，两个人刚一热身，门又当当当地被敲响了。尚成成有点火了："谁啊？什么事，等会儿再说。"

门外又传来了张丽丽的声音："是我啊。尚成成、嫂子，我给你们送免费茶水来了，这是我们的特产茶，可香了。快点啊，我拿不住了。"

尚成成与小玫互相看了一眼，彻底瘫倒在床上。

16

虽然尚成成与小玫的"小蜜月"在张丽丽有意无意的干扰之下，过得并不那么完美，但是，张丽丽办事还算是非常有效率。她把秦伊夏的底细打听得一清二楚，甚至秦伊夏几时开始谈恋爱都摸清了，只是，对象叫什么名字没有说。

原来，秦伊夏的父亲还真的有个情人。情人经常带着她的女儿，也就是秦伊夏父亲的私生女来闹，要名分，要钱。来的次数多了，动静也就大了，所谓坏事传千里，邻居对这事真是无人不知，无人不晓。秦母几次提出离婚，都没有离成，那时候，离婚是件丢脸的事情。后来，秦父在国外的生意做得有点起色了，为了避开小情人的纠缠，干脆一家人都搬到了国外。秦伊夏的弟弟跟着去了，秦伊夏不愿意出国，就在国内继续她的学业，并谈了男朋友，然后进了银行工作。

宋丝雨十几岁时的照片，尚成成也拍进了手机里，找邻里一核对，还真没错。

这边有了结果，尚成成与小玫便按照张丽丽提供的大概地址，去找秦伊夏的私生女。几经波折，终于找到了。这个女孩子年纪跟宁宁相仿，长得很可爱，只是挺脏的，那双手好像好几天没洗过，却直接拿着馒头啃。尚成成看到这情况真的很吃惊，秦伊夏怎么可能会让自己的亲生女儿生活在条件这么差的地方？这户人家除了这女孩之外，另外还有两个孩子。他问那个妇女，这女孩真的是秦伊夏的亲生女儿吗？那妇女叹了口气，说秦伊夏不承认，但是却让女孩管她叫妈，如果不是她的孩子，她怎么可能放在这里养呢，不过每个月只给一千块抚养费，看在亲戚的分上，自己算是多带一个孩子。

尚成成把调查结果打电话告诉了尚萌萌，并给她发了秦伊夏私生女的照片，尚萌萌虽然已有心理准备，但内心还是被狠狠地撞击了一下。看来真是知人知面不知心，秦伊夏有个私生女，她居然把这事藏得这么深，而且看那孩子的肮脏样，根本看不出她对孩子有任何感情。尚萌萌倒有点心疼那孩子了。

更重要的是，秦伊夏跟宋丝雨，真的是同父异母的姐妹，那么，宋丝雨勾搭沈利是不是秦伊夏的安排？秦伊夏跟宋丝雨的关系看样子也不会好到哪里去，宋丝雨怎么愿意帮她？不过，像宋丝雨那样的家庭，她跟她母亲的生活过得应该并不怎么幸福，如果秦伊夏花钱雇她，而宋丝雨又想要改变自己的生活，还真的没什么不可能。

但是，尚萌萌不明白秦伊夏为什么要这么做。

秦伊夏为什么要蓄意破坏自己的家庭？难道自己做了对不起她的事？以前，虽然她们认识，但不是很熟，不过点头之交，根本就扯不上什么恩怨。只是近几年，她们的关系越来越好，走得越来越近。

尚萌萌百思不得其解，突然她想起几年前，她们刚走得比较近，那段时间，秦伊夏正处于失恋状态，说自己的男友忘恩负义，跟别的女人在一起。难道跟她前男友有关？尚萌萌突然灵光一闪，但随即又摇摇头，就算沈利是她前男友，他们之间真的有什么，她也不至于让自己的亲妹妹来勾搭啊。

在尚萌萌单纯的内心世界，这样的事她是无法理解的，她感到非常困惑。

她很想问秦伊夏，为什么要这么做。她也知道，一旦撕破脸，她们将不再是朋友，她也将无家可归。

但是，她无法跟用心叵测的秦伊夏待在一个屋檐下，她觉得自己会疯掉。

所以现在，首要的问题是：买房子。

而且，一天也不能耽误。

第三章　求职

1

尚萌萌在马应龙的办公室外面徘徊了好几圈，最终还是鼓足了勇气，敲了敲门。

随着马应龙的回应，尚萌萌挺了挺胸进去。她想女人只要气势强大些，男人才能有求必应，小女子委曲求全的时代早已过去了。

当面对马应龙，尚萌萌到嘴边的话又咽了下去。她一眼瞄到他的杯子里已空，便殷勤地拿起他的杯子："我给您添些水。"

她打好水放在马应龙的面前，马应龙直直地看着她，看得她心里一阵发虚。

他的电脑旁边有一盆仙人球花，看样子，至少一个月没浇过水了，有点干萎。尚萌萌又拿起了那盆花："我来浇点水吧。"

说着她抱着花就跑出去了，马应龙没说一句话，等着她浇水回来。

"你再看看我的办公室，还有没有需要加水的，都统统加上吧。"

"哼，我又不是你生活秘书，凭什么呀？"

"这是你自愿干的，我可没叫你。你不是挺爱干加水、浇水之类的活嘛，我这可完全是满足你的爱好。"

"马总——我想——我想请个假——"

尚萌萌终于开口了，"请假"两个字一出口，她就等着马应龙劈头盖脸一顿骂，什么你上班才一个月，请假请了半个多月，再扣去休息日，才上了几天的班啊；什么现在又要请假，如果大家都像你这样，还请什么员工，办什么公司啊，趁早关门大吉算了，等等。

马应龙心里的想法确实跟尚萌萌猜测的一样，但是，他忍了忍，终究没有发作，而是换了一种平和的语气："给我个原因。"

他居然没发脾气，马应龙自己也觉得奇怪，几时脾气变得这么好了？

尚萌萌战战兢兢地看了他一眼，怕他打出一个迷雾弹再爆炸。

"我想找房子——"

"你不是在秦伊夏家住得挺好的吗？"

"那里毕竟不是我家，打扰太长时间觉得过意不去。再说，过段时间，我想把我儿子接回来住。"

马应龙有一会儿没说什么，过一会儿他说："请假就不必了。我有个朋友就是搞房介的，你去找他，让他帮你找几套性价比不错的房子，约好房东在中午或下午下班的时候看。"

"好啊，那谢谢你了。"

随着跟马应龙的交往，尚萌萌感觉他其实是个外冷内热、心地友善之人，换成别的老板，像她这样的员工，早已经被炒掉一百次鱿鱼了。

马应龙对自己挺宽容，难道仅仅是因为秦伊夏的关系？如果真是这样，她还真是要感谢秦伊夏。

马应龙看着她的背影，叹了一口气。这个女人，因为丈夫的背叛选择自食其力，然后经历了离婚、无房、投奔闺密、找房子、独自带孩子。有时候她暗自落泪，过后依旧笑脸迎人。

每一个人，心里都有一座悲伤的城市。

他对这个女人莫名生出一种悲悯之情。

2

尚萌萌打了个电话给尚成成，托他买一套监控设备。她要趁秦伊夏不在家的时候，把她家的客厅与睡房都装上监控。

这几天，她一有空闲就马不停蹄地看房子，她想找装修好的。经过几天奔波，终于看中一套朝南的三居室，虽然面积不算很大，但比较实用，还有个小书房。

她打算把一切布置好后，就把老妈跟宁宁接过来住。如果尚成成愿意的话，可以在小书房里凑合凑合。这样，虽然她离了婚，但也算是有家的感觉了。如今，她算是活明白了，男人不过是流水的兵，只有家人才是铁打的营地，什么样的感情都没有亲情来得坚不可摧。

添置家具，收拾布置，忙了近半个月一切安排妥当了，尚萌萌才告诉了秦伊夏。

听到尚萌萌要搬出去，秦伊夏有点意外，有点恋恋不舍："待在我这儿不是挺好的嘛。虽然我太忙，对你照顾不周，不，应该是一直没照顾你，还经常受你照顾。有你在，这房子看起来干净多了，我也觉得温馨多了。"

尚萌萌笑笑："总待在这里也不是办法，我还想把宁宁和我妈都接过来住呢。我刚刚把房子手续办好，明天就准备搬过去。这段时间，真的谢谢你的收留，伊夏，我会永记在心——"

"宁宁几时回来呀？你们可以都住在我这里啊。"秦伊夏打断了尚萌萌的话，一脸的惊喜。

"搬好了，就把他们接过来。"

"他们来了，你给我打声招呼，我去看看你妈与宁宁。好久没见了，挺想那小屁孩的，宁宁现在身体好些了没？"

"没什么事了，不过隔两三个月就要去检查一次，所以，独自把他放乡下，我也挺不放心的。"

秦伊夏这么关心宁宁，看起来很有爱心啊，她自己的孩子却像个小叫花一样扔在乡下，不闻不问，这得多冷血才能做得到。尚萌萌觉得真的难以想象，她想问，但还是忍住了。

"对对，乡下的医疗条件哪里有我们这里好。"

"伊夏，打扰了你这么长时间，晚上我们来个辞别宴吧。再喝些酒，不醉不归，如何？我都很久没疯过了。"

"行啊，真高兴听到这样的话。我们好久没一起喝酒了，那我去换下衣服补下妆啊。"

看着秦伊夏往房间走去，尚萌萌抬头望了望顶上的豪华灯饰。灯饰的隐秘处，一只不仔细看就看不出来的监控探头发着黑黝黝的光，冷冷地关注着底下发生的一切。

不多时，秦伊夏换了套紫色印花图案的羊绒衫出来，衣服是宽大休闲型的，但是，她那若隐若现的S形身材看起来更加耐人寻味，再加上她那冷峻如霜的气质，要说秦伊夏没人追，尚萌萌说什么也不会信。

只是她不知道，这个对自己热情洋溢的女人，到底在自己背后做了些什么事。如果只是一场误会，那她真的有愧于秦伊夏，人家这样待她，而她却以小人之心度君子之腹。

现在，只有等着这个摄像头给她答案了。

当秦伊夏亲密地挽着尚萌萌的胳膊，去赴这场所谓的辞别宴，尚萌萌想，秦伊夏一定很开心，因为，她终于可以自由自在地享受离异后的单身生活，可以自由发展男女关系，纵然一天一换，也无人能知。不过想想她收留自己的这段时间，尚萌萌真的心怀感激，如果这一切只是误会，秦伊夏做朋友还是挺不错的。

两个人吃了饭后，又去酒吧，叫了几瓶法国干红。秦伊夏在酒吧玩得很开，跳得汗水淋漓，那股野性的劲儿使她看起来一点不像三十多岁的女人，倒像是二十岁的青春火辣女子，惹得几个小帅哥冲着她尖叫。

尚萌萌极少见过秦伊夏热情奔放的一面，她发现自己却奔放不起来，带孩子这么多年，已经跟不上别人的节奏。她边啜着酒，边看着光影中的秦伊夏与其他男男女女，眼前的一切变得恍惚起来，似乎她跟这个世界格格不入。

就在这时，秦伊夏放在桌子上的手机亮了起来，上面显示的名字是"利哥"。谁会这么晚给秦伊夏打电话呢？嘿嘿，不会是她的新男友吧？看秦伊夏仍在那里跳得起劲，尚萌萌趁着几分醉意，就把电话接了起来。

"小夏，你在哪里，怎么这么吵？"

对方明显提高了声音，这声音对尚萌萌来说真是太熟悉了。尚萌萌恍惚了一下："你是谁呀？是找秦伊夏的吗？"

"是啊，你是……"

"我是秦伊夏的朋友——"

两个人突然都停了下来。因为，他们几乎在同一时间听出了彼此的声音。

"你是沈利！"

"你是——萌萌？"

一时间，沈利吓得声音都有点抖了。他真心没想到，尚萌萌会跟秦伊夏待在一起，秦伊夏可从来没在他面前提起过她。

"那个——萌萌，你不要误会。是这样的，我一笔贷款在小夏那里办着，想咨询下她，是不是办妥了。"

尚萌萌宁愿相信他们之间真的只是业务关系，沈利不是还有宋丝雨吗，怎么可能在这么短的时间里，跟秦伊夏扯在一块儿？而且，沈利确实是办公司的，秦伊夏也确实在银行里办信贷业务，她没有理由不去相信沈利的话，她宁可如此自欺欺人。

"她还在忙着，待会儿她回来，我让她给你电话。"

"你们忙的话就算了，我改天再打，太吵了，我挂了啊。"

"嗯。"

放回手机，尚萌萌看着炫彩光影变幻中的秦伊夏，觉得她像一只狐狸，媚到骨，又狡猾得不动声色。她真的是只九尾狐吗？还是自己想多了？

如果她真的是只狐狸，那么，她一定会露出尾巴的。尚萌萌忍了忍，除了暂时把这个问题烂在肚子里，还有其他的选择吗？

不过她相信，她很快就能知道答案。

3

搬家那天是双休日，尚成成与小玫一起来帮忙。秦伊夏出差培训去了。

把东西搬上车后，尚萌萌看了看这个自己住了一个多月的地方，叹了一口气。尚成成说："有什么好留恋的，我看那女人根本就不是个好东西，说不定会被她毒死。"

尚萌萌瞪了他一眼，把他往车上推："乱讲什么，赶紧走。"

到了新家，几个人下车把东西往房子里搬，搬好之后，尚萌萌忙

着布置与整理。这时，小玫推了推尚成成，朝他眨了眨眼睛，尚成成
便赶紧抢过尚萌萌手里的东西，帮她一起整理。

"姐，这房子挺好的，你的东西也搬过来了，过两天，我们去把
宁宁和老妈接过来吧。"

"嗯，我正有这个打算。"

"姐，那——我们也收拾下，明后天就搬过来吧。你看，我不是
还租房子住嘛，前两天房东还跟我嚷嚷着要涨价。唉，赚点钱都不够
送房东的。"

尚萌萌瞪大了眼睛瞅着他。

"姐，你看，不是有三个房间嘛。宁宁还小，你跟宁宁一间，妈
一间，不是还多个房间嘛，反正空着也是空着，不让亲弟住，还能让
谁住呀，对吧？你也知道，现在这里的房租有多贵，一个月七八百上
千块，我一个月薪水才三四千。这不，还得吃饭，开销交通费、水电
费，偶尔还要跟小玫下馆子，各种费用，得多费呀。再说，我们不是
一家人嘛，住在一起互相也有个照应，如果没有我呀，这个家得多无
聊。你这么忙，宁宁也没人陪玩，妈有时候也照顾不过来呀。"

说实在的，尚萌萌当初选三室的房子，倒是为尚成成留着一间。
只是，买了这个房子，尚萌萌手头的积蓄不多了，还要负责宁宁、老
妈的各种费用，尚成成与小玫再过来，又多了好几张嘴巴。

"你们搬来来可以，伙食费自个交一部分，还有家里水电费由你
们出了吧。我现在手头钱真不多了，工资又不高，养不起你们这么多
张嘴啊。"

"好，这个没问题！"

小玫也乐开了怀，这房子当然比那些简陋的廉价出租房住着舒服
多了。

"姐，这个是必须的，我去提桶水，把窗户再擦擦干净。成成，
你去买点菜，今天啊，就在姐姐家开火，我来炒菜。以后咱们的日子

呀，红红火火。"

"好哩，我去买。"

尚萌萌看着他们俩，摇摇头笑了。热闹点也好，至少，让你感觉到自己不是最无助的，况且，真让老妈一个人带孩子，她根本就忙不过来。

这让她更加想念宁宁了，看来，得早点把宁宁接回来。

尚成成与小玫走了后，房子里一下子变得安静而空荡。

尚萌萌洗了个澡，回到自己的房间，打开了电脑。她边用干毛巾擦着头发，边随手点开监控视频。

她想着秦伊夏不至于这么心急吧，她前脚刚走，后脚秦伊夏就带男人回家。

视频里一片安静，于是她用手机点开一部电影来看，打算看完就睡觉，今天实在是太累了。

看到一半，尚萌萌不经意间朝向电脑，却发现里面的光线亮了。很明显，秦伊夏回家了。在她身后，站着一个男人。尚萌萌没看到男人的脸，随着角度的转移，当她发现那个男人就是沈利的时候，她感觉自己的世界凝固了。

她最担心，最不愿意相信的事，此时赤裸裸地摆在了她的面前。

沈利与秦伊夏，一个曾是她最爱的人，一个是她最好的闺密。此时夜正深，他们在一起。

她盯着屏幕，心里说不清是难过还是愤怒，虽然已有心理准备，但当她看到这一幕，还是悲愤得无法自已。可是，她又能做什么？

屏幕里的秦伊夏不见了，沈利坐在沙发上，甚为无聊地用电视遥控器换了一个又一个的台。过了一会儿，秦伊夏仅穿着一件浴袍出来，散乱着头发，赤裸着双臂，直挺傲人的胸部露着半截。

她随手拿起茶几上的红酒杯子，给自己和沈利各倒了一杯红酒。

尚萌萌在心里骂：勾引男人还用得着这套路。

而接下来的事自然得不能再自然，沈利把头埋在了秦伊夏的胸前，两个人在沙发上激情热吻。

尚萌萌紧紧地闭上眼睛，双手捂住了脸，眼泪从指缝里流了出来。这一切，颠覆了她对爱情还有友情的信仰；这一切，是那样的肮脏不堪，跌破了她的心理底线。

秦伊夏，你为什么要这样做？我到底哪里对不起你？

她大声地号叫道："秦伊夏，你为什么用尽一切的阴谋，拆散我们这个原本幸福的家。为什么？为什么？"

她怒吼着，这段日子以来深深的压抑与痛苦终于在这一刻得到了倾泻。她呜咽着。

这时，屏幕里的人已经不见了。

4

此时，秦伊夏的房间里，充满着高涨的荷尔蒙气息。

激情过后，秦伊夏躺在沈利的胸膛上，抚摸着他的肌肤："沈利，你知道吗，我就是忘不了你。十几年前，从第一眼看到你，我就知道，你是属于我的；现在，你终于又回到了我身边。这是天意吧，或者是命运安排我们相守到老。"

沈利想想尚萌萌，又想想宋丝雨，终究无可奈何花落去。看来，有时候人还得认命。

"或许吧。"

"我想把属于我的东西要回来，属于我的一切，统统要回来。"

沈利似乎明白了秦伊夏的话中话，神情有些恐慌："不行，不行，这会要了尚萌萌的命。"

秦伊夏搂住了沈利的脖子："亲爱的，我就想跟你在一起不行吗？你们都离婚了，为什么你还这么替尚萌萌着想？"

"虽然我跟尚萌萌离婚了，但我尊重她。我告诉你，秦伊夏，我们可以在一起，但是，其他的不可能，否则，我只能离开。"

说着，沈利起身要穿衣服，秦伊夏抱住了他的腰："好啦，我听你的还不行吗！"

沈利这才作罢。他没有发现，秦伊夏的眼神此时变得无比阴冷。

5

这天，尚萌萌姐弟俩接来了宁宁与老妈。

宁宁一直黏在妈妈的身边，生怕妈妈再离开他："妈妈，晚上你抱着我睡觉好吗？我怕醒来又看不到妈妈了，我想永远跟妈妈在一起。"

一想起宁宁出生以来第一次离开自己这么久，尚萌萌觉得一阵心酸："嗯，以后呀，妈妈天天陪着你，再也不离开了，好吗？"

这时，宁宁突然想起了什么似的："爸爸，爸爸在哪里，我要爸爸！"

尚萌萌手足无措，她不知道该怎么向未到三岁的儿子解释。

"爸爸出差了，你乖，过几天爸爸就回来了。"

尚萌萌好不容易才把宁宁给哄下来。尚母摇了摇头："唉，好好的一个家成这样了。都怪我，那天不该——"

"行了，妈，你今天也累了，早点休息吧。今天晚上宁宁跟我睡。"

尚母叹了口气，点了点头。

这时，尚萌萌的手机响起来，是秦伊夏。尚萌萌现在非常厌恶她，但是一想起那段时间她对自己的收留与照顾，责骂她的话又说不出来。

"萌萌，搬好家了吗？"

"嗯，搬好了。"

"这几天忙死了，不停地开会，我都没来得及去看看你。对了，宁宁接回来了吗？"

"今天刚接回来。"

"回来了就好。这个周末我休息，想出去逛逛，这样吧，你带宁宁出来，我们一起去逛游乐园吧。"

"这个——"尚萌萌实在想不到理由拒绝，况且，要带宁宁好好玩一趟，也只能选在周末了，"好吧，如果没有特殊情况我们就过去，他也想玩。"

尚萌萌有点纳闷，这个秦伊夏对自己的儿子还真不是一般地上心，对自己的亲生女儿却冷漠无情，真是个奇怪的人。这时，宁宁又不停地妈妈长妈妈短地叫着，尚萌萌没时间想那么多，回应道："宁宁，我来了——"

尚成成与小玫这几天简直黏在一起了。倒也是，突然间有了这么好的居住环境，既没有别人来骚扰，自己也打扰不到别人，只是锁起门来享受着二人的美好时光。尚萌萌把宁宁哄睡，轻手轻脚地关门出去，看见尚母还在厨房里忙活。

"妈，烧什么呢？"

"炖了些桂圆红参枸杞汤，给你补补，看你现在的气色不大好。唉，你说萌萌，成成跟小玫现在这样黏在一起好吗？万一你说——"

尚萌萌笑了："妈，万一小玫肚子大了，你不是有孙子抱了，不是挺好的吗？"

"宁宁现在还需要照顾，你又要上班，他们俩也要上班，我怕我忙不过来。再说，他们婚都没有订，你说，婚约都没有，传到我们那里，说出去多不好听。"

"妈，这都什么年代了，奉子成婚的人多了去了，谁现在还顾忌这个。"

"唉，随他们怎么着。对了，最近沈利跟你联系了吗？他儿子回来了，他知不知道，总该看一眼吧。"

既然秦伊夏都知道宁宁回来了，那么沈利理应知道。如果他连自己的亲生儿子都不关心，那真没什么好说的。

吃完老妈的甜汤，回到房间，看着宁宁那张熟睡的天真无邪的小脸，尚萌萌陷入了深深的忧郁。

6

尚萌萌迟到了半个多小时来到公司，发现办公室多了一个女同事。

只见此女同事吊梢眉，水汪汪的丹凤眼，丰乳肥臀，那套腰身非常窄的黑色OL装，都快要被她的胸给撑爆了。尚萌萌真担心那件衣服的负荷能力。

听说，她是他们财务室经理的新助手。又不是大公司，财务室其实一共才三个人，除了财务经理，也就是主办会计，还有个做仓库账的女会计，再就是尚萌萌了。看样子这个女同事不大受欢迎，你说你长成这样，着装还这么高调，这不是赤裸裸地拉仇恨吗？谁还能给你好脸色？看到尚萌萌坐下来，她仿佛看到一个可以吐苦水的救星似的。

"你就是萌萌呀，我是新来的，叫我安娜就行，以后呀，请多多指教。"

看她这么有礼貌，又很虚心的样子，尚萌萌有点意外。这跟她相当有杀伤力的长相不符呀，出于礼貌，尚萌萌笑着点了点头。

这个安娜突然压低声音说："萌萌姐，有些男人就是贱骨头，我觉得你做得非常对。"

尚萌萌张大了嘴巴，半晌没说话：我的天呀，这丫头是刚来的吗？怎么什么都知道啊？尚萌萌转眼看了看低头算账的女同事，只见她把手抵着嘴巴做咳嗽状，头埋得快要把桌板穿透了。

安娜意识到自己的话有点唐突，闭嘴坐回了自己的位置上。

尚萌萌摇头苦笑，看来离婚的女人在哪里都是焦点。

对于安娜的工作能力，尚萌萌挺怀疑，更怀疑她跟财务经理是不是有一腿。

财务经理姓何，四十有余，一米六五的身材，130斤的体重，面相跟他的身材一样敦厚，戴着副黑框眼镜，说话有点娘娘腔。

在安娜去卫生间之际，做仓库账的女同事终于说话了："何经理，你就招了吧，这个女的是怎么进来的，睡过了吧。"

接着，她就发出一阵咯咯的大笑。

何经理敦厚的脸涨成了猪肝色："你乱讲什么啊。实话跟你们说吧，她是我一个远房表妹，是我的表姑妈托我，说好说歹非要我收下她。这不，我的事情这么多，就让她一起来帮忙了。她毕业没多久，没什么社会阅历，你们多多包涵。"

她们都闭嘴了。

尚萌萌笑笑，现在的女孩子真懂得包装自己。

午饭时，在公司楼下的快餐店里，尚萌萌打好了饭菜坐定，这时马应龙也打好了菜，便坐在她的对面。

"怎么样，搬家都搞定了？"

"嗯，搞定了。"

"对了，下半月我想弄笔贷款，跟别人合资搞一块地，但金额稍微有点大……"

"马老板，现在都什么时期了，全国的房价都撑不住地腾腾下去了。今天的新闻你没看啊，二、三线城市的楼盘都在跌，你还贷款圈地，这不是自找死路吗？"

马应龙笑道："死不了，那块地我去考察过了，位置虽然不算是很好，但有发展前景，轻轨地铁都在造，而且价格挺便宜，我想跟未来的丈人一起合作把它给弄下来。房子弄好后，走平民价位路线，这边的人应该都能承受。这种刚需房，前景可以的。"

"原来都有丈人了，你女朋友我还没见过呢。"

"嘿嘿，几时有空呀，带你认识下。所以嘛，请你在秦伊夏面前帮我美言几句，你懂的……"

唉，说来说去，无非就是想利用我跟秦伊夏拉关系，搞贷款。我恨秦伊夏恨得要死，还要求她？我没有扇她几个巴掌，觉得很对不起她，也对不起自己，感觉自己窝囊得要废掉了，还要为不关自己利益的事求她？

尚萌萌坚决地摇了摇头，马应龙软磨硬泡，说好说歹，像个唐僧一样碎碎念。尚萌萌真不知道一个男人这么能唠，听得她头都大了，又想想最近马应龙确实对自己挺关照的，换在别的公司，像她尚萌萌这样三天打鱼两天晒网的，早就被开了，哪还能这么优哉游哉的。

她只好点了点头，心想着周末要和秦伊夏带宁宁一起出去玩，找个机会探探她的口气吧，说不定她会卖我份人情。

"我只能帮你好好说说，秦伊夏买不买这个账我真不知道。毕竟银行的审批手续很严的，不是她想多贷就能多贷，只能尽力而为。"

"嗯，这个我明白。"

正聊着，安娜看到他们俩便拿着盘子过来，嗲声嗲气地说："萌萌姐，你坐在这里呀，我能坐在这位帅哥的旁边吗？"

尚萌萌说："行，你就坐在你的帅老板旁边吧。"

"哇，原来您就是马总呀。我是财务室新来的，何经理的助手，请多多关照。"

安娜眨巴着那双媚眼全力放电，尚萌萌真担心，马应龙会被电傻。

马应龙咳了一声，然后端起来盘子："我吃完了，你们慢聊。"

安娜赶紧跟他使劲地扬着手。

一看他走远，安娜的嘴巴如黄河决了堤："天啊，原来咱老板这么年轻，还这么帅气。怪不得表哥说这个公司非常适合我来，我的人生，真的是找到目标了。"

"你来迟了。"尚萌萌做了一个停止的手势，"你还是死了这个心吧，人家都在谈婚论嫁了，感情好得跟什么似的，你根本就插不上脚。"

安娜失望了，随即又信心十足。她拢了拢那头挑染过的鬈发，用手抵着下巴，眨巴着眼睛，问："他女朋友有我漂亮吗？"

"这个还真不知道，他女朋友我不认识，没可比性。"尚萌萌耸了下肩，说完后叹了口气，看来，马应龙这桃花劫是逃不过去了。

7

周日大早，秦伊夏就提着大包小包的各种玩具、礼物来敲门。

尚母起得早，正在做早餐。她打开门，见是秦伊夏，她跟秦伊夏还是认识的，见过一两次面。她不知晓秦伊夏跟她女儿有什么过节，看见秦伊夏带着那么多的东西来，乐得合不拢嘴："来就来呗，干吗要带这么多东西呢，真是的。"

秦伊夏笑道："这是应该的，我也好久没来看望你们了。这高丽参是给您的，这些玩具、衣服都是给宁宁的。宁宁呢，还在睡觉吗？"

听到外面的动静，尚萌萌心想，秦伊夏还真是积极，积极得有点不同寻常。很明显，她是冲着宁宁来的，她这么喜欢宁宁，估计是因为不能生育吧。不对，她有私生女啊，对了，秦伊夏重男轻女，喜欢男孩，不喜欢女孩。也有可能，那个女孩真的只是她资助的而已，可能是别人误会了。

这么一想，尚萌萌倒觉得想通了这个问题，就又同情起秦伊夏来，心里的恨也少了一点。

她换好衣服，出了房间："伊夏，你来了呀。你坐这里等一会儿，我把宁宁叫醒。"

"别，让他再睡会儿，我们迟点出去玩也没事，反正今天有的是时间。那个——萌萌，我能看一眼宁宁吗？唉，我自己没孩子，你——懂的。"

"行，你去吧，我先去卫生间洗漱。"

秦伊夏进了房间，轻轻地关上门，凝视着熟睡中的宁宁，似乎想起了什么伤心的往事，几滴滚烫的泪从眼睛里滴落。

尚萌萌洗漱完毕，进房间准备找要换的衣物，看到秦伊夏神情有点异常，问道："怎么了？"

秦伊夏赶紧抹了抹眼泪："没——没什么，其实我以前也有过一个孩子——后来流掉了——如果他还活着，应该也跟宁宁一样大了……"

站在母亲的立场，尚萌萌真的挺理解秦伊夏的心情，也能体会她为什么对宁宁那么喜欢了。然而，她还是无法理解，秦伊夏使各种手段把沈利抢走，究竟是为了什么。

宁宁听到她们的说话声醒过来了。

"妈妈——"

"宁宁醒了，宁宁，我们起床吧。今天呀，夏阿姨和我们一起去游乐园玩，好吗？"

"哇，太好了。"宁宁兴奋得一跃而起。

吃过早餐，他们收拾了一下便出了门。宁宁一手牵着秦伊夏，一手牵着尚萌萌，非常兴奋，他很久没跟妈妈一起出去玩了。对秦伊夏，宁宁很快熟了起来，他非常喜欢这个阿姨，因为这个阿姨很友善，还总是满足他的要求。只要宁宁多看哪个玩具几眼，秦伊夏就腾腾腾地跑过去，把它买下来。尚萌萌觉得挺不好意思，心里对秦伊夏的恨意又减了几分。尚萌萌心想，她对宁宁这么疼爱，不管她出于什么目的抢走沈利，也没那么可恶了。

此情此景，尚萌萌不由得想起，他们一家三口来这里玩的欢乐情景，那时一切是多么美满，多么幸福啊。宁宁现在失去了父亲的陪伴，也是秦伊夏一手造成的，她这是在弥补自己的愧疚吗？

宁宁刚从旋转小飞机上下来，秦伊夏买了几支雪糕回来，就递了过来。尚萌萌虽然心里不乐意小孩子吃这种东西，但也不好说什么，她怕宁宁闹起来，大家都扫兴。宁宁边吃边跑，把秦伊夏与尚萌萌甩在了后头，叫都叫不住。这时，一个大点的男孩子正往这边跑，正好擦上了宁宁。宁宁力量小，冲劲又大，一下子没控制住，摔倒在地上撞到了额头，哇哇大哭。

尚萌萌与秦伊夏一前一后冲过来，尚萌萌赶紧抱起宁宁，看见孩子的额头红了起来，还有血点渗出，赶紧用手心压住了伤口。

旁边的秦伊夏怒了，责问那孩子怎么到处乱跑，万一把宁宁撞成脑震荡怎么办。那孩子的母亲不停地道歉。

尚萌萌看着宁宁的额头，还好撞得不是很严重。再说，小孩子都这样，磕磕碰碰都是难免的。于是她对那孩子的妈妈说："算了，你们走吧。你们也不是故意的，下次让孩子别这么莽撞了。"

可那孩子的妈妈根本没理她，还是不停地向秦伊夏道歉："真的对不起，要不带你儿子去医院查查，如果有什么问题，我们会负责的。"

秦伊夏不耐烦地挥了挥手："算了算了，你们走吧。"

说者无心，听者有意。尚萌萌想不通了，是她抱着自己的儿子，她才是宁宁的妈妈啊，为什么旁人却把秦伊夏当成了宁宁的妈妈？

她不禁偷偷地打量着宁宁和秦伊夏的长相，他们都是双眼皮，而自己跟沈利都是单眼皮。再仔细看，他们不但眼睛长得像，连嘴巴、鼻子也都像。尚萌萌吓了一跳，天啊，太像了，宁宁简直是秦伊夏的翻版啊，难怪别人会以为秦伊夏是宁宁的妈妈，而不是自己。

尚萌萌以前完全没有意识到这一点，因为她是宁宁的母亲，当然不会想这么多；尚母也没有意识到，是因为宁宁是她自己的外孙，当然不会觉得跟别人长得像。陌生人就不一样了，他们完全是比较客观地看的，所谓"旁观者清，当局者迷"。

此时的尚萌萌感觉自己整个人都恍惚了，再加上宁宁受了伤，无心再玩，便回家了。

当她带着宁宁从秦伊夏的车子上下来，她看到秦伊夏的眼睛一直紧紧地盯着宁宁，眼里是满满的不舍与依恋。

这种眼光，令她特别心神不宁。

8

回到家，尚母与成成、小玫正在吃饭。尚母有点意外："你们在外面吃了吗？饭烧得不多，我再煮两碗面条吧。宁宁的额头怎么了？"

尚萌萌放下包，她感到特别疲惫："摔了一跤，妈，你去拿碘伏给他擦下。我不想吃，你烧一碗给宁宁吃就行。"

说着尚萌萌便进了自己的房间。最懂孩子的自然是妈，尚母觉察到女儿的异样，犯了嘀咕："这是怎么了？"

尚萌萌回到房间，把思绪梳理了一番。她想想秦伊夏与沈利之间不寻常的关系，再想想秦伊夏对宁宁不寻常的关心与溺爱，又想想那孩子的母亲对秦伊夏说的道歉话，脑子里冒出一个令她恐惧的念头。

宁宁难道是秦伊夏的儿子？

不，这不可能。

宁宁是我怀孕十月辛辛苦苦生下来的。孩子生下来心肺功能不全，我跑了多少趟医院，花了多少心血与精力，才把他调理成正常的孩子啊。那段时间，我经常病倒，甚至得了抑郁症，日子是无法想象的黑暗，但是我无怨无悔，只希望宁宁能有一个健康的身体。现在，宁宁终于康复得差不多了，他居然不是我的儿子？

不不，如果宁宁不是我的儿子，那么，我那个怀胎十月的孩子呢？他去哪里了？不，应该是巧合，绝对的巧合，他们只是凑巧长得像而已。

宁宁绝不可能是秦伊夏的孩子。

这两种想法就像是两条凶猛的蛇一样，它们龇牙咧嘴，吐着舌芯，雄赳赳气昂昂，缠打在一起谁都不肯服输。

尚萌萌感觉自己的精神状态又变得极差，仿佛又回到了那些整天照顾宁宁暗无天日的日子。那种日子，如果你没有孩子，或者没有经历过至亲病倒在床榻日夜守护，你是无法体会与理解的。

不，这事情，我一定要搞清楚，否则，寝食难安。

尚萌萌想起了在医院工作的老同学姚丽，于是便打了个电话给她。姚丽是住院部的护士，生性泼辣，却选择了这样的工作。照她的话来讲，除了管打针输液外，有时候，碰到特殊的病人，比如没有家属的，或者死活不肯通知家属的，护士吃喝拉撒都要管，只差没当他们的妈了。只是姚丽自己也没想到，这工作一干就干到现在。

"姚丽，我是萌萌，你——忙不？"

"嗯，忙是常态，不忙是非常态。亲爱的，你找我什么事？"

"咳，那个……那个，你们医院能做亲子鉴定吗？"

"亲子鉴定？难道你怀疑孩子不是你老公——"电话那边的姚丽

惊叫起来。

"什么鬼话，当然是我老公的。是有个朋友托我问问，你轻声点行不行？"

"行。我当然相信你的人品喽。这边能做，用头发或者验血都行，结果大概一个星期出来，加钱可以加急，好像一两天就行。"

"嗯，我知道了。"

"你是怀疑宁宁吧？"

"你怎么会这么觉得？"

"我……哎，不跟你说了，有病人叫我了。"

站在病房门口的姚丽按掉了手机，非常不安地在原地转了几个圈。她喃喃地自言自语："该来的终究还是要来的。"

接着，姚丽叹了一口气，往病房里走去。

姚丽的怀疑和吞吞吐吐的话，令尚萌萌更是心里堵得慌。突然她想起自己生宁宁的时候，就是托姚丽找关系，找了一个技术比较好的妇产科医生接生，而后续陪护就由姚丽接手了。那姚丽应该知道些什么吧。

她再次打姚丽电话，但是姚丽没再接。

不行，我得带宁宁去医院，不能再等。

尚萌萌风一样地从房间里冲出来，抓起包，拉起正在吃面条的宁宁就要走。

尚母看到这情形，大惊："萌萌，你这是去哪里，宁宁还没有吃完啊！"

"我去给他包扎下额头，路上买个小蛋糕给他吃。走吧，宁宁。"

"好的。外婆，我要去吃蛋糕啦。"

看着母子俩消失在门口，尚母真是万般纳闷，她自言自语："今天萌萌是哪根筋搭错了啊？"

9

尚萌萌做了个加急的亲子鉴定，两天后当她拿到鉴定报告，看到宁宁跟她并无血缘关系时，顿觉天旋地转，一下子瘫软在地，好一会儿才爬了起来。

沈利啊沈利，你到底对我做了什么？我的孩子呢，我的孩子哪里去了？她不能相信，跟自己朝夕相处了两年多，视为生命中唯一支柱的儿子，竟然不是自己亲生的！

尚萌萌靠在医院的柱子上，看着医院里熙熙攘攘的人群。面对生与死，谁会在意她的狗血事呢？谁会在意她的异常呢？

她深吸了一口气，努力让自己平静下来。

她打了个电话给沈利，让他马上过来，又打了个电话给姚丽，让她马上下来，没有丝毫商量的余地。

慌乱的姚丽没有马上下去，而是打电话给沈利："怎么办？怎么办？萌萌已经发现了。唉，要不是那几年买房子差钱，我才不干这种缺德事。这要是被医院知道了，我会被辞退的，说不定还得判刑——"

那边的沈利在办公室里强作镇定地说："姚丽，事情既然这样了，我们必须得瞒到底。我们要口径一致，尚萌萌手上也没有证据，一切都会过去的。否则，我们可能都得坐牢，你可能比我更倒霉。"

"好吧。"

姚丽做了几次深呼吸，把心情平静下来，然后往楼下走。

她一到医院后面的绿化区，就看见尚萌萌站在那里，神情就像个愤怒的复仇女神，眼睛都快喷出火来了。

看到姚丽往这边走来，尚萌萌努力压抑住自己的情绪。

"姚丽，你告诉我，这是怎么回事？"

姚丽不敢直视她咄咄逼人的目光："怎么了，萌萌？我——不大明白。"

"我跟宁宁根本就没有血缘关系，是不是你把我的孩子抱出去卖掉了？"

"不不，这可不能乱讲的，萌萌，这是要坐牢的。"

"那你告诉我，我的孩子到底哪里去了，你说，你说！"

尚萌萌再也控制不了自己，她紧紧地抓住姚丽的胳膊，情绪激动。姚丽狠狠地咽下了口水，颤抖地说："萌萌，这事真的跟我没关系，是你老公要这么做的。"

"你告诉我，他做了什么？"

"你还是问他吧，其实，他这样做也是为你好……"

为我好？尚萌萌更加愤怒了，姚丽却紧闭嘴巴不说话。

"姚丽啊姚丽，我们同窗多年，我是多么信任你啊，才把自己与孩子交到你手上，可是你——你如果不说，我就拉你去见院长！"

姚丽痛苦地摇摇头："事情不是你想的那样。"

两人正拉拉扯扯，沈利匆匆地赶来。此时的尚萌萌已完全丧失了理智，她抓着沈利的衣襟吼叫："我的孩子呢？我的孩子呢？你们把他藏哪儿了？"

这时有路过的人往这边看来，沈利说："你别激动，萌萌。我们找个安静的地方，我把知道的全部告诉你，好吗？"

在姚丽的劝慰下，三个人来到一家咖啡馆，找了个包厢坐下。尚萌萌已经没有了任何耐心，失去控制般地对沈利又打又骂："我的孩子呢？你把我的孩子弄哪里去了？你说，你说，你说啊。"

沈利任她打骂："萌萌，如果你觉得这样能减轻你的痛苦，你就使劲打吧。"

尚萌萌更火了，歇斯底里地吼道："我不要听这些屁话，你告诉我，我的孩子，我辛辛苦苦怀胎十个月的孩子哪里去了？"

沈利也大吼："她已经不在了，死了，一生下来就死了！"

"什么？"尚萌萌似乎没有理解这句话是什么意思。她脑子里一片空白，整个人就像秋天里的枯叶，摇摇欲坠，她根本不相信自己的孩子已死。

"你说他死了？不可能，不可能的，你骗我，你骗我，对不对？产前检查，医生没有说他有问题啊！"

"你生产时不是难产吗，而你又坚持顺产。生产的时间过久，再加上绕颈三圈，最后剖出来的时候孩子已经窒息了，很快就没气了。"

尚萌萌的脸色变得苍白，她盯着姚丽，姚丽使劲地点了点头。她感觉自己的心如一片玻璃碴一样，碎得那么彻底。她喃喃自语："不，不可能，绝不可能，我的孩子不会死的，不会死的，不会死的……"

说着她便晕了过去，姚丽与沈利赶紧扶起她。过了一会儿，尚萌萌缓过了气："那宁宁呢？宁宁是谁的孩子？我养了他两年多，近一年的时间是在医院里度过的，谁能理解我的艰辛？我知道了，他是秦伊夏的孩子，对吧，是你跟她的孩子。"

"不不，他不是秦伊夏的儿子。是这样的，当时医院里有个孕妇要引产，都八个月了，孩子引下来是活的。我在产房外面听到这件事，是我求姚丽，要她把这个孩子抱给我，我跟姚丽怕你接受不了孩子已去的事实，所以才……"

一直没吭声的姚丽这时说话了："是的萌萌，当时我真的挺为难的。那孕妇因为离婚，把未足月的孩子提前引下来，孩子是早产儿，心肺功能不全。那孕妇生了后就扔下孩子走了，孩子待在医院也是个大难题……可毕竟也是条生命啊，真的怪可怜的，当时，你的孩子又……于是我便同意了沈利的提议，帮他把孩子给抱过来了。"

为什么会是这样？尚萌萌无法接受这样的事实，原来，她的孩子早就没有了。

她那一直喜欢在半夜踢她肚子的孩子，让她睡不好觉，一听到民谣就安静下来的小闹腾，竟然就这样消失了，而她竟然在两年多之后才得知这样的事实。

"你们是不是合起来骗我？"

"没有没有，真的没有。"姚丽与沈利同时说。

尚萌萌感到极度疲惫，许久，她才无力地站起身往外面走。

走到门口，她又想到了什么，停住了脚步，问："他是男孩，还是女孩？"

沈利与姚丽对视了一眼，沈利轻轻地说："女孩，长得很像你。"

尚萌萌没有再说话，极其缓慢地走出去，似乎她全身的力气都耗尽了，再也走不动了。沈利和姚丽也站起了身，担心地跟在她的后面。

只听到扑通一声，尚萌萌躺在了地上。

10

仿佛在百花盛开的公园湖畔，一个穿着红色裙子、扎着两条羊角辫的小女孩，在草地上尽情地奔跑着，她的笑颜就如盛开的紫云英一样美丽。

跑着跑着，小女孩不知被什么东西绊了一下，摔倒了。她哭了起来，尚萌萌跑过去扶起了她，拍了拍她身上的土，柔声地说："乖，不要哭，阿姨给你买糖吃好不好？"

小女孩停止了哭泣，定定地看着她。尚萌萌继续说："你妈妈呢，小姑娘，你怎么一个人在这里玩呀？我带你去找妈妈吧？"

小女孩又"哇"的一声哭了起来："妈妈，你就是我妈妈啊。你为什么不要我了，为什么不要我了？"

尚萌萌想，这女孩一定是认错人了吧？她牵着女孩的手，带着女孩去找妈妈，一路上不停地叫着："有人丢了孩子吗？有人丢了孩子吗？"

没有人回应。刚才还非常热闹的公园，一下子变得十分冷清，除了她们两个人，再也没有第三个人，尚萌萌感觉好奇怪。原本熟悉的公园也变得越来越陌生，越来越荒凉，竟然还能看到孤零零的坟墓。尚萌萌的心里越来越害怕，她感觉手心里握着的小手也越来越冰冷，小女孩的脸色看起来那样苍白，一切都显得那么诡异。她紧紧地牵着小女孩的手，生怕她会再次走丢。

突然，不知道从哪里冒出几个高大的蒙面黑衣人，一下子就把小女孩掳了过去。尚萌萌一时没防备，女孩的手从她的手心里脱掉了。

尚萌萌颤声问："你们想干什么？你们是谁？"

一个黑衣人粗声粗气地说："她本来就是我们管的，今天不小心让她逃出来了。"

那几个人强行抱着小女孩走，小女孩大声地哭号，伸着手拼命地挣扎着："妈妈，救我，妈妈救救我——"

"喂，你们不许带走她，你们这些浑蛋，快放下她！"

尚萌萌拼命地追着，但是怎么都赶不上那几个黑衣人，眼看着他们即将消失。尚萌萌心一急，被脚下的石头一绊，狠狠地摔了一跤……

当她睁开眼，看见眼前是一张稚嫩的面孔。她一下子坐了起来，抓住孩子的肩膀，欣喜若狂："你没有被他们抓走，太好了，太好了……"

一直在旁边守着的尚母被尚萌萌的话吓了一大跳：完了，女儿是不是傻了？

"你说什么呢，萌萌，你刚才晕倒了。"

尚萌萌这才发现自己躺在家里的床上，眼前出现的是宁宁，而不是小女孩，原来刚才做了个梦。这时，宁宁开心地说："妈妈，你醒了，爸爸说你太累了，睡着了。"

尚萌萌看着眼前宁宁那张天真的小脸，内心不由得一阵搐动，她觉得好痛好痛。梦里那小女孩的求救声是那么清晰，仿佛刚刚经历过。孩子，我亲爱的孩子，是你在呼唤我吗？

泪水顺着她的脸颊滑了下来。

尚母叹了一口气："萌萌，到底发生什么事了？沈利与姚丽送你回来，他们说你受了点刺激，情绪有点不稳定，身体没什么大碍。到底发生什么事了？"

尚萌萌再也承受不住巨大的悲痛，扑在母亲的怀里哭了。

但是，她又不敢对母亲说自己的孩子已死，宁宁是别人的孩子。

母亲这段时间又要带着宁宁，又要做家务，累得支气管炎的老毛病都犯了，难道她还要告诉母亲，你一直疼爱、细心呵护的外孙，其实不是亲生的？那对她来说不是雪上加霜吗？自己现在这个样子，害得她如此操心。再加上母亲年纪这么大了，身体一年不如一年，这事绝对不能再让她知道了。

现在也不能让尚成成与小玫知道，尚成成那个大嘴巴，太不牢靠，他知道了等于全世界都知道了。而小玫，最近因为工作上的事，她自己情绪也很差，这些烦心事，还是不要对她说了。

尚萌萌的丧子之痛，除了深深地埋在心里，独自啜血而泣之外，又能怎么样。

11

　　沈利把尚萌萌送回去后，无比疲惫地回了家。今天发生的事，真的像做梦一样。他没想到，尚萌萌这么快就发现了宁宁不是她的亲生儿子。

　　此时，秦伊夏已在他家等着了，她俨然成了这房子的女主人。

　　"你去干什么了？"

　　"办了点事。"

　　沈利本来不想多说话，但他觉得这件事还是有必要让秦伊夏知道。于是他在她的身边坐了下来，有力无气地说："尚萌萌知道宁宁不是她的儿子了。"

　　秦伊夏愣了愣，接着兴奋得差点跳起来："太好了，我说嘛，她迟早会知道的。她打算几时把宁宁还给我们？"

　　"还给我们？不，我没对她说宁宁是我们的孩子。我只是对她说，她的孩子生出来就没了，当时刚好有个怀孕八个月的妈妈要打胎，于是就把那妈妈的孩子抱过来了。所以，她并不知道……"

　　秦伊夏有点怒了："为什么啊？宁宁是我们的亲骨肉，凭什么不能要回来？我们已经在一起了，是要结婚的，沈利，我不是跟你玩玩，为什么我们一家三口就不能团聚？你要知道，我才是他的妈！"

　　沈利也有点生气了："妈？你也配当妈？当初是谁把他扔掉的？是谁说自己处在升职的重要时期，不能让孩子拖累？你本来可以不把他生下来，可你又不干，非要把他生下来。生下来了，又不对他负责，嫌他身体不好，说自己没时间照顾。这还不算，还非要把我女儿给调包了，让尚萌萌把宁宁当亲生儿子。现在好了，宁宁这么大了，身体也正常了，你想要回去就要回去？快三年了，这三年来你付出了什么，你自己说！"

秦伊夏毫不示弱："是你先抛弃我，跟那个女人结婚的！是你当初不让我破坏你的家庭，不让她知道我和孩子的存在！你还有脸怪我，把脏水全都泼到我身上！如果不是尚萌萌，我们一家三口就过着幸福的生活！都是因为这个女人！同样是女人，凭什么我就为人所不齿？凭什么这么多年的感情你说不要就不要，一转眼就跟另一个女人结婚生孩子？沈利，你凭良心说，你亏欠我的还不够多吗？"

"这跟尚萌萌没有任何关系！我们当时不是分手了吗！分手也是你提的！"

"我只是想安静一段时间。如果没有她，怎么可能一切都不一样了！"

这是他们和好后第一次爆发了这么大的争吵，而且把陈年的积怨全都挖了出来。

沈利一时无话，过了一会儿才说："好好，现在一切都按你想要的发展，你满意了是吧？我怀疑我跟尚萌萌离婚，完全是你搞的鬼！"

秦伊夏准备继续大吵，说："是我搞的鬼又怎么了，我只是抢回了属于我的一切。"但是理智占了上风，不行，现在既然已经得到了沈利，就不能再失去他。现在首要的问题是怎么夺回宁宁，而不是跟他闹僵，否则，一切都白费了。

秦伊夏的语气软了下来："沈利，我们别吵架了好不好？我也是为这个家好，希望我们有一个完整、完美的家庭，你难道不想宁宁跟我们在一起吗？"

沈利想想这话也有道理，语气也缓了下来："我也想，可是，我们不能太自私。"

"沈利，我只是想要回孩子的抚养权。如果尚萌萌知道宁宁是我俩的亲生骨肉，她应该会同意把宁宁归还我们的。"

"不行伊夏，这对她太残忍了。"

"那你到底想怎么做，你说啊？你总得告诉我，我怎么样才能要回我的儿子吧！"

秦伊夏又火起来了。

沈利叹了口气："除非她自己不想养宁宁了。但这是不可能的事，伊夏。你知道，宁宁是她唯一的支柱。"

秦伊夏觉得再跟他争下去没有一点效果，还会影响他对自己的感情，于是决定假装妥协："我明白了。"

沈利站起来："还有，别再有事没事去找宁宁！"说着，往房间里去了。

秦伊夏不再说话了，她心里却冒出一个无比坚定的念头：一定要让尚萌萌主动放弃抚养宁宁的权利！

12

自从知道自己的亲生女儿早已不在人世，尚萌萌的精神状态很差，总是整夜整夜失眠。她的孩子，她根本没有见上一眼的孩子就这么走了，没来得及跟这个世界打一个照面，一想起来尚萌萌就心如刀绞。

尚母非常担心自己的女儿。她不知道女儿怎么了，问也不说，再这样下去，怕女儿身体垮了。于是尚母经常喊尚成成中午回家吃饭，再让他给尚萌萌送营养便当与炖品。

这天，尚成成在楼下等尚萌萌下来拿便当，安娜跟她一同下来了。这段时间，安娜简直就是尚萌萌的尾巴，寸步不离，甩都甩不掉。其实尚萌萌很烦心，她只想一个人安静地待着，可又不好说，毕竟是同一个办公室的同事。或许，安娜觉得尚萌萌跟老板的交情不错，跟定尚萌萌，就有机会接近马应龙了。

一看到安娜，尚成成的眼睛都快变绿了，这女人还真是够性感的啊。

安娜看尚成成盯着她的胸，骄傲地再挺挺，仰起了头："哟，萌萌姐，你弟是个雏吧，没见过女人吗？"

尚成成嘿嘿地笑："女人是见过，但你这样的美女，倒真是没见过。你看我姐，够美了吧，但是呀，你比她更美上一百倍。"

这屁话拍得，不管哪个女人都受用，何况是安娜："哟，看在你这么有眼光的份上，我就赏你请我吃饭吧。尚姐的中餐有着落了，我的还没着落呢。"

"好呀，好呀。"

尚萌萌傻了："你们——说着玩的吗？"

她接过了便当袋，安娜很自然地坐上尚成成只花万把块淘的二手比亚迪，然后跟尚萌萌晃晃手，扬长而去。

尚萌萌在后面跑了几步："喂！你们给我回来啊——"

她此时真无语了，小玫知道了还不闹翻了啊。

作为一个有过婚姻的女人，她真是不能理解这些小年轻的思想。两个完全不认识的人，第一次见面就约饭了？好吧，约饭就约饭吧，千万别捅什么娄子。

尚萌萌摇了摇头，无奈地拎着便当袋，回到自己的办公室。

自从这几天尚成成送饭，尚萌萌都没去楼下的快餐店了，除了办公室的人，她不想跟其他任何人接触。甚至对马应龙，除了工作上的事情外，也没什么多余的话。

其实这段时间，马应龙面临着一个很大的问题，这弄得他焦头烂额，濒临崩溃。他从银行贷了为数不少的现金，在跟准岳父付了那块地的前期款项后，参与计划的那几个人，包括他的准岳父，还有他的女友，一同人间蒸发了。他想起来，关于这块地，还有有关的一切咨询与资料，都是准岳父直接提供的，他怎么相信准岳父会欺骗他呢？又怎么相信这个女朋友是个骗子呢？他告诉自己，他们不可能是骗子，但是他们的手机全部关机，他无法找到他们。

所有的温存原来都是个陷阱，马应龙无法接受这样的事实。

一上班，银行的催款电话一次又一次打来，尚萌萌不得不再次去马应龙的办公室，提醒马应龙，应该还钱了。

尚萌萌之前对这个项目就抱有怀疑，她曾多次提醒马应龙应该慎重考虑，不要掺杂儿女私情，毕竟事关重大，毕竟那可是好几百万人民币。马应龙这公司，一年不过五六十万的净利润，哪里承受得起这样的损失。

马应龙那时正描绘着他美好生活的宏伟蓝图，包括自己的婚姻。他想着哪天正式拿下那块地，就对女友求婚。他要在那片空地上，种上一千株郁金香，就在那里，举行他人生第一次，也是唯一的一次盛大婚礼。他要他们的爱情结出甜蜜幸福的果，让他们的爱情就像那片土地一样永世长存，亘古不变。

马应龙掐灭了烟，烟灰缸里的烟头已经满得快要溢了出来。他胡子拉碴，显得异常憔悴，用手支着脸，痛苦地埋下了头。

尚萌萌敲门进去，看到这情形叹了口气摇了摇头，轻轻地把烟灰缸里的烟头倒进了垃圾桶。她觉得，马应龙应该振作起来，面对现实，无论如何先想办法把贷款的缺口给补上，否则公司不但面临着危机，而且会被银行起诉。

"报警吧——"

这三个字刚说完，马应龙突然像是想到了什么，激动地站了起来："不，他们一定是出什么意外了。快，马上把这几天的报纸送过来。还有，在网上查查这几天是不是有什么大的意外事件。"

尚萌萌忍无可忍，吼道："你怎么还这么执迷不悟啊，他们根本就是一伙骗子！那女人今天跟你上床，谈婚论嫁，钱骗到手，明天又跟另一个男人商量买哪个楼盘的婚房，去哪里度蜜月，开始新的骗局。你们到底认识了多久，对她跟她所谓的父亲，你又了解多少，你自己说！"

"才两个多月，是你来这里上班的前几天认识的。对了，我去过晓红家，但是去了几次门都关着，没人。"

"你手机里有她跟她那父亲的照片吗？"

"她的有，她父亲的没有。"

"那也行。走，我还真不信问不出个所以然来。"

13

那地方是个高档住宅区，环境、物业都挺好，晓红的"家"在七楼。她曾说过，这里的楼盘，她父亲曾参与过。对这个，马应龙深信不疑。

尚萌萌不停地按着门铃，终于出来了一个一脸厌烦的中年男人。马应龙赶紧问："晓红在家吗？"

"什么晓红？你们找错人了！"

尚萌萌推了推马应龙，马应龙赶紧把手机上晓红的照片拿出来，说："就是她，请问你有印象吗？"

中年男人一看到晓红的照片，变得非常激动："这女人，住了三个月不说一声就走了，还有一个月的房租没有交，留下一大摊乱七八糟的垃圾，我都收拾好几天了。空调、热水器也给弄坏了，墙纸也给撕坏了一大堆，快气死我了，修整费还不够房租呢。"他看看尚萌萌，又看了看马应龙："你们跟她不会是朋友吧？"

尚萌萌赶紧说："不不，是这样的，她向我们借了点钱，没有还，我们也找不到她的人……"

中年男人这才没说话，把门"砰"的一声关上了。

尚萌萌拉着马应龙赶紧走："现在死心了吧，话说你是怎么认识她的……"

"在一家婚介网站……"

尚萌萌无语地摇了摇头，赶紧拉着马应龙直接去公安局报了案。这个晓红果然是有前科的，凭着漂亮的脸蛋与魔鬼身材，还有小鸟依人状的温柔与善解人意，获得了好几个男人的心。他们三四个人一伙，是团伙作案，现在正被警方通缉。

做完笔录出来，两个人一时无言。

这是多么残酷、多么丢人的事啊，他马应龙，名牌大学高才生，堂堂七尺男儿，还是个小老板，手下管着几十号人，竟然被一个女骗子耍得这么惨。

马应龙的内心充满了无限的挫伤感，如果朋友们知道他被一个女骗子骗得失身又失财，万一成了热点新闻，那他还怎么活啊。要知道，这种热点从来不缺人看，大家都爱看热闹，喜欢骂一通来区别自己与傻子。

从公安局出来，马应龙一拳击在电线杆上，然后不停地击打着，发泄着内心的愤怒与憋屈。

"下次让老子遇见你们，一定让你们断手断脚！"

"好了好了，骗都已经骗了，钱还没有追回来，别再自虐破坏公物了。再说你也占了人家姑娘的便宜，你也没吃亏嘛，就是价钱高了点。"

"谁说我占她便宜了——我呸，她也就值两百块钱，凭什么骗我两百万啊！"

"行了，现在我们首先要解决的问题就是怎么把贷款给补上。抓骗子是警察的事，我们就别瞎操心了。"

马应龙颓然地低下了头，尚萌萌开口了："马总，我也是刚买了房子，手头没什么多余的钱了。我卡上只有五万块，你先拿去补个空吧，其他的钱，慢慢凑起来还掉，公司不能没了……"

马应龙真没有想到尚萌萌会帮助自己，他知道她现在的状况，刚离婚的女人，吃光了离婚补偿金，还能吃啥。

"不行，你有老妈，还有儿子要养。这笔钱，我会自己想办法的。实在不行，我只能找老头子要。"

"老头子？"

"嗯，就是我爸。"

尚萌萌有点意外，这是她第一次听到他提到他爸，看样子，他们父子之间的关系应该不怎么样。

以前，尚萌萌的父亲尚在的时候，尚成成也是整天跟他吵架。男人跟男人啊，真是一山不容二虎，只是现在，他想吵架都没机会了，常常后悔。

"有爸爸真幸福。"

这回轮到马应龙意外了："你，没有父亲了？"

尚萌萌点了点头，两个人边走边聊："嗯。五年前，他坐的长途车发生了事故……我们甚至没跟他见上最后一面，赶到那里的时候，平时跟他吵得最凶的弟弟哭得最伤心。弟弟说，爸爸，你醒来吧，你什么都是对的，我再也不跟你顶嘴，也不跟你吵架了……"

说着，尚萌萌的眼圈红了，她深吸了一口气："你不知道，他们两个一碰面就一定会吵架，好好说句话都不能。其实成也知道，爸是为他好，但是，他就是那股拗脾气，就是觉得我爸不理解他，不体谅他，从不站在他的立场为他着想，根本就无法沟通。而成成那吊儿郎当什么都不当一回事的样儿，老爸也是一看到就无名火起，一说话就很冲，越冲我弟弟就越窝火，所以……现在，他觉得自己那时真的太幼稚了，太自私了，却再也没有机会了。我爸临终的时候，手里还握着我弟的照片……"

马应龙一时沉默，尚萌萌抹了下眼角渗出的泪，笑了："说这些干什么呢！我只是觉得，生命真的太脆弱了，所以，我们应该好好珍惜和亲人的缘分，你说是吧？"

马应龙还是没有吱声，关于自己的父亲，马应龙真的不愿意提及，连这个人是不是存在都不想说。每次提及父亲，就像揭开一道深深的旧伤疤，令他有揭皮伤骨的疼痛，别人不曾经历，又怎么能体会他的伤痛。

那时候，他才十来岁，他一直以为这样的事，应该不会发生在自己的身上。原本他也有个幸福的家，父母很相爱。但是，不知道何时起，父亲回家的次数越来越少，陪他的时间明显少了，对他的感情也明显淡了。那时候，他一直以为父亲很忙，有很多的生意要做。父亲每次回来必定跟母亲吵架，母亲的哭泣与诅咒，父亲的大吼大叫，令他害怕。父母之间的关系越来越冷淡了。

直至有一天，父亲带来了一个很年轻的女人，他才明白这个女人就是父母不和的根源。

就这样，父母离婚了。

当初，父亲拿着母亲资助他的陪嫁做本金，开始做生意。刚开始受尽挫折，后来否极泰来，生意有所好转，并越做越大，先是跟别人合作把山西几个煤矿承包了下来，赚了不小的一笔钱，继而又做了其他产业。男人越有钱，越有变坏的潜质，因为扑上来的飞蛾太多了，而且年轻貌美，懂得打扮懂得讨男人的欢心。父亲跟那些坏男人一样，终于沦陷了，抛弃了结发之妻与爱子，娶了小娇妻，后来听说他们又生了个儿子。

而母亲，竟然在父亲再婚那天，一夜白了头，神色怆然，面色憔悴。

从那天起，他就发誓，这辈子就当自己的父亲已经死掉。后来，父亲马德康很多次来看他，他都拒绝相见。

马应龙说出了这些从不向别人提起的往事，又愤愤不平地说："萌萌，你觉得我会向他借钱吗？看见他我都觉得恶心，像吞下只苍蝇一样恶心，呸！"

马应龙越想越气，那些陈年旧事又一次翻了上来。

"唉，想不到你还有这么悲惨的身世。可这笔钱不是个小数目，如果不求他你还有别的出路吗？"

"家里的房子已经抵给银行了……"

"那房子不是要被银行没收了？那你跟你妈住哪儿？马总，这事已经过去这么久了，看开点吧，毕竟不管怎么样，你们还有血缘关系在那里，你父亲的心里一定也很内疚的。老一辈人的事，最好还是不要影响下一辈，谁在年轻时没有干过傻事呢，不过有轻与重之别罢了。相信你妈也不那么恨你爸了，还是给你爸一个弥补过错的机会吧……"

"再说吧，我真不想见他，跟他说话都会觉得反胃，我自己先想办法凑钱。我先送你回去。"

尚萌萌无语了，想不到一代人的恩怨，会影响下一辈这么深。这种积怨真不是一时能解开的，一个失败的婚姻，对孩子的伤害有多深，真是难以估量。宁宁虽然不是自己的亲生儿子，但是看见他抱着沈利叫爸爸的样子，她也觉得挺难受。

回到家，她突然想到一件事情。这段时间，她一直沉浸于丧子的悲痛之中，忽略了一个重要的问题：秦伊夏跟宁宁真的没有血缘关系吗？跟沈利也没有血缘关系？

照沈利跟姚丽的话，宁宁跟他们都毫无血缘关系才对，但是，秦伊夏对宁宁那种特有的母性光辉，只有在一个母亲身上才会散发。倘若尚萌萌没有孩子，她也体会不出这种微妙的感觉，现在她以一个母亲敏锐的第六感，觉得事情没有沈利说的那么简单。

如果真是这样，他们现在已经在一起，秦伊夏完全可以提出来要回宁宁啊，她却毫无动作，这又是为什么？

尚萌萌越想越疑惑。

他们之间一定还有什么不可告人的秘密！

14

马应龙回到家，马母迎了上来："这么迟才回来，饿坏了吧。你先盛饭，我把菜热下，很快的。"

说着马母就忙活起来。母亲自从跟马德康离婚后，一直没有再婚，独自带着自己生活。其实也有男人帮助过他家，特别是隔壁的赵叔叔对他们家特别照顾。赵叔叔是离婚男人，有一个儿子判给了前妻。不知道为什么，母亲一直婉言谢绝。

马应龙觉得，母亲心里还是放不下爸爸，所谓爱恨交加吧。

马母把菜热好了端上来，坐下来看儿子吃饭，看着他狼吞虎咽的样子，开心地笑了："慢慢吃，慢慢吃，你啊，还是跟小时候一个样子。对了，晓红这几天都没来，有空带她过来吧，让她家长也一起来，我们商量下，几时把日子给订下来，我也想早点抱孙子了。"

马应龙一下子感觉食物哽在喉，难以下咽。他慌忙喝了口汤水，以掩饰自己的心虚。他真不知道跟母亲怎么交代，母亲受了这么多年的苦，他不想再让她操心了。如果她知道那些浑蛋骗了他这么多的钱，她会气晕过去的。更重要的是，他把这房子抵押给银行了，如果还不上钱，房子就会被银行收走。

唉，这事一定不能让她知道，得尽快解决好。

"最近她很忙，等忙过这段日子再说吧。妈，你别总是为我考虑，我还年轻呢，自己的事情自己能解决。你啊，也该为自己考虑了。"马应龙决定转移话题。

马母先是惊讶，然后笑了："说什么呢，儿子，我都这么一大把年纪了，有什么好考虑的。"

"正因为年纪大了，才更需要个人互相照应啊。妈，我觉得赵叔叔真的挺不错的。这么多年，他一直对我们挺照顾的，他一个人，你也一个人，如果你们能在一起，我真的一点都不反对，还很高兴。再说，我现在这么忙，老到处跑，经常顾不上你，万一有点小病什么的，你们可以有个关照呀。"

"唉，赵叔叔真的挺好，就是我对他没啥感觉呀。"

马应龙乐得差点把饭喷出来，真想不到老妈的脑瓜里还有感觉这么不现实的玩意儿，看来女人不管多大的年纪都会有一颗少女心啊。

"妈，你都多大年纪了，还要谈什么感觉谈什么爱情啊，连我都不相信感觉这回事了。妈，你太天真可爱了。我觉得吧，跟谁一起生活，还是人品最重要，品行不端的人，那简直就是个渣！"

最后这句话，可真是马应龙的肺腑之言，这既是骂自己的亲爸，也是骂晓红那个女骗子。

"哎哟喂，我的儿子，你可算是长大了，你也这么想真是太好了。"

马应龙突然想到了什么："妈，你那里还有多少钱？"

"怎么了儿子，是不是要讨媳妇了呀？这房子是要重新装修下……"

"不不，我就随便问问。"

马应龙赶紧解释，算了还是别问了，估计她那里也没多少存款。母亲只有离婚时判的这房子，这么多年来，她一直拒绝跟父亲见面，也拒绝接受他的资助，就算她手头攒了个十来万，也不够还啊。

马应龙看着母亲，欲言又止，最后还是鼓起勇气，提了那个他一直不敢提的人："妈——你，真的还恨爸吗？"

马母呆了一下，她没料到儿子会问这样的话，随即脸色一沉："你提他干什么？"

"妈，你是不是心里还有他？"

马母不知道该如何回答，这是儿子第一次这么直白地问她。她长长地叹了口气："都这么多年过去了，什么爱的恨的，都随风散了吧。"

"那你为什么就不另嫁呢，是不是心里还有那个浑蛋？"

"唉，儿子，你不了解女人。你不知道妈独自带着你多辛苦，那时候，又要照顾你，又要赚养家糊口的钱，每天忙得团团转，哪有时间想这些问题。我被你爸伤透了心，时间久了，一切习惯了，觉得这样没什么不好，也就没这想法了。"

这是娘俩第一次这么开诚布公，跟朋友一样地说心里话。

"妈，我现在有能力养活你了，你该好好享受下了。我觉得赵叔叔真的挺不错的，妈，如果你不嫁人，我也不讨老婆了，没看到你幸福起来，我结婚有什么意思。"

"你这小子，该不会是嫌我在家里碍手碍脚，破坏你们的两人世界吧。"

"我不是这个意思。"

跟母亲聊了这么一通，马应龙感觉轻松多了，至少，母亲并没有他想象中那么恨父亲，那么自己是不是可以试着向父亲要这笔钱呢？向朋友借，最大的一笔只能借给他二十万，其他只有一万、两万，甚至几千，窟窿太大，根本没办法填上。他又想了想，觉得让马德康拿出这笔钱简直是天经地义的。老妈一直把自己培养到大学毕业，多不容易啊，现在才熬出个头；而他那个所谓的老爸呢，出过什么钱，连赡养费老妈都没找他要，到现在连本带息，两百万算少的了。再说，自己必须得把贷款还掉，这房子绝不能让银行收走，他无法想象母亲知道这事后有多悲痛，老来失房，无可依赖，她怎么承受得起这个打击。不行，绝不能。

15

回到自己的房间，马应龙关上房门，拿着手机。那个号码在他的心里默念了几千次，却一直没有打过，他不确定现在那老家伙是不是换号了。

前几年马德康打过来几次，每次一看是对方的号码他就把电话给挂掉。

这次，马应龙不知道是不是还记得他的声音，也不知道老家伙是不是还记得自己。他在房间里来来回回转圈，转得自己都快晕了，按了好几次号码，还是没有拨出去。最后马应龙决定，不管怎么样豁出去了，自己被那女骗子弄得走投无路了，再拖着把事情闹大了，银行的人真来收房子的话，那母亲就要活活气死了。

要！坚决要！不过如果他不借，那么——唉，他也奈何不了。

电话倒是通的，对方很快接了起来。马德康的声音听起来有些苍老，马应龙瓮声瓮气地说："我是马应龙。"

马德康愣了一下，马上回过神来："龙龙，是你吗？是你吗？真的是你吗？"

他真的没想到自己的这个大儿子会打电话过来，他这么热情，弄得马应龙觉得不在他身上敲笔钱，真是太对不起他了。

"嗯，我需要两百万，急用。"

"两百万？是两百万吗？好好，我跟财务商量下，没问题的话就给你送过去。"

"有问题就不行了？"

"不不，没问题，一点问题都没有，不过大金额都要预约的。"

"你不用送过来，直接转我卡上就行，我等下发信息给你。"

马德康停顿了两秒钟："儿子，你就让我见一面，我想确认一下是不是你本人，毕竟我们这么多年没——好吧，那你把卡号发给我。对了，明天行吗？现在这个点银行都不上班了，财务也不上班。"

"行，转账就行了，账号我发短信给你。你明天一准给我打过来。"

"好，好。"

"就这样！"

"龙龙——"马德康欲言又止，"你妈还好吗？"

"托你的福，很好，能吃能睡。"

马应龙再也不想跟他多扯下去，把手机直接摁掉了。

嗯，就这样，就是要让他觉得他欠着我们的，还都还不完，就是要让他觉得内疚、悔恨、羞愧，免得他觉得我们娘俩是故意讨好他，似乎把以前的事情忘得一干二净，现在找他，就是为了讨点钱。

对了对了，我是他的亲生儿子啊，他那么多的财产，凭什么都让别人分了去？他可是靠我妈给的陪嫁金发家的，凭什么让那女人一家过着养尊处优的生活，而我妈却过着这么清贫的日子？凭什么？这是自己应该得的财产。老家伙挂了，我也有继承权，这是毋庸置疑的，不拿那才叫傻子。就算不为自己，我也要为我妈着想，不能便宜的事全让那女人给占了。马应龙越想越觉得很不服气。

不过刚才看那老家伙的态度，似乎非常在乎我的感受，想尽一切办法来弥补他的过错。你看，我一说两百万，他一点都没有犹豫，就直接答应下来。这说明老家伙对我们还是比较在意的，还念着旧情。

不行，我得想想办法，至少，在他的遗嘱上，得有我和我妈的名字。这么一想，马应龙改变了主意，又打了个电话给马德康："我需要现金，这样吧，明天你提现金亲自交给我吧。"

马德康高兴极了，他想这个大儿子都想疯了，因为小儿子实在太不争气。有时他心血来潮，会让司机开着车去马应龙家附近，他坐在车里偷偷看一眼他们娘儿俩。能与儿子面对面坐在一起，是他梦寐以求的事。

人哪，年纪越大，就会越重亲情。在他有生之年，他真希望他们父子能够团聚。虽然他已有另外一个家庭，但他真希望能够改善与马应龙母子之间的关系，让他们不再像以前那么恨自己。

那么，就算有一天，他离开了这个世界，也能走得安心了。因为，马应龙母子是他这辈子最大的心结。

16

尚萌萌回到家，宁宁就扑过来，大叫妈妈。

她摸了下他的头，看着这个跟她没有血缘关系，却费尽了她心血的孩子，心里五味掺杂。孩子的心灵是一张白纸，不该被大人的恩怨抹上沉重的色彩。况且，宁宁的心里只有她，在他小小的心里，她才是他最深切的依赖，才是他最爱的母亲。

这么一想，尚萌萌的心柔软得快要化掉了："宁宁，今天在新幼儿园里表现得乖吗？"

因为怕母亲太累，她便让宁宁就近上了一个幼儿园，而且母亲想送就送，不想送就让宁宁在家里待着。她只是想着，有时候小孩子需要玩伴，幼儿园是最好的玩伴场所。

宁宁点了点头："我没有哭。"

"真乖。"

尚母接宁宁回来后就在厨房里忙活着，尚萌萌这时却听到从卫生间里不停地传来呕吐声，便走了过去。

"小玫，是小玫吗？"

尚萌萌走进卫生间，看见小玫正抱着马桶呕吐："怎么了小玫，你不会有了吧？"

小玫吐得脸色苍白，无力地点了点头："今天用孕纸测了下，有了。"

尚萌萌乐了："这是好事啊。妈，快来，你要抱孙子啦！对了小玫，你怀孕的事成成知道吗？"

小玫很生气地说："别跟我提他，今天打了一天电话他都没有接！"

尚萌萌突然想起，中午成成跟那个安娜去吃饭了啊。安娜去了之后，下午都没有来上班，电话打过去也不接。难道，他们两个去哪里玩上了？

尚萌萌感觉大事不妙，赶紧回房间，给尚成成悄悄打电话，但是打不通。

天哪，万一尚成成被那个骚包给勾引上了，那小玫怎么办啊？一想起自己的亲弟弟以前那些勾三搭四的事，尚萌萌感到头都大了。

如果他们真勾搭在一起，小玫又恰好怀孕，小玫不恨死我啊。再怎么说，安娜是我的同事，自己的同事勾引了弟弟，害他们情感不和，天啊，那我真是跳进黄河都说不清了。尚萌萌有点慌了。

尚母听到自己快抱孙子的消息，心情特别好，烧了满桌子的菜。

大家坐定，尚成成还没回来，尚母边给小玫夹菜边说："不用管那小子，我们只管吃。小玫，你多吃点，现在啊，你可不是一个人在吃饭呢，我的小孙子也要吃的。"

"我——没有胃口。"

"头几个月都是这样，为了孩子，多少吃点，来来来。"尚母不停地给她夹菜，夹的还是大鱼大肉，小玫欲哭无泪。

尚萌萌看不下去了："妈，小玫现在要吃清淡的——你看，她都已经有了，几时把他们的婚事给办了吧。"

"嗯嗯，这是一定的，等成成回来啊，我就跟他讲。小玫啊，我跟你说呀，办婚事，还是回老家办吧。我们家亲戚都在那边，而且那边办酒省钱。这城里的酒宴太贵了，一桌要上千，这还不算烟酒。一样的东西，价格差了好多倍。改日我们把老家的房子装修下，结了婚，我们还是回这里生活，成成反正在这里上班，这样，跟萌萌、宁宁还有成成互相有个照应。你说这样行不行？"

小玫有点羞涩地点了点头："嗯，你说怎么办就怎么办吧，只要萌萌姐不嫌我们吵。"

尚萌萌感觉有点头大，你说如果再多一个孩子，唉，这里以后得多挤，而且再也别想过安静的日子了。不过自己现在这个情况，真的不适合单独带宁宁生活，宁宁生病或者放寒暑假，总不能天天把他带到公司吧。

尚母倒是打心眼里喜欢这个懂事的准儿媳，乐了："萌萌当然不会啦。好啦，这个儿媳妇啊，我讨定了。"

大家都吃完了，尚成成才慢腾腾回来，看上去一身的疲惫。尚母责备道："你怎么现在才回来？手机怎么回事啊，我们都在打你的电话，就是打不通。"

"妈，我手机没电了，不信你看。"

尚成成扬了扬黑着屏的手机，小玫别过头去，看都不愿看他一眼，然后回自己房间了。

"你这个小浑蛋，有重要的事找你偏找不着，平时没事就在眼前晃。这几天你去把小玫的父母请过来，我们几个商量下，哪天日子好。"

尚成成莫名其妙："什么什么日子好，怎么了妈？"

"你都要当爸了，你还不知道啊？"

"啊？"

尚成成不知道是被突如其来的幸福惊呆了，还是丝毫没有心理准备，或者，心里已经被别的女人占据了，一下子就像木头一样地杵在那里，半晌没有反应。

"妈，这事太突然了，我真的没准备，能不能先缓缓？"

"你这崽子，你还想反悔？人家这么好的姑娘嫁给你，是你八辈子修来的福气！"

"妈呀，我是说——缓缓行吗？"

尚母生气了，打起扫把想揍他。尚萌萌看在眼里，她觉得她最担心的事已经发生了。

她一把拉过尚成成："你过来，我有话跟你讲。"

两个人进了房间，尚萌萌把门给锁好。

"我说尚成成，你下午到底跟那个安娜搞什么名堂了？"尚萌萌声色俱厉。

"没有啊，吃完饭我就送她回去了……"

尚成成眼光闪躲，搔了搔头发，明显地心口不一。尚萌萌还不了解他啊，她非常不耐烦地说："行了，你就明说吧，你们是不是滚床单了……"

"姐——"

"如果没有，你为什么突然抵触跟小玫的婚事啊？你直说，你再瞒着，我也帮不了你了。"

尚成成实在是吃了羊肉惹了一身的臊，只得实说："请她吃了饭后，我想送她回公司，可她知道我是修电脑的，乐了，说她家那台电脑坏了好几天了，让我去鼓捣一下。当时，我也没有多想，就去给她修电脑了，后来也不知道……"

"后来你去鼓捣电脑的时候，顺便把她也鼓捣了是吧。"

尚成成低着头，像个做了错事的小学生："我也不知道她为什么一回家就脱衣服，我——"

尚萌萌气得真想给他一巴掌，我的弟弟啊，你怎么就这么糊涂，一点也经不起美色的诱惑。安娜是个怎么样的姑娘啊，哪有第一次见面就跟人吃饭，然后跟人睡觉的？

"那你还打算对她负责啊？"

"我——"

"你对安娜负责了，那谁来对小玫负责啊，她可是怀了你的骨肉啊。我说成成啊，你怎么就这么糊涂呢？你为什么就这么不争气，偏偏在这节骨眼上出事？安娜是个什么样的姑娘，小玫又是什么样的姑娘，难道你心里没数？你脑子到底是进水了，还是被驴踢坏了？你——快气死我了！"尚萌萌越说越气，声音不由得越来越高，只差一巴掌把他给扇醒。自己的弟弟都这副德行，她真的对男人特别失望。

"我——我错了，姐，是我不对，是我管不住自己，以后再也不找安娜了。她能跟我这样玩，也能跟别人这样玩，我不能再对不起小玫了……"

尚萌萌的神情缓下来："行了行了，你赶紧去安慰小玫。她有妊娠反应，不舒服，吐得厉害，再加上你今天一直没接她的电话，她很生气。你知不知道惹孕妇生气伤的可是你的孩子，你可千万别说安娜的事。"

尚成成忙不迭地点了点头，一打开门，却见小玫脸色苍白地站在门口。他一下子怔住了。

尚萌萌也呆住了，这时小玫"哇"的一声哭了出来，然后朝外面飞奔。

真是担心什么来什么，尚萌萌朝弟弟吼道："你待在这里干什么，还不去追。"

尚成成这才醒悟过来，赶紧跑了出去。

尚母拉着宁宁从卫生间走出来："怎么了？怎么了？到底发生什么了？"

尚萌萌叹了声气，竟不知道从何说起，只得把刚才跟尚成成说的话，简要地说了一遍。

"这个臭小子竟然干出这种伤风败俗的事，还有你，说这些话就不能小声一点？你说你为什么带那个狐狸精跟成成见面啊，小玫现在刚怀孕，又遇到这事，万一我的孙子有个三长两短的，我跟你没完！"

说完，她换好鞋子就腾腾腾地出门了。

"妈——大晚上的你去哪里啊？"

"我去找小玫！"

"我去吧——"

尚母自顾自走了，尚萌萌出不去了，只得在家陪宁宁。

今天的事真是令她焦头烂额，万一小玫真出个什么事，她心里也不舒服。本来这事可以遮掩过去的，唉，我真是成事不足，败事有余，为什么说话这么不小心，让小玫听到了。小玫刚怀孕，就听到自己的男人跟别人搞在一起，对她的伤害可想而知。

尚萌萌心里那个急，可她又不能把宁宁独自扔在这里，只得叹一口气，去哄宁宁睡觉。

17

小玫捂着嘴巴，边哭边跑。她努力不让自己哭出声，眼泪却不停地从指缝间淌了下来，像断不了的线。

她是一个单纯的姑娘，爱一个人就想跟他相守到老，为他生男育女，为他付出一切。可是，爱不是一厢情愿的付出，需要同等的爱的回应，这样才能持久。

她爱他如是，而他爱自己，也应如此，彼此真心的相爱，才是她想要的幸福。他以前的那些是非她可以既往不咎，因为那是他认识自己之前的事，她无权干涉，但是，她现在是一心跟他在一起的，他有什么理由不一心一意对待自己？她需要的不仅仅是恋爱，她认为婚姻才是爱情最美好的归宿，所以，当她知道自己怀孕的消息，是那样欣喜若狂。

然而，欣喜还没有多久，她就接到一个女人的电话，提醒她要看好自己的男人。开始她并不在意这种无聊的电话，因为她相信，她跟尚成成之间是彼此相爱的，他爱自己如同她爱他那么深，否则，他也不会把自己带给家人认识。

可他的关机又令她疑惑和不安，她开始怀疑，那个打电话的女人，可能就是勾引尚成成的女人。直至她在门口听到了尚成成与尚萌萌的争吵声，那可怕的猜疑，竟然在知道自己怀孕的当天，就变成了事实，这是为什么？尚成成根本就不值得她托付，也不值得她去爱？为什么偏偏在她刚怀孕的时候，就让她知道了这个事实？

小玫的内心痛苦地揪成一团，这是老天在嫉妒肚子里的孩子吗？还是他真的不应该来到这个世界？

这时，尚成成发现了小玫的身影："小玫——"

小玫停止了哭泣，她发现自己正走在机动车道的中间："你不要过来，我不想看到你！"

她正想躲开尚成成，往路的另一边跑，一辆小货车突然从斜拐角处冲出来，狠狠地撞向小玫。尚成成尖叫着扑上去："小玫小心——"

但是已经来不及了，两个人还是被车子撞倒，滚到了一边。那开车的司机却迅速掉转方向，逃跑了。

这时，尚母找到这里来，看到路上这两个在挣扎的人，吓傻了："是成成吗？是成成吗？"

要不是尚成成抱着小玫，小玫估计会伤得严重。小玫只有额头有点伤，却脸色惨白，她哭喊道："我肚子痛，肚子痛……"

尚成成的脚受了伤，他忍着痛拖着腿，大声地喊："妈，快拦个车，送小玫去医院啊。"

18

那开着小货车的司机，到了一个偏僻的河边停下车，把车子上的假牌照拿下来扔进了河里。

只见此人戴着低檐帽和墨镜，根本看不清脸，也辨不清是男是女。他走向另一个方向，很快就看到一辆小轿车。

他进了那辆车，摘掉了帽子和墨镜，一头秀丽的鬈发露了出来，那分明是秦伊夏。她又摘掉了手套，再脱掉男式外套，冷冷地说："尚萌萌，现在看你怎么照顾宁宁。"

第四章　秘密

1

　　这个晚上，马德康就像小时候期待春游一样，期待着跟大儿子的见面。他辗转难眠，身边的太太张雪梅被他翻来覆去的声响吵醒。张雪梅四十多岁，风韵犹存，面容姣好，一看就是美容院的常客，喜欢花大把的钱往脸上打玻尿酸。

　　"怎么了，老马，要不要让张阿姨炖点燕窝给你喝？"

　　"不用了不用了，半夜三更的，不要去麻烦别人。"

　　"你不会有什么心事吧？"

　　凭张雪梅对他的了解，如果不是有心事，丈夫是雷打都不醒的，睡眠质量一直很好。

　　"没有。明天有一个大客户从美国赶来，想想合作了这么多年，之前只有生意上的来往，没见过面，这会儿想着人来了，要给人家准备些什么特产。"

"嘻，这还不简单，有老婆我呢，这任务交给我好了。好了，睡吧。"

于是两人拉好被子，各自闭眼。马德康纵然睡不着，也不敢动了。这二十几年来，他抛妻弃子跟张雪梅相守到现在，日子过得风生水起，越来越好，但是，他亏欠前妻与马应龙的那种负罪感，在心里积得越来越厚，就像一座沉重的冰山，没办法推开，也没办法消融。每当想起这些，那座冰山就压得他透不过气。

现在，真的有机会补救了吗？

2

马应龙看着眼前这个男人，他56岁了，看起来只有四十出头。他皮肤光滑，身材挺拔，举止儒雅，除了鬓上的白发，法令纹比以前更深外，仿佛还是二十年前的样子，没有老去。

说实在的，如果用外人的眼光来看，这是一个非常有魅力的、成熟又成功的男人，外貌再加雄厚的财力，可以秒杀一切女人的心，不管是少女，还是熟妇。

男人跟女人一样，随着年纪的增长，面容都会老去，但是，有的东西是可以沉淀下来的，那就是底蕴与涵养。纵然心有猛虎，也有细嗅蔷薇的淡定。不是所有的人都能拥有这种淡然的气质。

当然，这种淡定，往往得有足够的底气。试问，一个整天为不能吃饱、不能吃到肉而发愁的人，你说，他能有什么底气，估计连人体内基本的血气都没有了。

马德康细细地打量着自己的亲生儿子，发现他跟自己年轻时一个模样，长得那么帅气。看到他，马德康就像看到了以前的自己。刚开始，他挺后悔抛弃了他们娘俩。当他想回头时，却没有机会了，情人怀孕又闹自杀，他不想在身上背上两条人命，只得忍痛割舍。人世间，往往不能两全其美，得到一些，必定以失去另一些为代价，于是离婚，再婚，风风雨雨这么多年过去了。想起以前，恍如隔世，他已经习惯现在的生活，不敢再想太多。只是每当想起一直拒绝跟他见面的前妻与儿子，他就觉得揪心，觉得心里难以释怀。

他真想像小时候那样摸摸儿子的头发，当他下意识地把手抬起来的时候，发现自己已够不到马应龙的头了。

"钱呢，带来了没有？"

马应龙的一句话把他带回了现实中，他有点尴尬地放下了手："带了带了。"

这时，身边的司机兼保镖小宋把一个箱子放在桌子上。

"你数数吧，看看对不对。"

马应龙打开箱子瞄了一眼，然后合上了："行了，我想你这么大把年纪了，总不会再坑我吧。"

"龙龙——你不会出事了吧？"

"我出事了哪能站在这里跟你讲话，对吧。"

"龙龙——我们坐下来喝杯茶吧。"

马应龙提起了箱子："我还有重要的事呢，没工夫陪您喝闲茶。"

说完，他便往外走。

"喂——"马德康无奈地摇了摇头，眼睁睁地看着儿子出去了。

今天总算面对面地跟儿子说上几句话了，跟以前想见却见不着比起来好多了，想到这点，马德康还是挺高兴的。可他又有些担忧，感觉儿子一定是有事了才用到这笔钱，而且是走投无路了才求助他。

他是第一次有求于自己，不会是他妈妈生病了吧？

这么一想，马德康更放心不下，他对小宋说："你找人调查下龙龙最近的状况，有什么情况，及时汇报。"

小宋点了点头。

3

尚萌萌提着几个便当盒，带着宁宁来到病房，只见小玫躺在床上，额头包扎着，眼睛肿肿的，神色木然。

她把便当盒从袋子里拿了出来，说："小玫，吃点吧，我给你烧了桂圆红枣粥。"

小玫没有答话，也没动。尚萌萌叹了口气，在她的床边坐下来："身体是本钱，好好补回来，以后还可以……"

尚萌萌这一句，又勾起了小玫最不想面对的事，她又一次哭了："姐，孩子没了，他才两个月啊……"

尚萌萌抱着她的头，抚摸着她的头发，一阵心酸，不由得想起了自己那个刚出生就夭折的孩子。

"小玫，你们之间没有母子缘分。一切会好起来的，成成还是爱你的，不顾生命危险来救你，虽然，没救回孩子……"

小玫依旧不停地抽泣着，这时，尚母从门口进来，尚萌萌便赶紧问："妈，弟弟在哪个病房？他怎么样？"

"他在302室，骨折，得躺上好几个月，所幸没太大的毛病。"

"唉。"

这个家一下子变成了这样，尚萌萌真的感觉有点手足无措。她要上班，尚母要照顾两个病人，还有一个孩子，怎么忙得过来啊。

尚萌萌把吃的东西拿出来，夹起一些菜放在另一个饭盒里："你们两个吃吧，我把这个给成成送过去。"

走到门口，她又想起了什么："对了，小玫，你出了这事，你父母知道吗？我通知他们吧。"

"不不，不要告诉他们，他们不管我的，如果知道了……还会找你们麻烦……"

小玫想起自己只会打麻将的父母，又一阵伤心。尚母还真怕未来的亲家打上门来，要他们赔偿女儿的医疗费。她心里有点埋怨小玫，如果不是她任性出走，可能不会发生这样的事，胎儿也不会没了，儿子也不会受伤。于是她叹了口气："多一事不如少一事，我会好好照顾小玫的。"

看来只能如此了。但是，接送宁宁的事，就成了麻烦，母亲现在一个人要照顾两个病人，还怎么顾得了。

尚萌萌工作的地方，离那个幼儿园并不近。而且，这两个病人，她一下班就跟老妈换班照顾，否则真怕老妈会累倒，毕竟她年纪这么大了，身体哪里吃得消。看来，只能暂时先找个全托的幼儿园，把宁宁寄养在那里了。

尚萌萌带着宁宁从医院出来，给马应龙打了个电话，说家里出了些事，要迟点去上班。

刚按掉手机放包里，她却看到宁宁在跟一个女人聊天。她走过去一看，惊呆了，竟然是秦伊夏。怎么这么巧，刚好在这里碰到？

尚萌萌还没说话，秦伊夏先说了："哟，萌萌，真是巧呀。我刚做完体检，你们怎么在这里呀？"

"我弟弟跟他女朋友出了点事，在住院。"

"啊？出了什么事？"

尚萌萌只好把实情跟她说了，秦伊夏很夸张地说："竟然有这么缺德的人，撞了人就逃。那个人抓住了没有？"

尚萌萌摇了摇头："警察还在调查。听说昨天晚上车主没有开那辆车，车子可能是被人偷走了，也有可能套用了假牌照。事故发生后，肇事的人把车子扔在偏僻的地方逃走了。那里路灯不够亮，监控里有点模糊，唉……"

秦伊夏想，警察的办事效率还挺高的嘛，都找到那个车子了。

"那他们有嫌疑人的线索没有？"秦伊夏试探性地问。

尚萌萌依旧摇了摇头："目前还没有，那个人好像是有备而来，戴着帽子与墨镜，监控里什么都看不清楚。至于那个人是由于紧张才撞伤了我弟我弟媳，还是故意伤害他们的，目前还不得而知。唉，可能是我弟弟平时得罪了什么人了。"

"很有可能啊，年轻人，火气盛，难免得罪一些人。对了，我去看看他们，等我啊，我先去外面买点水果。"

"不用了不用了，没时间带你过去了，我要上班，还要带着宁宁找个全托的幼儿园。"

"为什么呀？"秦伊夏明知故问。

"现在出了这个事情，每天都要往医院里跑，我哪有时间照顾宁宁，只能暂时给他找个全托的了。"

"这真不好呀萌萌，宁宁这么小就全托在幼儿园，会觉得自己被抛弃了。你不知道，这么小的孩子最容易产生心理问题了，如果那样的话，真是毁了他的一生。再说，宁宁身体也不大好，犯了病那些老师才不管呢，万一严重了，真是后悔都来不及啊。还有我告诉你啊，有些幼儿园的老师很坏的，你没看到前几天被曝光的虐童视频啊，一个孩子就因为夜里尿裤子，被老师脱掉裤子使劲打，打得全身都是伤，断了好几根骨头，现在还躺在医院，真可怜呀……我觉得吧，白天待在那里还行，就当有小朋友一起陪他玩，全托的话真的不好……"

尚萌萌认真地想想，发现秦伊夏的话确实有道理。说实在的，要不是出了这样的事情，她根本没想过把孩子全托，也狠不下心，虽然宁宁不是自己亲生的。

"我知道。可是，我真的没办法了，成成和小玫都得躺上好长一段时间。"

"这样吧萌萌，宁宁是我的干儿子，我这当干妈的也得负起些责任。先让宁宁在我家待一段日子吧，早上我送他去幼儿园，下午下班去接他，等你弟弟、弟媳都痊愈了，你再接回去。"

"这——这怎么好意思啊！"

"唉，我们什么关系，还说这些干什么呢？你知道，我没有孩子，真的感觉生活缺少点什么，有时候真想有一个孩子陪我呀……女人的心思你懂的，况且，我确实挺喜欢宁宁的。"

说着秦伊夏蹲了下来，对宁宁说："宁宁，你跟干妈回家好不好？干妈家可有很多好玩、好吃的东西呢。"

宁宁拉着尚萌萌的手，躲在她的身后。

虽然他挺喜欢秦伊夏的，毕竟没有亲近到那种地步。

尚萌萌现在真的被逼无奈，既然秦伊夏愿意照顾宁宁，那么让她带一段日子也好。况且，她跟沈利在一起，宁宁是那么想爸爸，由他们俩一起照顾，也算是下策中的上策了。当然，对于秦伊夏跟沈利在一起的事，她装作毫不在乎，现在她没时间追究这些事。

尚萌萌蹲下来对宁宁说："宝贝，我回家收拾些东西，你以后跟爸爸住一起好不好？"

秦伊夏有点尴尬，原来，尚萌萌早就知道自己跟沈利在一起了。虽然她感觉尚萌萌应该知道了，但是面对面捅出来，面子上难免有点挂不住。跟闺密的前夫搞在一起，这名声确实不怎么光彩。

宁宁一听到"爸爸"两个字，开心地叫了："好呀，我要跟爸爸在一起喽！"

虽然他那小脑瓜不明白爸爸为什么会跟干妈住在一起。

"萌萌，对不起——我——"

"行了，不用说了，你们的事沈利已经告诉我了。"

秦伊夏也没再多做解释，尚萌萌都没在意，她还难为情什么。秦伊夏牵着宁宁的小手往停车场走，尚萌萌跟在后面，手里捏着两根头发，一条很短很细，另一条很长，色泽微黄并卷曲。同时，借着送宁宁的机会，她在沈利家的枕头底下找到一根粗短的毛发，那是沈利的。

她在心里说，秦伊夏、沈利，你们是不是在骗我，你们到底在背后搞了多少阴谋，过几天就可以知道答案了。

4

这几天尚萌萌忙得天昏地暗，她白天正常上班，一下班就去病房，把两个病房来回跑疲累了一天的母亲换下来。

过了一个星期，小玫终于可以出院了，她除了额头、手上有些外伤，还有因为流产而身子虚弱需要恢复，其他没什么大碍。尚成成可就没这么好运了，他依旧打着石膏，要卧床静养。他觉得在医院里太浪费了，提出回家休养，按时来换药，医生也同意了。

出院的那天，尚萌萌取了亲子鉴定报告。虽然早就有心理准备，但是，当她看到宁宁跟秦伊夏、沈利"有生物学亲子关系"的鉴定结果时，只觉得一阵眩晕，浑身发抖，一个趔趄，差点摔倒。

好一会儿，她才缓过神来。好啊，秦伊夏啊秦伊夏，你就这么算计我，你为什么要这么做？我到底亏欠你什么，让你用尽心机，养了你的儿子，又被抢了回去？你跟沈利之前到底是怎么一回事？

这几年我过的是什么日子，我用我的命在养着你的儿子，这辈子都没吃过这样的苦。你在干什么，照样吃香的喝辣的，正常上班，每天花枝招展的，该干什么就干什么，职位一步一步往上爬，如此地洒脱自在。好了，宁宁现在终于变成健康的孩子了，你来抢我的老公，又抢走我的孩子，世界上还有像你这么自私这么不要脸的女人吗？

原来，每一步都是你设好的局，你跟我套近乎，跟我拉关系，让你同父异母的妹妹勾引沈利，导致我家庭破裂而离婚，然后你乘虚而入，又成功跟沈利在一起。秦伊夏啊秦伊夏，你用尽了心计与伎俩，不择手段，现在你们一家人终于团聚了，你是不是满意了？

这时，尚萌萌又想到一个问题，越想越可疑，为什么那么巧，沈利被她勾走了，家里紧接着出事，成成与小玫受伤，宁宁又被她顺利哄走了？

难道成成与小玫受伤也跟她有关系？

成成、小玫住院那天，她正好在医院里出现，还那么详细地探问车祸情况，难道就这么巧？

难道成成与小玫的车祸是她所策谋的？这个人的心肠会歹毒到如此地步吗？

不行，我不能让你得逞。

尚萌萌难以抑制内心的熊熊烈火，她感觉这团火焰随时会把自己烧成灰烬。

她把一家人还有住院用的生活用品拉回家，然后就开车走了。

尚母对她喊："喂，萌萌，你去哪里啊？"

留给他们的只是几团一飘即散的汽车尾气。

尚成成拄着把拐杖说："姐好像很不对劲。"

尚母叹了口气："行了，我先把东西搬进去。"

尚萌萌跑去公安局举报秦伊夏，她情绪有点激动，说明了前因后果："就是这个人干的，警察同志，你们快点去把她给抓起来。她不但破坏了我的家庭，还害得我弟我弟媳受了伤，弟媳的孩子也没了，你们赶紧去把她抓起来啊。"

警察的表情看起来无异于看了一部美剧，他既惊叹又服气，同时感叹女人的想象力如此丰富。

"抓人是要证据的，这个我们会调查的。目前的情况是，那车跟她没有任何关系，不过，我们会根据你提供的线索，关注一下这个人，看她有没有肇事动机。你先请回吧。"

"都查了一个星期了，你们查出什么了？你们不要辜负我们百姓对你们的信任！"说完，尚萌萌气呼呼地走了，开车直接去秦伊夏的家里。

5

今天是双休日，这个时间他们应该都在家。

但是，秦伊夏的家里根本没人，尚萌萌按了很久的电铃都没见响动。

她想了想，便开车转向沈利的家。

开门的是沈利，他看到尚萌萌甚是意外。

"怎么了，吓着了吧？我来看看我以前的家，顺便来看看我的儿子。"

尚萌萌不客气地进了客厅，秦伊夏正在给宁宁喂饭。宁宁一看到尚萌萌来了，就飞一般地扑了过来，大叫妈妈妈妈。养了近三年，母子之情不是说没就没的。

尚萌萌摸了摸宁宁的头发："宝贝宁宁，想妈妈了吗？"

"嗯，我想妈妈。"

尚萌萌环顾四周，只见客厅里到处是小孩子的玩具，特别是大大小小的玩具车，几乎铺满了客厅。房子还是以前的房子，尚萌萌住了好几年的房子，只是，一切都已物是人非。

曾经她是这里的主人，现在，她却成了客，女主人变成了她曾以为是患难之交的闺密。

有时候，人生就是个笑话。以前看别人的笑话，觉得很乐，现在自己成了别人的笑话，别人也觉得是件很可乐的事吧。

"宁宁，妈妈接你回家好不好？"

"这就是我们的家呀，爸爸也在这里呀。"

尚萌萌一时哑口无言，确实，他说得没错，他一直在这里长大，爸爸也在这里。在宁宁的意识里，这里才是他真正的家，不是那个新家。她没法向孩子解释，就蹲下来说："我们回新家吧，那里有外婆，有舅舅舅妈，他们都想你了。"

她起身拉着宁宁的手，对秦伊夏、沈利说："谢谢你们这几天的照顾，我要带他回去了。我们走，宁宁。"

秦伊夏急急地挡在了她的面前："不行，他在这里待得好好的，还是让他住在这儿吧，我能照顾好他。"

尚萌萌冷笑一声："你能照顾？行了，宁宁是我的孩子，我今天来就是接他回去的。"

说着，她就拉着宁宁往外走。

她只能装作什么都毫不知情地带走宁宁，或者，等着秦伊夏与沈利两个人自己揭破丑陋的真相。

果然，秦伊夏已沉不住气了，她抓着宁宁："你不能带他走！"

"为什么？"

"因为他是我的儿子！"

这话一出，她以为她扔出了一个炸弹，她以为对尚萌萌犹如一个晴天霹雳，但是，对此刻的尚萌萌来说，却没有了任何杀伤力。

沈利对秦伊夏一声吼，想阻止她继续说："伊夏。"

秦伊夏冷笑一声："都到这份上了，还藏着掩着干什么啊，还要瞒多久？沈利，你瞒得下去，那是你的事，我已经受够了！"

"你——"

尚萌萌冷冷地说："你有证据吗？"

"他右屁股有一块青色的胎记。"

"你给他洗了这么多天的澡，如果这点都没有发现，那还真是只瞎眼的狗。"

"你——"

"行了，秦伊夏，你别想把宁宁骗走，宁宁是我的孩子，他的名字就登在我的户口本上，这是法律所承认的，你呢，谁认你了？你还是省省吧，别想再抢我的宁宁！你用各种卑劣的手段抢走我的老公，撞伤我弟弟和弟媳，又来抢我的孩子，用尽下三烂的手段破坏我的家庭，我对你掏心掏肺，你怎么能这么歹毒无耻啊？"

尚萌萌再也控制不了自己的情绪，越说越激动。一想到这一年来自己遭过的罪全是眼前的女人所为，她就恨不得一刀把她给剁了！

"什么撞伤？成成受伤跟你有关系？"沈利转向了秦伊夏，"伊夏，这到底是怎么回事？"

"她血口喷人！故意把那些意外的事推到我的身上，这女人真不要脸！"

两个女人打了起来，互相撕扯着头发，宁宁在一边吓得哇哇大哭。沈利只得用力把这两个人拉开，他架着秦伊夏，秦伊夏叫着："放开我，你为什么拦着我！"

尚萌萌撩了下凌乱的头发，拉过宁宁就走。秦伊夏在背后撕心裂肺地大叫："宁宁是我的儿子，沈利你干什么啊，放开我放开我。尚萌萌，我一定会要回宁宁的，我们法庭上见！"

尚萌萌走了后，秦伊夏依旧骂个不停。沈利看尚萌萌走远了，才放开了她，坐在一边沉默不语，他的脑子里回想着近几个月发生的一切事情。

"你这人我真是想不通，那女人把我们的孩子给抢走了，你竟然向着她。你要知道，现在我才是你老婆，你你——我真活活被你气死了！"

沈利没接话，过了一会儿才说："成成被撞伤，是不是你干的？"

秦伊夏避开他锐利的目光："怎么可能呢？我怎么能干那种事呢？那是犯法的，给我十个胆子也不敢。好了好了，宁宁走了，吃饭的心情都没有了。唉，我去收拾饭碗。宁宁的抚养权，我是一定会要回来的，明天就去咨询下律师。"

说着，她便起身收拾桌子上的东西。

沈利陷入了沉思，心想着，秦伊夏怎么说也是个知识分子，是个懂得分寸的女人，不至于为了让宁宁留在身边，故意制造车祸把成成与他女朋友都撞伤吧，不至于这么可怕吧。

他越想心里就越疑惑与不安，同时又想起了尚萌萌的话。难道自己跟尚萌萌离婚，跟她在一起，也是秦伊夏策划的？如果这两件事都是秦伊夏干的，那这个女人实在太可怕了。

秦伊夏应该不会干这样的傻事吧，特别是制造车祸撞人那样疯狂的事情，那是要坐牢的啊。她的法律观念不至于那么淡薄吧，应该仅是巧合吧。

这么一想，他的心里就淡定多了。

只是关于宁宁的抚养权，现在看来，还真是个头痛的问题。他知道秦伊夏的性格，既然闹到这种地步，她一定不会放弃的，所以，这个问题也无法再逃避了。

6

尚萌萌带着宁宁回到家，尚母看到宁宁有点意外，笑着说："原来是接宁宁去了，宁宁宝贝，吃过了没有？"

"外婆，我吃过了——"

宁宁今天显得安静又胆怯，尚萌萌的脸色也非常难看，而且不说一声就把宁宁带回家了，去秦伊夏家时带去的衣物也都不见拿回来。

尚母轻声地对女儿说："萌萌，宁宁的东西怎么都没有拿回来？"

"家里还有些衣服，先凑合着穿，明天我再去拿些用品回来。"尚萌萌看上去无比疲惫，"我累了，妈。我去洗个澡，先睡了，宁宁晚上跟你睡吧。"

"萌萌你还没吃饭吧，菜还在锅里热着。"

"妈，我不想吃——"

说着，尚萌萌便往卫生间走。

"这孩子，真不知道是怎么了。"

7

小玫自从孩子没了，在家里就一直不说话，像个哑巴一样。吃饭就吃几口，剩下的时间就是发呆。

女人如果爱唠叨，说明她心里有你，把你很当一回事，好的坏的都愿意跟你说。如果有一天，她突然沉默了，不再说话了，那么，你在她面前已成了一个屁。而这一切，往往是男人造成的，是他亲手扼杀了女人对自己的感情与期望，令她失望到心灰意冷，最后死了心。

在医院的时候，她跟尚成成在两个病房，而现在，他们只能待在一个房间。

尚成成在床上躺着，他还在休养，骨折真不是一时就好得起来的。这段时间，他的心情除了悔恨之外，还有苦闷："小玫，我现在都变成这样了，你还不能原谅我吗？我当时真的……唉，是我不好，小玫，如果我再干那样的事，就给你'一剪没'了行不行……省得惹事。小玫，求求你了，跟我说说话吧，我真的好苦闷好无聊……"

尚成成多希望以前那个开朗活泼无心机的小玫回来啊，于是千方百计地逗她开心。小玫看着他，没有说话，她没什么心情听他的那些其实只能逗他自己笑的笑话，上了床，拉过被角躺下来。她太困了，这段时间在医院里睡不好，严重失眠。

她希望自己能睡个长觉，最好一躺下来永远不要醒来，这样就再也不会有令她心痛的事情了。

她有一个并不幸福的家庭。在家里，她感受不到温暖，所以，她把尚成成当作自己生命中最重要的人，希望一辈子都跟着他转，他在哪里，她就在哪里，他停下，她也跟着停下。如果有一天他突然消失了，或者，身边有了另外一个跟着他转的女人，她真不知道自己应该飘向何方。

尚成成于她而言，是她的全部。

她于尚成成而言，不过是一个比较重要的人而已。

男人和女人彼此在对方心里的地位，或许本身就没有平等可言。

现在，她终于明白，稳稳地攥在手心的，其实都不过是一时的幸福，或者说，她自以为的天长地久。

事实上，没有什么东西可以永久。

宇宙都有期限，何况这看不见摸不着的男女之情。

这就是她惨痛的领悟。

只是尚成成在紧急关键时刻，救了她一命，他自己也受了伤，为了她可以说是差点丢掉了自己的生命，这是她一直犹豫着没有离开他的原因。

倘若他只是袖手旁观，那么，小玫离开得就会很坚决。

看得出，尚成成还是很爱自己的，只是他控制不了欲望那只魔鬼。

可是，这真的是我值得托付的男人吗？

如果受伤的是那个女人，我换成了她，他是不是也一样义无反顾地去救？

此时，她再一次想起了自己才两个月的胎儿，紧闭的眼睛渗出了两颗豆大的泪。

8

卫生间里。

尚萌萌边淋着水，冲洗着自己的身体，边想着这段日子所发生的一切。

她再也忍不住，借着哗哗的水声哭了一场。这些年受到的委屈与伤害，如电影的片段般闪过，一幕一幕把她的心撕成了碎片。

她单薄的身体悲怆地抽动着，任喷头里肆意的水流，冲刷着她的脸，她的肩膀、胳膊，她那看上去依旧动人与年轻的躯体。她多希望自己能被这喷头里的急流击碎，化成虚无的泡沫，永远消失在这个充满着欺骗与谎言，充满着阴谋与残忍的阴暗世界里。

她真不知道怎么对母亲、对弟弟说出事实真相来。甚至她也不敢面对宁宁，曾以为他是自己的亲骨肉，是自己唯一的血脉传承者，是她最亲最爱的人，是她活下去的勇气，是她唯一的人生支柱。他的身体里流淌着自己的血，就算活得再艰难，她都能撑得下去。

后来，她知道他不是自己的亲生孩子，他是个被父母遗弃的，没有爹娘的孩子。或者这也是一种缘分吧，她失去了自己的亲骨肉，却拥有了他，她可怜他的不幸身世，依旧如以前那样爱护他。

而现在，她却无法接受这样的事实：他竟然是自己前夫与情人的孩子！他有爸爸，有妈妈，他们过得很好，还奇迹般地再续前缘，那么甜蜜幸福地生活在一起。而且，他们要来抢走他们的骨肉，他们的孩子，要一家三口团聚，然后幸福地生活在一起。

那么她又算什么呢？她付出了这么多年，把这个家当作了她人生的全部。曾以为她这辈子与世无争，现世安稳，过着平淡而幸福的生活，她便无所求了。但是，你不争不抢，并不能代表别人不来争不来抢，一转眼，她尚萌萌就变得一无所有，瞬间失去了一切，失去了家庭，而且家人还受到牵累而受伤，连还没出世的侄子都没有了。

秦伊夏啊秦伊夏，你为什么这么歹毒，这么狠？你为什么要这么对我，为什么？就因为我跟沈利结了婚，你就恨我，并在时机成熟时抢回一切？

尚萌萌在心里不停地呐喊着，最后悲愤化成了泪水，却只能自己无声吞咽。

悲痛过后，她渐渐平静下来，又恢复了理智：不，秦伊夏，我不能让你这恶毒的女人阴谋得逞，我不会放弃宁宁的抚养权，而且，我也要让你变得一无所有！

此时，尚萌萌的内心无比地坚定，从来没有像现在这样坚定。

秦伊夏对她得寸进尺、没完没了的伤害，才把她逼到了绝路，让她不得不选择坚强。只有选择坚强，她才能保住宁宁，除此之外，她还有什么选择。

秦伊夏，你当初怎么对我，我全还给你！

9

自从把那笔贷款还清，马应龙神清气爽多了，虽然那帮骗人的家伙还没有找到。马德康暗地调查后得知了这件事，为了能抓到这几个骗子，以解马应龙的心头之恨，他还拜托以前一起当过兵，现在是公安局副局长的老友，请他对这事多上点心。不仅如此，他还在各大网站、微博微信、电视报纸传媒，但凡能利用的，把这几个人的照片全都曝光了。

终于，这几个家伙在北方的一个城市被捉拿归案了。警方通知了马应龙，马应龙马上赶了过去，看到那个他曾经以为会终身厮守，这辈子除了她不会再爱别人，却被她骗得差点走投无路的女人，他抡起了巴掌，最终却又无力地放下了。除了愤怒之外，他还感到痛心，为什么他爱的是一个女骗子？

那个化名"晓红"的女人哭诉着："是他们逼着我这么做的，他们拿我的母亲要挟，我也没办法啊。我爸爸是个酒鬼，我妈身体又不好，你让我怎么办。龙龙，真的对不起，其实我真的想跟你好好过，我也是身不由己啊。龙龙，你救我出来吧，我不想待在这里，我一定会好好报答你的……"

马应龙还能相信她的话吗？有一种女人，自甘堕落，却认为是别人害得她这么做。这样的女人他见得多了，只是没想到晓红也是这样的女人。曾经，他可以为了她付出所有，包括生命。想起那些点点滴滴，马应龙闭上了眼睛。而她，竟然还这么天真，觉得他依旧爱着她？她以为我真的还爱着她，以为我马应龙就是一个傻瓜？

许久，马应龙睁开眼来，一字一顿地说："我觉得，你还是待在里面好好改造比较好，知道自己错在哪里了，出来的时候，就不会再祸害别人了。"

说完，他就走了出去，任她在背后不停地呼喊着。

天空，干净如洗，万里无云。

而那笔款子，让他们差不多挥霍一空了，能追回来的也就只是点零钱了。

这事有了个了结，马应龙心里轻松多了。他终于能完整地跟那段不堪的情感说再见了，终于不用那么纠结了。只是想不到，他原以为自己会冲动地揍她一顿，而他却这么平静。或者，在他的心里，他已经彻底放下了，余下的只是不甘心被骗走的钱。

他觉得，好好地面对现在、面对未来才是最重要的，不光彩的过去，就让它烂在潮湿的洞穴吧，永生不再翻起。

在他的努力下，母亲与父亲的关系总算有点缓和了，虽然不可能有别的发展，但是至少母亲脸上的笑容比以前多了。马应龙真怀疑，母亲是不是还爱着那个浑蛋老爸。

女人啊，真是可怜，对于善良的女人，就应该好好珍惜与疼爱。他不由得想起尚萌萌，她的经历跟母亲真的太像了。她的坚强与隐忍，总是会让他想起自己那可怜的母亲，令他心酸与心疼。她落魄到那个境地，还打算借钱给自己，虽然最终他没要，但是一旦想起，还是令他感动不已。

是的，有的女人，就像一颗珍珠，要剥开她坚硬而平凡的外壳，才能看到她的闪亮与美丽，才能感受到她细腻敏感的内心。她们淡然如兰，看上去很安静，似乎也没什么特别的优点，但是相处久了，便能感觉到她的芬芳是无处不在的；她们看似坚强，其实是多么地需要呵护与关爱啊。

尚萌萌与母亲，都属于这样的一类女人。

他渐渐地感觉到，自己真的越来越喜欢尚萌萌了。

但是，尚萌萌心深似海，不轻易吐露自己的心事，纵然遭遇这么多的不幸，也没向谁诉过苦，他甚至不清楚，她心里想的是什么。

10

尚萌萌来到办公室，瞅了一眼何经理，何经理避开了她锐利的目光。

"你那表妹呢？自从勾引了我弟弟后，她再也没有出现了，这是啥情况？"

"我——真的跟我没关系啊。况且男女之间的事，真的说不清楚是谁勾引谁。她的私事，我还真没办法管。"

"把我家害得这样了，她就没有一点悔意？"尚萌萌不禁提高了声音。

何经理看了看周围，把尚萌萌拉过一边："萌萌，我也被她给气死了。那丫头真的太不争气了，现在她都不敢来上班了。"

尚萌萌想想自己的弟弟，确实也不是能管得住自己的货色，跟安娜没什么两样。她就不想再追究了。

没想到何经理却低声地说："萌萌，我那表妹是鬼迷心窍了。她说她刚上班没几天，就有一个人给她打电话，声音听不出男女。那人让她跟你搞好关系，还让她有机会去勾引你弟弟，说事成之后，会有一笔钱。唉，那丫头真是钱迷心窍了，这么伤风败俗的事竟然也做得出来。我，我都没脸——还是别来上班好了，我丢不起这个脸。以后，我再也不介绍什么亲戚来公司了。"

尚萌萌心里扑通一跳，难道安娜勾引成成，也是秦伊夏安排的？

如果是这样的话，那自己真是活在眼线之中。那么，尚成成与小玫的受伤是秦伊夏所为的可能性又增大了许多。

一想到这个她又激动了，不行，中午还得去公安局一趟，去问问进展。

中午一下班，她刚冲到门口，却被马应龙叫住了："萌萌，你这么急干什么呀，饿鬼投胎啊。”

"我有点事，先出去下。"

"带上我吧，一定跟吃饭有关吧，正好我也没吃。"

"去，我真没心情带你，你自个解决。"

"不行，你不带我我带你。你去哪儿，我送你去，事情办完了我们再一起吃，这总行了吧？"

尚萌萌没辙了，想想有个免费的司机也不错："好吧，但你要给我闭嘴。"

马应龙下意识地摸了下自己的嘴巴："我嘴巴长得有这么难看吗，动儿下都不行……"

11

一路上，马应龙看尚萌萌一脸的焦虑，心绪不宁，就忍住没说话。但尚萌萌快要忍不住了，她觉得存在自己肚子里的东西太多太多了，多得快装不下了，再这样下去就要爆炸了。

"你去哪里，这个总得告诉我吧。"

"公安局。"

"公安局？那个女骗子已经找到了呀。"

"女骗子又不关我的事，我没空操那心。"

"那——"

"叫你去你就去，是你自己硬要给我当司机的，少废话。"

"好吧。"

尚萌萌感觉自己的语气重了点，毕竟，马应龙怎么说也是自己的老板。过了一会儿，她主动打破了沉默；"马总，你觉得秦伊夏这个人怎么样？"

"不用这么见外，在外面叫我龙龙就好啦，这样子显得比较亲切。反正我也没啥女性朋友，我们俩，就当闺密吧，我不嫌弃当你的男闺密。"

尚萌萌默然不语，马应龙继续说："你怎么突然问起秦伊夏呀，她是你的朋友，你应该比我更了解她。我对她的印象嘛，感觉这个人挺高大上的，说白了，就是个强势的女人，反正，不是我喜欢的类型。怎么了，你可千万别给我牵线，我承受不起。"

"就这样，没有了？"

"除了业务上的往来，工作上的需要，就没有其他接触了，所以，真的没有了。你们不是挺好的朋友吗，怎么反而问我呢？"

也是，外人哪能看到她华丽的外皮下有着怎样一颗肮脏的心。

尚萌萌冷笑一声："是挺好，好到能抢了你的老公，再抢走你的孩子。"

马应龙十分地诧异："萌萌，这话可不能乱讲。到底出什么事了？你不是说你的老公，哦，前夫，以前有别的女人吗，那女人不会就是秦伊夏吧？还有一点我更不懂了，你说抢男人是有可能的，她抢你的孩子干什么呀？"

尚萌萌闭上眼睛，长吁了口气，别人怎么可能理解呢？换成她，如果这事发生在别人身上，向她倾诉，她也没办法理解。

"我想安静会儿。"

马应龙没有再问，一路上小心翼翼地看着她的脸色。她比刚来的时候确实瘦多了，憔悴了，令人心疼。唉，这段时间她遭遇的破事太多了。

到了公安局，尚萌萌直接去找负责此案的警察。这个警察是个三十出头的年轻人，他对尚萌萌印象深刻，总觉得她有幻想症，所以，一过来就认出她了。

"尚女士，我们去调查过了，也找秦伊夏谈过话了，但是她有不在场证明。那个时间她在跟几个朋友打麻将，她的朋友证实她一直都在那里。"

尚萌萌激动了："他们说什么你就信啊，他们早就串通好了，她平时根本就不打麻将！"

"尚女士不要激动，目前我们没有确凿的证据，证明车祸是她指使的，或者说人是她撞的。路上的监控拍到的司机看不清楚，车上的方向盘上也没留下指纹，所以，没有证据证明是她所为。虽然很可能她是有预谋撞人的，但是抓人要讲证据。案情一旦有进展，我们第一时间通知你，好不好？请你也体谅下我们，没有确凿的证据我们不能抓人。放心，我们不会放过一个坏人，但是也不能冤枉一个好人呀。"

尚萌萌大声吼道："我告诉你们，她就是凶手，就是她把我弟弟跟弟媳给撞了。我弟媳是个孕妇，孩子都没保住！她就是个杀人犯，你们怎么能让这么一个杀人犯逍遥法外？她抢了我的老公，又要抢我的孩子，我的家被这个女人搞得四分五裂，你们难道就这么放过她了？"

"这位女士，我们已经在努力了，一定会尽快查清这件事，好不好？"一个年纪大点的警察过来说。

马应龙怕尚萌萌控制不了自己的情绪，赶紧抓着她的手，边对那里的人赔笑说着对不起，边把尚萌萌硬生生地拉出了公安局。

出了大门，尚萌萌甩开了他的手，然后独自走了。马应龙只得紧跟其后。

到了距离车子还有两米的地方，她突然停了下来，蹲下来"哇"的一声哭了。

努力粉饰的坚强外壳终于在一次又一次的无助下溃不成形，难道她就这么输了？秦伊夏不抓，那么宁宁就成了她的下一个目标，以自己的能力，她能保得住宁宁吗？悲到极处便无言，唯有泪两行。

是的，除了号啕大哭，她还有什么办法。

马应龙叹了口气，轻轻地把她搂进自己的怀抱。尚萌萌没有拒绝，已经很久没有一个温厚的肩膀，借她依靠，借她任性地哭泣了。

她真的太憋屈、太悲愤了，除了哭，再没有其他宣泄的渠道了。

马应龙伸出了手，轻轻地抚摸着她的头发。他不知道她究竟经历了什么，事实是不是像她刚才所说的只字片语那么复杂，他只是觉得，这个女人心里装着太多的伤痛与委屈。她就像一只羔羊，受尽欺凌，被人摆弄，一直逆来顺受，没有反抗。一个人承受这么多的秘密与痛苦，遭受这么多的打击，换谁都会崩溃。

或者，她现在应该正视一切、面对一切了，其中说不定有着很多的误会。

眼前的这个女人如此孤立无助，看得他难受。当初，自己最无助的时候，是她明智的决定让自己很快走了出去，否则，估计他现在还在水深火热的痛苦与纠结之中。现在，在她最需要帮助的时候，是应该为她做些什么了。

是的，我一定要帮她，赴汤蹈火也在所不惜。

马应龙的内心无比坚定。

12

后来，马应龙又陪同尚萌萌去案发现场找线索，但是车来车往的地方，根本无线索可言。随后，他们又去了发现小货车的地方。尚萌萌想，肇事者既然把车扔了，想要离开这里，必然要借助另一交通工具，为什么就不调查一下那个时间段附近出现过的车辆呢？于是她便打了个电话给负责此案的警察，警察倒是一口答应下来。

　　尚萌萌无比疲惫地回到家，把包扔在在沙发上呆坐着。现在，她没有退路，必须面对这一切，一是宁宁的抚养权，另一个就是对秦伊夏的报复计划。她不能就这样被这么一个恶毒的女人搞得家破人亡，还这么无动于衷，不做一点点的反抗。

　　如果这样下去，她尚萌萌迟早会像一只蝼蚁，被秦伊夏直接踩死，然后被她捡起来，轻蔑地吹一口气，尸骨无存。可能，连她的家人都不能幸免。秦伊夏啊秦伊夏，我到底跟你何仇何怨，你一定要置我于死地？

　　是的，她不能坐以待毙，她得反抗。但是，凭她个人的能力，能做到吗？

　　这时，她想到了马应龙，马应龙说会帮助她，可他顶多不过是个小老板。显然，她忘了他背后还有他财大势大的亲爹。

　　她也想到了自己的家人，尤其是老妈。自从成成受伤，小玫流产，尚母的情绪一直不大好，还要照顾这么多的人，特别累。如果让老妈知道，宁宁不是自己的亲外孙，而是沈利与他情人的，她如掌心肉一般对待他这么些年，她能受得了这样的打击吗？

　　可是，现在的情况能瞒她多久？除非让她跟宁宁一起回乡下老家待一段时间，尚成成暂时先由小玫照顾着。要不让他们都回老家休养？尚成成肯吗？小玫肯吗？小玫现在又正常上班了，上着班至少还有一份收入，去了老家，工作又没了，凭尚萌萌一个人的收入，怎么可能养着这么多人。

　　尚萌萌的心特别乱，又一次感觉到自己的脆弱与无助，她觉得她真的无力独自承受了。

　　这时，口渴的尚成成一只手拄着拐杖一只手拿着杯子，出来找水喝。看到尚萌萌坐在客厅发呆，他感觉非常意外："姐，你怎么了？"

　　"没什么。"

　　尚成成从厨房里倒了水出来，在尚萌萌的旁边艰难地坐了下来："姐，你最近怎么了，怎么感觉你这么怪？你的脸色也不好，是不是发生什么烦心事了？还是——钱不够用了。"确实，最近光在医院就花了不少钱。

　　尚萌萌一时没说话，她在犹豫要不要告诉尚成成，他鬼点子多，说不定能帮得上忙。但是，他现在这个样子，还能帮得上什么忙啊。

　　"姐，姐夫真的跟那女人在一起了？对了，我去看下监控。"

　　"算了，不用看了，秦伊夏现在住在他家了，基本不在自己家。"

　　尚成成忍不住爆了一声粗口："这个女人，心肠坏到这个程度！"

　　"成成——有一件重要的事，我必须要告诉你，我实在是无法一个人承受了，不过，你千万别跟老妈说，小玫也暂时不要说。"

　　"什么事啊，赶紧说，别这么磨磨叽叽的。你弟是怎么样的人，你还不知道？"

　　"你必须得先答应我。"

　　"好好，我答应，我答应。"

　　尚萌萌沉默了一会儿，还是把宁宁是秦伊夏与沈利的儿子，还有成成小玫的车祸可能跟秦伊夏有关的事都说了出来。

　　尚成成听完后异常愤怒，一拳打在茶几上："这贱人，把我们全家害得这么惨，我去把她给剁了！"

　　说着，他艰难地站起身，拄着拐杖冲动地往外走。尚萌萌赶紧拉住了他："行了，你看你这样子，随便谁推一下，都能把你推倒，还想去剁别人？"

　　"姐，我们不能就这样任人宰割啊，我们越是这么软弱，他们就越欺负我们！哼，把老子的儿子都害死了，我宰了那两个狗娘养的！"

　　"你先给我坐下！我们现在不能冲动，得想个好的办法。这事得从长计议，否则，吃亏的还是我们，懂吗？我们现在依旧处于弱势与被动状态。"尚萌萌把弟弟压下来，让他坐好。

"我——我现在恨不得这腿马上好起来，去先把那臭女人揍一顿再说。"

"好了，你还是好好养伤吧，别的事先不要操心。现在首要的事，就是宁宁不能被她抢过去，宁宁是我一手带大的，不能就这么被她抢走。对了，你有没有朋友做律师？"

"律师啊——"尚成成搔了搔脑袋，"我朋友好像真没做律师的。对了，土豆的表哥好像做律师，我打电话问下。"

这时，尚萌萌的手机响了起来，是马应龙打过来的。

"萌萌，我知道你需要律师。我有个朋友是当律师的，名气比较大，据说他经手的官司百分之九十能赢。"

尚萌萌喜出望外："那太好了。"

"嗯，明天，我们一起去咨询下吧。"

"好。"

打完电话，她对尚成成说："你去休息吧，我朋友认识个比较有名的律师，我们先去咨询下具体问题。"

"那好。"

"对了，今天的事，千万不要告诉老妈。"

"知道了。"

13

尚萌萌与马应龙来到律师事务所，找到了张律师。

张律师四十岁左右，戴着眼镜，一副老成持重的样子。

尚萌萌把宁宁的事说了一遍，张律师沉思了会儿，说："你是在完全不知情的情况下把孩子当亲生的来养，而且也有合法的手续，这就是说，你是孩子的法定监护人，具有相关的权利义务。现在你跟你前夫离婚了，孩子判给了你，虽然你和孩子从血缘上来说是养母、养子关系，但你还是孩子的监护人，而且是唯一的法定监护人，是受法律保护的。孩子的父亲，现在只享有探望孩子的权利和支付抚养费的义务。至于他的亲生母亲，现在在法律上与孩子并无任何关系。所以，纵然他们想要回抚养权，也没那么容易。"

"这么说，宁宁不会判给他们了？"

"如果没有其他特殊情况，应该不会。"

经张律师这么一解释，尚萌萌放心多了，只是心里还是有些不安，他们难道就这样善罢甘休？要知道，秦伊夏是个为达到目的而不择手段的人。

马应龙边跟她下来边说："放心好了，他是我朋友公司的代理律师，人挺靠谱的，我想朋友推荐的应该不会有错。如果秦伊夏提起诉讼，要回宁宁的抚养权，我们就请他当代理律师，有他在，咱的官司就有一半以上的胜算了。况且，张律师也说了，现在你是宁宁唯一的法定监护人，这个关系是没那么容易说变就变的。"

14

同一时间，秦伊夏与沈利正在咨询着另一个律师，那律师姓赵。

秦伊夏说："赵律师，您看怎么办，我是一定要要回我儿子的抚养权的。我们来找您呢，是知道您有'百胜将军'之称，您把一些棘手的案子，办得很出彩。我想，您也一定不会让我们失望的吧。"

赵律师咳了两声："这个案子确实有点棘手，相信你们也咨询过别的律师了，因为过错方是你们，而且孩子与对方有着合法的母子关系……"

秦伊夏说："赵律师，只要您能打赢这个官司，我另付你三倍的钱。"

"这个……其实办法也不是没有，不过，你们要夺回孩子的抚养权，要下一番狠心才有可能……"

秦伊夏与沈利对视一眼，秦伊夏说："你尽管说，我们不惜付出一切代价……"

"好吧……你们近点，这事不能让第四个人知道。"

于是赵律师对着他们一番耳语，秦伊夏说："这个，真的行吗？"

沈利有点担忧："这样，对孩子不大好吧？"

赵律师说："你们能想到更好的办法当然更好，说实话，我也不希望用到这一招。要不，你们找别的律师问问？"

秦伊夏与沈利一时没有说话，他们已经找了好几个律师了，有的干脆直接拒绝。秦伊夏赔着笑："我知道您更专业，而且做事不拘一格，别的律师哪里比得上您呀。"

"不管行不行，我们只有这一条路可走。说实话，如果不是因为你们出高价，我不会出这样的点子，也不会接这样的案子，你们自己看着办。"

沈利叹了一口气："看来只能这样了。"

15

尚萌萌与尚成成互通一气，编了一大堆理由，说好说歹终于说通了尚母，过两天就把宁宁带回乡下老家一段日子。

她真怕老妈知道这事后会气得吐血。

这天下午，尚母跟往常一样去接宁宁放学。一路上她都在嘀咕：这些孩子都在搞什么鬼，特别是萌萌这段时间特别古怪。宁宁在这里上得好好的，这个学期的学费都交了，好几千块啊，干吗要回去？我算一下，平均一天得百来块的学费，旷个五天那是五百块白交了，再多旷几天，那不是得好多钱白送给学校啊。不行，我得问问老师，请假的这段时间学费能不能退。

到了幼儿园，老师看到她有点诧异："宁宁被他爸爸接走了呀。"

老太太傻眼了，宁宁怎么被他爸接走了呢？尚萌萌也没跟她通过气呀。以前沈利带宁宁去玩，尚萌萌会提前告诉她不用去接了。

想了想，老太太觉得有点不对劲，于是在校门口赶紧给尚萌萌打电话。尚萌萌也慌了，沈利不会直接来硬抢吧。

她马上给沈利打电话，沈利接起来："我想宁宁了，正跟宁宁吃大餐呢。放心吧，等吃完了我就送他回去。"

"那你得事先告诉我一声啊，至少也要征求我的意见啊。"

"对不起，我正想给你打电话的，下次探望儿子我一定先提前通知你一声。好了，我们开吃了，再见。"

尚萌萌心里更是感觉不妙，真后悔没早两天就把宁宁给送走。如果沈利不送宁宁回来，那我就直接冲他家里去，把宁宁夺回来。真不知道他们又在搞什么鬼，难道又在跟宁宁培养感情，或者教唆他让他离开自己？

尚母跟尚萌萌回了家之后，尚萌萌焦虑不安地在客厅里来回转圈，看得尚母头都晕了。

"萌萌啊，你就坐着吧。沈利是宁宁的亲爸，亲爸还能害了亲儿子？你不用这么担心，就吃个饭而已。宁宁也想爸了，跟他爸待一会儿有什么大不了的，看把你给急得。"

如果尚母知道宁宁是沈利与秦伊夏的亲儿子，急得跟他们拼命的人估计就是她自己了。

尚成成不敢多言："如果那家伙不把宁宁送回来，姐，我跟你一起去要。我脚好多了，慢慢走不成问题，多一个人多一分力量，免得那俩浑蛋欺负你。"

"是啊，看到那个女的就来气！"尚母不知道沈利跟秦伊夏在一起了，她一直以为沈利跟宋丝雨在一起。

尚萌萌瞪眼看着尚成成，怕他话说多了，尚成成只好闭嘴。尚母嘀咕着："等下打个电话催催吧。他们肯定会想自己生个，不会要宁宁的。唉，真想不通你们，搞得这么紧张。"说着便去忙家务了。

一直到晚上九点多了，宁宁还没有回来。宁宁九点就要睡觉了，这会儿，尚萌萌真的坐不住了。正当她准备出门冲沈利家要人的时候，门铃响了，沈利终于牵着宁宁回来了。

尚萌萌没看到秦伊夏，估计她坐在车里。那女人如果敢来，我尚萌萌就先给她一巴掌。

"妈妈——"只见宁宁很委屈地扑进了尚萌萌的怀里，这令尚萌萌有点意外。

"不好意思，宁宁在餐厅里跑得太欢，摔倒了。我们带他去医院检查了，医生说是皮外伤，没什么大碍。所以，我们弄到现在才回来。"

"哪里痛了，宝贝——"

宁宁摸了摸手还有大腿，又哭了。尚萌萌卷起孩子的袖子裤管，只见手臂上、腿上，还有身上，都有些许的红肿和瘀青，看得她眼泪都快掉下来了。要知道，宁宁长这么大，从没这么伤过。

尚萌萌非常恼火："怎么会这么不小心啊，两个人看一个孩子都看不了，带过去才多长时间就摔成这样。以后你们别想带宁宁出去玩了，快点走，快点走。"

"我也没想到会这样，真不好意思，那我走了——"

"滚！以后没经过我的同意不要见宁宁，特别是不能私自带他走！"

"我知道了——"

尚萌萌把沈利推出去，"砰"的一声关上了门，看着宁宁一脸的委屈，心疼得不行。

"宁宁乖，妈妈给你擦点药水，洗个澡，好好睡一觉明天就不疼了。真是的，那两个浑蛋怎么搞的，会把你摔成这样。"

宁宁只抽泣不说话，尚萌萌哄了好一会儿才不哭了，然后她赶紧给他洗澡，安排他上床睡觉。

看着宁宁躺下来闭上眼睛，尚萌萌心里特别不安，她觉得，必须尽快送走母亲与宁宁。

第二天大早，尚萌萌就把两个人送回乡下，虽然宁宁一直哭着要妈妈，但是尚萌萌还是心一狠，撇下他们就走了。

送走宁宁后，尚萌萌心里轻松了不少，至少他们不会老是来跟宁宁培养感情，或突然就把他给接走。尚萌萌真受不起这样的心理刺激，现在一看到他们，或者一想到他们，就觉得特别厌恶，心里堵得慌。

其实，要把宁宁还给他们，她也不是没有想过。但是，想起自己那些年来对宁宁的付出，对宁宁的感情，以及宁宁对自己的依赖，她真是万分舍不得。再加上秦伊夏、沈利欺人太甚，如果当时他们好言相求，求她把宁宁还给他们，她可能也会心软。事到如今，他们给自己全家造成了这么大的伤害，现在就算秦伊夏跪地求她，她也无法怜惜了。因为这个女人无法再原谅，她已触犯了自己的底线，况且，像秦伊夏这样的女人，怎么可能会乞求原谅。

关于这件事，尚母走了后，小玫也知道了。得知是秦伊夏在其中作梗之后，她原谅了尚成成，同时恨死了秦伊夏，如果不是她，自己也不会失去孩子。警方没有线索，那么他们就只能靠自己的努力，一定要让那个女人得到应有的报应。

法院的传票很快就到了，尚萌萌有点心神不宁，真怕打输了这一场官司。毕竟，宁宁是秦伊夏与沈利的亲骨肉，跟她没有一点血缘关系，而且宁宁跟他们也待过一段时间，有了些许的感情。尚萌萌真后悔给他们跟孩子培养感情的机会。

第五章　庭审

1

该来的日子还是来了。

除了尚萌萌一家人，马应龙也在。

法庭上，秦伊夏指责尚萌萌把她的亲儿子给藏起来，不还给亲妈。

尚萌萌冷笑："你哪只眼睛，看到我把宁宁给藏起来了？你有证据吗？没有证据的话，我告诉你，你这是诽谤。况且，宁宁是我的儿子，这是我的户口簿，上面清清楚楚地写着他跟我之间的关系，这是法律所认定的，你有什么？"

秦伊夏也不示弱，出具了亲子鉴定报告："法官，这是我们一家人的亲子鉴定书，上面明确地写着，宁宁和我具有血缘关系，而我的未婚夫，也就是被告的前夫，是孩子的生物学父亲。现在我们一家人终于团聚在一起了，这个女人为什么就死揪着我的儿子不放呢？你说，你到底把我的儿子藏到哪里了？法官，她这么对待我的儿子，我儿子的安全根本得不到保障！"

这时，法庭里一阵骚动。尚萌萌的律师发言："我的当事人，是在毫不知情的情况下，把孩子当作亲生的来养的，而且具有合法的手续，形成了合法的收养关系，是受法律保护的。根据《收养法》第二十三条：自收养关系成立之日起，养父母与养子女间的权利义务关系，适用法律关于父母子女关系的规定；养子女与养父母的近亲属间的权利义务关系，适用法律关于子女与父母的近亲属间的权利义务关系的规定。养子女与生父母及其他近亲属间的权利义务关系，因收养关系的成立而消除。"

"我不同意。"秦伊夏的律师反驳，"按照《收养法》第二十六条第二款：收养人不履行抚养义务，有虐待、遗弃等侵害未成年养子女合法权益行为的，送养人有权要求解除养父母与养子女间的收养关系。送养人、收养人不能达成解除收养关系协议的，可以向人民法院起诉。我们有证据证明，被告有虐待孩子的行为。"

这话一出，法庭里又一阵骚动，尚萌萌大惊失色："你血口喷人，我怎么虐待孩子了？"

这时，对方律师拿出一个信封，拿出里面的东西呈给大家看，竟然是一些宁宁受伤的照片，观众席上的议论声更大了。"还有，这是医院出具的报告单，确认孩子受伤是因为受到人为的暴力伤害所致。法官，你可以辨一下这些资料的真伪。"接着他就把这些资料呈给了法官，"鉴于被告有虐童行为，我们要求收回孩子的抚养权，宁宁应该归亲生父母抚养。原告方出于仁义，可以适合补偿被告抚养孩子期间支出的费用。"

尚萌萌的脑子一片空白，他们怎么会有宁宁受伤的照片呢，还有医院出具的报告？她突然想起沈利那天不通知一声就接走宁宁，宁宁回来后，身上全是伤的情景。天啊，怪不得那天这么奇怪，原来他们使了这种卑鄙的手段！

她反应过来，完全控制不了自己的情绪："卑鄙，你们真卑鄙，竟然用这种下三烂的手段！那些伤根本就不是我弄的！是他们弄的！是他们嫁祸于我，你们这卑劣的贱人！"

这时，法官警告她不要用侮辱性的词语。

尚萌萌快哭了，叫道："法官，这些伤真的不是我弄的！请你相信我，是他们弄的，他们弄的！"

秦伊夏不依不饶："你这个女人就别血口喷人了。法官，我曾带过宁宁几天，宁宁说，这个女人经常对他又打又骂，照片上的那些伤是事实吧，明显是被虐待导致的。为了保护孩子，请把抚养权判给我们。"

"你个贱人！我没有打骂宁宁，那些伤也不是我弄的，你们这是制造伪证来诬陷我！"

尚萌萌已完全控制不了自己的情绪，她真不知道，秦伊夏与沈利比她想象的还要卑鄙，竟然会用这么一种手段，把宁宁身上弄出伤，然后拍了照，来诬告自己对宁宁有虐待行为！怪不得宁宁那天一回来就扑在她的怀里哭。

她是真想不到他们会卑鄙到这种地步，为了达到目的不惜伤害亲儿子！

张律师也没想到事情会变成这样："你们怎么知道是我当事人所为，有什么证据吗？这些照片并不能说明孩子身上的伤是我当事人做的，家里有孩子的都知道，这么小的一个孩子，磕磕碰碰都是有的。"

然而，这话已经不起什么作用，天平明显地倾向秦伊夏一方了。

法官对尚萌萌说："被告，虐待儿童如果达到严重程度，是要入罪的。不过，这些照片确实不能证明是谁弄的伤，你们有被告施虐时相关的视频或照片吗？"

166

赵律师与秦伊夏相视一眼，摇了摇头。

"现在只有孩子知道了。关于孩子做证，我们不建议十岁以下的孩子出庭做证，因为这个年纪的孩子往往容易受大人的诱导。不过，根据《最高院关于民事诉讼证据的若干规定》：待证事实与其年龄、智力状况或者精神健康状况相适应的无民事行为能力人和限制民事行为能力人，可以作为证人。也就是说，法律肯定了未成年人的证人资格，如果你们双方都要求的话，可以考虑。"

尚萌萌还有选择的余地吗？现在形势对她非常不利，所以，她只能点头答应了。

秦伊夏倒是有点犹豫了："法官，孩子毕竟还在他们手上，他们肯定会诱导孩子说假话，并说我们的坏话。他这么小，很容易受诱导的。"

法官思考了一会儿，法槌一敲："这次暂休庭，三天后重开庭，休庭。"

尚萌萌一下子感到虚脱，瘫在了座位上。真不知道事情会这样，原以为稳操胜券，想不到秦伊夏与沈利会使出那么卑鄙的一招来。

小玫扶起了尚萌萌，不禁破口大骂："那女人太无耻了，什么不要脸的事都做得出来，怪不得那天宁宁回来后就不停地哭。"

2

尚萌萌失魂落魄地走出法庭，小玫与还拄着拐杖的尚成成急了："姐，现在该怎么办，如果宁宁真的判给了他们，你真的什么都没了。那女人——我真想一拐杖劈死她。"

马应龙跟张律师从后面走过来，马应龙叫道："萌萌等等，张律师有话对你说。"

张律师无限同情地看着她："你这个案子有点特殊。现在从他们出示的证据看，无法证明你与宁宁受伤存在因果关系，除非他们提出新的证据。不过，他们既然证明自己是宁宁的亲生父母，从利于孩子成长的角度，法官也会考虑他们的诉求。所以，你要做好心理准备，宁宁的监护人资格很可能会发生变更。至于沈利对你的欺骗行为，你可以提出赔偿请求，包括精神损害赔偿。目前，情况对你非常不利啊。"

"张律师，怎么会这样？那怎么办？你知道我不能没有宁宁，我该怎么做才能不让他们把宁宁抢走？"

"唉，看宁宁的表现了，如果他对你真有感情的话，可能会感动法官。如果他对自己的亲生父母有感情的话，那我们就无能为力了，特别是，如果他指认你有打他的行为，他身上的伤就是你造成的，那对你非常不利。"

说完，张律师便走了。马应龙看着他的背影，叫道："喂，这是怎么回事啊？不是说自己有多牛多厉害吗，现在怎么变成这个样子了？"

"萌萌，怎么办，要不我雇人把那两个浑蛋揍一顿？"马应龙无奈地说。

"姐，马总说得对，一定要把他们打得满地找牙求爹喊娘，让他们知道我们的厉害，不能一辈子让他们骑在我们的头上来！"

尚成成愤怒地晃动拳头，都忘了自己现在连走路都走不好，更别说揍人。

尚萌萌虚弱地摇了摇头："回家吧。"

几个人往停车场走，谁都没有注意小玫落在了后面。此时的小玫，眼里似乎要喷出火来。事实上，她比尚萌萌更恨秦伊夏，她觉得就是秦伊夏害死了自己的孩子，可怜的孩子就这么没了，一定要让那个女人付出代价!

这时，尚萌萌注意到小玫没跟上来，转头一看，见她站在那里发呆，就喊道："小玫，快走吧。"

小玫这才快步跟上了他们。

3

第一次开庭，秦伊夏就占了上风，感觉心清气爽。

她挽着沈利的胳膊，头靠在他的肩膀上："沈利，看来我们一家人马上就要团聚了。真好，我从来没像现在这样，感觉阳光明媚，人生美满。"

"现在说美满还言之过早，判决还没有下来，宁宁毕竟一直跟她在一起，我怕他更喜欢尚萌萌。"

"不管他喜欢谁，他才多大，哪有自己选择的权利。孩子嘛，有几天谁对他好，什么都满足他的话，他就跟谁熟得很快，比养了他几年还要强。再说，他是咱的亲骨肉，我们之间的这种血缘关系谁都替代不了，放心吧，我对咱儿子充满信心。"

沈利还是有点担心："你才养了几天孩子，就了解他了？还有伊夏，今天的事，我们真的太过分了——"

秦伊夏乐了，一想起自己在法庭把尚萌萌斗得落花流水，心里开成了一朵菊花："亲爱的，你用词不当啦，是太过瘾了，希望三天后的开庭也这么过瘾。这是没办法的事啊，不使点小手段，宁宁哪会这么容易被我们夺回来呀。我们也是为这个家着想，以后我们只要对宁宁宠爱有加，他肯定就会忘记不愉快的事情了。小孩的心理我懂，我看了此类的书籍，这个年纪的孩子记性也差，所以，他不会跟我们计较的。"

沈利没有再言语，他的心理负担却越来越沉重，原本就觉得很对不起尚萌萌，现在，做出这样的事情，更感觉自己是个人渣。

在心里，他更喜欢尚萌萌，但是跟她已无缘成夫妻，两人离婚了。现在他被秦伊夏稳稳地钓着，他觉得，自己每走一步都被一条无形的线牵着，仿佛一切都是安排好的，他就这样莫名其妙地入套了。到现在他都不明白，他怎么就离婚了？怎么又跟秦伊夏在一起了？怎么又要抢回宁宁，过着这么一家三口的生活，这是他想要的吗？

走到这一步，一切都由不得自己了。

以前他是对不起秦伊夏，现在终于不欠秦伊夏什么了，只是又要对不起尚萌萌了。

事到如今，他还有后路可退吗？

4

秦伊夏在时代广场选了件巴宝莉的红色风衣，还买了一套高档护肤品。她觉得，她必须得以艳丽光亮、端庄稳重的形象出现在法庭上，由里而外透出高姿态、强气场，这会令自己如虎添翼，胜诉的机会也会高出一筹。

她感觉自己一定会赢了这场官司，一想起宁宁很快就能回到她的身边，他们很快就会举行一场盛大的婚礼，她这辈子想要得到的东西就全部得到了。现在，她秦伊夏什么都不稀罕，就要沈利与宁宁，这两个她生命中最重要的人。他们是属于她的，是她一个人的，谁都抢不走。即使短暂地被别人抢走，她也一定要把他们夺回来，谁能跟现在的她相抗衡？

她拎着几袋东西，边走向地下停车场，边给沈利打了个电话："亲爱的，我给你买了件衣服，我们晚上就在外面吃饭吧。"

接着她有点无奈地说："那好吧，那你早点回来，我自己去吃喽。"

秦伊夏刚按掉手机，准备塞回包里，这时，突然冲出来几个人，往她头上一套袋子，就是一阵拳打脚踢，然后迅速跑走了。秦伊夏哭喊着扯掉了头上的袋子，哪里还见刚才那伙人的影子。她摸了摸脸，疼痛难忍，还有血。天啊，是不是破相了，如果破相了那还怎么活？

她从包里拿出镜子，一看镜子里鼻青脸肿、破了相的模样，就号啕大哭起来。有管理人员过来问："发生什么事了？"

"你们停车场管理怎么这么差啊，我在这里被人打了！我毁了容怎么活啊，快送我去医院！我在这里出了事，你们停车场要负责！治安这么差！"

上了车子，秦伊夏就给沈利打了个电话："老公，我被人打了，好痛啊，一定是尚萌萌干的！我饶不了他们！我要报警！"

沈利一听貌似问题挺严重，赶紧问道："你在哪里，我马上过去。"

"现在往第二人民医院去，你赶紧过来。"

"好。"

5

事实上，这个时间，尚萌萌开着车，跟尚成成一起，准备把宁宁与尚母接回来，根本就没有打人的时间。

两个人刚回到家，宁宁就飞奔着扑了过来："妈妈——"

尚萌萌紧紧地抱住了宁宁，真怕一松手就会失去他。一想起宁宁有可能判给秦伊夏，自己再也没有机会见到宁宁了，尚萌萌的眼泪禁不住地掉了下来。

尚母啧啧地说："我说萌萌呀，你可真煽情，比电视里演的还煽情。这才多少天不见，眼泪都掉下来了。唉，都是只想着孩子，我这个糟老婆子都没人想着了。"

语气里是明显的醋意。倒也是，你尚萌萌可是我的孩子，你看到自己的孩子就哭成这样，你说，你对我这个老妈就一点表示也没有吗？

尚成成说："妈，我可想你了呢。姐最近事多，太忙了，没时间想，她一有空就会想。我是太闲了，只好想东想西，想天想地，顺便把您老也想了。"

"去，你这孩子，就嘴滑。"

"你看你看，我说我想你了，你又说我嘴滑；我说不想，你又说我讨了媳妇忘了娘，唉，做小辈的可真是难啊。"

尚萌萌说："妈，东西都收拾好了吧，咱回去吧。"

"萌萌，你跟我说，这是怎么回事。是不是成成这小子又惹出什么事来，怕我知道，故意把我给撇开。"

"妈，跟我真的一毛钱关系都没有。"尚成成抗议了。

"妈，跟成成没关系。唉，说来话长，我们还是回去慢慢说吧。"

确实，尚母至今都没搞明白，尚萌萌突然让他们回老家，又突然叫他们回去到底是什么原因。她总觉得事情很蹊跷，回老家之前，这姐弟俩就表现得很奇怪，似乎有什么事情瞒着自己。无奈事情太多，有时候她想问，他们又不在旁边，等见着他们，她又忘记问什么了。年岁不饶人啊。反正我这个老婆子是真的老了，他们嫌我老，我也懒得管闲事了。

事到如今，尚萌萌知道自己再也瞒不了了，母亲迟早会知道，那就回去了慢慢告诉她吧。

这几天，一定要跟宁宁联络好感情。这么多年的感情，不是一朝一夕可以打破的吧，特别是宁宁一直以来对自己很依赖，只认自己是妈妈。不过宁宁有时也会提起秦伊夏，管她叫"夏夏干妈"，比如，夏夏干妈买给我的故事机，夏夏干妈带我去吃比萨，那小熊是夏夏干妈送给我的，等等。尚萌萌觉得，小孩子对于不深刻的东西，很快就会忘掉，而且这段时间也没跟秦伊夏见面，他们之间原本不怎么牢固的感情根本不值一提。尚萌萌怕的是沈利，沈利毕竟他的爸爸，不管以前、现在，还是以后，这个爸爸的角色，从不会改变，也改变不了。

虽然他们离婚之后，宁宁跟沈利的感情要淡了很多，但是，面对这种情与血兼具的感情，尚萌萌真的不知道，自己会不会失败。孩子毕竟不是成人，没有衡量是非轻重的能力。

回到家，小玫已在厨房里炒菜。

趁着这工夫，尚萌萌想了想，决定这事情还是要让母亲知道，于是把母亲拉着坐下来，向尚母和盘托出事情的来龙去脉。

当尚母知道自己辛苦带着的外孙竟然不是亲的，她承受不了这样的打击，竟然一下子晕了过去。

尚萌萌兄妹两又是掐人中，又是拿风油精，小玫在一边干着急。尚母好不容易醒了过来，一醒过来就号啕大哭："老尚啊，我对不起你，辛苦了大半辈子，以为可以有依有靠，享享福了。哪知道你的孩子一个个都不争气啊，没一个给我争点脸，离婚的离婚，被人害的被人害，养了这么多年的外孙还不是亲的，是替别人白养的。这作的是什么孽啊，我活着还有什么意思啊，我哪有脸活啊。老尚啊，你告诉我你在哪里，我去找你，我去找你——"

说着尚母就往外面走去，兄妹俩劝好劝歹的，好大一会儿才把老太太劝住了。老太太终于停止了呜咽，但是情绪仍然非常沮丧。

尚萌萌真后悔把事情告诉了尚母。

唉，老妈年纪都这么大了，还让她受这样的打击，想想最近家里发生了太多的事情，就没一件令老人家高兴的，觉得自己真是没用。

吃饭的时候，尚母没什么胃口，扒了几口就放下了碗，回房间休息去了。

尚萌萌继续给宁宁喂饭："宁宁，小玫阿姨做的菜好吃吗？"

"好吃。"

"嗯，有时间，妈妈也给你烧好吃的。以后呀，妈妈再也不离开你了，好吗？"

"宁宁要永远跟着妈妈，妈妈，以后别把我一个人扔姥姥家，好吗？"

听到这句话，尚萌萌觉得鼻子一阵酸，忍不住地拥抱着宁宁。自从跟沈利离婚了之后，发生的事情太多了，她确实没能像以前那样跟宁宁朝夕相处，时刻都在他的身边。她感觉宁宁比以前懂事多了，真不知道是他长大了，还是他对有些事情似懂非懂……

再或者，他可能有些知道，爸爸跟那个干妈生活在一起意味着什么了。

"是妈妈不好，妈妈以后再也不离开你了。乖宝宝，宁宁以后也不要离开妈妈，好不好？"

宁宁似懂非懂地点了点头。

这时，门铃响了起来，小玫过去开门，却是两位陌生的警察。

"尚萌萌在吗？"

尚萌萌心里一喜，以为撞车事件有眉目了："我是我是，你们找到肇事者了？"

两位警察疑惑不解地相视一眼，其中一位说："有人控告你故意

174

伤人。"

"什么故意伤人？"

尚萌萌觉得莫名其妙："什么时候的事？"

"两个多小时前，是不是你指使人在时代广场的停车场袭击了秦伊夏女士？"

尚成成耐不住脾气了："你们乱讲什么啊，没证据别血口喷人。我们刚刚开车去尚家村，一路上的监控肯定能拍得到我们。我们把这孩子还有我妈接回来之后，一直在家里没出去。你看，行李都还扔在这里，没来得及整理出来，哪有时间干那事啊？"

两警察互相看了一眼，高个子的警察说："你是谁？"

"我是她弟弟。"

"案件不会跟你有关系吧？"

"胡说！"尚成成站起身，走起路给他们看，"我走路都走成这样，还能打人啊。这里骨折，要不要把我的片子给你们看看？"然后他对小玫说："去把X光片拿过来给这两位同志看看，看我有没有说谎。"

小玫便过去拿片了，看了片子后，两位警察无话可说："要不你们来警局录下口供吧，如果你们确实开车去尚家村了，我们会查出来，不会冤枉你们的。监控会拍下你们车子行走的路线，里面坐着什么人，因为是白天，影像不会太模糊，会有个大概的相貌。"

尚萌萌看着宁宁，再不想离开他："警察同志，能不能就在这里做笔录？我好久没见到我儿子了，他看不到我会哭的，再说我弟弟腿脚也不大灵便。"

"那好吧，你们把下午两点到现在的具体行程给我们讲讲。"

那段时间，他们确实都在路上，所以笔录也很简单。做完笔录，警察便告辞了。

警察前脚一走，尚成成就哈哈大笑起来："真是痛快，谁这么大发善心啊，把那婆娘给揍了。我还想揍她一顿呢，真想看看那臭婆娘现在的样子，是不是还是那么不可一世、趾高气扬。我呸！这会儿她一定像个大猪头，哈哈，这是报应到了吧，哈哈。"

尚萌萌脸色一沉："成成，你老实说，是不是你指使别人干的？"

"唉，姐，我真没什么时间。你看，我现在走个路都不那么方便，要不是坐你车子的话，我都不可能去接妈与宁宁，哪有机会折腾这些？就算指使别人，那也要用钱的，你看我现在这样子，像个有钱的人吗？唉，还好今天一起去接宁宁了，否则啊，真是跳进黄河都洗不清了。警察怀疑也就算了，连亲姐都对自己不信任，唉，做人好失败啊。"

尚萌萌也觉得，成成今天确实没什么机会做这些事情。他一直跟自己在一起，没见他打过什么神秘电话。难道秦伊夏仇家太多，报复的人来了？对了，不会是马应龙帮自己教训的那女人吧，一想起这个她就紧张起来。

这可是犯法的啊！如果真是皮肉伤还行，万一把人打成个好歹，可能得坐牢的啊，她可不想因为她的事而连累了马应龙。

"宁宁，今天坐车坐累了吧，妈妈给你擦把脸，你先睡觉好不好？"

"好。"

把宁宁哄好睡下，尚萌萌轻轻地出来关好了门。

她赶紧给马应龙打电话，马应龙一听秦伊夏被人揍了就哈哈大笑："真是痛快啊。人品差，被人打，太应该了。"

"到底是不是你干的？这可不是闹着玩的，听说差点都毁容了。"

"我是想那么干的，但是，确实不是我干的。想我马应龙是这么文雅绅士之人，怎么会干出这么暴力的事呢？我真没有呀萌萌，你可别冤枉我，我还想多找几个姐谈谈情说说爱的，可不想坐牢，跟那些基佬待一块儿。"

"真不是你干的？"

"真的不是。"

"那就好。对了，你不觉得奇怪吗，这事刚好出在我们下次开庭之前。后天就二次开庭了，秦伊夏这么爱面子的人，到时候怎么出庭？她挫了面子对我们是好事，可我就是觉得这事是我们的人干的。我想，她肯定不会干出这么自虐的事情，然后来诬陷我们吧。"

"还真没准，像她这种女人，什么手段都使得出来，连自己的亲生儿子都打，然后嫁祸到你头上。不过要自虐也不至于拿自己的脸开玩笑吧，所有的女人都爱脸。我觉得这种可能性小了点，你弟弟真没干？"

"嗯，应该是。今天我们一直在一起，去老家接宁宁去了，他根本没机会。凭直觉，我觉得真不是他。"

"那真奇怪了，就当是上帝派的神兵下凡，来教训恶人了。对了，张律师说，这两天一定要跟宁宁搞好关系，还有，最好让他把那天的伤是怎么来的说出来。我们一定要揭穿他们的恶行！"

"嗯，我知道了。"

"早点睡，好好养精神，不要有太多的思想顾虑，这样才有更好的状态一举把他们给扳倒。我们要相信自己……"

"嗯，我明白。"

打完电话，尚萌萌觉得更纳闷了，那教训秦伊夏的人究竟是谁呢？

此时，小玫还在厨房里忙活，尚萌萌无论如何都想不到她的身上，她边帮忙边说："小玫，你不要太辛苦了。你去休息吧，我来。"

"快好了，你看，我把这里的水渍再抹一下就收工了。你今天开这么久的车来来回回的也累了，早点去休息吧。"

尚萌萌确实有些累，厨房也被小玫弄得挺干净了。

"嗯，你注意身体。"

尚萌萌感觉小玫今天的表现有点奇怪，她知道秦伊夏被打了，反应很平淡，就是警察来了也一直在厨房里忙活着，洗洗刷刷的，里面被她弄得非常干净，就连抽油烟机上的油垢都被她清理得干干净净。不过，自从她从医院回来，就总是这样忙忙活活的，不肯休息。

唉，女人。

所以，尚萌萌虽然感觉小玫有点反常，还以为她还没从阴影中走出来。她绝对没想到，是小玫叫了一帮老乡把秦伊夏给揍了。

6

秦伊夏挂着点滴，旁边有个护士给她的脸部伤口消毒。

"喂，你就不能轻一点啊，不是伤在你脸上，你是没觉得痛，但我疼啊。"

秦伊夏又一次冲护士发火，沈利有点看不下去了。之前，这护士早就在一边翻白眼犯嘀咕了，护士的忍耐也是有限的。沈利真怕她们会吵起架来，便接过了药水，示意护士退下："我给她擦吧。"

护士再次翻了翻白眼，放下东西就走了，沈利便拿起了药水与棉签。

这时，秦伊夏的眼泪又流出来了，一副楚楚可怜的样子。

"老公，你一定要替我报仇，把尚萌萌狠狠揍一顿才行。真想拿刀子划花她的脸！"

"唉，说不定不是她，又没有证据说明是她做的。刚刚警察不是说了，尚萌萌姐弟俩没有打人时间，那时他们在路上，去乡下接宁宁去了，应该另有其人。"

"怎么可能，就是那贱人。她可以指使别人这样做啊，那些混混一人给个两百就干，不在场证明都是可以伪造的，这个我懂！"这时，她发现自己说漏了嘴，赶紧把话题给绕过去，"她就是不想让我出庭，这就是她的动机。你看，动机这么明确，那些警察却不抓人，气死我了。啊哟——好疼。老公，我现在这个样子，怎么出庭？怎么见宁宁？要是宁宁看到我这副样子，怕都怕死了，怎么可能跟我好？都是那个臭贱人，不行，我非要打死她不可！"

秦伊夏越说越恼火，起身往外蹿，忘了自己的手背上还扎着输液针头。她一挪，针歪掉了，痛得她哇哇大叫："痛死我了，护士护士！快给我叫护士啊！"

沈利赶紧跑出去叫护士，那护士慢吞吞地过来，慢条斯理地给她重新扎了针头，贴好了胶布。秦伊夏那张原本青肿的脸，因为疼痛更加扭曲了。这回，护士毫不客气地训了她："喂，你乱动什么？我告诉你，万一搞得静脉大出血或血液长久倒流，到时候，神仙都救不了你！"

这回还真把秦伊夏给吓住了，她乖乖地躺着不动了。护士走后，她用另一手抓住了沈利："老公，你去帮我打她吧。"

"打人是要坐牢的，你真希望我去坐牢吗？"

"就教训下嘛，又不会把人家搞残废，要不毁点容也行。"

"好了好了，你别再胡思乱想了，给我好好养伤。皮外伤而已，养段时间就好了。"

"你这是什么话啊，说得这么轻巧。你难道不知道，脸蛋对于女人有多重要啊。你说我顶着这么张脸，以后怎么去上班啊，同事们肯定会在背后猜我的伤是哪里来的。现在是行里考核业绩的重要时段，我变成这样了，你竟然一点都不为我着想！你说，你是不是心里还有那个贱人啊？"

秦伊夏越说越火，现在，她是杀了尚萌萌的心都有。

同时，她也为沈利不完全为自己着想而恼火，难道从别人手里抢过来的男人，不是真正属于自己的吗？至少，他不像以前谈恋爱属于自己一个人，那时，他的心里只有一个我。

"警察会查出来的，你操心个啥。如果真的是她干的，警察也不会放过她！"

"他们能查出什么啊，我把他们撞了到现在都没查出来！"秦伊夏一激动，话不经脑子就冒出来了。话一出，秦伊夏突然捂住了自己的嘴，天啊，我怎么犯了这么低级的错误，竟然把这个重大的秘密给捅了出来。

沈利一下子还没明白过来，想了一会儿才若有所悟："你是说，成成跟他女朋友真的是你撞的？"

秦伊夏做了个嘘的手势，环视着四周，一改刚才的嚣张姿态，露出一脸讨好的笑，语气也变得很温柔："不要乱讲，怎么可能呢，跟我有什么关系呢？你说，我真要撞的话，干吗不直接去撞尚萌萌，是吧？我跟他们又没有仇，你说我干吗去撞他们呀。再说了，如果是我把他们撞了，警察一定会查得出来的。"

"你刚才好像说什么不在场证明是可以伪造的？"

"唉，我是说尚萌萌在伪造！亲爱的，你怎么越来越笨了呢？"

这时，沈利的脑子里浮现出尚萌萌质问秦伊夏撞人的情形。开始他真不相信，现在，他觉得她真的是越来越可疑，像她这样不择手段的女人，真的是没什么事情干不出来。

"真的是你做的，对不对？"

"没有，真的没有。"

"你为什么做这样的事？！"沈利声音高了起来。

秦伊夏也火了起来，心想我做这一切还不是为了你，你凭什么吼我！

"我说没有就没有，你为什么不相信我！我是你的未婚妻，是你儿子的妈，你为什么宁可去相信那个人的话，而对我大吼大叫，你就这么不相信我？沈利，你是不是觉得我现在变丑了，没尚萌萌好看了，你就想打退堂鼓？好好，你滚，给我滚！"

沈利沉默地看了她一眼，然后走出了病房的门。秦伊夏朝门口扔了一个枕头，"哇"的一声大哭起来。

7

沈利在尚萌萌家的楼下久久地徘徊着，却终始不敢进去，也不敢给她打电话。

走到这一步，他觉得自己是咎由自取。如果当初不受宋丝雨的诱惑多好啊，那么，他依旧过着风平浪静的幸福生活，虽然有点平淡。他现在才知道，越是平淡越是真，越是轰轰烈烈，反而越如烟花一瞬，昙花一现。

而事到如今，尚萌萌是不可能原谅自己了。

秦伊夏现在可够惨的，如果在她最糟糕的时候就这么扔下她不管了，他沈利也真的很不是男人，在心里，他还是觉得自己挺男人的。

他想告诉尚萌萌关于尚成成被撞的真相，也想告诉她关于宁宁那些受伤照片的事实，但是，他还是无法做到。如果在这个时候背叛了秦伊夏，他知道他会同时失去两个女人，还有儿子，他确实骑虎难下。

毕竟，秦伊夏是宁宁的亲妈，现在他们两个走在了一起，他们之间的利益相连，他不能出卖秦伊夏。如果宁宁判给尚萌萌，那么宁宁就等于失去了亲妈，以后长大了可能会怨亲爹亲妈为什么抛弃他。

他觉得，自己的孩子应该自己养，回到亲生父母的身边才是正道，否则，他跟秦伊夏之间的结合，就一点都不完美。思来想去，他只能把这些事情埋在心里，烂在肚子里，只能再一次愧对尚萌萌了。

沈利长长地叹了口气，又返回了医院。

8

二次庭审现场。

秦伊夏脸上的伤还没全好，眼眶还是青肿的，脸颊嘴唇还有瘀血块，虽然戴着差不多遮着半张脸的蛤蟆墨镜，并经过特意粉饰，但脸上的伤还是很明显，看起来真的是够狼狈的。

当她看到宁宁，还是对他笑得很欢，招呼他到自己身边来。可惜宁宁完全认不出她了，甚至有点害怕她，紧紧地拉着尚萌萌的手。尚萌萌感觉，这个儿子真没有白养。也是，秦伊夏现在变成这样了，小孩子哪有不害怕的，尚萌萌在内心突然非常感激那个把秦伊夏揍一顿的人。

做人太嚣张了，必会得到报应的。

而这个报应，来得如此及时，不多一天，也不少一天，太及时了。

庭审正常开始了。法官问尚萌萌："被告，只要你同意放弃监护权，原告愿意补偿你这几年来抚养孩子的费用，当然还有精神损失费，你还有什么异议吗？"

尚萌萌表情坚定："我不同意宁宁判给不负责任的亲生父母，而且这些年来，宁宁对我一直很依赖。"

看来是没调解的可能了，法官便问宁宁："小朋友，你叫宁宁吧？宁宁，你想要跟谁一起生活呢？"

宁宁怯怯地看了一眼尚萌萌，宁宁性格有点内向，一直不喜欢搭陌生人的话。

尚萌萌朝他点了点头："宁宁，法官在问你，你想回爸爸的家，还是回妈妈的家，想跟爸爸住在一起呢，还是跟妈妈住在一起？"

宁宁的声音突然变得响亮："我要爸爸！也要妈妈！"

秦伊夏乐了，心想真不愧是我秦伊夏的宝贝啊。

"宁宁，说得好，等会儿爸爸妈妈带你回家好不好？"

宁宁呆呆地看了她一眼，没有讲话。

尚萌萌纠正她："宁宁只叫我妈妈好不好？"

法官便指着尚萌萌，又指了指秦伊夏："宁宁，你是想跟这个妈妈回家，还是想跟这个妈妈，就是你的干妈在一起呢？"

宁宁看了看尚萌萌，又看了看秦伊夏，用手指头指了指尚萌萌。

秦伊夏急了："宁宁——"

法官为难了，想了想说："宁宁，如果爸爸跟妈妈之间只能选择一个，你想要跟爸爸与干妈一起生活，还是要跟妈妈生活呢？"

宁宁这下举棋不定了，一会儿要爸爸，一会儿要妈妈。一个才不到三岁的孩子，要做出这样残忍的选择，尚萌萌真的觉得于心不忍，只是走到了这一步，她又有什么办法。

秦伊夏首先叫了起来："我抗议。宁宁太小了，没有正确的人生观与识别能力，不能让一个这么小的孩子做这么艰难的选择，这不公正。宁宁是我秦伊夏与沈利的亲骨肉，我们要回孩子的抚养权，这是天经地义的，就算我跟宁宁以前没什么感情，可感情是可以培养的。孩子越小，感情就越好培养，哼，说不定不到一个月他就忘了他的那个假妈呢。"

尚萌萌不甘示弱："你口口声声说宁宁是你的亲骨肉，我问你，你养过几天？宁宁刚出生身体就不好，心肺功能不全，随时都有生命危险，作为亲生母亲，你做了什么样的事？你竟然把自己有重病的亲生儿子扔给了别人，就这么抛弃了他，不闻不问三年。现在好了，儿子健康了，你知道自己没生育能力了，想要了就来抢。我问你，你配当宁宁的妈吗？"

"我不是扔给了别人，你要搞清楚，我扔给了孩子他亲爸！亲爸养孩子，天经地义，要怪你就怪你前夫，这事怪不得我。既然当时他娶了你，你们结婚了，你养着他的孩子，只能是你自取其咎，你这是活该！"

尚萌萌气得脸色发白："秦伊夏，你还有没有良知与人性，他不愿意娶你，那是他跟你的事，跟我没有半毛钱关系。况且，当时我根本就不知道有你这种人存在，更不知道宁宁是你的孩子。我毫不知情，你们深深地伤害了一个无辜的人，这几年还处心积虑迫使我们离婚，你们搞到一起。你不就是为了你那可怜的虚荣心吗？不就是为了报复他那几年对你的伤害吗？你对他有没有感情，你自己心里清楚！"

沈利看着尚萌萌又看看秦伊夏，轻轻地说："伊夏，这是真的吗？"

秦伊夏非常生气："别听她胡说，我是真心爱你的，也爱我的儿子，我只想我们一家人好好在一起，别的我什么都不稀罕。"

尚萌萌冷冷地说："你就骗吧，继续骗吧，一个心理歪曲、内心歹毒的女人，是永远得不到内心的安宁，也得不到幸福的。"

"你——"

法官敲了敲槌子："肃静！这里是法庭！"

这时，尚萌萌突然想到了一个问题："宁宁，你告诉大家，那天，你身上的伤是怎么回事，是谁打了你，勇敢地说出来。"

这时，大家都盯着宁宁，宁宁怯怯地看着尚萌萌，又看看秦伊夏与沈利："是——"

秦伊夏怕事情败露，赶紧说："宁宁才多大，你就这样教唆他。

尚萌萌，你真不要脸。"

张律师说："反对！法官，这事应该由孩子自己来说。"

法官点了点头，问宁宁："宁宁，你告诉叔叔，那天到底是谁打了你？"

这时，宁宁的脑子里闪过那天被秦伊夏揍的样子，一下子"哇"地哭了出来。

尚萌萌叹了口气："算了，宁宁，咱不说这个了，不哭了，不哭好吗？"

秦伊夏这下得意了，看来儿子帮了她，没把她的丑行给抖搂出来。

张律师直摇头："法官，你应该已看出来，我的当事人对孩子是真心关爱的，她对孩子是有真感情的，同样，孩子对她也是有真感情的。我觉得，不应该拆散这对不容易的母子。"

秦伊夏的律师说："法官，别忘了被告曾有虐童行为，几天的好并不能抹去长期的虐童行为。孩子一时会产生依赖，是因为他现在还没有独立的思维能力。法官，为了孩子的未来，为了他能更好、更健康地成长，应该把孩子判给亲生父母。其实，这样对被告也有好处，养着一个没有血缘关系的孩子，也不利于她今后的生活。"

…………

庭审最后，法官宣判了结果：原被告双方各执一词，不同意协商，而孩子又没有民事行为能力。鉴于原告是孩子的亲生父母，亲生父母的养育更能令孩子健康成长，所以，孩子由原告方抚养，同时，原告需补偿被告方因此产生的抚养费与劳务费等各种杂费共计15.8万元，判决下达之日起三日内付清，退庭。"

"不，我不同意！"尚萌萌疯了，要冲上去，但是被马应龙死死按住。尚母也大哭大号："我这是作了什么孽啊，外孙没有了，帮别人养了这么多年……"小玫扶着她不停地劝慰。

宁宁被沈利抱走的时候，他突然意识到自己可能以后再也见不到亲爱的妈妈了，不停地哭喊着："妈妈，我要妈妈！我要妈妈……"

秦伊夏以一副胜利的姿态，笑着看他们："跟我斗，你们还真是嫩了点。我秦伊夏想要的东西，你们抢都抢不走，哈哈哈——"

尚萌萌扑了过去，两个人厮打在一起。马应龙赶紧拉开她们，尚萌萌歇斯底里地叫道："你还我宁宁，还我宁宁！宁宁——"

突然间，她晕了过去。

马应龙、尚成成他们同时喊："快，快去医院。"

9

苏醒后的尚萌萌躺在病床上，神情呆滞，一句话也不说，任别人怎么叫她、跟她说话，她都置若罔闻。尚成成急了，心想着，女人一受打击是不是都会变哑巴。

"姐，我是成成，你亲弟弟啊，你多少说一句话啊。"

尚萌萌依旧呆若木鸡，看了他一眼便扭过头去。马应龙推开了尚成成，瞪着眼睛吐着舌头做了个自以为很萌很可爱的动作："萌萌，可爱的萌萌，站在你面前的，可是全世界最帅最呆萌的男人，你一定没见过比我更英俊更接地气的男人，呱呱呱。我是你的老板马应龙，是不是觉得这个名字特别亲切，嘻嘻。我也喜欢这个名字，嘿嘿，因为全世界有十分之一的人都需要我，你懂的嘛，是不是觉得有这么伟大又帅气的老板很荣幸呢。别忘了，我可是很多女人心目中的偶像呢——"

尚成成一把推开了马应龙："一个大男人卖萌，还偶像呢，你不觉得丢人啊。"接着他用手在尚萌萌的眼前使劲地晃着，哭丧着脸说:"我可怜善良美丽的姐姐,你不会真傻了吧,你可是我唯一的亲姐啊。除了老妈之外,就你在我心目中的形象最伟岸了,你可不能傻啊。"

尚母一直在抽泣着,小玫陪在她的身边,听到这话眼睛一瞪:"成成,你乱讲什么。"

这时,一直处于神游状态的尚萌萌突然像是灵魂归体了:"几点了?"

大家面面相觑,一时没明白。还是马应龙看了看手上的表说:"四点。"

尚萌萌一下子拔掉了手上的吊针:"我得马上接宁宁去了,迟了幼儿园要关门了。"

尚母听到这话又哭了,尚成成按住了她,吼道:"姐,你要接受事实,宁宁现在不是你的儿子了。他有他的父母,那是他的亲生父母,你就别这样了!"

"不行,他们不了解他啊,他特别怕热,喜欢蹬被子。还有,他的皮肤接触番茄汁就会过敏,对花生也过敏,经常会咳嗽……"

"姐,这些你根本就不用担心,他在那里照样过得好好的,人家会请保姆的,有没有你都一样!"

尚萌萌定定地看着弟弟,喃喃自语:"真的吗?"

"对,非常好,比你照顾的还要好!"

小玫推了推尚成成:"姐都这样了,你就别再刺激她了。"

"我不对她说实话,她哪能面对事实啊。"

尚萌萌不再说话了,整个人又沉了下来,显得那样地无助。

过了一会儿,她缓缓地说:"我们回去吧,我没什么病。"

确实,她只是身体有点虚弱,再加上精神上的刺激,其他并没什么大碍。

马应龙把这一家人送到了家,便回到了公司。

10

马应龙呆坐在办公室，没有心思做任何事情。

他的眼前浮现的都是尚萌萌的脸，快乐的，失望的，震惊的，悲愤的，绝望的，歇斯底里的，麻木的，一片死灰的。或许，有的人一辈子都不会碰到这么三观尽毁的事情，这个弱不禁风的女子却全都遇上了。

他觉得心疼，疼得厉害。这辈子他从来没为哪个女人如此心疼过，也从没看到过哪个女人，会受尽如此摧毁性的人格侮辱与打击。他觉得秦伊夏与沈利简直无耻得没有下限。

而他，看着她的生命慢慢变成了一片死灰，人如行尸，却无能为力。作为朋友，他应该为尚萌萌做点什么，不能让那两个人过得那么逍遥自在。但是，凭他现在的能力，又能为她做什么？

马德康！对，我不是还有个土豪爹吗？

我怎么把他给忘了呢，借助他的力量，我还不能如虎添翼、四处高飞吗？

马应龙有点后悔，如果早点把尚萌萌的事告诉马德康，可能他会想办法，动用一切财力与人际关系，给尚萌萌安排一个更好的律师，那么宁宁可能也不会落入那两个人的手中了。

现在已经这样了，如果再向上级法院上诉，那么，他觉得对尚萌萌也不好，他不能再让她承受太大的心理压力，万一又输了呢，自己不是又在她伤口上撒盐吗？但是，他绝不能让那两个人过上太过舒心的生活。至少，他得想办法把沈利的公司搞垮。一个事业有成的男人，如果一下子从金字塔的顶端坠到最底层，一定比没了女人还难受。

想到这里，他突然觉得非常解气，考虑再三不再犹豫，给马德康打了个电话。他开门见山地说："我想去你的公司上班。"

马德康呆了一下，估计没有想过马应龙会提这样的要求。事实上，他一直希望经常接触儿子，当然，最期望的就是这个儿子能帮助自己。对于庞大的公司，他经常觉得有一种力不从心的感觉。虽然他还有个儿子马晓臣，但马晓臣对经商毫无兴趣，只在公司里挂着职，基本上不见人影。整天泡夜店泡妞花钱，才是他最大的兴趣。马晓臣从小就被他妈妈活活宠溺坏了，经常把自己的爸气得吐血。所以，聪慧勤快有商业头脑的马应龙，成了他最大的期望，但是，他们之间的关系，刚刚才有点起色，他哪敢提出进一步的要求。一听到马应龙主动提来他公司，他还有什么不乐意的，简直是乐癫了。

"好好，我马上安排一个职位给你，你随时都可以来上班，来的时候，打个电话给我啊。如果上下班不方便，我可以安排辆车与司机给你。"

"不用，我自己有辆破车，还能用。"

马德康没有问原因马上应承下来，马应龙不知道，一听到这个消息，马德康就把唯一的希望寄托到他的身上。马德康觉得，只有这个大儿子才能承担得起大业，只要慢慢地磨炼，他会成为非常出色的企业家。如果把公司给马晓臣，迟早有一天，他辛苦打下的家业全部被他败光。这是随着年龄的增长与身体不如从前，马德康现在思考得最多，也是最忧虑的事情。

看来，有一个有钱有势的老爸真是管用，我以前怎么就没好好用起来呢？不过，幸好没有用得太早，否则也碰不上尚萌萌了。说实话，不到迫不得已他还真不想用，这一切，都当是为了尚萌萌吧。

就是不知道尚萌萌是不是明白我做的这一切，只是为了她。

想到这里，他突然想到了什么，打了一个电话："徐鹏，你不是想办公司吗？来吧，我的公司出让一半的股份，转让给你，让你来打理，怎么样？"

看样子，对方反应不错，马应龙笑着说："行了行了，下午你过来，咱谈谈具体事宜。"

11

尚萌萌把自己关在房间里，已经两天不吃不喝不开门了。尚母有点怕了，虽然宁宁的事她受的打击不小，但是，她更疼女儿，拉着儿子的手不停地唠叨着："唉，这可怎么办好。成成，你说萌萌不会寻短见了吧，怎么一点动静都没有？"

这一说，尚成成也有点慌了，于是两个人拼命敲尚萌萌的门："姐，萌萌，开开门啊。"

尚萌萌只想安静下，他们就是不放过她，每隔半个小时就来敲门，一会儿问她要不要吃的，一会儿问她要不要喝的，一会又问她有没有事。尚萌萌把自己捂在被子里，真想自己成为一个聋子，可声音还是毫不遗漏地传了过来。

无奈，她起了身，猛地开了门。尚成成靠在门上没把持住，差点摔倒："姐，你还想让你亲弟弟残废第二次吗？"

"我还活着，暂时还不想死，现在你们可以放心了。"

说完又要关门，尚母急了："你不能一直不吃饭啊。"

看来，心疼自己的永远是父母，这世界上如果有人无任何条件关心你的冷暖温饱，绝对只有父母。

尚萌萌还真是饿得头晕眼花，虽然没什么胃口，但是身体已经有点撑不住了。她是那种饿一顿就心里发慌的人，她也觉得奇怪，自己竟然能撑上两天。看来，情绪能杀死一个人，这话真不假。尚萌萌现在确实是了无生趣，万念俱灰，但看着母亲与弟弟如此为自己担忧，又有点于心不忍。

"把饭拿进来吧。"

尚母喜出望外："好，我去热一下啊，就送过来。"

尚母噜噜地往厨房跑，尚成成笑了："姐，我就知道你是没那么容易倒下，以后姐无论做什么事情，我都会无条件支持你。"

"嗯。"

说着尚萌萌又回自己的床上了，尚成成觉得无趣，便回到客厅。

看着这段时间头发变得灰白的老妈，还有关心自己的弟弟，尚萌萌觉得为了他们，自己也得振作起来，好好活下去，就像弟弟说的那样，不能就这样倒下去。

这两天，她想了很多很多，昨晚也是一夜不能眠。

她尚萌萌难道就这样一蹶不振地过下半辈子？就这样被人踩在脚下苟且偷生？就这样任那两个人过着幸福安乐的日子，而她一无所有？她应该以另一种方式生活，不管付出什么样的努力与代价，她都在所不惜，那就是：一定要让那俩人为他们的无耻与卑鄙付出惨痛的代价！她要让他们知道，多行不义必自毙！从今天起，以前的尚萌萌死了，现在的尚萌萌，重生了，为了惩恶而生！

她的目光变得坚定，脸部表情如大理石般散发着冷毅的光泽。

我若不坚强，谁替我勇敢？

尚母送饭进来，看着女儿狼吞虎咽的样子，欲言又止："萌萌，现在宁宁不在这里，我想回乡下，种些瓜果，干干农活，跟老年队的那帮人跳跳秧歌，觉得自在点……"

尚萌萌嗯了一下没说话，也好，母亲回去了，自己倒可以做起自己想做的事，手脚也能放得开了。所以，她没有异议，表示默认。

尚母长长地叹了一口气，不再说话，然后蹒跚地出了房门。

12

　　马应龙凝视着眼前这幢屹立高耸、高端气派的欧式办公大楼，在它身后还有一幢幢规模不小的厂房。他深吸了一口气，真是无法想象，马德康是怎么走到这一步的，靠东拼西凑的借款与前妻的陪嫁金起家，从运输、跑腿、家政、房产中介等无所不做的小公司，到后来的承包煤矿，再到现在国内高端的电子产业，以他初中文化成了一个在全国甚至在东南亚都有一定声誉的电子巨头有多不容易。要知道，国内很多有名气的手机厂家，有些配件就是他家定做的，不知道他背后付出了多少的努力，才会成就现在的成功。这一点，马应龙真的自叹弗如。

　　所以，马德康创业初始很忙。确实，那时候，他想见父亲一面都不那么容易，怎么会有时间劈腿呢？他想起了他现在的太太以前是他的秘书，突然间就明白了一切。一个跟他一起拼命的女人，他们在一起的时间比他在家里的时间还多，出了几次差，他需要女人的时候，她刚好在他身边投怀送抱，那一切不就水到渠成了吗？或者他的成功也跟他现在的太太有关系吧，但是如果没有母亲，他哪来的资本？如果不是母亲忙着操持家务、养孩子，免他一切后顾之忧，他怎么能放开手脚去努力？

　　这么一想，马应龙心里五味掺杂。

　　一个是逢场作戏，另一个却心有所图，马德康聪明一世，却糊涂在女人的身上，把戏演到他的生活里了。他把人家肚子搞大了，人家便以此要挟，然后逼自己跟母亲出了场。

　　以前你有多对不起我们，现在，是你偿还的时候了。

　　马应龙想，现在我来，是为了帮助你，也是为了帮助我跟母亲。我要取回属于我的东西，我要让母亲过得好，凭什么那女人过着养尊处优的富太太生活，而我妈却过着辛苦劳累的日子？还有一个是我喜欢的女人，尚萌萌，我一定让她活得光彩照人，活得让所有的人都仰视她，而不是被任意践踏欺凌，更要让所有践踏过她的人以跪地的姿势仰视她。

马应龙深吸了一口气，迈进了大门。门口的保安问："请问您找哪位？"

"我叫马应龙，准备来这里上班的。"

这时，保安突然哨子一吹，开了警报器似的，脚步声雷鸣般轰轰响，似乎有很多人拥了下来，竟然还有鸣炮声。天啊，老子一进这公司就遇上爆炸了啊。

他的脑子有着短暂的空白，很快他就反应过来：逃命要紧啊。

他拔腿跑了两步却觉得不对劲，回头只见彩带飘动，掌声轰鸣，职员们穿着整齐的工作装排成两列，边放礼炮边列队欢迎，嘴里还喊着，欢迎新经理上任。天啊，老爷子竟然以这种隆重的仪式，祝贺他来公司上班，这也太高调了吧？而且，经理？一来这么大的公司就当上经理，不知道是哪个级别的经理？

我可是新手，什么都不懂啊，连这公司主要生产什么产品都没搞清楚，就当经理了？

马应龙正胡思乱想的时候，马德康跟几个随从笑呵呵地从电梯间出来，他走到马应龙的面前："怎么样，这样的欢迎仪式，还满意吗？"

马应龙一时不知道说什么，说太夸张了太形式了吧，毕竟这是老爷子的一片心意，这么说明显不识趣，怎么说以后自己也是这里的一员了；说喜欢吧，那确实挺虚荣的，估计挺引人嫉妒的。或者，凭着我长得跟老爷子高达七八分的相似，估计大家都猜到我们是什么关系了。

正当马应龙不知道说什么好的时候，马德康继续说："今天是马应龙副经理第一天到岗，大家热烈欢迎。"

又一阵掌声响起。原来这经理头衔是副的，也好，至少压力没那么大，而且也妥当，既有面子，也不至于一步到天，引起争议。这会儿有好几个女职员在交头接耳，估计议论着这个经理还真是蛮帅的。

马德康低声对马应龙说："你先从低职位做起，慢慢适应，等上手了，爸再给你一步一步往上调。"

马应龙点了点头，心想，这都算低职位，再登上两步，就可以直接把你给替了吧。

不过，老爷子这么器重自己，让他这么有面子，可谓是诚意十足。看来他以后在公司里也能称霸了，没人会故意压他了，心里的仇恨已经散掉了大半。

这时，门口进来一个全身名牌货、头油打得锃亮的小青年，二十四五岁，酒气冲鼻："哟，这么热闹，干什么啊，开例会啊？这个时间还开什么例会，散掉散掉。哟，爸，真难得，您这样的大忙人，竟然也在啊？"

马德康皱了皱眉头，挥了挥头，示意大家散掉："以后大家多多支持马副总的工作，好了，今天的仪式就此结束，大家都回去工作吧。"大家便作鸟兽散。

小青年指了指马应龙，哈哈笑："马副总？你也姓马啊，这可真巧，你是新来的？"

"你大早的就去喝酒了？昨晚又去哪儿了？"马德康忍不住叱喝着。

"爸，你可真逗，哈哈，我这是昨天喝的酒，不是到现在还没散嘛。谁大清早的喝酒，那不是傻帽吗？"

看样子，这青年就是自己同父异母的弟弟马晓臣了，怪不得老爷子这么希望我来他公司啊，敢情这二姨太的儿子没一点人样。

马德康压着性子对马应龙说："应龙，你们两个认识下吧，这是你的弟弟马晓臣。晓臣，这是应龙，他是你亲哥哥。"

马晓臣睨着眼睛，把马应龙从头到脚打量个遍，还用鼻子嗅来嗅去，敢情这小子是属狗的。

"哟，哥哥，还亲哥哥。爸，你可真行，几时给我整出这么个亲哥哥啊，来分财产的吧？"

"你——"马德康气得脸都红了。马晓臣看情况不对，赶紧开溜："我先回办公室了啊，还有很多事等着我亲自做。唉，什么事都要亲力而为，不知道要这么多的手下干什么用……"

马晓臣一下子就没影了。

这下，马应龙还真有点同情起马德康了，生了个这么样的儿子，换谁都会三天两头生气。这也算是对你的报应吧，你当初怎么抛弃我们俩，现在，你养了个不肖之子，倒是想起我们的好来了，归根结底还不是你们宠惯出来的。

马德康长长地叹了口气："你也看到了吧，以后我怎么把马伦集团托付给他，我辛苦了一辈子造就了马伦集团的辉煌，真不想全部败在这个浪荡子手上。"

马应龙冷冷地说："自己造的孽总要自己买单的。"

马德康有点尴尬，转开了话题："去你的办公室看看吧，你不是想进业务部吗，我都安排好了。"

马应龙的办公室比他自己那个小公司的办公室大上好几倍，而且配置非常高档，有专用高净化饮水机、空气净化器、咖啡机、真皮组合沙发、书柜与一些办公设备，还有长势茂盛的绿植盆栽。

马德康陪同业务部总经理交代了他工作上的事情，之后拍拍他的肩膀："好好干，刚开始可能上手有点难，多学多问，有什么不清楚的可以问李总，也可以问我，慢慢就懂得一些窍门了，以后会越做越顺手的。过段时间我还会有更多的任务交给你，你可得有心理准备。"

"没问题，如果有什么难以处理的，我事先咨询李总与您的意见。"

马德康点了点头，把身边的男助理引见给马应龙："他是我的助理，赵助，跟了我有七八个年头了。有时候我不在，你问他就行了。"

赵助笑着说："马总到时只管吩咐就是了。"

"等下我让赵助拿公司的规章制度与公司情况资料，你先了解下。你现在主要先熟悉一下业务合同的审批，头几天，我会让赵助先协助你。如果你忙起来，到时再给你安排个助理或秘书。我们走了。"

马德康跟助理走了后，马应龙的心情就像是在蓝空中扑腾着翅膀的骄傲小鸟，有一种天高任鸟飞的放任感。

他突然觉得前些年的努力简直是在玩弄生命，就算奋斗几辈子，都比不上拼上一个土豪爹强啊。

看来，这真是个拼爹的时代，很多成功的名人，如果不是有个底子雄厚的爹妈，估计到现在还在擤鼻涕。不过，也有些人是用自己的努力血拼出来的，比如自己的爹。有的人就算有个土豪爹都扶不上墙，比如，自己那个同父异母的弟弟。

趁这工夫，马应龙想起了尚萌萌，不知道她这几天过得怎么样。这段时间自己真的太忙了，刚刚把自己的公司转让完毕，自己只是作为股东，这是为了表示自己的决心，为了不给自己留退路。他一定要在马德康的公司里好好干，等自己上手了，倒是可以招她为助理。现在不行，他不想让马德康觉得自己是个意气用事的人。

13

尚萌萌振作精神来公司上班，却发现人事变动不小，连老板都换了。她觉得纳闷，这小子搞什么名堂啊，才多久，怎么公司都不要了，也不对我说一声，难道他出了什么事吗？我到底应该留下，还是收拾东西走人？

进退两难时，马应龙的电话过来了。

"萌萌，你现在干什么呢？"

"我还想问你呢，你究竟在干什么？公司都转给别人了。"

"我啊，现在投奔老爸了，在他的公司里上班。你有什么打算？"

尚萌萌没好气地说："我还能有什么打算，你走了，我怎么留。"

"我跟我朋友交代过了，你想留下来就留下来，如果不想再留在那里，过个把月，你就来我这儿上班吧。"

"其实，我是有事跟你商量的，现在倒好了，都用不着……"

就在这时，马晓臣进来了，马应龙赶紧说："这样吧，我们晚上一起吃个饭，到时候再谈，我现在有事了。"

马晓臣进来后，东逛一下，西逛一下，摸摸净化器，又闻了闻那棵高大挺拔的发财树，阴阳怪气地说："我啊，最喜欢这间办公室了，视野开阔，朝向好，冬暖夏凉，往下面看，还能瞄到美女。可老爷子死活不答应，现在你一来就给你了，看来，老爷子真是把你看得比老子还重要。"

马应龙不卑不亢地说："他既然这样安排，一定有他的道理，我可没有对他提过任何要求。"

马晓臣嘿嘿地笑："你可别忘了，你虽然一来就是个什么副总，其实嘛,就是挂个名而已。这里光副总与正的什么总就有二十几个,业务部、生产部、企划部、财务部、综合部、人力部、国外拓展部,等等,哪个部门没几个什么总。我怎么说,也是个总,没副字,怎么说,也是你的上司,你的领导。我告诉你小子,别有把柄落我的手上,否则让你卷席滚蛋,想分我马晓臣的财产,门都没有!"

"你有财产吗?别忘了,爸还在世,只要他在一天,这里的一切都是他的!至于他怎么处理他的财产,这可由不得你吧。"

"你——"马晓臣碰个钉子,更加恼火,正想大骂一顿,赵助过来了。一看他们俩的脸色不对,圆滑世故的赵助笑着说:"兄弟俩有话好好讲,马总,我把资料给你送过来了。"

"是马副总,别叫错了!"马晓臣压着火气纠正,然后气呼呼地走了。

看着他的背影,赵助叹了口气:"他就这样,您别介意。"

马应龙没有说话,他觉得自己以后的日子可能没自己想象的那么舒畅。

14

今天的尚萌萌令马应龙眼前一亮。

平时顶多化点淡妆的尚萌萌今天化了精致的妆,亮丽得到恰到好处,一身淡紫色的束腰连衣裙很衬苗条的身材,连发型都变了,原本总是随意拢在脑后的头发瀑布般柔顺地散下来,眼睛不再是平时的闪躲,而是柔和中透着几分坚毅,看上去,有一种冷艳的静与美。

似乎,以前那个逆来顺受、低眉顺眼的尚萌萌不见了,已经脱胎换骨了。

马应龙坐在尚萌萌的对面，几次凝视着她，发现她的表情异常平静，似乎已经从阴影里走出来了。

两个人点好了单子。

"萌萌，你今天给人的感觉真的是眼前一亮，很漂亮，希望以后也能保持住。"

尚萌萌笑而不语："越是一蹶不振，别人越会看不起你，是吧？有些事，我想通了。"

听她这么说，马应龙觉得特别欣慰："你好像有事想告诉我？"

"嗯，我暂时不上班了。我刚报了金融注册师，想这段时间先把这个证给攻下。"

"尚萌萌我没听错吧，你怎么突然想学这个了？"

尚萌萌笑笑："只是觉得自己应该把专业学得精一点，以前把所有的时间都花在宁宁身上了，现在宁宁……应该要为自己着想了。"

马应龙也高兴了："看到你振作起来，我真的很高兴。来，我们干一杯。"

事实上，马应龙觉得很奇怪，她怎么突然去学金融呢？她常常说自己连出纳都不想干，跟数字打交道挺头痛的，现在怎么会想起考这个来了？

他虽然觉得很疑惑，但是，尚萌萌能有这样的打算，能有一颗进取的心，倒是件非常让人开心的事情。

至少，她不再用消极的心态去面对生活，这是一件好事。

但是，她的目光里总有一种特别寒冷的东西令他挺担忧的。以前他并没有发现，或者，是她的遭遇真的改变了她，让她变得像钢铁一样坚强了。

马应龙突然间握住了尚萌萌的手："萌萌，如果有什么需要我帮忙的，你尽管说。我现在底气可足了，说实话，有个土豪爹真的感觉挺好的，以前怎么就没有发现呢，怎么不早点认他呢？那样的话，说不定，美女们早就扑过来了。我现在呢，也算是上流社会的公子了，想怎么玩就怎么玩。开玩笑，开玩笑，不过我并不后悔，至少在那个公司里遇见了你。"

尚萌萌轻轻地抽开了他的手，马应龙也意识到了自己的唐突，尴尬地笑了笑。他刚才的举动，完全是情不自禁发自内心的，这点，尚萌萌怎么会不明白呢。

"应龙，我还真有一件事需要你帮忙。两个月后，发展银行行长际女士的50岁生辰，她将会举行一次比较隆重的PARTY，邀请的都是上流社会的人。你爸肯定也会受邀，你让你爸派你来，想办法带我也进去。"

马应龙真觉得有些意外："想不到你对这样的活动也感兴趣呀。这事，我要先去了解下，问下我爸，如果他真的也受邀了，我要求去，肯定没有问题。他事情多，还真不一定抽得出来时间。"

尚萌萌点了点头，然后便转移了话题。

两个人吃饱喝足后，马应龙送她回家。她下车了，他一个人待在车上，静静地想着尚萌萌今天所说的每一句话、每一个字，总感觉有什么地方不对劲。

发展银行？对，那不是秦伊夏的单位吗？

看来，尚萌萌真的并没有因此罢休。好吧，萌萌，无论你想做什么，我一定会支持你帮助你的，而且，我一定要把沈利那家伙给搞垮，要让他为自己的背信弃义、始乱终弃付出应有的代价。

现在，他更坚定地认为回马德康的公司是非常聪明的决定了！

第六章　婚礼

1

尚成成自从腿伤好了正常上班后，变得勤快多了，也比以前靠谱多了。

他与小玫的关系也恢复了正常，小玫虽然没有完全从阴影中走出来，但是，她已经原谅了尚成成，或者，不能原谅又能怎么样，除非离开他。但是，这一点，她又做不到，所以，只有把痛苦埋在心里并选择遗忘，这是她唯一的出路。

她对秦伊夏的恨其实跟尚萌萌是一样的，她藏在了心里。秦伊夏越是过得好，她越是恨，那种恨简直像蚂蚁一样啃噬着她的骨头：我的孩子没有了，凭什么你有自己的孩子，而且还是萌萌姐含辛茹苦养大的，你坐享其成就把他带走了。上次虽然叫了人把她打了一顿，有了暂时的快感，但是之后尚萌萌败诉，那种痛，又深入骨髓了。

小玫是餐厅的服务员，她边在餐厅里心不在焉地收拾着客人留下的残局，边想着这事。这时，一个声音说："喂，叫你呢，叫了几句都没听见，什么服务水平，快给我拿份菜谱来。"

小玫忙过去，但是一看到那个人的脸，她就想逃离。

那个看上去很痞的黄发小青年显然已经认出她了："哟，这不是小玫吗？原来你在这里上班呀，咱们可真是有缘啊。"

小玫很无奈地拿来菜单给他："噢，黑子，你想吃点什么？"

黑子嘻嘻一笑："看来我黑子运气太好了，这顿饭，小玫，你说上次我帮你这么大一个忙——"

小玫有点惊慌地东张西望，确认没人注意到这边，才说："你别再胡说八道，这顿饭我请了还不行吗，不过下不为例啊。"

"爽快！"黑子弹了一个响指，对另外的小年轻说，"哥们，想吃什么尽管点，反正有人买单。"

小玫无比厌恶地看着他们俩，表面上还得装作很客气。是啊，自己有把柄在他们手里，真后悔当时怎么就这么草率地找了这么几个二流子去打人。当时感觉自己的智商太赞了，他们打起架来还真是专业，下手狠，打得快，逃得又快，没啥后遗症，现在才发现后遗症只是当时没有显露出来而已。

这一顿，花了小玫近四百块钱，这对于一个月薪才两千多的服务员来说，是一笔不少的钱了。她不仅等于白干了好多天，说不定这几个家伙知道她在这里上班，以后还会来纠缠。当她赔笑看着这两个人吃饱喝足扬长而去之后，对秦伊夏的恨意更是深入骨髓。

秦伊夏啊秦伊夏，你这个不要脸的人，你害得我有多惨你知道吗？

一整天，小玫的情绪都很差，尚成成来接她的时候，看她那脸色，就觉得不对劲，以为她上班时遇到了难缠的客人，就想逗她笑。

两人上车之后，尚成成说："小玫啊，我这里有一个好消息，还有一个坏消息，你想听哪一个呢？"

看小玫没吱声，尚成成就给自己打圆场："一定猜不到吧，那我先说坏消息吧。坏消息是，老板的口袋里一个月要少好几百块钱；好消息呢，就是我要加薪了！"

小玫这才有点喜色，看来自己的男人加薪这事，一般比女人自己加薪更让人开心。为什么？这会让女人油然生出一种自豪感，觉得自己还是有点眼光的，找到的至少也是支潜力股，而不是一个劲跌破净值的ST票。

"走，我们去超市逛逛，有什么好吃的水果啊零食啊，多买点来。"

"嗯。"

小玫终于憋出一个嗯字，能憋出一个字，说明她已经进入了正常的运行状态。尚成成心想，等下多买点她爱吃的，她准会乐了。她这人就是特简单好哄，这也是尚成成当初喜欢她的原因，他觉得这样的姑娘特别省心。

到了超市门口，尚成成的手机响起来，是马应龙打来的。

"成成，你能来一下吗，有很重要的事情跟你商量。"

"什么重要的事不能在电话里说啊。"尚成成看了一眼小玫，小玫也正看着他。

"不行，必须得面对面地谈。"

"等一会儿行吗？"

"现在立即马上。我明天要飞上海一趟，东西都还没收拾，事情谈完了我还有很多事要做。"

"可不可以带人啊？"

"不行，这事只能让你一个人知道，是萌萌的事。"

"好吧……"

提到萌萌，尚成成就无话了。打完电话他对小玫说："小玫，是马应龙，他说有什么很要紧的事跟我谈。搞得这么神神秘秘，难道那小子发横财了钱花不掉，硬是要分我几百万吗？不过这是不可能的，算了，不要理他。"

说着他牵着小玫的手往超市里走，却被小玫拉住了："算了成成，超市明天可以再逛，既然马应龙有要紧的事，你还是过去吧，要不然真耽误了就不好了。"

尚成成心想，看来，欲擒故纵这一招还真是管用啊。

"那好吧，老婆大人发话了，小的不敢违旨，我先把你送回去吧。"

"不用，我想散散步——自己走着回去就好了。"

"那好吧，老婆，等会儿我再联系你。"

小玫朝尚成成扬了扬手，笑容最终落寞地凝固了。

2

沈利与秦伊夏牵着宁宁的手，进了一家格调非常高雅的西餐厅。

经过一段时间的精心疗养，她脸上的伤痕基本上痊愈了。像她这样的女人，把面子看得比生命还重要，所以，不管花多少钱，她都愿意。如她所愿，在最好的皮肤科医生的调理之下，她跟以前没什么两样了。她在心底更恨尚萌萌，她觉得那女人真的太可恶了，抢走了自己的男人与孩子，还差点毁了自己的脸，还有比尚萌萌更可恨的人吗？

只是，她现在没时间去把尚萌萌搞得更难堪，工作、男人、孩子，还有前段时间的皮肤护理，几乎已占据了她所有的时间。虽然忙得团团转，但她觉得非常充实与幸福，最重要的是，她想要的男人与亲生儿子全都回来了，就跟她生活在一起。这仿佛是一场梦，一场幻觉，以至于她总是不由自主地摸摸沈利的脸，再捏捏宁宁的脸，怕这一切都是虚幻的，犹如镜花水月，一搅就散。

自从跟他们生活在一起，宁宁已渐渐地适应了与他们的相处，相处得也比较融洽，虽然平时他跟保姆在一起的时间多一点。因为愧疚，沈利与秦伊夏都尽量弥补所欠他的爱。小孩子就是这样，谁对他好，他就会喜欢谁。

他还是经常念着妈妈，他念的妈妈是尚萌萌，并且不肯叫秦伊夏妈妈，或者说，根本改不了习惯，任秦伊夏怎么糖衣炮弹都不行。可能妈妈除了尚萌萌谁都替代不了，所以，他管秦伊夏仍旧叫夏夏干妈。

这更加令秦伊夏觉得尚萌萌是个可恶的女人，凭什么让我的亲生儿子管我叫干妈，要不是你这个女人存在，他会这样吗？

现在一切已经尘埃落定，我倒是要看着你这个女人是怎么孤独一世，活得有多凄惨！

而此时的沈利，也沉浸于美好平静的幸福生活之中。他觉得他想要的日子终于又回来了，虽然女人不一样了，但是眼前的女人毕竟也是自己曾经深爱过的，况且，还是宁宁的亲妈。也好，这就是天意吧，或许我们三个人前世就是一家人，今世被打散后，经历了千辛万苦终于又聚在了一起，他觉得一切都那么圆满。

他一想起来尚萌萌还是觉得很愧疚，觉得对不起她，在尚萌萌与秦伊夏之间，他终究会对不起其中一个。现在，既然阴差阳错地跟秦伊夏在一起，那么，他只能愧对尚萌萌了。

此时，他从怀里摸出了一个首饰盒，里面的戒指，他挑选了很久。关于求婚的事，他也想了很久。以往，都是秦伊夏提，他故意避而不提，而现在，他又有什么理由不给秦伊夏一个堂堂正正的名分呢？母亲知道秦伊夏是宁宁的亲妈后，也不再像以前那样竭力阻拦了，由着他们去了。这就是说，他们没有不结婚的理由，更重要的是，如果就这么拖着，不名正言顺地在一起，那么，宁宁的身份就变得很尴尬，特别是他稍微懂事点就能意识到这个问题，而且只有这样，随着时间的流逝，他才会把尚萌萌完全遗忘，而管秦伊夏叫妈妈。况且，既然一家人在一起生活，却没有一家人的名分，这是件多么奇怪的事，连沈利自己都觉得特别扭。

所以，现在是一切成正果的时候了。

沈利看着秦伊夏在给宁宁喂吃的，心里涌过一阵暖意。他从怀里掏出了首饰盒："伊夏——"

秦伊夏正忙着给宁宁喂花生米，一时没听见。自从宁宁回来后，她的重心就转移到宁宁身上了。沈利再叫一声，秦伊夏瞥了他一眼，却没有发现桌子上的首饰盒。"啥事呀，等儿子吃饱再说。你看，他这么瘦，没几两肉，真不知道那女人是不是平时都没给他吃饱……"

宁宁眼睛忽闪忽闪地看她，依旧吃着花生米。

沈利只好作罢。这时，秦伊夏的手机响起，竟然是尚萌萌打过来的，她打过来无非又是闹着要回宁宁，傻子才接呢。

秦伊撇了下嘴："那女人真是会缠，吵死了，吃个饭都不安心。沈利，你帮我把她的号码设置为黑名单。"

"不会真有什么事吧？要不先听听？"

秦伊夏眼睛一瞪："难道你还想跟前妻藕断丝连？"

沈利只能闭嘴了，拿起她的手机把尚萌萌的号码设置成黑名单，今天这个求婚的日子他不想跟她吵架。秦伊夏的脾气他是知道的，既然打算跟她在一起过，就要学会迁就她。

事实上，打这个电话尚萌萌下了很大的决心，鼓了很大的勇气。晚上，她突然觉得心里很不安宁，特别不舒服，总觉得像是宁宁有什么事似的。她觉得宁宁体质上的忌讳很有必须告诉秦伊夏，虽然她真的很恨这个女人，根本就不想跟她说话，可又怕宁宁会被不了解他的秦伊夏无意伤害。沈利平时极少带孩子，根本不知道。最终，她觉得为了宁宁，还是要打这个电话，秦伊夏却始终没有接。

　　沈利想着，等下找机会给尚萌萌回个电话，问她是不是有什么事。

　　他正想把手机还给秦伊夏，却无意中发现了秦伊夏手机里有这么一条短信：姐，听说你现在过得很幸福，别忘了这个幸福是我帮你争取到的，可以说如果当初没有我的帮助，你现在也不会这么幸福吧。我想自己开个小店，你能赞助我几万吗？

　　沈利甚感疑惑，想继续看，秦伊夏似乎意识到自己的手机里有没清理干净的秘密，就看着他说："好了吗？"

　　沈利赶紧按后退键，把手机还给了她："嗯，好了。我先去趟卫生间。"

　　此时，他把首饰盒偷偷收了回来。到了卫生间，他对着水龙头用冷水泼了下脸，脑子里却全是那条短信的内容。

　　里面说的幸福是什么意思？一个女人最大的幸福是什么？事业当然不是最重要的。况且，秦伊夏事业上如鱼得水，用不着别人帮忙。那么，应该就是她想要的男人与想要的家庭，毫无疑问，暗隐的意思就是如果没有短信中那个人的帮助，那么，我跟秦伊夏现在就不能在一起了？

　　那个人是谁？会是谁？号码是陌生的，没设置称呼与名字。

　　沈利百思不得其解，那个人管秦伊夏叫姐，难道秦伊夏还有一个妹妹？对了，跟她刚谈恋爱那会儿，是听她提过她还有个同父异母的妹妹，她一提起来就恨得咬牙切齿，他也没敢多问。这事我得打听清楚。他只想知道，秦伊夏到底有着多少的秘密。

　　不行，我一定要把这个秘密弄清楚。

　　这时，他突然想起了什么，便拿出手机给尚萌萌打了一个电话："萌萌，你刚才打电话给秦伊夏了吧？她在忙着，所以……"

　　"其实也没什么多大的事，只是想提醒你们宁宁的生活习惯。他对很多东西过敏，纯牛奶不能喝，喝了会腹泻；生番茄汁沾到皮肤上皮肤会红肿起来，不要碰到唇部皮肤，直接进了口倒没事；还有花生千万不能吃，他对花生过敏……这事你应该知道吧，去年他就因为吃了花生进了医院……"

"你说什么？"

沈利哪能想起这事，他的脑子里一下子浮现出秦伊夏给宁宁喂花生米的情景。他赶紧跑了出去，却见那边已乱作一团，秦伊夏在大喊大叫："你们这是什么破餐厅啊，有没有卫生许可证啊，做的都是什么东西啊？我儿子一吃怎么就成这样了，我要投诉！我儿子有什么三长两短我找你们算账！儿子儿子，你怎么了？沈利沈利——"

只见宁宁脸部水肿，不停地喘着，沈利火速抱起宁宁："快去医院，他对花生过敏。"

幸好这里离医院近，赶到医院进急诊抢救，沈利在外面不停地焦虑地徘徊。秦伊夏这下再也忍不住了："宁宁对花生过敏，你怎么不早说啊？还看着我喂他花生，你——"

"我也是刚刚知道，平时都是萌萌一手喂的，我哪知道这么多。如果你刚才接了萌萌的电话，这事就不会发生了！"

"你什么意思啊？"

"尚萌萌刚才电话打过来，就是想提醒我们他对纯牛奶、番茄、花生都过敏！"

秦伊夏一下子语塞，刚才的气焰马上就没了："我哪里知道她是说这事的，而且还这么巧……"

沈利瞪了她一眼不再说话，秦伊夏这时弱弱地说："你给尚萌萌打电话了？"

沈利的声音提高了八度："是又怎么了？我就是想问问她有什么事！不问她难道让儿子等死啊。"

秦伊夏明知理亏，不再说话了。过了一会儿，急救室的门终于开了。他们急忙迎了上去："医生，孩子怎么样了？"

医生拿掉了口罩，说："幸亏你们送得及时，目前没什么大碍了，在挂点滴。以后啊，别再那么粗心了，不该吃的东西千万不能乱吃啊，会要人命的！没见过像你们这么粗心的父母。"

"是是是。"

"现在我们把孩子转到普通病房，再留院观察一晚。谁来办一下住院手续？"

"我去，我去。"

沈利说着就跟了出去，秦伊夏看着沈利的背影，心里更加痛恨尚萌萌：尚萌萌啊尚萌萌，这么重要的事，竟然也不说一声，万一宁宁出了什么事，我就要你赔命！

3

此时，尚成成与马应龙坐在一个相对清净的乡村酒吧里喝着酒。

"你的伤都好了？"

"是啊，只要不是重体力活都不怎么碍事了。"

"还没找到工作吧？"

"回原来的电脑公司上班了，那老板是我哥们儿，再说我技术好——"

马应龙摆了摆手："行了行了，还是别干了吧，我弄一个美差给你。"

这回尚成成的手摆得比马应龙激烈多了："不行不行，你知不知道，我好不容易加了薪啊，在他那里一共干了三年了，头一次加薪，还一次性加了五百，这得多不容易啊，我才不会这么傻。再说他这边刚给我加薪，我这边就辞职，你说多伤情义呀！我得对得起我老板，做人啊，一定要懂得珍惜，一定要义薄云天——"

"你现在薪水多少？"

"唉，四千块。你也知道，现在这行业的生意没以前那么好做了，电子网商的冲击太大。"

"这样吧，你想办法去沈利那里上班，做网管什么的，肯定行，一个月至少也可以拿三四千。另外——"

马应龙话没讲完，尚成成就叫了："凭什么啊，我为什么还去给那个浑蛋打工啊？我又不是没工作，我是绝对不会去干的！"

"你听我把话讲完，如果他看你姐的面子，只要你开口，他肯定会收你了，四千来块都不会成问题，另外，我每个月补贴你两千，算是给你赚外快。这个工作最大的好处，就是你能掌握他的一些商业机密。放心吧，就算任务结束，你也不会失业，你可以来马伦集团。"

"马伦集团？"尚成成瞪大了眼睛。

马应龙给了他一张名片："老董是我亲爹，还怕安排不了你这样的一个小角色？"

尚成成顿时目瞪口呆："苍天啊，原来你是真正的富二代啊。你小子藏得真够深的啊，居然是马伦集团的继承人，我姐有你这样的朋友，真是上辈子……"

"停停停！目前跟继承人还不搭边，我叫你来不是让你拍马屁的，是为了帮助你姐。"

尚成成不大明白："让我去帮沈利打工跟我姐有关系？这是什么意思，你是让我去做间谍？"

"嗯，就是这个意思。你真不想为你姐做点事吗？只要我们联手，里应外合，凭我们的能力，搞垮沈利根本不是问题。他不让你姐过得舒心，我也不会让他活得舒心！"

一听到马应龙的真正意图，尚成成也是义愤填膺："我也想教训那浑蛋，但是身体吃不消啊，换在以前早就把他打得满地找牙了。这事好是好，只是咱们有这个能力吗？"

马应龙笑了："你放心好了，有我呢，你怕什么。你只要负责情报工作就行，其他的都由我来，现在你的首要任务，就是打入敌人内部。"

"那好吧，你说的——每个月另外补我两千是真的？"

马应龙从公文包里拿出一张银卡："这里有两万五，先预付你一年的补贴。密码是六个鸡蛋。"

尚成成真是喜出望外，拿过卡左看右看："万一他不收我怎么办啊？"

"如果他不收你，你就直接入侵他的电脑，这也是给你酬金，这事你应该能行吧？我觉得还是把你安排在他公司妥当点，跟他搞好关系，有些事情他可能会找你商量，一有什么风吹草动的，你也会知晓。这样，我们的主动性就会强一点，把握也更大了。"

尚成成点了点头："好吧，我只能先厚着脸皮跟他商量，如果他能留我在他公司，那是最好的，如果不留，我也没办法。唉，看来啊，你对我姐才是真心的。看在你这么慷慨的分上，我是认你这个准姐夫了，一定会在我姐面前替你美言几句的。"

马应龙嘿嘿地笑了几声："那是必须的，搞垮沈利、教训了那个臭女人之后，我就向你姐求婚！"

两人击掌为誓："一言为定！"

4

际慈心坐在客厅里，打开电视看了会儿，觉得无聊，又拿起遥控关掉了。这时，保姆吴妈端着一碗药汤过来："太太，你的药煎好了。"

际慈心接过来，皱着眉头，勉强喝了几口，然后又叹了口气，拿起身边的电话开始拨号："文文，你几时会回来？"那边是一个年轻女孩的声音："妈，还早呢，我准备放假了再回，学习任务太重。唉，周末也不回去了。"

"那好吧，你要多注意身体，钱不够花了只管说。"

"嗯，再见，我要跟同学出去了。"

接着她又打电话给儿子："儿子，你今天回来吃饭吗？"

"不回去了妈，晚上有应酬，忙死了，就这么说啊。"说着就挂了。

看来，现在儿女有儿女的世界，他们再也不属于自己了，她也掌控不了他们了。没办法，她只能自己出去在小区里溜达一下，舒展一下筋骨。人到了一定的年纪，就宅不住了，一宅浑身的骨头都疼。

际慈心跟吴妈打了声招呼，便出去了。她在小区的小径上散着步，逛到自己的停车位，她的车子就停在那里，却见几个小孩子拿着彩笔在她的车子上画画。

"喂，你们在干什么？"

她刚想跑上去，一急，却差点绊倒，小孩子依旧嘻嘻哈哈在乱画。这时一个女子冲了过来，扬起了手："你们是不是欠揍啊，叫你们的家长过来。你们这是破坏别人的财产，要赔的知不知道？"

小孩子看到这副架势，赶紧跑掉，女子佯作追的姿势："下次你们还这么破坏东西，把你们交给警察叔叔！"

几个小孩子跑得干干净净，际慈心这会儿真有种力不从心的感觉。唉，再挺几年吧，过几年就退休，也该享享清福了。

"姑娘，真的谢谢你了，你也是住在这里的吧？"

这个女子正是尚萌萌，她笑着摇了摇头："我来探望朋友，正要回去，刚好碰到那几个调皮蛋。唉，现在的孩子可真调皮，这是你的车子吧？"

际慈心点了点头，尚萌萌说："唉，可惜了，被弄成这样，洗不掉就麻烦了。"她用手抹了一下涂颜色的地方："原来是水溶性炫彩笔涂的，可以清洗掉的，幸好幸好……"

"能洗掉就好，等下我开去洗。"

"那我走了。"尚萌萌不卑不亢地微笑道别。

际慈心扬起了手，正想着怎么感谢她好呢，尚萌萌已经飘然而去。

5

结束一天忙碌的工作，沈利从公司出来，进了车里，刚系好安全带，手机响起，是秦伊夏打来的："嗯，我刚下班，等会儿就到家了。"

车子走了一会儿，沈利看到人行道旁停着一辆小三轮，有个小伙子站在那里吆喝着，地上摆着刮胡刀、小音箱、手机套之类的玩意，那小伙不是尚成成吗？他不是搞电脑的吗，怎么搞起这些玩意了？万一被城管抓到，可怎么办啊？

他靠边停好车下来，尚成成向他兜售，一看清是他，转身想跑。

"喂，你跑了，这些东西就不要了？我又不是城管你跑什么啊？"

尚成成转过身难为情地嘿嘿笑："姐夫——"

尚成成还这样叫自己，沈利倒是挺欣慰的，他还以为他们一家人都特别恨自己。看来，尚成成对自己并没有特别的恨意，不枉我以前对他各种经济上的支援。

"成成，到底是怎么回事，你不是一直在电脑公司上班的吗，怎么做起这个了？"

"姐夫，我都失业很久了，不得已才干这活。我前段时间不是被车撞伤了吗，休养了两三个月，人家公司哪里等你啊，早就另请了别人。我一时没有找到好的工作，但饭总要吃的吧，我迫不得已才干起这个……"

这话听得确实令人心酸。

"那你姐呢，她现在怎么样？"

"她也不怎么好。自从宁宁判给你们之后，她情绪一直不大好，还把工作给辞了，整天捧着本书，我都怀疑她受的打击太大了，"尚成成指了指脑门，"这里坏掉了。"

"胡说！"

"所以，我们不能都喝西北风吧，我只能先弄这个赚点小钱，糊糊口。"

"她不是有一笔宁宁的抚养补偿费吗？"

"呃这个——唉，说起这个啊，我真的快气死了。她把全部的钱都捐给了孤儿院，说没妈的孩子太可怜了，她还总觉得自己女儿还活着，老以为那里面其中一个就是她女儿……你说她是不是脑子坏掉了？"

沈利真不知道他们过着这样的生活，心里的愧疚又加了一层。他掏出皮夹，把里面所有的现金都拿了出来："这个你先拿着，这些东西收拾收拾，以后别在这里摆了，抓住了还要罚钱的。"

"你现在都不是我姐夫了，我怎么好意思……"

"别跟我说客气话，对了，你对电脑很懂的吧。"

"是啊，拆电脑、装电脑、修电脑无所不能。"

"嗯——这样吧，你明天来我公司上班吧。你就来做电脑维护师，同时负责监督，如果有员工在上班时间炒股、购物、玩游戏、聊天，通通报告我。"

"真的吗？那太好了，姐夫，你真好，只是你跟我们一家有缘无分。唉……对了，那女人——你夫人没意见吧？"

"她上班也忙，很少来我公司，不说她也不知道。"

"嗯嗯，那我明天就去。"

沈利拍了拍他的肩膀："嗯，你明天来我公司直接找我就行，我走了。"

"嗯嗯，姐夫你走好。"

看着沈利进车里开着车走了，尚成成收起了满脸的笑容，给马应龙打了个电话："准姐夫，鱼儿已上钩，咱就慢慢撒大网吧，嘿嘿。"

6

马应龙从外头忙完了回到办公室，看到马晓臣坐在沙发上在等他。

他一来，准没有好事，不幸被马应龙又一次猜中。

马晓臣今天就像被霜打蔫了的茄子，一看到他就唉声叹气的，往日的嚣张气焰全然不见了。

"怎么了，没钱花了，还是玩出事了？"马应龙边给自己的杯子加上水边说。

马晓臣眼睛一瞪："哥，你真是神了，这都能让你猜中了！"

马应龙一时无语，自从上次，马晓臣来挑衅被自己教训了一番后，他在自己面前明显变得老实多了，今天居然破天荒喊了声哥。

这样的优厚待遇马应龙真有点消受不起，他预感麻烦的事来了。

"唉哥，我快头痛死了，那天玩过火了，据说有了。"

"什么有了？"马应龙明知故问，这些公子哥儿不搞出这些事就不叫事儿啊。

"还能有什么啊，就是搞大肚子了。我都不知道是不是我的种，我跟她又不是很熟，就是那天喝多了糊里糊涂……唉……"

"这样的事，你肯定遇过很多次了，这个你有经验，自己摆平吧。"

"自己能摆平我找你啊，这个妞非常难缠，要死要活的，说一定要生下来，给钱让她去医院做掉，就是不肯。这事如果让我女朋友知道，不宰了我啊。"

马晓臣的女朋友马应龙见过一次，是一个非常骄横的富二代，盛气凌人，骄横无比。所谓一物降一物吧，不是这样的女妖还真是降不了马晓臣这样的兽。

"你都无法说通她，我能怎么办啊，总不能强拉着她去医院吧。"

"哥，你就帮我劝劝她吧。"

这时，马晓臣的手机响了起来，他看了一眼，又是那个女孩打来的。他不敢接，停了一会儿，信息提示声响起，马晓臣大惊失色："坏了，她又要闹自杀。"

看来马晓臣这次还真是遇到棘手的事了，否则他是绝对不会找马应龙的。

"她在哪里，我们去看看吧，真出人命就不好了，还是两条人命。"

于是两个人就往外面赶，马应龙现在对自己这个弟弟有所了解了，虽然吊儿郎当，品性还不算太坏，换成那些渣男，估计就全不顾她的死活了，也不会如此受威胁。不过说不定，他只是太怕他的那个野蛮女友知道吧。

两个人来到一家宾馆，敲着门，马晓臣叫着玲玲的名字，里面却毫无反应，但是却听到呻吟声。他们赶紧叫来服务员开了门，只见一个女子缩在墙角，看样子非常年轻，二十来岁的样子，地上扔着一把刀，手腕上的血在往下滴，地上的血倒不多。马应龙怀疑刚才他们敲门时她才切了腕，但是也不作他想了："赶紧送医院！"

女子却疯狂地哭叫着："不要管我，不要管我，让我死好了，跟孩子一起死，去另一个世界。哎呀呀，爸妈，我对不起你们；宝宝，我也对不起你，没机会让你看这个世界一眼——"

"把她稳住！"

女孩脚乱踢，马晓臣只得死死地抱着女孩。马应龙在卫生间找了条毛巾，把她的伤口包扎起来："快去医院。"

马晓臣背着女孩跑出去，马应龙跟在后面。他真的感觉无语：现在的公子哥儿都是这么生活的吗？经常要过着这种荒诞不经、放纵不羁，然后又忙着善后的生活吗？这得多累啊！反正他是无法想象的，觉得越简单越舒畅。

那女孩没什么大碍，补了300毫升的血，脸色恢复了红润。马应龙偷偷收集了点血去化验，发现这女孩确实怀孕了，这事还真是有点棘手啊。

现在，确实有些女孩为了进豪门，什么事都能做得出来。你没看到连那些大明星都一心想嫁豪门吗？你说她们缺钱吗？根本不缺，但她们就要进豪门，更何况一般的女子，有这么一个好的机会摆在面前，那些想借机蜕变的女孩是不会放过这样一个机会的。

这次，看来马晓臣真的要栽进阴沟里了，酒后一夜情，能有什么感情，都是冲着钱来的。马晓臣也太不小心了，至少要做好防备措施吧。

所谓不作就不会死，马晓臣也是咎由自取，河边走多了，难免会湿鞋。当然，也不是所有的女子都像这个女孩这么意志坚定，有的拿到一笔钱就作罢。不过这也怨不得女人，男人如果不拈花惹草的，守住自己的下半身，那就什么事都没有了。

女孩在输液，马晓臣都快哭了："你到底想怎么样？你要多少钱，你说，我想办法给你。"

女孩冷冷地看着她："我不稀罕你的钱。"

能用价码处理的事，都不是大事，就怕没价可谈。马晓臣再次要哭了："那你到底想怎么样啊？你提出来，你不是想要找个更好的工作吗，我可以帮你啊。对了，你妈不是有糖尿病吗，这些我都可以帮忙，我可以出治疗费。"

"我妈没病，别咒我妈。"

马晓臣一拍脑门，又哭了，搞错人了。

"马晓臣，你对我就没有一点感情吗？我这么喜欢你，这是我怀的第一个孩子啊。"

"我知道，我知道……"

"我不要你什么钱，我只要你跟我永远在一起，孩子不能没有爹啊。"

"不，不行！玲玲，我真的不可能娶你的——就算我答应，我父母也坚决反对啊。"

"这没关系，只要我们立场坚定，他们也一定会感动的，况且，他们现在有了自己的孙子——"

"不不不——"

马应龙听不下去了："你们的事情你们自己处理，我还有事先走了。"

"不不，哥，你不能走。"

这时马晓臣的手机响起来，一看是自己的野蛮女友，他只得出病房接电话。那头传来高分贝的尖锐女声："马晓臣，你在干什么啊？

人不见人，死也要见尸啊，你给我立即马上现在就滚过来！"

他想解释，那头已传来急促的嘟嘟声。

惹谁都行，野蛮女友可惹不起啊，他赶紧回病房把马应龙叫出来："哥，我有急事，这女孩你先侍候着。凭你的能力，我知道你肯定有办法解决，我走了。"

"喂，不行不行——"话没说完，马晓臣已经脚底抹油，溜得没影了。

马应龙彻底无语了，这个弟弟，真是好事没有，烂事一摊啊。如果他跟当初一样对自己趾高气扬、不屑一顾多好啊，那他马应龙倒会省事不少，莫名其妙突然示亲昵，原来埋着这么一个大坑，留了这么大的烂摊子给自己收拾。

问题是，这样的摊子得怎么收拾啊，他也没好的办法啊。

马应龙非常无奈地回到病房，女孩很敏锐地感觉到了不对劲。

"晓臣呢？"

"他——有点急事，先离开一会儿。"

"浑蛋！浑蛋！"

女孩又开始大闹，她又哭又叫，闹得马应龙心烦意乱，火气都上来了。今天的事，确实令他非常恼火，不关自己一点事，却累到现在。

"行了，这是医院，你给我闭嘴！"

女孩被吓唬住了，有所收敛，但还是在抽泣着。

马应龙叹了口气，他觉得必须得昧着良心编一套故事吓唬吓唬这姑娘。其实他觉得这女孩也挺可怜，当男人与女人发生情感上的冲突时，受伤的绝大多数都是女方。

"不瞒你说，我是他同父异母的哥哥。他的为人实在不怎么样，你说你挺好的一个姑娘，怎么会被他这个烂事一大堆的花花公子给玩了。你知不知道，他玩的姑娘排起队来比游乐场的队伍还长，而且他有女朋友，准确地说，应该是未婚妻，门当户对的未婚妻，他父母认定的，他比较喜欢，也不敢反对。那姑娘也是有权有势的人，是个富二代，仗着自己有钱有势，为人非常凶猛。有一次，我弟在夜总会跟一个女子跳了一晚上的舞，她醋意大发，暗地里派人把人家毒打了一顿，差点打残了。还有一次，她知道一个女孩跟我弟有暧昧关系，二话不说，往人家脸上泼了硫酸。天啊，太可怕了，那女孩毁了容啊！然后她又出钱摆平外加人身威胁，那女孩不敢报案，到现在还在整容，据说刚弄好鼻子。唉，可真是惨，那样子，白天出来都能吓死人，别说晚上……"

马应龙都快编不下去了，但是女孩瞪大了眼睛，听得非常专注。从女孩的表情上可以看出，她非常震惊与害怕。这些话无论哪个女人听了都会感到恐惧，况且马应龙说得这么声情并茂，真中有假，假中有真。

"她怎么能这样呢，自己的未婚夫不检点，关女人什么事……"

马应龙觉得自己的话奏效了，他叹了口气，然后从皮夹里摸出一叠钱："这些钱你留着，如果你真想把孩子生下来，我也只能支持你，平时要多补点营养，这样对胎儿会有好处。不过你一定要小心，千万别让那只母老虎知道，我看到她都大气不敢喘一声。而且，她手段一次比一次残忍，她背后有靠山，又有钱，那些女孩，唉，真的太惨了，你自个好好保重吧。"

女孩没有伸手接，马应龙便把钱放在被子上。他有点后悔，自己这么胡说八道，是不是太残忍了，而且，她好像还挺相信的。或许她是真的喜欢马晓臣，或许她的世界很单纯，爱一个人一定要跟他厮守到老。何况，这个孩子可能真是她的第一个孩子，马晓臣是她的第一个男人，因为，她真的太年轻了。

这女孩在马应龙看来，要么非常单纯，要么非常有手段。

他不能肯定，她属于哪一类。

"你的点滴快挂完了，我去叫下医生，顺便去趟卫生间，你不要乱动。"

马应龙从卫生间回来之后便去叫医生了，回到病房，女孩跟钱都不见。马应龙叹了口气，马应龙啊马应龙，这回，你真的是害了一条小生命啊。

都是马晓臣那个浑蛋造的孽啊。

7

沈利最终还是向秦伊夏求了婚，虽然他对秦伊夏有着太多的疑问，觉得她的心里藏着很多的秘密，但是，忙碌的生活让他无暇去追究。因为他觉得不管怎么样应该不足以影响他们的家庭，最重要的是有一个宁宁在他们的中间。

无论怎么样，也要为宁宁着想，给他一个完整的家，这是逃不了也躲不过的。

秦伊夏自是欣然接受，等了这么久，她精心策划的一切，终于成功了。她终于等到了这一天，她终于名正言顺地成为了他的妻子，名正言顺地成为宁宁法律上的母亲，她觉得自己一切的心血与辛苦都有了价值。

有时候，她真不知道自己是不是还爱着这个男人，到底为了什么非要把他抢到手，或者，只是为了争一口气，为了报复他当初对自己的伤害，为了能让宁宁回到自己的身边。而现在，这一切她都得到了。

于是，他们俩挑了一个就近的黄道吉日举行婚礼，而结婚请柬，秦伊夏最想送的人就是尚萌萌。如果尚萌萌知道自己马上要跟她的前夫结婚了，她不会又躲在被子里哭泣吧？一想到这儿，秦伊夏就觉得非常过瘾，恨不得先写一份给尚萌萌送过去。

当沈利知道她的这个举动后，大吃一惊："你疯了啊，求你了，不要多事了好不好，她现在状态很不好。"

秦伊夏的眼睛直直地盯着他，沈利知道自己说漏了嘴，只能喃喃自语地解释说："前几天我在路上碰到尚成成，听他说的。"

秦伊夏突然哈哈大笑，沈利大惊失色，不会是尚成成在公司里上班的事被她知道了吧。

"她过得不美满，这是我听到的最好的消息了，非常好，很好！"

沈利松了一口气，同时又皱起了眉头："你不用这样吧。"

"这个请柬嘛，我是一定要送过去的，为了她过得不美满，也为了我过得更美满，哈哈。"

沈利不知道秦伊夏为什么会这么恨尚萌萌，你说你抢了人家的老公，人家还含辛茹苦地养了你孩子几年，你不但不感谢，还这么痛恨她。要说恨，也是尚萌萌痛恨她才对，为什么她还不放过尚萌萌，他真是不能理解。

这时他又动摇了结婚的念头，后悔自己草率求婚，他感觉这女人有时候真的太可怕了。

沈利瓮声瓮气地说："要去你自己去吧。"说着，他就往书房里去了。

"哼，我去就我去，怎么了，不就是送个请柬吗，还怕她杀了我？"秦伊夏嘀咕着，"越早越好，对，明天就送过去。"

一想到这里，她的心情又好了起来，哼着歌，去倒茶水了。

此时，沈利站在窗前看着窗外的万家灯火发呆。他又一次想念着尚萌萌，她纯真、善良，无欲无念，心地纯净，虽然有时候爱唠叨，但是她任劳任怨，无一点城府。而越是跟秦伊夏相处，他越是觉得这个女人心胸狭隘，心里装的都是怨恨，这样的人怎么可能带给别人友爱呢？他真有点担心宁宁在她的熏陶之下，性格也会变得跟她一样自私狭隘。

他也不知道多年之后她会变成这样的一个女人，之前虽然性格要强了点，但也不至于如此用尽心机。难道是自己跟尚萌萌的婚姻刺激了她，从而改变了她？

沈利越想越觉得痛苦，他很想打电话告诉尚萌萌：萌萌，我想你了，我错了，我们回到原初吧，就如一切都不曾发生。

但是，时光隧道的门是他说开就能开的？

秦伊夏一大早就把自己打扮得花枝招展，光彩照人，她来到尚萌萌的家，使劲地敲着门。开门的是小玫，她一看见这女人两眼就直冒火。

"有什么事吗？没事滚远点。"

"哎哟喂，你们这些乡下佬都是这么对待客人的？真没礼貌。"

小玫一推门，想把秦伊夏拦门外，秦伊夏却使劲抵着："喂，乡下妹，我是来找尚萌萌的，关你什么事啊？"

尚萌萌刚起床，她听到了外面的响动，便出来了。看是秦伊夏，她便冷冷地说："有什么事情请直说。"

"哎，还是我老公的前妻有礼貌多了。我告诉你呀，以后宁宁有什么有忌口的要早点说，上次差点出事了，还好抢救及时。"

一听到宁宁的消息，尚萌萌的脸色缓和下来："发生了什么事？宁宁有没有关系？"

"用不着你操心，他现在好着呢，养得白白胖胖的，可养眼了。我今天来啊，是来讨喜的，我跟沈利啊，要结婚了，怎么说你也是宁宁的半个妈，所以呢，我想来想去，还是给你发个请柬，谁叫我这么宅心仁厚呢。你如果有空的话，就过来吧，礼金呢，就不要带了。我们很乐意请客的，我们不缺钱，你来白吃白喝就行喽。"

　　说着，她把请柬递过去，尚萌萌犹豫了一下，还是接了过来，淡淡地说："那我先祝贺你了，几时摆离婚酒的时候，也记得通知我。"

　　"放心吧，我跟沈利可恩爱呢，他睡觉都一定要抱着我，唉，害得我都睡不好。"

　　"你还有事吗？"

　　"没有了。"

　　"不送。"

　　小玫把秦伊夏推了出去，"砰"一声关了门，秦伊夏悻悻地走了。她知道自己过来就是自讨没趣，但她有心理准备，她乐意这么干，因为自己的自讨没趣会令另一个人更难受，这样的自讨没趣令她觉得非常值。

　　小玫一把抢过请柬撕掉了："真不要脸！"

　　尚萌萌叹了口气："她就是来耀武扬威的，这种人不用理她，她会得到报应的。"

　　说着她便又回到了自己房间，心里却不那么平静了。秦伊夏的生活往越来越好的方向前进着，完全遂了她的心愿，抢到了男人，抢回了儿子，现在又顺利结婚了，一切看起来都那么美满如意；而自己呢，什么都没有，但是，她坚信，这一切，都不会持续很久的。

　　她没有注意到小玫的异常，小玫已经被这个女人惹得完全失去了理智，一想到自己那个孩子，她就无法放下仇恨。这个女人还那么嚣张，那么趾高气扬，那么蔑视自己，蔑视萌萌姐，完全不把他们一家人放在眼里。她伤害了我们每一个人，还是不放过我们，任意地侮辱着践踏着我们的尊严，她凭什么啊，我们又为什么在她的侮辱之下忍辱偷生？

　　旧仇新恨全涌上心头，她无法再忍，迅速进厨房拿了把刀子，把它藏在自己的连帽外衣里面，拉上帽子，跟在秦伊夏的后面走。

秦伊夏感觉后面有人跟着，有点怕起来，她想快点走出小区的绿化带。但是越是急，脚越是不听话，差点绊倒，她猛地回过头，这一回头不要紧，却见小玫拿着亮闪闪的刀子冲她刺过来。她一边拼命跑一边大叫："救命啊，救命啊，杀人啦！"

小区巡逻的保安刚好经过这里，跑了过来。秦伊夏也算是命大，被小玫拉住了后背的衣服，还没等她来得及刺下去，小玫就被赶到的保安迅速制伏。她大声地喊："贱货，你这个不要脸的贱货，我要杀死你，我要杀死你！"

但这弱小的女子哪里是虎背熊腰的保安大叔的对手。

小玫被警察带走了，尚萌萌与尚成成听到这个消息都惊呆了。他们无法想象平时内向软弱的小玫竟然会做出这样的事，他们忽略了一个人的忍耐是有限的，包括尚萌萌，如果不是被逼到了极限，她也不会有之后策划的一系列事件。他们也不知道，那两个曾帮助她揍秦伊夏的二流子，经常来餐厅白吃白喝，甚至语言轻佻，小玫恨死了他们，但又无可奈何。今天餐厅经理就来警告，如果再看到那俩浑蛋，你也一起滚蛋！

这账归根到底还是要算到秦伊夏头上，是的，倘若不是这个女人，她也不会找他们。这些事，她又怎么敢告诉尚成成和他姐？往日的新仇旧恨，再想起自己未曾出世的孩子，还有今日秦伊夏轻视不屑的刺激，那种仇恨一下子像喷薄的火山一样，令她失去了理智。

尚萌萌真不知道小玫对秦伊夏的恨会如此强烈，根本不在自己之下。尚成成更不知道，小玫所受到的伤害远比他知道的要多很多。他真的很后悔，没有好好地关心小玫，没有跟她好好交流，才导致她如此冲动，干出这样的傻事来。

他们两个人都很后悔，为什么不告诉小玫他们的计划呢，这样她可能就不会这么冲动了。尚萌萌真的不想牵挂上小玫，免得她再一次受伤害，只是没想到因为欠缺沟通，却导致事情进一步恶化。这是他们始料未及的。

所幸小玫没有伤到秦伊夏，伤人未遂虽然比伤到人判得要轻点，进监狱却是难免的，可怜的小玫逃脱不了坐牢的命运了。

尚萌萌内心非常悲愤：秦伊夏啊秦伊夏，你非要把我们全家赶尽杀绝吗？

8

从派出所回来，尚萌萌与尚成成瘫在沙发上，没有小玫在的房子显得异常的冷清。

尚成成握紧了拳头："我不会让他们有好日子过的！绝对不会！"

尚萌萌没有言语，一会儿她缓缓地说："其实姐自有计划，都是我这个做姐姐的太不关心小玫了，如果早点让小玫知道我的打算，小玫也不会干这样的傻事了。唉，我只是不想把她也卷进来。"

"姐，不瞒你说，我已经在沈利的公司上班了，马应龙让我瞒着你。"

尚萌萌吃惊地看着他："为什么？"

"打入敌人内部呗。"

尚萌萌叹了口气："成成，你记住，以后，我们就是一个团体，要紧密联系。小玫已经这样了，我不想你再犯错，做事不要太冲动，还有，不能做违法的事。"

"姐，我有数的，马应龙咨询过律师，就算我打入沈利内部，也不算违法。沈利不会让我签署商业保密协议，我也不是以靠出卖机密谋取利益，而且，他们公司也没什么高级机密。"

"嗯，现在出了这事，沈利估计对你也有戒心了。你先表现好点，诚恳踏实地工作，不要多想。君子报仇，十年不晚。你做事千万不能冲动，等缓一段时间再说。现在，我们必须要小心，否则全盘皆输。"

"嗯，我明白的。"

"好了，你赶紧去上班吧，我还要学习。"

尚萌萌回到书房，拿起书，却看不下去。她的脑子里一直浮现着小玫的身影，还有她那张充满怨恨的脸。当初见她时，她那张天真无邪的笑靥，像是少女时期的自己。她想起她的勤快与隐忍，尚成成能遇见她，是他一辈子的福气。再细细地想，她真的很久没看到小玫的笑脸了，就算偶尔露着礼貌性的笑意，也是那么勉强，而她竟然没有觉察。

而这一切都是从那次车祸开始的，秦伊夏啊秦伊夏，你毁掉的不仅是我，还有一个天真乐观的女孩！现在，不只是你跟我之间的仇恨了，你就笑吧，尽情地笑吧，但是，你绝对不会笑很久了！

9

因为小玫的事，尚萌萌想了很久，决定加速计划。

她再一次"偶遇"了际慈心，这一次，是跟马应龙一起遇上她的。为了让际慈心加深对自己的好感，她不惜采用了非常烂、非常老套又非常管用的伎俩：她请了两个打工仔在偏僻路段拦住了际慈心的车，然后实施了"抢劫"。尚萌萌与马应龙路过"刚好"瞅见那一幕，马应龙下车三下两下就把那两个"小流氓"给打跑了。

受了惊吓的际慈心下车道谢，一眼就认出了尚萌萌："是你啊？"

尚萌萌假装刚认出来："您看着好眼熟，是住在金湖滨花园的那位太太吗？"

"对对，上次多亏你帮我赶跑了那几个熊孩子。"

"真没想到会这么巧。"尚萌萌也是一脸的惊讶。

马应龙笑着说："有缘自会再相逢，无缘对面不相见。"

际慈心感叹道："真是缘分，真不知道该怎么感谢你们。"

她像是突然想起了什么，从包里拿出两张请柬："这两张是送给你们的，下个星期，是我五十岁的寿辰。你们可是我的大救星，一定要来啊。"

马应龙看了看请柬，一副很惊讶的样子："呀，原来您就是际行长啊，我爸没少提过您。这请柬，我也有啊。"

"你是……"

"我叫马应龙，是马伦集团马德康的大儿子。嘿嘿，我是今年才进他公司的，我们之前有点小瓜葛，最近才有所缓解——"

际慈心非常惊喜，拉住了马应龙："原来你是马德康的大公子啊，你爸跟我可是老相识，我们是老同学，几十年的朋友了。我小时候见过你呢，想不到你都这么大了，真像真像，跟你爸年轻时简直一模一样，怪不得看起来会这么面熟。"

马应龙笑着，际慈心突然像是想到了什么，看着尚萌萌，拉住了她的手："我跟这位姑娘一见如故，这位姑娘不会是你的女朋友吧？"

尚萌萌微羞着脸："我是他的好朋友。"

马应龙笑着说："目前啊，我们还只是朋友。"

"那就是说，以后就是女朋友喽。"

"嘿嘿，我是有此想法，获取芳心还需要努力。"

三个人正聊着，这时际慈心的手机响起来："我得马上去开会了，差点忘了。那天你们一定要来，要一起来啊！"

尚萌萌与马应龙点了点头，并朝她扬了扬手："好的，您走好。"

看着际慈心开走了，尚萌萌说："这老太太真的挺好的，以前我觉得越是在高位的人越不可亲近，现在发现并不是每个人都是这样的。"

"她是挺不错的一位阿姨，我多少还有点印象。现在老太太挺寂寞的，儿子买了新房，快要结婚了，有自己的生活，不跟她一块儿住了；小女儿呢，还在念大学，很少有机会回家，现在看到我们啊，估计想起了自己的一对儿女。老太太其实挺不容易的，在外头是雷厉风行的女强人，而在家里，却跟一般寂寞的老龄人一样，渴望享受天伦之乐。唉，老伴呢，在两年前得胃癌去世了。"

"真是一个寂寞的老太太，我以后得多陪陪她了，一半是出于私心，一半是出于爱心。"

"好吧，我只听到爱心两字。"

尚萌萌与马应龙都笑了。尚萌萌有点担忧地问："我们这样利用老太太，会不会太不道德了？"

"道德啊，是建立在不伤人害己的基础上的，我们这样做，包括以后的计划，都没有伤害到老太太任何财产与感情，也没有妨碍到她现在与以后的生活。相反，可能我们会带给她快乐，让她感觉没那么孤独了，所以，对她而言，我们做的是好事，而不是坏事。"

马应龙确实言之有理，尚萌萌点了点头。她只是希望，这件事，除了秦伊夏与沈利之外，不要伤害到任何人，否则，就会违背自己的初衷，令自己内心不安。

马应龙动情地拉着尚萌萌的手："萌萌，如果有一天，秦伊夏与沈利得到了应有的报应，你会不会接受我对你的爱？"

尚萌萌凝视着他，这段时间，都是他帮自己渡过难关。倘若没有他的帮助，她真不知道自己会不会跟小玫一样冲动行事。她知道仅靠自己的力量，无法优雅地击倒秦伊夏，更无法给秦伊夏以致命一击，如果不能一击而中，说不定自己会死得更惨。

她也知道，自己越来越依赖马应龙，但是她忍住了内心的冲动，甚至任何的感情。是的，她现在这个状态，又有什么资格去谈情说爱呢？而且，自己可谓是历尽沧桑的女人，在婚姻上有着惨痛的败史，又怎么能安然地接受马应龙的爱呢？

看着马应龙那张英俊又诚恳的脸，她真的无法拒绝。她知道，她可能再也无法离开他，但是，她又不能让这种感情在这特殊时期萌芽滋长，她不能再受任何感情的困扰，至少，现在不能。

她费力地从他的手里抽出了自己的手："等一切过后吧。"

10

秦伊夏与沈利的婚礼如期举行，尚萌萌其实想去看一眼宁宁，但还是忍住了。

如果她去的话，她就是个傻子，估计到时焦点人物就是她了。她还没傻到那个地步。

好吧，越美满越好，到时候，破碎起来也掷地有声。

秦伊夏这段时间其实精神并不好，自从小玫那天追杀她，她真是有点神经过敏了，总是觉得有人在追杀她，经常在夜里做噩梦，梦到被无数拿着刀子的人追赶。

沈利有点厌烦，却又无可奈何，怎么说她也是自己的新婚妻子，要关心她才对。"要不，这几天我抽空陪你去看下心理医生吧，配点药，说不定会有效果。"

"没，没什么关系的，过段时间就好。"

这时的秦伊夏小鸟依人，把脸蛋紧紧地贴在他的胸膛上："只要你跟宁宁过得好，就是我最开心的事了。"

沈利轻抚着她的头发："睡吧。"

这天中午，秦伊夏在外面有饭局，饭局完毕，经过沈利的公司门口。想了想，秦伊夏决定到公司里转一圈，然后再去沈利那里坐一会儿，度过午休时间，再去上班。

对了，还有件非常重要的事，就是看看沈利是不是有年轻漂亮又性感的女秘书。如果真有，那么必须得换掉，这种女人完全是祸害，她必须得完全杜绝这种事情的发生。

她秦伊夏好不容易得到的东西，必须紧紧地握着，不能松。

于是她进了公司，转了一圈。正当她觉得敌情不大，往最重要的、最可能有敌况的沈利办公室走时，迎面刚好碰到了尚成成。尚成成这时刚好从自己的办公室出来，准备去业务部看看那部上不了网的电脑到底出了什么问题。

他没有想到会碰到秦伊夏，心里"咯噔"了下，想躲已经不可能了，秦伊夏已看到了自己。

"尚成成，你怎么会在这里？"

"我——"尚成成脑子瞬间短路，找不到一个合理的出现在这里的理由。

秦伊夏把他上下打量了一番，一种被严重欺骗的感觉，令她的脸涨得通红。她厉声地问："你是在这里上班？谁让你来的？"

看到秦伊夏这气焰，想想坐班房的小玫，尚成成也火了："是我姐夫让我来的，关你屁事！"

"姐夫？好好——"秦伊夏气得浑身发抖，她做梦都没有想到，沈利竟然把尚成成留在自己的公司，而就在前段时间，他那心狠手辣的女友差点杀了她。

她往沈利的办公室冲去，沈利刚好跟两个客户在谈事情。

秦伊夏凶猛地撞开了门，把里面的人吓了一跳："沈利，你究竟在干什么？"

"什么事啊？你发什么神经？"看秦伊夏突然这么闯进来，还大声责问他，沈利非常生气。

"我问你，尚成成是怎么回事，你给我解释清楚！"

看这架势，秦伊夏不可能跟他好好说话。沈利只能对客户道歉，对秦伊夏压着声音说："我在谈重要的事情，你能不能先在外边等我？"

其中一个客户很识趣地说："这样吧，沈总，我们在会议室等你，或者我们改天再过来？"

"不不不，不用改天，你们在会议室等我一下吧，我等会儿就过来，真不好意思。"

两个客户出了办公室之后，秦伊夏拉住了沈利："走走，马上走！"

"去哪里啊？"

"让那尚成成马上滚蛋！"

"为什么啊？他做得好好的，我为什么要让他滚蛋？"

秦伊夏这么一闹，沈利也是一肚子的火。

"沈利啊沈利，你是真傻，还是假傻啊？你知不知道，尚萌萌有多恨我们；你知不知道，她弟那女朋友又有多恨我，都想把我杀了啊。现在，他在我们公司，安的是什么心，难道你都没有考虑过吗？"

沈利仔细想想，秦伊夏的话确实有一定的道理。但是，这段时间业务正常，公司运营也很正常，而且，他还可能跟一个世界百强的公司合作呢，根本就不是秦伊夏想的那样。女人啊，就是爱嫉恨爱吃醋，猜疑心重，头发长见识短，怀疑东怀疑西的，这活着得多累啊。而且她不看场合，当着客户的面一阵撒泼令他很抬不起头，她根本就不懂得尊重人。

他很不耐烦地说："这事我心里有数，没有让他做很重要的活，你别无事生非好不好？"

"我无事生非？你有没有脑子啊，他的工作难道不重要？他是搞电脑这行的，我告诉你，你电脑里的重要文件跟秘密只要他想要，他就会轻而易举地窃走！"

"无间道啊，又不是拍电影。我求你先回去好不好，我还要去会议室。这两个客户很重要，我们在谈一个项目，是我们费了很大的力气，才拿到投标书，不能让你给搞砸了。如果被你弄黄了，我们之前辛苦了一个月的工作全白费了！"

沈利觉得秦伊夏完全是妇人之见，再说，手头有这么重要的事情在谈，哪有空管这些闲事啊。于是他便顾自往会议室走，把秦伊夏丢在了办公室。

秦伊夏气得不行，在办公室来回走。她这才注意到里面还有个人，应该是沈利的女秘书，是一个长得很一般，戴着副很厚的眼镜，扎着非常平凡的马尾辫，裹得严严实实又没化妆的女孩。她完完全全被秦伊夏的架势给吓住了，一声都没敢吭。

秦伊夏细细打量着这个相貌身材都不出众的女孩，觉得她实在是构不成威胁，就朝她冷冷地说："别想打我老公的主意，还有沈利来了你告诉他一声，必须得让那个尚成成走人！"她从鼻子里丢出一声哼，然后怒气冲冲地走了。

女秘书看她走后翻了翻白眼："抢了别人的老公，还威胁我？小三上位，还这么嚣张，跟前老板娘比起来，你简直连个屁都不如。我呸，你这种人，天都会收了你。哼，我得为成成美言几句，不能让你这种恶人当道！"

关于尚成成的事，秦伊夏与沈利吵架吵了很多次，最后沈利一回家就把自己关书房。秦伊夏一看这样下去，他们的感情可能会越来越差，决定先暂时不提这事。

尚成成虽然有惊无险地留了下来，但是，他觉得秦伊夏不会善罢甘休。所以，他必须更卖力地讨好他的"姐夫"，同时把有用的文件先导出来给马应龙。

上演无间道也不是简单事，既然现在被秦伊夏发现了，他得随时做好滚蛋的准备。

11

际慈心的50岁寿宴如期举行。

为了参加这次寿宴，尚萌萌与马应龙精心打扮了一番。尚萌萌除了结婚，这是第一次穿得这么隆重。化妆师化的妆，尚萌萌要求自然一点，所以并不浓艳，但是光彩照人。她穿着一件白色及地又简洁大方的晚礼裙，衬得她像白蹄莲那样芬芳圣洁，马应龙也郑重地穿着一件白色的西服并打上领结。两个人站镜子前一瞧，还真是一对璧人。

马应龙乐了："你看，咱如果再在胸前戴朵花，我就是新郎，你就是新娘了。要不，今天我们就顺便把这婚给结了吧？"

尚萌萌撇了下嘴："我乐意你爸妈还不乐意呢。"

"我爸妈不乐意，那看来你跟你妈是没问题啦？那这事可是有82.5%的成功率了。"

"82.5%？"

"我们俩占一半，还有双方父母占一半，你情我愿的，我爸呢，没理由不赞成，所以，只剩我妈了，也就是说，成功率在她还不知情的情况下，已占了82.5%，况且，我妈一直尊重我的意见，不会难为我的……其实别人什么想法我都可以不管，只要你答应……萌萌……"

马应龙看着尚萌萌，眼睛里满是深情与迷恋。今天的她真的是太迷人了，今天如果是他们结婚的日子多好啊，他一定会像呵护珍宝一样呵护她一辈子，不让她受一丁点的委屈与伤害，不让她流一滴泪。

他情不自禁地凑上脸，那目光迷离的样子，令尚萌萌的小心脏像揣着只小鹿一样乱跳。其实她多需要一个温暖的怀抱、一个深情的吻啊，内心的渴望令她娇粉的唇瓣不由自主地迎了上去。

就在那一瞬间，马应龙的手机响了起来，这电话真是来得不合时宜啊。

尚萌萌一下子清醒，别开了头，马应龙只得接起了电话："爸，你不是说要出差不去了吗？现在又要去了？好吧好吧，那我现在过去接你。"

马应龙拉过尚萌萌的手："走吧，我的小公主。"

"你爸也要去？"

"嗯，他们是老同学，而且有着长期的合作关系，可以说，我爸能有今天，离不了际阿姨的帮忙。"

"噢，我要扮演什么身份好？"

说到这里，尚萌萌倒有点紧张了。

"当然是准媳妇，还能有啥身份。"

"这——不好吧——"

"行了行了快走吧，我爸快急死了，他可不能迟到。我的事情他讨好我还来不及呢，绝对不会为难你的。唉，别这么磨磨蹭蹭了我的大小姐，我就说是我朋友好了，也是际阿姨请的嘉宾。"

"这还差不多，现在我们的关系太暧昧的话，不利于以后的计划。"

"嗯，我明白的，不过，我们目前好像还没啥关系吧……"

尚萌萌一时红了脸，啐了他一口："就你贫嘴！"

马应龙把车开到马德康家门口，这是他第一次来这里。如此豪华的别墅，令他徒生很多感慨，如果没有那个女人，住在这里的应该就是他跟老妈了。想想老妈至今还在那小套房里蜗居着，马应龙觉得有点心酸。

可是，事情过去这么久了，他是该恨那个女人，还是恨这个爸？

人生总有很多意外，也有很多的可能性，导致不能像想象中那样生活，或许这就是命运吧。

马德康提着好几袋东西，打开副驾的门，很意外地发现尚萌萌在副驾上坐着："噢，原来还有这位女士，小龙怎么也不早点说？"

于是他便进了后座，马应龙出于礼貌介绍道："她叫尚萌萌，是我的好友，也是受邀参加际阿姨的寿宴；他是马德康，我跟他的关系就不用介绍了，你叫他伯伯就行了。"

尚萌萌甜甜地说："马伯伯您好。"

"好好。"马德康看到马应龙有了个异性朋友，很高兴，自然非常讨好，"你呀也不早说，幸好啊，我寿礼带得多。"

尚萌萌笑着说："我们也准备了呢，你看，后面那束花，漂亮吧。"

那是一束非常名贵的鲜花，高贵典雅美丽，很合际慈心的气质。当然，太贵的东西她也拿不出来。马应龙说，他爸会买贵重的东西，去他那儿蹭份礼就好。

"一定是尚小姐选的吧，真会选东西。"

两个人很客气地互相唠着，马应龙冷不丁地冒出了一句话："马董，你坐我的破车，去参加那么高端大气的宴会，不觉得很失身份吗？"

马德康愣了下："倒也是，这样吧，我明天就给你换一辆新车。你要保时捷、玛莎拉蒂，还是宝马奔驰？随你选。喜欢哪款，你想好了，报个型号给我就行。"

这回轮到马应龙发愣了，想不到这老家伙还真出手阔绰。好吧，这话可是你先说出来的，我不要还真是对不起你了。马晓臣这一家人，开着豪车，住着豪宅，我凭什么就不能？我也是你亲儿子！

他又想到了母亲。

"我不拒绝你的好意，不过如果你折现的话，我更乐意。车子一般的就好，我要求不高。我是想攒钱买房子，现在住的房子，有五六十年的历史了吧，爷爷留下的吧。楼上经常漏水，采光也不好，终年见不到太阳，我想把那房子卖掉，再加钱弄套好一点的，妈有风湿病……"

马德康的眼眶湿了："儿子，你怎么不早说，只要你提出来，只要不是太过分的要求，我都会满足你的。其实之前我就想送你们房子，但是你们连沟通的机会都不给我……你妈这二十几年，过得太辛苦了，是我——"

马应龙不耐烦地打断了他："行了，今天还有件重要的事需要你帮助。尚萌萌刚考上了金融经济师，她想去际慈心的银行上班，如果有你的推荐，我想这事情就顺利多了。"

马德康对尚萌萌有点另眼相看了："真的呀，想不到尚小姐秀外慧中，这忙我一定帮！"

"谢谢马伯伯了。"

看来，有马德康的帮助，这事情算是搞定了八分。

马应龙与尚萌萌相视一笑。

12

寿宴的场面非常豪华与气派，但又比较随意轻松。

没有摆奢侈的酒宴，以自助酒会的形式，显得气氛更加愉悦。厨师们现烤虾贝海鲜及牛排肉食，调酒师按嘉宾所需现调鸡尾酒、现榨果汁、现磨咖啡，更有精致的琳琅满目的高档冷菜与甜品，还有法国葡萄酒供嘉宾选取。里面的男男女女大部分是商业巨头、官宦子弟、名媛佳人，还有一部分是发展银行的高层管理人员。

际慈心今天的打扮明艳动人，完全不像是一个50岁的女人。女人二十靠天生，三十靠装扮与幸福的滋润，四十以上就基本靠钱。所以说，钱虽然不是万能的，但是，它能改变很多东西。

际慈心忙着招呼客人，一看到他们仨一同进来，很高兴地迎了上去，特别牵着尚萌萌的手左看右看："你们都过来了呀，尚小姐，你今天真是光彩照人啊，年轻真好。"

"再美也美不过你这个大主角呀。"尚萌萌笑着说。她可不能在背后喊际慈心老太太了，因为她今天看起来确实不显老。

"我同意，今天要改称呼了，应该喊您际姐姐。"马应龙也应和着。

际慈心也乐了："你们这些小屁娃，就爱拿阿姨寻开心。"

这时马德康说："你们先自个玩，我跟你们的际阿姨呀，先聊聊家常。"

马应龙与尚萌萌很识趣地去享受美食，两个人去了海鲜区，马应龙要了份北极贝，尚萌萌要了份生煎阿拉斯加银鳕鱼块，然后找了个位置坐下来享用，连赞美味。尚萌萌偷偷地瞄了一眼那边，却见际慈心正在朝她看，这两个人估计正在谈论她的工作。

马应龙轻轻地说："你看际慈心在点头，没有面露难色。我看啊，这事准是成了，我们先预祝成功吧。"

俩人碰了下杯子，这时尚萌萌看到了一个非常熟悉的人，不，应该是两个，是秦伊夏与沈利。嗯，他们是应该在场的，怎么说，秦伊夏是银行的高层管理人员，而沈利是她新婚的夫君，这两个人出现在这里一点都不奇怪。

尚萌萌碰了下马应龙的手臂，示意他往那边看。

马应龙便挽着她的臂："唉，那俩家伙不是你的旧相识嘛，一个是前夫，一个是前闺密，咱一定要去问候下。"

他不由分说就拖着她起来，秦伊夏看到了他们，表情分明僵了下。沈利看到光彩动人、跟往日比起来简直是脱胎换骨的尚萌萌，是满眼的惊艳。

"秦主任啊，您真是越活越年轻了，今天看上去最多只有三十五岁，一点都不像一个四十多的女人。"马应龙笑着说，其实他知道秦伊夏也就三十来岁，这是故意气气她。

秦伊夏看了看周围，在这样的场合，她无论什么脾气都不宜发作，于是冷冷地说："你们在这里干什么？"

尚萌萌不卑不亢地说："是际阿姨特别邀请我们的，今天是她老人家的大日子，我们总不能扫了她的兴，不给她面子吧？对了，你们怎么会来？噢，我知道了，你是她的手下嘛，当然来捧场了。先告诉你一个消息，以后啊，我们很可能成为同事呢。"

秦伊夏一脸震惊的表情令尚萌萌非常受用，她高声地说道："什么？你说什么？同事？你搞什么鬼？"

旁边有人看了过来，沈利赶紧捂住了她的嘴："你别砸际行长的场子。"

际慈心也注意到了，一脸的不高兴，便走了过来，问："什么事？"

秦伊夏赶紧赔笑道："没，没什么，我们在聊天呢。"

际慈心在金融界摸爬滚打几十年，什么场面没见过。她是个外柔内刚的女人，对秦伊夏冷冷地说："自己注意分寸。"然后便走开了。

马应龙笑了："这年头啊，骂人是最没出息的，又最没教养，我们际阿姨很不喜欢。"

"你——"秦伊夏实在是对他们俩出现在这里毫无防备，惊骇之余，没了往日的冷静与分寸。她被沈利拉至别处："行了行了，你就别再添乱了。"

这会儿音乐声小了下来，主持人说了几句开场白，际慈心便上了台，声音充满着感情："谢谢各位先生女士的光临，你们能来我际慈心50岁的寿宴，我真的非常荣幸。真是感慨啊，这是我生命里的第一个寿宴。都说女人怕老、怕提年龄，看来我是个例外，以后啊想瞒都瞒不住喽。"

大家一阵欢笑，际慈心接着说："谢谢大家这些年来对我工作、生活上的支持，我啊，这把年纪了，服老了，不再跟自己较劲了，再过几年，我就退休了。所以，在接下来的有限的几年，我希望能更好地为大家服务，不管是亲朋好友，工作上的合作伙伴，还是发展银行的员工，希望我们的关系能相处得更加融洽，大家合作得更愉快。"

大家使劲鼓着掌，际慈心摆了摆手："今天还有两件事要宣布：一件是我家的私事，小儿将于下个月结婚，大家记得来喝喜酒。请柬就在外面的那张桌子上，你们都要来啊，不过有一点，人情一律不收。我这个人心直口快，搞不来太客气的事，明话直说。"

尚萌萌看到一个青年男人跟一个漂亮的女人亲密地挽着臂，站在际慈心的旁边。看来，男的就是她儿子，女的是她的准儿媳。听旁边人的闲语，准儿媳是美籍华人，据说是个法律系硕士生，在华盛顿有自己的律师事务所。另外还有个不到二十的女孩，应该是她的女儿了。

"还有件事，是单位里的事。我们所有的同事听着啊，我们又添了个新同事，希望你们对她多多关照。"

说着，际慈心就朝尚萌萌扬了扬手，示意她过来。尚萌萌真有点受宠若惊，想不到际慈心竟然会这么隆重地介绍自己。这使她，包括马应龙、马德康都感到意外，看来民营银行的行长就是牛，什么事情都由行长说了算。

尚萌萌瞥了一眼秦伊夏，只见她的脸色青紫，在灯光的辉映之下，整个人仿佛是从坟墓里挖出来的僵尸。

际慈心如此隆重地介绍自己，以后谁敢给自己小鞋穿呢。

尚萌萌向大家很礼貌地微笑，鞠躬，致谢，算是跟大家见上一面。今天的主角是际慈心，她这么给足自己面子，自己要识趣才对，礼貌上应付到就行了。

"好了，大家好好喝，好好吃，HAPPY起来，COME ON BABY！"主持人叫道。

于是大家又开始尽情地吃喝，闲聊。银行里的那些准同事，纷纷拿着酒杯过来自我介绍，祝贺尚萌萌成为他们的新同事，尚萌萌一一笑迎。

马应龙有点吃醋了："啧啧，你啊，今天的风头都快盖过际阿姨了，都没美女向我示好，真无趣。"

"这都嫉妒？"

"嗯，相当嫉妒。"

"以后还有你嫉妒的时候呢。"

尚萌萌注意到，沈利好几次想跟她聊天，但都没有机会。秦伊夏今天晚上可真是气都气饱了，别说吃喝，她实在是受不了这种情敌当道的场合，拉着沈利往外面扯，可怜的沈利什么点心都还没吃到就被活活地扯走了。

尚萌萌与马应龙相视一笑，马应龙说："以后，有她受的时候。"

秦伊夏一走，尚萌萌就听到几个准同事在说秦伊夏的闲话，什么抢走别人的老公，还抢走孩子。他们并不知道，被抢走老公与孩子的人，即将成为他们的同事。看来秦伊夏的口碑真不好，不然人家也不会在背后说她的闲话。人在做天在看，好与坏，大家都看在眼里。

尚萌萌想起了秦伊夏的骄横，想起了她是怎样夺走了宁宁，想起了母亲是怎样伤心地回了老家，又想起了小玫是怎样坐的牢。

以后，秦伊夏肆意横行的日子过去了。

尚萌萌冷冷地想。

第七章　阴谋

1

秦伊夏回到家，把包甩到沙发上，歇斯底里地大喊大叫："阴谋！阴谋！尚萌萌，你真阴险！"

沈利皱了皱眉头："你别这么大喊大叫，宁宁会被你吵醒的。"

秦伊夏睨视着他，声音低了些许："怎么，你现在是不是又对那个狐狸精有意思了？"

"你乱讲什么啊，真是不可理喻。"

沈利不再理他，顾自进了卫生间。秦伊夏气呼呼地坐在沙发上抱着抱枕，然后又狠狠扔掉。她越想越不对，尚成成在沈利的公司出现，尚萌萌现在又成了自己的同事，这不是明摆着想置我们于死地吗？

难道沈利跟他们是一伙的？不然他为什么会收尚成成进公司，还为尚萌萌百般辩解？

秦伊夏越想越生气，便冲向卫生间。

沈利正在刷牙，看着盥洗镜里的自己，脑子里浮现的却是尚萌萌的脸。今天的尚萌萌，真的太惊艳了，想不到她依旧那么美那么柔，看起来那么舒服，如初见她时一样。当初遇到她，他就觉得，她是自己的，他就要娶这样的女人为妻。秦伊夏长得并不比尚萌萌差，但她自私偏执，喜怒无常，脾气暴躁，这令他更加想念尚萌萌的温柔体贴，对宁宁与自己无微不至的关照。其实，秦伊夏与沈利都挺忙，宁宁基本都是由保姆照顾的。他总觉得，宁宁待在这里，并不比以前由尚萌萌照顾得好。他还发现，宁宁现在越来越不肯说话，他真怕宁宁心理会出现什么问题。

这时，卫生间的门"咣"的一声大开，秦伊夏叱喝道："沈利，你给我说清楚，是不是你跟尚萌萌串通好了，要把我秦伊夏搞得失业、无家可归，然后你们又可以在一起了？"

沈利再也忍不住了，吼道："秦伊夏！你既然这么不相信我，那好，我走！"

沈利擦了擦嘴巴上的泡沫，甩掉毛巾走出卫生间。秦伊夏更火了："你去哪里？你想往那个女人家里走是吧，你其实早就想这么做了对不对，说不定你们背地里又搞在一起了！沈利，你这浑蛋，你给我回来！"

沈利"砰"地摔门而去．他觉得他已无法跟这个女人一起呼吸了，他受不了她的反复无常、肆意诬蔑！沈利啊沈利，你怎么这么傻，原本好好的一个家，现在成了什么样子了！秦伊夏啊秦伊夏，我被你害死了！难道这就是你想要的？

他开着车，在外面漫无目的地压马路，然后停在一个路口，拿起手机，真想给尚萌萌打电话。这会儿酒会结束了吗？尚萌萌是不是还跟那个姓马的在一起？

沈利在电话簿里翻出她的名字，犹豫了良久，他该说些什么呢，说自己被秦伊夏赶出来了？说自己后悔了，悔得肠子都青了，不该抛弃你？说我想你了，想见见你？

沈利拿着手机半天拨不出那个号，他的脑海里又浮现出那天尚萌萌在法院歇斯底里的哭吼："你们这两个浑蛋，我是不会放过你们的！"

细细想来，尚萌萌真要在那家银行上班，秦伊夏的怀疑也不是没道理。难道她真的要报复秦伊夏吗？不然她怎么要去那边上班，选择跟秦伊夏一个单位？他又想到秦伊夏，真是受不了她，就不能好好说话吗？为什么老是吵吵吵？一想起这个，他就觉得自己快要疯了，再也不想理她。唉，如果她一直这样的话，他沈利会活得多么痛苦。这一切都是报应，都是他咎由自取吧。

正想着，一个陌生的号码打了过来，沈利迟疑片刻，还是接了起来。

里面没有一丝声音，沈利喂了半天，以为是谁打错了，正想按掉，那头讲话了："沈大哥，是我——"

这声音好熟悉啊，沈利脑子里蓦然出现一个人的名字：宋丝雨！

他的声音颤抖了："你是丝雨？"

"嗯，沈大哥竟然还记得我的声音，丝雨好感动。最近你过得好吗？"

"真的是你？丝雨，你在哪里？"

"我——今天路过杭州，刚好经过我们以前经常相见的地方，想起了你，所以就随手打个电话给你。"

"在天桥那边？你在那里的咖啡馆等我，我马上到。"

宋丝雨再次出现，令他始料未及。他对这个女人有着太多的疑惑，她莫名其妙地突然离去，没有任何合理的解释。她跟秦伊夏有什么关系？还有那个短信，那个索要钱的短信，是否跟她有关？这所有的谜团，他都想解开，所以他要见到她，当面问问她当初为什么会毫无预兆地离开，现在，为什么又来联系他。

2

宋丝雨坐在靠窗的角落，沈利还是一眼就认出了她。

她围着一条淡蓝的丝巾，穿着白色的薄衫、灰色的长裙，看起来比以前显得端庄而成熟，却不减美丽。

那种熟悉的亲昵感萦绕着沈利，他真想握住她的手，问她这段时间到哪里去了。

但是，他忍住了，经过了这么多的事，经历了这么多的女人，他沈利怎么也多长了个心眼，不会再轻易陷入女人的温柔陷阱了。毕竟，造成他现在如此痛苦的起因，还不是眼前这个看似优雅的女人？

沈利坐下来，点了一杯咖啡。他深吸了一口气，努力把脑子里的东西捋顺。

"丝雨——"

太多想说想问的话到了喉咙口却挤在了一块儿，令他一时不知道先问哪一句好。

"沈大哥，对不起，当初不辞而别真的非常抱歉。你有什么想知道的，就尽管问吧。"

宋丝雨今天主动联系沈利是有目的的。当初，她拿着秦伊夏给的钱和从沈利那里卷走的钱，跟男友陈海洋去搞服装批发。刚开始生意还挺好，后来竞争越来越大，再加上款式的更新没跟上，导致大堆的货积压着，亏了不少钱。她想请求秦伊夏帮忙，秦伊夏却根本甩都不甩她。无奈，她只得回来找秦伊夏，可秦伊夏把她的手机号设为黑名单，根本联系不上。

宋丝雨想不到秦伊夏会做得这么绝，既然你无情，那就休怪我无义了。现在你过得好，家庭美满，是因为当初我帮你抢到了沈利。可你一脚把我踢开，你不见我，好，那我找你老公！

于是，宋丝雨就约了沈利。

此时，沈利看到她，又想起了跟尚萌萌闹翻时的情景。

他叹了口气："都是过去的事了——不提了。"

他越是这么说，宋丝雨越是觉得自己对不起他和尚萌萌。那时候，沈利确实对自己好，如果不是秦伊夏，自己这些年也不会过得这么辛苦，去搞什么服装批发，每天累死累活。

"我对不起尚姐姐——"

沈利看着她，不明白这话是什么意思。

"好吧，这些事藏心里这么久，我憋着也挺难受的，今天，我就全说了吧。当初，是秦伊夏雇我接近你，就是为了让你跟尚萌萌分开——"

沈利瞪大了眼睛，其实他已经猜到了这种可能性，但是经宋丝雨之口说出来，又有些不能接受。他喃喃自语："不可能……不可能……她为什么要这么做？"

"我也不知道，可能觉得我来破坏你们的家庭，比她直接破坏要好吧。你想啊，你跟她在一起，是你们离了婚之后，这样她就不是小三，她的名声就不至于那么臭。对，我想就是因为这个。她这么工于心计、死要面子，肯定不想背上小三的骂名，所以，这个独揽臭名的人就成我了。我在这个城市里一无亲二无故，名声好还是臭都无所谓。我跟秦伊夏虽然有点血缘关系，但是，我们没一点亲情可言，我活得再惨她也不会帮助我，只有在利用我的时候，才会把我给捞出来。"

沈利听后很震惊，细细想起来，当初觉得疑惑的事，现在终于想通了。这女人如此不择手段，太可怕了。这时，他突然想起了尚成成与小玫出车祸的事，越来越怀疑是她干的。如果真是她做的，这样的一个女人，还有什么事情干不出来？太可怕了！他越想越不安。

"果真是这样……"沈利喃喃自语，"那你后来去干什么了？"

"做服装批发了，唉，挺累人的。沈大哥，你恨我吗？"

沈利叹了口气："你真是害惨我了……唉，算了，都已经这样了，还能怎么办？”

“沈大哥，秦伊夏虽然是我的姐姐，但是凭良心说话，她真的是个挺可怕的女人。我还听到一些消息，听说她请了个女的，故意诱惑尚萌萌的弟弟，据说因为这个，她弟弟与弟弟的女朋友差点出事。”

沈利冷冷地说：“不是差点出事了，是出事了……不过，现在没事了……”

不管怎么说，秦伊夏毕竟是自己的妻子，如果东窗事发，她因此被抓了进去，那宁宁以后怎么办？他不能再失去母亲了。所以，说到这里，沈利就打住了。

宋丝雨对这事知道得不多，还想试探，但是沈利岔开了话题：“你以后有什么打算？”

宋丝雨叹了口气：“还能怎么样，想把苏州的那个批发店转让了，现在生意真不好做。”

“呃，你是几个人一起做的？”

“就——就跟我一个姐妹一起，现在她也没心思做了，我也觉得累，还欠着一批货款——”

“欠了多少钱？”

“有十几万。”

沈利想了想，然后从公文包里拿出支票，开了张给她：“这是十万，我只能帮你到这里了。”说着他便起身。

宋丝雨欣喜地拿过支票，说：“这，怎么行——”

“我还有事，先走了。”

“这就走了？要不，咱去宾馆坐坐，喝杯水也行。”

“不了。”沈利走了几步，又转过了头，“以后，你不要再来找我了，也不要找秦伊夏。”然后他头也不回地走了。

宋丝雨噘着嘴，看着他的背影，嘟囔着：“不就是十万块嘛，真是的。”

248

原本，她的如意算盘是再度引沈利投怀送抱，她要让沈利娶自己，她再也不想过那种居无定所为生活终日奔波的日子了。但是，他似乎不买账了。

好吧，能给一笔钱也不算亏，总比什么都没捞着好。

这时，她突然想了一个办法，用一个新办的号码给秦伊夏发了个短信：你老公在我这里，如果你想让他清白地回去，你打五万块来，我的账号你有的，我的亲姐。

秦伊夏正在房间里生闷气，沈利一直不接她的电话。然后她收到了这个短信，肺都气炸了。

她立马照这个号码拨了过去，宋丝雨慢条斯理地接了起来："怎么，想通了？"

"沈利现在哪里？"

"他呀，在我的卫生间呢。"

"你——马上让他给我回来！"

"姐，别这么着急嘛，只要你按我所说的，一切不就解决了，我保证不动你男人一根毫毛。"

"好好，宋丝雨，算你狠！"

秦伊夏气急败坏地按掉了手机，在房间里不停地转着圈，脑子里满是沈利与宋丝雨亲昵的镜头，她觉得自己要疯掉了。

好吧，宋丝雨，你赢了。

她坐在笔记本前，打开了网银，转出了这笔钱。

宋丝雨，我不会饶过你的！

而此时宋丝雨看到银行到账的短信提示，露出了满意的笑。

3

沈利走出咖啡馆，在天桥上望着万家的灯火如梦般闪烁着。但是，所有的光亮都照不到他的内心，他的内心只有灰暗、沮丧，以及各种噪乱的杂音。他想要的安宁，却离他相去甚远。他不知道晚上该去哪里，该怎么回到那个家。他也不知道该怎么面对那个曾经被他辜负，现在又算计了他一生的女人，又该怎么去面对宁宁，面对这样的一个家。

为什么他就没有好好珍惜曾经拥有的一切呢？

一切已晚。他拿出调成静音的手机，无视上面很多个秦伊夏打过来的未接电话，他直接翻出那个号码，盯了好一会儿。

她会接吗？就算接了也会把我臭骂一顿吧？

好吧，她能骂我一顿的话，我的心情也会轻松一点。

思想斗争了良久，他决定拨出这个号码。

"萌萌，是我——"

尚萌萌已经睡着了。结束了宴会，她特别疲惫，洗完澡倒头便睡。只听她口齿不清地说着："是沈利吗？有什么事？"

"没，没什么事，就是有点想你了——你睡觉了？"

"嗯，刚梦到吃东西，就被你吵醒了。"

尚萌萌如此温柔地跟他讲话，令沈利颇感意外。同时心里又很惊喜，难道尚萌萌不恨我了？对我没任何芥蒂了？或者，她原本就不恨我，只是恨秦伊夏这个恶毒的女人？对，一切都是因为她！

"真不好意思，打扰你了。明天有空吗，请你吃个饭？"沈利听她语气这么温柔，就硬着头皮进一步提出了要求。

"明天再联系吧，现在不能决定。"

"好好好，你好好睡。晚安。"

尚萌萌居然没有直接拒绝他，更是令沈利没有想到。他的心情一下子好了起来，看着满天的点点繁星，他突然觉得这样的夜晚好可爱。

这时，手机屏又亮了起来，还是秦伊夏。他现在不想跟她说话，连一个字都不愿意说，更别说去面对她。

他把手机直接关掉，然后往一家宾馆走去。

暂时在外面住几天吧。

当秦伊夏发现被宋丝雨耍了，气急败坏地给她打电话，但是，那个号码已经成为空号。"宋丝雨、沈利，你们浑蛋！！！"秦伊夏歇斯底里的吼声，似乎响彻了整个城市。

此时，宋丝雨已经坐上了动车，再一次离开了这个她曾放飞梦想的城市。

她想这一次，她再也不会回来了。

4

尚萌萌的职位是做际慈心的助理。

她把办公室收拾完毕，给几盆绿植浇好了水，际慈心便来上班了。

际慈心坐下来边打开电脑，边对尚萌萌说："萌萌，我事情多，你也要跟着辛苦。前助理前几天请了产假，我啊，这几天忙得团团转。我正急需一个助手的时候，马德康刚好把你介绍过来，我们也算是有缘了。下午我有个会议要开，这是我昨天起草的讲稿，你再给我捋一遍，文字方面润色一下。以后你各方面做得顺手了，很多不是特别重要的事情你来代我完成。"

尚萌萌接过了文件："嗯，这样的机会不是每个人都有，我会好好学习的。"

话刚说完，有人敲门，际慈心说了声"进来"。

进来的是秦伊夏，她看了一眼尚萌萌："行长，我有事情跟您谈谈。"

"说吧。"

"让这个女人出去。"秦伊夏指着尚萌萌。

际慈心一时没明白，愣住了："为什么？你们——之前认识？有瓜葛？"

"不不，我只想单独跟您谈谈。"秦伊夏赔笑道。

"噢。"

尚萌萌很知趣地说："既然你们有要紧的事，我先出去了。这文件，我拿到会客厅里修改。"

说着，她便关上门退了出去。

"你坐。好了，现在可以说了吧。"

"行长，您助理的位置多重要呀，怎么能让一个没什么资历的人来做呢，要找也找我们银行的老职员来做呀。"

"怎么，对我的新助理有意见？是不是要开个员工会议，全体员工表决通过才行？还是得经过你的同意才行？"

"不不，我不是这个意思。我是怕她没经验，做事毛躁。工作做不好事小，影响到您的声誉事大，您说是吧？"

"你今天就是为这事来的？还有别的事吗？"

际慈心有点不高兴了，作为一个叱咤风云的金融界女强人，她最讨厌的就是有人否定她的选择、质疑她的权威。

"不不，我还有重要的事。我想问下，星宇公司的那笔贷款几时会发放？"

"这两天就安排。"

"那我知道了，好给他们回话。您忙。"

秦伊夏很无趣地往外走，际慈心叫住了她："你把尚萌萌给我叫回来，我还有很多事要交代她。还有，以后别有事没事就把我的助理叫出去，要叫也是我来叫。"

秦伊夏嘴里应着，心里早就想把尚萌萌剁成羊肉碎了。她冷冷地在会客厅门口叫了句就走了。

尚萌萌回到办公室，际慈心看着她，想了想，问："你跟秦伊夏以前认识？"

尚萌萌觉得还是明说为好，她实在不想欺骗际慈心，当然她也骗不过。"是的，我们认识很多年了，她曾经是我的闺蜜。"

女人的八卦心在任何一个年龄段都是不会改变的。际慈心好奇地问："那她为什么对你这么敌意？"

"说实在的，我也不明白，她的新婚丈夫就是我的前夫……她抢了我老公，也抢了我养了三年的儿子，论恨，应该是我恨她才对。她为什么会这么恨我，我就不知道了，可能是看到我出现在这里心里害怕吧。"

际慈心沉思片刻："其实对于秦伊夏的私事，我们单位的人也是略知一二的，前段时间还参加过她的二婚婚礼。原来，她老公就是你的前夫。"

这时，她的语气一转："那么，你来我们银行工作，就是冲着秦伊夏来的？"

尚萌萌长长叹了一口气："我也不想欺骗您际阿姨，不，际行长。您刚才也说了，对我们的事也略知一二。那我实话告诉您，我来这里就是要向她开战。"接着，尚萌萌把整件事情的前因后果、来龙去脉详详细细地说了一遍。

关于秦伊夏的私事，际慈心不好多说什么。这种事情，向来是公说公有理，婆说婆有理，她向来不会以此作为评测一个人品德的标准。不过众口铄金，一个版本听得多了，再加上其中一个主角站在她的面前，又亲口说了一遍，而且情节跟她听说的没什么不一样，她便有几分信了。

"唉，萌萌，想不到你身上会发生这种事，也想不到秦伊夏是这样的人。秦伊夏呢，她是单位里的老员工，性格方面确实有缺陷，跟同事相处得不怎么样，不过她的工作能力强，脑子活，业务水平高，工作上确实没什么好指摘的。"

"行长，我希望我能超过秦伊夏。"

际慈心点了点头："慢慢来吧，我会支持你。如果你想换岗位，我也没意见，不过要等我找到新的助理。你要一步一步来，不能心急，急了翅膀不够强壮，容易折。你记住一点，一定要凭自己的实力，一定要努力学习，不能在背后使小手段。我讨厌那样的。"

"我明白，那也不是我喜欢的。"

际慈心微微一笑。

5

餐厅里，沈利跟尚萌萌面对面坐着吃西餐。

只见眼前的尚萌萌明艳动人，穿着一件青荷图案的白色长罩衫，瀑布般的长发，随意地半扎在脑后，打了个公主结，长流苏的耳环，衬着白皙的皮肤，红唇欲滴，犹如不沾人间烟火的仙子。

沈利痴痴地看着她，感觉看千百遍都看不够，为什么以前没发现尚萌萌这么耐看这么美呢？试问，一个整天烧菜、煮饭、换尿布、泡粉奶、抱娃一刻不得闲的女人，怎么仙得起来呢？男人只管欣赏，却不知道美丽的花朵，是需要大把的时间浇灌的。

有的女人如珍珠，初看不怎么样，越看越觉得美，为什么？因为气质摆在那儿。而有的女人如假花，第一眼让人惊艳，越处越觉得寡然无味，为什么？肤浅摆在那儿。

他觉得，尚萌萌正是属于这种珍珠女人，被坚硬的蚌壳包围着，只有揭开这个壳，你才能发现她的闪亮。

"萌萌，真没有想到，我们还能坐在一起吃饭。"沈利柔声地说。

"怎么了？你这么讨厌我？"

"不不不，我怎么会讨厌你呢，是我——亏欠你的太多了，觉得没脸——坐在你对面。"

尚萌萌笑笑："我们都是成人了，走到这一步，谁都不用说亏欠谁。这就是命吧，我们都无法逃避，既然逃不了，还是坦然接受吧。"

"萌萌，你真的不恨我了？"

尚萌萌心说我真想把你当羊肉卷一片一片给涮了，表面上她却装作不在乎。她现在越来越佩服自己的演技了。

"再恨，又能怎么样，难道杀了你吗？杀人偿命，我可不想做犯法的事。再说，仇恨只能让自己蒙上心理阴影，心有怨念，只能让自己不快乐，生活在无穷无尽的灰暗中。而对于你恨的那个人来说，却没有半点影响，他不会因为你的恨而过得不好，你说是吧。"

"对对，你说得太对了。"

"所以说，恨别人其实就是伤害自己，只有很傻的人才会这么做。"

沈利听尚萌萌这么说，真的是欣喜若狂。看来，尚萌萌真不恨自己了，那么他们之间是否可以重新开始，至少像朋友那样，而不是敌人或陌路人。

"萌萌，你说得太好了，想不到你这么宽宏大量——唉，萌萌，你是我这辈子见过的最善良最好的女人，我却错过了你。"

"命运是握在自己的手里的。"

沈利听她话里有话，难道尚萌萌还喜欢着自己？她好像跟那个马应龙走得很近吧？

"你跟你男朋友现在怎么样了？"

"男朋友？"尚萌萌装作一脸的茫然。

"就是老是跟你在一起，那天跟你一起赴宴的那个啊。"

尚萌萌一副恍然大悟的样子："噢，你说他呀，他人倒是不错，挺好的一个男人，当朋友是挺好，但是，我们不来电。"

"你是说，你们只是朋友？"

"嗯，至少，目前还是朋友。"

沈利心花怒放，突然感觉自己的魅力真是无穷大。先不说宋丝雨，就冲着秦伊夏为自己要死要活，为自己生下儿子，然后又把自己给抢回去；现在尚萌萌还依旧单身，难道她还爱着自己？或者说，她一直在等着自己，眼里再也容不下其他的男人了？

沈利整个人像是在云里飘着，他这个人，最大的毛病就是把自己太当回事了，以为全世界的女人都围着他团团转。

他情不自禁地握住了尚萌萌的手："萌萌，我一直忘不了你，真的，我这辈子做的最浑蛋的事情就是跟你分开，还伤害了你。你知不知道，我真的无法跟秦伊夏过下去了，我真的好后悔，好后悔，萌萌，你能原谅我吗？"

"有些事当然是不能原谅的，婚姻不是儿戏，你说是吧？"

沈利拼命地点头："我知道错了，萌萌——"

"其实嘛，弥补错误的办法并不是没有，就看你怎么做了。"

沈利不禁喜出望外，尚萌萌的意思是说，只要他做得好，她还是可以原谅他的？

"那你要我怎么做，才能原谅我？"

"很简单，你当初怎么对我的，你也怎么对秦伊夏。"

"这……这不行……"

沈利想不到尚萌萌会提这样的条件，这事已够他头痛了，现在又要重新来一回？

尚萌萌腾地站起了身："看来，你还是舍不得秦伊夏，你刚才对我说的话，不过是假话。既然如此，咱真没什么好说的，告辞。"

"喂——"沈利起身招手，但尚萌萌没回头，顾自走了。沈利瘫在椅子上，痛苦地支起了头。

其实尚萌萌何尝不知道，沈利是不可能做到这一点的。她只是想无形之中给沈利施加压力，令他过得很纠结很痛苦，仅此而已。

6

秦伊夏径自往沈利的办公室走去。

她没敲门，就直接走了进去。女秘书正站在沈利的旁边，听沈利跟她交代工作。两人看到秦伊夏突然闯进来，同时吓了一跳。

秦伊夏冷笑着："大白天的这么亲昵，这是玩哪样？"

沈利很生气，秦伊夏这种人就是不可理喻。

"你在胡说八道什么？"

他挥了下手，示意女秘书退下。女秘书看到这架势，赶紧走出了办公室。

"我胡说八道什么，你自己清楚！"

"秦伊夏，以前我还觉得你是个不错的女人，现在我才明白，我简直就是瞎了眼！"

看到沈利真动了怒，秦伊夏压了压脾气。其实，昨天她也觉得自己太盛气凌人了，这样只会把沈利越推越远。如果老是这样，把他抢回来又有什么意义呢？他不开心，自己也不开心。可他现在所做的事，她又无法原谅。

"你跟宋丝雨是不是又搞在一起了？"

沈利冷笑："你是怎么知道的？是你跟踪我，还是你的眼线告的密？"

秦伊夏又控制不了自己了，他跟她才结婚，又跟别的女人玩上，这算什么啊？

"你又玩女人，真是本性不改，还有脸质问我是怎么知道的？"

沈利也高声了："如果不是你当初自以为天衣无缝的安排，我跟宋丝雨会认识，会搞在一起吗？"

看来，沈利什么都知道了。宋丝雨这个臭女人骗了我的钱，还出卖了我。宋丝雨，让我逮着你，我一定不会饶了你！

她的语气软了下来："我承认，是我不对。我也是为了你跟宁宁呀，我希望我们一家人团聚，你也不希望宁宁没有母亲吧。沈利，以前的事，我可以既往不咎，你不能这样一直不回家呀。宁宁这几天很想你，不停地叫着爸爸，我都不知道该怎么回答他，只能说你出差了。沈利，最近我脾气确实不大好，因为尚萌萌总是无时无刻不在我身边，在单位天天跟她待在一个屋檐下，一个新人却压着我这个老员工，我心情能好得起来吗？回家吧，沈利，我们别吵架了好不好？"

秦伊夏毕竟是个聪明的女人，一席话说得沈利又心软了。每当他们之间出现了裂缝，秦伊夏总是把宁宁搬出来，这确实是他的软肋，事已至此，他还能怎么办？如果他要跟尚萌萌复合，又得再次离婚，宁宁也得想办法回到尚萌萌的身边。当初，他与秦伊夏为了把宁宁抢回来，花了多少的精力。要是再让他离婚，再次把宁宁抢回来，沈利还真会被人当神经病。他太累了，没办法再这么折腾了，而且，他完全想不到有什么样的办法，能让宁宁重回到尚萌萌身边，秦伊夏不可能放弃对亲生儿子的抚养权。

而对秦伊夏，他真的无法像以前那样，当什么都不知道，当什么都不曾发生。她在自己内心的形象全然毁掉，他已不可能再爱再喜欢了，余下的，他只是想平平淡淡不再心惊肉跳被处处算计地过日子了。

如果一个人对另一个人心存鄙视，纵然对方长得再美若天仙，也不会做任何他想。

他对她的感觉已经回不去了，但是，他又能有怎么样的选择？再一次选择离婚，让所有的人都看他的笑话，都来鄙视他把婚姻当儿戏吗？

"好吧，我考虑下，你先回去，我还有很多的事要做。"

秦伊夏一下子开心了："那好，晚上你一定回来，我下厨，做你喜欢吃的菜。"

说着，她便出去了。

尚成成刚好要去沈利的办公室，看到女秘书在外面晃荡，就问道："怎么了，今天这么闲？"

女秘书撇着嘴苦笑："母老虎从天而降，我只好出来晃着了，免得被喷口水。"

"你们老板娘啊？"一听到秦伊夏在里面，尚成成又恨又怕，他拉着女秘书躲到一边，"咱还是别惹她，那女人更年期提前，咱惹不起还躲不起呀？"

"嗯嗯。"

"听说，沈利打算搞房地产？最近在竞标一块地皮？"

"是啊，沈总说做实业太辛苦，赚得也少，准备放手一搏地产，这几天我们忙着做竞标书呢。"

"噢，是哪里的地皮呀？地皮好、价格低的话那可赚翻了。"

"那是，在新体育馆那边呢，体育馆的左边，挺好的地段。"

"嗯，那地段可有发展潜力啊，咱老板真有头脑。不过他跟他老婆关系真不好，搞不好会分道扬镳吧？"

"不可能，至少最近是不可能的。现在如果竞标成功，他可需要大笔的贷款，懂不——"

尚成成一副恍然大悟的样子，对着女秘书竖起了大拇指："不愧是沈总的左右臂啊——聪明，聪明！"

正说着，秦伊夏从沈利办公室出来了，两个人偷偷地躲在柱子后面瞄。看样子，秦伊夏的脸色比进去时好看多了。

看着她往电梯间去了，女秘书得意地说："我说得没错吧。"

"没错没错，你这小鬼，机灵啊，改天介绍个高富帅给你！"

"一言为定。"

"一言为定！"

尚成成回到了自己的办公室，他觉得沈利跟秦伊夏之间，虽然关系已到了剑拔弩张的地步，随时都会爆发战争，但是却不会轻易崩掉，因为沈利在事业上还需要秦伊夏的帮助。

如果没有秦伊夏帮他担着，沈利也不会放开手脚，越做越成功，越做越大胆。特别是现在，他有更重大的计划，想跟地产商合作，盘下那块地皮，他的野心可真够大。

不行，这事，我得马上跟马应龙报告，跟他商量对策，看怎么样才能点中沈利的死穴。

他站在自己的办公室门口，看看周围没人，便把办公室反锁上，打开电脑，偷偷地进了沈利的机子。他找到那份投标书，用U盘拷贝下来，把U盘塞入自己的衣兜，然后又开了办公室的门。

7

沈利还是回了家。

就像女秘书说的那样，确实，他需要秦伊夏的帮助，现在还不能跟她分开或者离婚，只是有时动一下念头罢了。虽然他觉得他们再也不能像以前那样了，但他是个聪明的男人，怎么能轻易拿自己的事业与雄心开玩笑呢？他知道，一个男人家庭不美满，只能说明他不快乐，如果事业越做越好，那么家庭再不美满，他会在事业上得到安慰。如果一个男人事业走到了绝境，那么除了不快乐，他还会被人看不起，甚至包括自己的亲人，一定会看尽沧桑，尝尽冷暖。所以虽然他希望跟尚萌萌再走在一起，但不是现在，现在，他需要秦伊夏。

宁宁扑了过来："爸爸，爸爸，你出差回来啦。"

沈利抱起宁宁亲了下："嗯，是不是想爸爸了？"

"很想呀。"

"宁宁真乖。"

秦伊夏今天真是贤妻良母，她系着围裙，忙里忙外，烧了一桌子的菜。

"今天阿姨请假回老家两天，这两天你不是很忙的话，宁宁由你接送吧。"

沈利点了点头，秦伊夏笑着对儿子说："宁宁，你跟爸爸一起去洗手吧，洗完就开饭啦。"

两人洗完了手回来，就坐下来开吃。秦伊夏烧了一桌子的菜，大多是他喜欢吃的海鲜，有清蒸大闸蟹、油焖九节虾、蒜蓉扇贝、蛤蜊豆腐汤，还有一些肉食。这是他第一次吃到秦伊夏做的菜，每道菜味道都非常鲜美，看来秦伊夏也是个会过日子的人。

这几道菜秦伊夏真是下了不少的功夫，以前都是前夫掌厨，她压根不会烧菜，所以选择了海鲜，倒也烧得不错。

秦伊夏虽然对他跟宋丝雨的事耿耿于怀，但权衡再三，还是觉得自己必须忍，否则自己策划三年辛辛苦苦打下的江山岂不是拱手让人了？她秦伊夏才不是傻子，纵然赢得如此漂亮，也不能掉以轻心，忽略对手的能量。还有那个在她单位扎营的尚萌萌，更是司马昭之心，路人皆知。越是这样，她越要维护好跟沈利的关系，团结一致，共同对敌。

所以，她秦伊夏非但不能对沈利恶语相对，把他往外面推，而且一定要用自己的温柔感化他。毕竟，现在的一切她花了多少的精力、多少的时间才得到，她不能就这样又一次失去。

沈利看了一眼秦伊夏，觉得贷款的事情还是要跟她商量商量。毕竟，他需要她的帮助。如果事先她毫不知情，这事没准就不会顺利。

"伊夏，我最近在搞一个项目，想把新体育馆左边的那块地皮给竞下来。"

"噢，那地段还不错，目前是不怎么样，但是有发展前途，还有几座小学新建在那边，挺好的学区房地段。"

"你也觉得可行？"

"感觉还行吧，不过那得需要大量的资金。现在搞房地产时机不怎么样，全国的房价都处于疲软状态，很多地方的房都在回落，资金太大，风险就太大了。"

"这个我知道，但我觉得这是个很好的机会，而且我有关系，用不是特别高的价格就可能竞中。那块地皮不算很大，适合投资。"

"你自己考虑清楚，三思而后行，这不是小事。如果亏损的话，后果很可怕，我可不想过着被人追债的日子。"

秦伊夏的态度非常中立，既没有激烈地反对，也没有确定地赞成，看样子，他还是有希望说服她的。有时候，他觉得秦伊夏还是挺好的，至少在工作上一直支持他，不会感情用事。

"你想想好的一面，如果我赚了呢，那可不是笔小数目。这样，我就可以让你跟宁宁过着更好的日子，要不我们移居国外也行，挑个风景秀丽的地方，弄个别墅住住，不用像现在这样整天忙忙碌碌地到处奔波。"

说实在的，上班这么多年，真是够累的，秦伊夏偶尔脑子里也会冒出归隐的念头，过着那种很简单的乡村生活。

现在各种网络平台都有自己的理财产品，方便快捷，利率相对银行而言也高，特别是一些高息的P2P平台，更是吸引很大一部分银行储户，传统的银行业受到很大的冲击，效益跟以前比更是一落千丈。再加上尚萌萌的存在令她每天一到单位就心情很不好，过得很不痛快。如果能离开这个地方，一家人轻轻松松地过着闲散的小日子，倒真是她所期望的。

她还是有点担心，毕竟，现在搞房产真不是时机，万一亏了怎么办。

沈利突然握住了她的手："老婆，你会支持我的对吧，你也想一家人过着安稳幸福的生活，是不是？"

秦伊夏叹了口气，点了点头："你先竞标吧，如果成功的话我再想办法。但是，你一定要想清楚，这事不能盲目。"

"我知道的，我在商海里也摸爬滚打这么多年了，不会鲁莽行事的。"

秦伊夏不再提这个问题，喂了一块肉给宁宁："快吃吧。"

沈利觉得，无论他现在多么讨厌秦伊夏，这次如果她能相助，那么他对她的厌恶就会减轻一些。不管怎么样，她至少都是支持自己的。

8

　　每个星期一，张雪梅都是这样度过的：睡到自然醒，吃完清爽的水果早餐，然后去美容院消耗上一整天的时间，先做脸部护理，接着做肩颈调理，中午就在美容院吃送她的低能量工作午餐。吃完之后，她要小憩一会儿，然后再舒舒服服地做个香薰SPA。

　　每次从美容院出来，张雪梅就感觉像脱胎换骨般地轻松舒畅，神采飞扬，仿佛一下子回到了蹦蹦跳跳的少女时期。

　　这个星期一也不例外。她做完肩颈调理、吃完午餐之后，便躺在小床上玩手机。这时，美容店的人多了起来，忙碌的女白领选择中午时间来美容院，当然，也有睡到中午的懒闲少妇。相对于晚上，白天的美容院人少清静，她喜欢这种清静，人少的时候，美容师与理疗师工作起来也更为认真细致。

　　这时，一个气质很好穿着职业装的少妇躺在了她的身边，让理疗师给她做一个颈背部按摩。

　　少妇非常自然地脱掉上衣俯卧在床上，脸刚好歪向了张雪梅："这位阿姨气质好好呀。"

　　张雪梅正躺着无聊，便应道："哪里哪里。"

　　"您——好像哪里见过，感觉好眼熟呀。对了，我想起来了，您是不是马伦集团老板的夫人？您跟您爱人义捐的场景在电视里放过，当时我就觉得这个夫人人美心也美，所以印象特别深刻。"

　　女人最喜欢被夸奖，张雪梅更加飘飘然，但还是很谦虚地说："哪里哪里，举手之劳，不足挂齿。"

　　"只可惜——"少妇突然话锋一转，然后闭口不谈了。张雪梅纳闷了，她为什么来这么一句啊，只可惜什么？

　　"这位姑娘，能不能告诉我只可惜什么？"

"唉,我怕说了会影响你心情,还是不说了。"

她越是这样,张雪梅越急:"你只管说,我不会生气的。"

理疗师也应和着:"张太太脾气特别好,她不会生气的。"

少妇一副欲言又止的样子,最后还是叹了口气:"是这样的,我一个好朋友就在马伦集团上班,她这几天一直在八卦呢,说什么马德——马老板把私生子招进了公司,有心把他培养成马伦集团的继承人,还说你的儿子——确实——"

张雪梅脑子里轰的一下,私生子?什么意思?难道他还有个私生子?不可能啊,我怎么一点都不知道?不对,难道是他前妻的儿子?

这么一想,她躺不住了,霍地站了起来,拿起包就走。理疗师在后头叫:"张太太,你还要做SPA吗?"

少妇趴在那里,阴阴一笑。没错,她是秦伊夏,她要打断尚萌萌的翅膀。

9

自从马应龙把马晓臣那事摆平后,马晓臣对这个哥哥还真是另眼相看了,有事没事就来献殷勤。他把马应龙当作盟友,工作上也不再刁难他。

经历那件事之后,马晓臣真是收敛了不少。毕竟,债欠多了提心吊胆,亏心事做多了心虚,坏事做多了怕鬼。马应龙觉得,做马晓臣的女朋友挺不容易的,跟他谈恋爱还要提防着他拈花惹草。马晓臣自己也挺不容易,有这么彪悍的女朋友,还能一边提防着女朋友的突击,一边照样拈花惹草。

他们俩真是天生一对,所谓的相辅相成,魔高一尺,道高一丈,就是如此吧。至于能不能修成正果，就看他们的缘分了。

不过马晓臣这样子他挺担心的，他爸也担心。

这个儿子的秉性马德康太清楚了，有的男人只有结婚了才收得了心，他觉得是时候让马晓臣收心了。

不管结果怎么样，他都得试一试，就算只有百分之五十的概率，免得一看到这个小儿子，他就心烦得要死。

马德康叫了儿子来他的办公室，马晓臣忐忑不安地过来，因为每次叫他基本没什么好事。

"晓臣，你跟左拉娜的感情现在怎么样？"

马晓臣心想，怎么来这么一句呢，不会我的那些糗事被他知道了吧？

"很好啊，我们一直都挺好的，嘻嘻。"

"嗯，既然一直都挺好的，这样吧，我跟左拉娜的父母商量下，挑个好日子，把你们的婚事给办了。"

"啊？爸，我没心理准备啊，我才24岁呢，不急。你看，哥都还没结婚呢。"

"应龙是应龙，你是你，你是我名正言顺的儿子，24岁又怎么了，你爸当初22岁就有了你哥。"

"当初是当初，现在都什么时代了……"

"这事由不得你，人家愿意嫁你是你的福气，就怕人家不愿意！"

唉，这回可真是惨了。马晓臣还想争辩一下做最后的挣扎，只听门外响起了一个脆脆的女声："怎么了，我嫁你，你还受委屈了？"

原来马德康把左拉娜也叫过来了。他觉得自己的儿子太不靠谱，人家姑娘未必真心喜欢，总得先征求左拉娜本人的意见。如果她没有问题，然后再与她家长具体商议。

"不不不，我不是这个意思。"马晓臣一看左拉娜来了，赶紧赔笑。

"那你说，想不想娶我？"

"想想，不不——不过——"

左拉娜眼睛一瞪："你到底想不想？"

马晓臣欲哭无泪，想笑嘴角也扯不出一个弧度："随你们安排吧，我听，我都听。"

马德康哈哈大笑："娜娜，还是你厉害，你一出马，一切搞定。"

左拉娜向马德康笑笑，然后又对马晓臣撇了撇嘴："你愿意，我还得再考虑考虑呢。毕竟，嫁人可是女人一辈子的事，哪能轻易说嫁就嫁？再说了，我觉得你吧，还不够成熟，做事太过幼稚，还贪玩，怕嫁了你以后会过得很累。"

马德康非常赞同她的意见："嗯嗯，娜娜，你好好考虑一下。晓臣都被我们给宠坏了，心智是不怎么成熟，还需要多磨炼。你以后多多改造他，让他成为一个有担当、有志向的男人。"

"放心，马伯伯，我一定把他从一个心智不成熟的嘻哈少年，改造成一个真正的男子汉。"

"好好，有你这句话啊，我就放心了。大伯我真没看错人，娜娜，考虑好了，打个电话给我。"

"嗯，好的，马伯伯。"

马德康觉得左拉娜的性格是骄横了点，但是，像马晓臣这样的人，没个比他气场大气势猛的人，压根就压不住他。找个太温柔的，那就是害了人家姑娘。左拉娜对他一心一意，人家条件也不差，能这么死心塌地，是马晓臣的福气。你说，过了这个村，哪儿还有什么店？这事必须越快越好。把马晓臣这个妖孽先给收服了，他也省不少心。

这会儿，左拉娜很自然地挽住了马晓臣的胳膊："走，我们去逛婚纱店去，为婚礼做准备。我得选几套全市最漂亮的婚纱，嘿嘿。"

"喂喂，你不是说要慎重考虑考虑吗？这可是人生大事啊。"马晓臣又叫了。

"我这不考虑好了嘛，两分钟的事情，人生大事就这么回事，不就是金榜题名时，洞房花烛夜，然后生一堆孩子嘛。马伯伯，你说是吧？"

马德康笑着说："人家都答应了，你还不快去！"

"马伯伯，我们走啦。"

左拉娜拉着马晓臣就往外走了。

马德康笑着摇了摇头，看来，这事十有八九成了。左拉娜的父母是他的世交，父亲从商，母亲是当官的，左拉娜可谓既是富二代，又是官二代，跟马晓臣倒是门当户对。

马晓臣的终身大事总算是有着落了，那马应龙呢？说实在的，同为儿子，马德康更疼爱马应龙，因为他欠他们娘俩的实在太多了。况且，马应龙三十来岁的人，应该有个归宿了。

于是趁着兴致他把马应龙也叫了过来。

"马董，有事吗？"

"私底下，你可以叫我爸。"

"这个，目前还没习惯。"

"咳，我想告诉你一件事，晓臣快要结婚了。"

"真的吗，那我真为他高兴。"

"你呢，打算几时也让老爸乐一下？虽然你的事我做不了主，但是能为你做的我尽量张罗，要不要我介绍几个企业家的千金给你认识认识？"

"不不不。"马应龙赶紧摆摆手，"不用不用，真不用，我现在挺好的，没想那么多，我还是相信缘分。"

马德康突然想到了那天看到的尚萌萌："对了，那天参加际行长寿宴的女孩子挺不错，你是不是喜欢她呀？"

马应龙嘿嘿地笑："您这回真是猜对了，我是挺喜欢她的。不过，她还没接受我，还在考验期。"

马德康拍了拍儿子的肩膀："我相信你，一定能行。我儿子这么优秀，哪个姑娘能抵得住这样的魅力。那我就不替你操心了，你要好好努力呀。"

马应龙看他心情这么好，想了想，决定把他的计划现在就托出。

"对了，马董，不知道您对房地产感不感兴趣？"

"房地产？"这行业马德康并不陌生，他以前也干过。

"新体育馆那边的地盘挺好的，我去仔细看过，也了解过了，很有发展潜力，是未来五年至十年的新学区房地段，你觉得怎么样？我想把体育馆对面的地给盘下来做经济房，主打实用惠民，价格比普通的新楼盘要低，一般的百姓能买得起。周边有必备的基础设施与适合的休闲场地，不搞奢侈太占地的设施，一切以舒适实用为准，这样的房子一定会卖得好。现在的房价处于欲跌不跌的状态，死撑着不肯降，真正刚需又缺钱的人又死等着不轻易出手买，所以，我们一定要刺激房产消费，少赚点无所谓，能让那些真正需要房子的人，住上实用的经济房，我觉得也是件功德无量的事。"

马德康沉思了下："你说得挺有道理的，但那边左右两边的地盘也在竞标吧。"

"是啊！如果我们出手慢了，就没我们的份了。我们只有快奇准地出手，再主打惠民的牌子，然后赶在他们之前建好，再以低于市场价百分之二十左右的价格出售，我们肯定能够制胜。"

"这样吧，这事不是小事，还得从长计议。我们安排个时间，过去仔细考察下，详细了解了解情况。"

马应龙点了点头，这事毕竟是大投资，牵扯的事情太多，有一定的风险，马德康不可能马上应承下来。他正打算告辞，一个打扮得花枝招展但脸色不怎么好看的贵妇,怒气冲冲地进来,跟他刚好打了一个照面。他并不认识,正欲出去,却被她拉住了。

马德康一看,竟然是自己的爱人张雪梅。她这几年极少来公司,看这神色,不会有好事。

只见张雪梅上上下下放肆地打量着马应龙,然后她怒气冲天地对马德康说:"老马啊老马,你还真让你前妻的儿子进公司了?"

马德康没想到她会到这里来,这事她是迟早会知道的,既然撞上了,除了明说还有什么选择?

"他只是我公司的普通员工,有什么问题吗?"

"普通员工?哪个普通员工一进来就当上副经理的?"

看着他们俩为自己吵上,马应龙自觉无趣:"马董,我先走了。"

"等下。"张雪梅喊道。

马应龙只得停住了脚步。

张雪梅看着他,冷笑道:"你到这里,是觊觎我们家的财产,还是想趁机占有马伦集团?这都是你妈的主意吧,我告诉你,你们一分钱都别想得到!"

马应龙也怒了:"那我也告诉你,这事跟我妈没一毛钱关系,她到现在都不知道。我在这里上班怎么了?还有,我能得到什么,不是你说了算!"

说完,他就拂袖而去。

马德康没想到张雪梅会来这里闹事:"你乱说些什么啊,我没有别的意思,就是想让他来帮帮忙。你看看马晓臣,如果不是他这么不争气,我能有这个心吗?我不想我辛苦了一辈子的产业败在他的手上!"

"晓臣怎么了?他是还小,可他是你名正言顺的儿子,你嫌他不争气,还不是你的种子。"张雪梅依旧气呼呼地说。

马德康气得直吹胡子:"他怎么没遗传我哪怕一点点的优点,还不是你惯的！"

"喂，怎么扯到晓臣身上去了？我今天来跟你谈的不是晓臣的问题，而是你的那个私生子。"

"什么私生子啊，他是我的大儿子！我前妻的儿子！"

"好好，你的大儿子，现在你们俩关系好了，下一步，是不是要跟你前妻复合，然后把我跟晓臣赶出家门？你不是早看晓臣不顺眼了吗？"

"雪梅，你别胡闹了行吗？不管怎么说，他毕竟是我的亲生儿子，跟晓臣一样，是我亲骨肉，我希望他们两个都好。应龙非常勤奋、虚心好学，有一定的工作经验，脑子也灵活。他想在事业上有一番作为，也想多赚点钱，给他母亲创造好的条件，这有错吗？你想想，你过着什么样的好日子？你住着别墅，开着豪车，有专门的司机与保姆。而他们呢？到现在还住在那个老房子里。为什么你就想得这么复杂？"

张雪梅久久地盯着这个跟自己生活了二十几年的男人，怎么说，他们也算是老夫老妻了，自己人生中最美好的时光是跟着他过的。当时，她跟马德康一起拼出一条血路，每天加班到很晚。后来，有了晓臣，她才做了全职太太。马德康因为忙，经常出差，很少顾得了家。她独自带着孩子，吃了不少的苦，没有外人看起来那么光鲜。后来，马德康的事业有起色了，她才渐渐过上富太太的生活，生活也变得安逸起来。但是，如果没有她当初的支持和含辛茹苦的付出，马德康会有现在的成就吗？虽然她现在不管公司的事，过着清闲的生活，但这不代表她什么都不知道。

"马德康，这辈子，我跟你红过脸吗？"

马德康摇了摇头，确实，跟张雪梅偶尔小吵是有的，大闹还真没有，两个人一直相敬如宾。

"我只有一个要求，马应龙必须离开公司。你不知道外头现在是怎么说长道短的，说你把私生子带到公司里来，还坐上了领导职位。你不要脸，我还要脸！"

"雪梅，那些谣言你管他做什么啊。我说过，他根本就不是我的私生子！"

"行了，我就这么个要求，你能不能做到，你自己看着办！"

说着，张雪梅头也不回地走了。

马德康真是焦头烂额了，好不容易定下马晓臣的终身大事，妻子却又来挑衅马应龙。如果让马应龙离开，他就永远失去了这个儿子。他狠不下这个心，可如果不让他离开，家里又会不得安宁。

他长长地叹了口气，看来，作为男人，婚姻多出一个女人就会后患无穷，麻烦事一大堆。真不知道，那些皇帝是怎么解决后宫那些事的。

10

际慈心审阅着手头的报告，尚萌萌忐忑不安地站在她的面前。

看完之后，际慈心和颜悦色地点了点头："嗯，不错，进步得很快，基本能胜任这项工作了。不过活到老学到老，这话不错。我到现在都在学习，我们发展银行，原本在跟五大银行的竞争中不具备优势，能走到现在这一步，完全是靠我们全体职工的辛苦努力，不断创新迎合市场的需求。所以说，简单的努力勤奋是不够的，还得用脑子，得会处理一些复杂的人际关系，还要有明智锐利的识别能力。就拿上个月的事来说吧，一客人贷了我们一百万，但无能力偿还，几经催促没用，我们把他告上了法庭，把他的房产进行拍卖，结果只拍出八十万，我们直接损失了二十万。经手这事的信贷员今年的奖金就没有了。所以，贷之前，一定要了解清楚用户的偿还能力怎么样，做好足够的评估。贷款有风险，信贷员就是要把风险降为最低，甚至为零。"

尚萌萌点了点头："还得多请教您。"

"嗯，还要主动出击，别老待在办公室。我们不像国有银行，坐等着别人上门。这样吧，这个月试用期结束，我把你调到信贷科，跟信贷员先熟悉一下业务与流程。"

"谢谢际行长，我一定会把工作做好。"尚萌萌想退出办公室。

"等等。"际慈心看着她，有点感叹。确实，尚萌萌非常努力，中午休息的时间都在啃专业书，或是做手头未完善的工作。

"有句话，我还是要重复一次，你的私事你自己决定，我不想管。但是，一定不能影响银行的利益，不能给我们银行造成任何的困扰，否则我就不能留你。"

际慈心毕竟是际慈心，素以雷厉风行、六亲不认著称，只要是在工作中表现好，她都会重用；反之，就算人再好，也入不得她的眼。

"我明白，您放心好了，我有数的。"尚萌萌走出了行长办公室，心情非常好。她边往卫生间走边想着，看来，自己的工作能力并不比那个秦伊夏差，只要肯努力，真没有啃不下的骨头。

11

秦伊夏刚如厕完毕，边看着镜子里的自己边洗着手。她觉得女人一旦有孩子拖着，家庭的琐碎牵着，就会疲乏感明显，脸色倦怠。她比以前苍老多了，这段时间宁宁经常半夜发烧，她根本睡不好觉，早上又匆匆起来上班，无比疲惫。

这是一个女人为家庭必须付出的代价吗？之前没孩子的时候多清爽，还有休闲时间，想去哪里玩就去哪里玩。就算不想出去，也可以安安静静地追个剧，看本书，或发个呆。现在却变得什么都不可能。自己还有保姆帮着都这么累，真不能想象尚萌萌以前独自带着孩子是怎么过来的。

一想到尚萌萌，她又嫉妒心起。尚萌萌这几年确实跟任何一个家庭妇女没什么两样，不修边幅，脸色暗淡。自从恢复一个人的单身状态后，整个人就脱胎换骨容光焕发了。看起来，倒是活得比自己滋润多了，难道自己反而拯救了她，把她一个碌碌无为的家庭妇女解放了出来？

正想着尚萌萌，尚萌萌便推门进来了。她看秦伊夏站在那里，愣了一下，想退出去，转念一想，她不是恶狼，我也不再是羔羊，又何必惧她，便坦然地走了进去。

秦伊夏眼角的余光冷冷地瞟过来："尚萌萌，你处心积虑地进这里，就是为了挤对我？"

尚萌萌不卑不亢地说："你可别忘了，我可是跟你一个专业出身，你能行，我凭什么不行？再说了，你又不是年糕，想捏扁就捏扁，想搓条就搓条，我怎么挤对你呢？"

秦伊夏咬牙切齿地说："你到底想干什么，尚萌萌？"

说实在的，自从尚萌萌来了，她的工作一直不在状态。一想起她们两个势不两立的人待在一个屋檐下，秦伊夏就觉得胸闷气短、心情阴郁。这几天，她在工作上还出了一个不小的差错，被际行长训了一顿。这可是以前从没出现过的事情。她觉得并不是因为她睡眠不足精神恍惚出现的问题，而是因为尚萌萌从中作梗所致，本来际行长对她赏识有加，自从尚萌萌来了后，对自己的态度明显变了！

"没干什么呀，我觉得这工作挺好的，挺适合我的。我以前怎么这么傻，怎么没进银行呢？对了，自从你把我的儿子老公抢走了，我怎么感觉生活突然轻松了、自由了？以前总觉得抹个粉底的时间都没有，现在有大把的时间用来打扮，还得谢谢你呀，我的老闺蜜。"

秦伊夏歇斯底里地喊："我告诉你尚萌萌，你的阴谋是不会得逞的。"

秦伊夏不知道，此时还有一个女职员在里面，她实在等不及了，就战战兢兢地出来。秦伊夏没料到这里还有第三个人，朝她瞪了一眼。女职员像做了贼一样唯唯诺诺："秦科长——"

秦伊夏哼了一声，冷冷地看了她一眼："今天的事，别给我散布谣言。"

"是是，我什么都没听见。"

尚萌萌乐了，她笑着说："女人就爱听八卦，不过，没啥，你想怎么说就怎么说吧，只要不歪曲事实。"

女职员不好意思地笑笑："这是你们之间的隐私，不好说吧。"

"行行，随便你。"

说着尚萌萌便出去了。说实话，大家感觉尚萌萌还是不错的，对秦伊夏的臭脾气倒是早就受够了。现在好了，秦伊夏终于有了克星。最重要的是，她们居然还是死敌加情敌，这戏真够劲爆的啊。今天的下午茶，还有比这更解馋的点心吗？

女职员的内心一阵欢腾。

12

张雪梅这几天步步紧逼，天天咆哮，令马德康特别头痛特别心烦。马应龙勤奋好学，上手很快，他在内心舒了一口气：马伦集团终于后继有人，有个能担当重担的培养对象了。他用一辈子的心血打造的公司，不想看它一点点地走向没落。现在竞争压力大，特别是核心的技术，一旦落后，公司可能就会被淘汰。他觉得有点力不从心，急需一个各方面都不错的管理者。马应龙正是他需要的人才，而且是自己的亲生儿子，别人再优秀也比不上自己的儿子，再加上二十来年的怨恨好不容易有所缓和，他不能再把大儿子往外面推。

马德康思来想去，发现如今唯一能说服爱人的人便是马晓臣，她最疼爱儿子了。于是他打了个电话叫儿子来他办公室，把他妈这几天发火的事说了，让他劝劝他妈，打消把马应龙一脚踢出马伦集团的念头。

马晓臣听后叹了口气："唉，怪不得老妈这几天脾气这么大，我都不敢回家了。不过，爸你也知道，妈是那种一根筋的人，她决定的事情，别人怎么说也没用啊。"

"就是难度高，我才让你帮忙，她最心疼你了。你也不想你哥就这样流落在外是吧，毕竟，他是你亲哥哥。"

马晓臣感觉这个哥哥挺不错的，万一以后再捅马蜂窝，还可以让他再帮自己擦屁股。他搔了搔脑袋，说："看在你难得有求于我的分上，我可以去说服试试，但是，我不能打保票啊。"

"你这小子，其他他有什么能力我真没发现，不过我相信你的嘴皮子功夫，你最近没惹事吧？"

马晓臣嘻嘻地笑了："好吧，老爸，以后，我尽量不让您操心。我都是快结婚的人了，以后尽量不去夜店，尽量少喝酒，尽量少做点没脑的事。唉，如果去玩，也得让左拉娜陪着。"

说着说着马晓臣就呜咽起来："爸，我好命苦啊。"

"这才是改变你的机会，你哥才来多久，什么事情都比你做得好。你啊，以后把心思多多放在工作上。我告诉你，你再不脱胎换骨的话，我的钱，你以后一分都别想拿到。"

马晓臣嘟囔着："都说是父子，别说得这么绝情嘛。"

"什么事向你哥学着点。自从你哥来了，你倒是比以前靠谱多了。"

"唉，现在出现竞争对手了，不再是一人垄断了，再不靠谱怎么办？唉，我现在觉得压力好大，说实在的，将来公司让我扛我也扛不住，我觉得我哥确实比我更适合，我还是拿拿股份享享清福比较好。但我又怕你把所有的财产都分给我哥啊，那我就没钱带左拉娜出去玩了。"

马德康好气又好笑："看来你哥来了后，你真是成熟不少，都知道什么叫压力了。只要你不惹事不惹我生气，工作尽心点，我不会亏待你的，谁叫你是我儿子呢。"

对这个儿子，马德康是又爱又恨，又无可奈何。马晓臣心地不坏，就是贪玩。真希望在马应龙和左拉娜的帮助之下，他会变得靠谱起来。

"那我走了，哥的事我找机会向妈说，妈今天心情好了点，忙着我的婚事转移了注意力。我这几天陪左拉娜买结婚用的各种物件，腿都快累断了。唉，又发微信过来让我陪着买东西，早知道结婚这么累，打死我也不会结啊。"

马德康眼睛一瞪，马晓臣赶紧跑了出去。

他哭笑不得地摇了摇头，这个儿子，真是让他欢乐又让他忧。

13

马晓臣赶到商场的时候，左拉娜手里提着各种袋子，正在跟未来的婆婆张雪梅在一家时装店里试衣。

左拉娜拿起一件暗花图案的真丝上衣给张雪梅看："伯母，

您看这件，多适合您雍容华贵的气质呀，而且很衬肤色，您穿一定好看。"

服务员也在一边应和着："是的，这位女士气质这么好，只有像您这样的人，才能衬得起这件衣服。"

张雪梅被她们这么一捧，乐开了花："那我就试试吧。不对，今天是给你买衣服的，怎么成我挑衣服了？"

"伯母，我结婚要穿婚纱呢，早就挑好了，便装买不买都无所谓。您不一样，您可是最重要的人物啊。"

"该改口叫妈啦。"

"嗯嗯，妈——"

"哎——"

看着张雪梅去了更衣室，左拉娜便一屁股坐在了店里的椅子上，脱下高跟鞋，揉着脚。女人嫁了人，不但要讨好老公，还得讨好公公婆婆；男人就不一样了，反正不跟丈人丈母娘住在一起，一年也就见上几次面，见面客气点就行了，不像女人是外来者入户，不得不低下头花点心思，能搞好关系也就罢了，搞不好的话天天鸡飞狗跳，这日子不要太酸爽。

这时，马晓臣匆匆赶过来："又买衣服？这也叫我来？跟我妈逛逛挺好的，我妈呢？"

"唉，你妈买衣服比我还挑，我腿都快断了，她都没选下来。"

"哈哈，谁叫你穿高跟鞋逛街。女人，真是一山还比一山高，终于有个比你更能逛的女人了。我跟你说啊，我只跟我妈逛过一次，之后再也不敢跟她逛了，那个挑啊，买衣服比买房子还挑。还疼吗？我揉揉。"

马晓臣蹲下来揉着左拉娜的脚。

"嗯，真舒服。"

张雪梅从更衣室出来，一眼看到马晓臣在给左拉娜揉脚，脸色就有点不好看了。左拉娜看她出来，赶紧套好高跟鞋站了起来。马晓臣总算看出来了，左拉娜虽然骄横，但是怕他妈。

马晓臣一声惊叹："妈，你这是天仙下凡还是贵妃着新装，真是太太太美了。"

张雪梅原本有点不好看的脸色，被马晓臣这么一说，缓和了很多。"就你油腔滑调，你这是嫌你妈胖了吧。"

"哪有哪有，真的挺好看的，而且显年轻，至少年轻十五岁，真的。"马晓臣一本正经地说。

左拉娜也说："真的很显白的，伯母，你穿这件，往人群里一站，绝对是鹤立鸡群，特别漂亮！"

"我感觉显大了点，看起来就有点显胖了，但又没小点的码子了。"

左拉娜真怕她又买不下还得到处转，捏了捏马晓臣，马晓臣反应了过来："不会不会，怎么会显胖呢？我妈这身材，保持成这样，我看同龄的明星都没你保持得这么好。您说是吧？"

这话说得她真有点心动了："真的这么好看？"

张雪梅在镜子前反复地转着身，不停地念叨着到底好不好看。左拉娜揉了揉腰，又一次捏了马晓臣一把。

"妈，真的好看，就这件了，等下我们还要看别的东西，我付钱了啊。"

说着，他便让服务员开了单子，然后赶紧跑收银台付了款。左拉娜舒了一口气，张雪梅喂了一声，没有叫住，只得作罢，进更衣室换回衣服。

马晓臣拿着收据，便把这套衣服提了过来。

"你们都累了吧，我们去那边的咖啡馆喝点饮料，吃点小点心吧。"

左拉娜马上应和，于是三人便进了旁边的饮品馆。

14

三个人坐下来点好东西，马晓臣边啃着小糕点边不停地拍着老妈的马屁，心里却一直在想怎么把哥的事给提出来。

张雪梅倒是心情很好，她就是疼爱这个儿子，虽然他让她操了不少心，但更多的是逗得她开心。现在儿子终于要成家了，媳妇也不错，门当户对，她真是了却了一桩心事，如果早点抱上孙子就更完美了。

"妈，有一件事，我一直觉得挺遗憾的。"

"什么事？"

"就是你没能给我生个哥哥。"

张雪梅瞪大眼睛看着他，不明白他想说什么。

"唉，小时候，看见那些小毛孩跟在哥哥屁股后面，就像小尾巴一样甩都甩不掉，我就特别羡慕。哥哥似乎才是他们世界里最大的神，父母倒是其次。父母毕竟是上辈，忙着很多的事，哪有时间陪他们玩，想玩了，只有比自己大几岁的哥哥陪着才开心。"

看儿子说得这么多，张雪梅还是没明白："你是想让你的娘亲现在给你生个哥？"

左拉娜嘴里的饮料差点就喷了出来，马晓臣连忙摆手，嬉皮笑脸地说："不不，这怎么可能，你生下来也是我弟啊，怎么可能是我哥呢。"

"唉，儿子，你到底想说什么，别拐弯抹角了，有什么话就给我直说。"

"妈，应龙哥真的是很不错的人。这段时间，你有没有发现我惹事少了，也懂事多了，这真的是受了他的影响。我现在碰到事经常找他商量，不再鲁莽行事了。他做事很踏实很努力，善待任何人，非常谦虚，我在他的身上学到了不少东西……"

张雪梅打断了他的话："哎哟喂，我的亲儿子，你绕了老半天，原来是替那个马应龙求情。我这儿子真是越来越有出息，都学会声东击西拐弯抹角了，这也是他教你的？"

"哪有哪有，妈，怎么说，他也是我哥啊，虽然跟你没多大关系，但是，我们的体内也流着一半相同的血。开始，我也跟你一样，对他万般刁难，但是他从不计较，还帮了我不少的忙。再怎么着，他也是爸爸的儿子，你应该理解爸爸，毕竟掌心掌背都是肉……"

左拉娜发话了："你说什么呢，以前他干吗不出现，现在你爸都这把年龄了才出现。我看啊，是冲着你们家的财产来的。"

马晓臣实在没想到，没有事先跟女人打过招呼，就在她面前谈大事，是一件多么失策的事情。更没有想到，未来的媳妇是跟婆婆一条战线的，谁说婆婆跟媳妇是天生的敌人，我去跟他急。

马晓臣一时哑掉了，张雪梅狠狠地白了他一眼："连娜娜都知道这个理，你就不知道？"

他干脆闭嘴，然后狠狠地把一个小慕斯塞进了嘴巴。

第八章 报复

1

天空昏黄，夕阳炫染了整个天空之后，逐渐暗淡下来。

马应龙与尚萌萌在公园里散步，尚萌萌衣着明艳光鲜，穿着一条波西米亚风格的大花连衣裙，戴着一条复古的松绿石花型项链，头上顶着一个米色缀花的大檐帽子；而马应龙身材挺拔，面容俊朗，两个人走在一起，非常吸人眼球。

原本一直自信满满的马应龙今天显得垂头丧气："唉，那可恶的老太婆，想把我赶出马伦集团，你说她早不来闹，晚不来闹，偏偏这个节骨眼上来闹，我爸现在压力很大。"

"放心，你爸压力虽大，但会顶得住的。如果他没有这个能力，怎么会有马伦集团的今天？"

"反正不管怎么说，我还是照上班不误。她算什么，凭她一句话，我就得听她的？当初她抢走我爸，那么不要脸，现在还想要面子？"马应龙一提往事就激动。

"唉，原来男人也是记恨的主，你别理她。对了，沈利向我们银行提出贷款申请了，因为他跟秦伊夏的关系，这事不由秦伊夏负责，而是由她关系相对好的信贷员负责。这次贷款金额过大，际行长觉得金额超过评估价，不赞成这批贷款，还没有批。现在就看秦伊夏的能力了，看她怎么说服行长。"

"沈利的厂房还算是比较大，买得早，便宜，到现在也值不少的钱，再说他还有房产。再加上他跟地产商合作，地产商那边肯定也会出一笔不少的钱。我们得想办法让他贷上，如果他房产搞失败了，银行并不亏，可以拍卖他抵押的房产；如果他做成功了，那么银行那边，一年的利息收入就很可观。际行长是个聪明人，如果不出意外，应该会批给他。"

尚萌萌睨了他一眼："看上去，你很有把握搞倒沈利的样子。"

马应龙嘿嘿一笑："那是，只要马德康不把我赶出马伦集团，我就能搞倒他！让他血本无归！"

"能告诉我是什么办法吗？"

"嘿嘿，这个，无可奉告。到时候，自然见分晓。"

尚萌萌有点担心："会不会影响你与你的公司？要不你还是停手吧，我自己再想办法。"

"放心吧，我自有分寸。想完全搞垮一个男人，除了拆散他的家庭，霸占他的女人与孩子外，就是搞垮他的事业。那家伙太可恶，我必须让他活得不那么安心。"

"唉，我怎么觉得我们两个是大坏蛋呢，正商量着趁火打劫偷鸡摸狗的勾当似的。"

马应龙哈哈大笑，他抓住尚萌萌的手，放在自己的手心里，深情地说："萌萌，你的事，就是我的事。我觉得，自从有了这任务我就满血复活了，每天像打了鸡血一样充满着力量。这还得感谢你，让我的生活有了目标，而且还不止一个。”

尚萌萌白了他一眼：“你有多少个目标，说来听听？”

“好吧，你认真听着，现在的目标，是搞垮沈利；接下来的目标，是成为你男朋友；再接下来，是成为你老公；再再接下来，就是有我们的孩子，你想生几个就生几个；再再再接下来，咱的孩子也有了孩子……”

尚萌萌不禁乐了：“得，打住，再说下去，重孙玄孙都出来了。”

俩人逛到了僻静的地方，马应龙看着尚萌萌的目光更加深情，尚萌萌不敢直视：“行了，我们走着。”

“还是再陪我待一会儿嘛。要不，我们亲个吧，亲个总行吧。”

马应龙甩着她的手，噘起了嘴巴，一副撒娇的样子。尚萌萌好气又好笑，想着该怎么拒绝的时候，突然听到一个尖叫的女声传来：“救命，打人了，打人了。”

俩人立马停住了忸怩和撒娇，马应龙说：“我去看看。”

尚萌萌拉住了他的手：“会不会是几个小混混打架，我们——还是不管了吧。”

“还是看看再说。”

马应龙拉着尚萌萌往里面的废凉亭那里跑，只见一个衣着光鲜的时髦女子在哭叫着。一个男人在跟她夺包，而另外两个男人把一个男的打倒在地，还不停地揍着：“借老子的酒钱不还，还说忘记了，让你忘了。还玩了老子的亲妹，老子揍死你，揍死你！”

马应龙低声对尚萌萌说：“你赶紧跑远点喊人！”

尚萌萌点了点头，马应龙从背后一拳打在那个抢包的男人身上，那男人一个趔趄，差点摔倒。他站稳脚跟后，又穷凶极恶地扑过来。另外两个男人也停了下来，朝马应龙打来，四个人滚在一起。

尚萌萌边跑边大喊大叫：“来人啊，有人打劫啊，有人打劫啊，警察同志，快点啊。”

有人听到纷纷往这里跑来，那三个男人看形势不对，为首的一个指着马应龙："你给老子记住，多管闲事，没有好下场！撤！"

几个人风一样地跑了，马应龙伤得不轻，没力气再追。尚萌萌跑过来看到马应龙额头肿了，嘴角都是血，扶着他哭了："你没事吧，应龙……"

马应龙抹了抹嘴角的血："皮外伤，能有啥事。如果少个人的话，我就能把他们打得落花流水。我们去看看他们吧。"

只听到那女的又在哭："晓臣，你不会被打死了吧？我路易威登的包也被抢了，你是不是惹谁了啊？"

"你们没事吧？"

马应龙发现这女的很面熟，再看看那躺在地上、脸肿得跟猪头一样的年轻男人，感觉更面熟了。

受伤的男人有气无力地说："哥，怎么是你？还好，你把那几个浑蛋给赶跑了。唉，我的包也给抢了。"

那男人正是马应龙的弟弟马晓臣，女的是左拉娜，哭得脸上的妆都花成了大熊猫，怪不得马应龙认不出来。

"不多说了，赶紧送医院。"

马应龙搀着晓臣走："那几个男的你认识吗？"

马晓臣差点哭了："压根不认识。"

马应龙看看一身品牌的弟弟，再看看打扮得珠光宝气、丢了品牌包的左拉娜，一下子明白了。他们太招摇惹上事了，你说招摇也没关系，干吗非要往清冷的公园逛呢？幸好遇上马应龙，否则左拉娜的金叶片耳环估计都会被生生撕下来。

不过，那伙人好像说他泡妹，不知道真假。像马晓臣这样的人，如果因这事而被揍被抢倒也不稀奇，当然，左拉娜在旁边，他是不敢认的。

尚萌萌与左拉娜跟在后面，左拉娜还念叨着："我那限量版的新

包包啊，该死的劫匪，化妆品都在里面，我怎么补妆，怎么补妆，怎
么补妆啊……"

听得尚萌萌忍无可忍，只好说了句违心的话："有的女人，不化
妆比化了妆要好看得多，你就属于这种！"

左拉娜的表情这才多云转晴："真的？"

尚萌萌重重点了点头："真的。"

2

马应龙只是受了点小伤，做了简单的消毒处理，马晓臣就没这么
幸运了，估计一时半会儿恢复不了。

张雪梅风风火火地赶到医院，一眼就看到了马应龙。她看到他脸
上的伤，以为他跟儿子打了架，怒了："晓臣是被你打伤的吧？我就
知道，你不是个好东西。警察呢，让警察把他抓起来！让他待在这里
干什么？"

说着她掏手机就要打电话，马应龙盯着左拉娜，一直不敢声张的
左拉娜拉住了张雪梅："妈，你误会了。我跟晓臣在公园里玩，遇到
了抢劫的，把我们的包都抢走了，是他们把劫匪赶跑的……"

转变来得太快，张雪梅一下没转过弯来。这太没面子了吧，明显
是把人家的一片好心当作了驴肝肺。难道要我向他道歉？

"是他们自编自导的戏吧，请几个混混打你们一顿，然后跳出来
装英雄，指望着我会收留他，这种戏码我见得多了。我要让警察好好
调查调查，谁在背后搞鬼，一定饶不了他！"

马应龙冷冷地说："你儿子不让我们报警，我也不知道为
什么。"

尚萌萌按捺不住了："你至少也要讲点理吧，应龙为了救你儿子，自己都受了伤。如果不是我们刚好经过那里，我告诉你，你儿子说不定命都没了！"

左拉娜使劲地点着头，张雪梅一时无语："这事情一定要查清楚。"她转头问左拉娜："晓臣呢？"

"刚做完全面检查，还好没什么大碍，现在在做伤口处理，皮肉伤比较多，一时好不了……"

"天啊，这都遭的什么罪啊，我可怜的儿子。那你们的婚礼怎么办啊，都通知下去了，难道顶着那么多的伤疤被别人说三道四？气死我了，气死我了。"

张雪梅确实是生气，像她家这样的大户人家，推迟婚礼是件很没面子的事，但新郎顶着伤痕举行婚礼同样是件非常没面子的事，她真不知道怎么取舍。她做梦都没有想到，晓臣竟然会在这节骨眼上出事。

这时一个医生出来了，他说："伤者的伤口已无菌化处理完毕，点滴也在挂着。你们把他领到输液室吧，输完了就可以回去，明天早上来换药。"

张雪梅说："这怎么行，还是让他住几天院吧。医生，麻烦你安排个VIP病房，花再多的钱都没关系，我儿子的伤必须尽快好起来。"

女人这会儿又发挥了找熟人的优势，左拉娜拿起手机靠边打电话："赶紧给我安排个高档病房。"

医生很耐心地说："伤口的愈合需要一个过程，不是几天的事，急不来。再说，现在的床位非常紧张。"

这时一个护士长过来，跟左拉娜打了个照面。她跟左拉娜有交情，便跟医生说："刚刚328VIP病房的亲属办了离院手续，我给安排吧。"

医生看了他们一眼："那你们去办吧。"

　　左拉娜跟护士长去办手续了，张雪梅过去把马晓臣扶出来。她人不够高，拿着吊瓶明显有点吃力。尚萌萌给马应龙使了个眼色，马应龙赶紧把吊瓶接过来，举得高高的，另一只手一起扶着马晓臣。

　　马晓臣哭丧着脸说："妈，我怎么这么倒霉，这样的事也能让我遇到。"

　　张雪梅跟儿子咬着耳朵："你受伤跟他真没关系？"

　　"妈，说什么呢，怎么跟哥有关系呢？要不是哥恰好赶到，我可能都被打死了。"

　　"哪有这么巧，说不定，这是阴谋。"

　　"阴谋？妈，我看你是电视看多了，什么阴谋阳谋的。"

　　"好好，我不说了。"

　　马应龙把弟弟安顿好，看看没他什么事，便跟尚萌萌一起告辞了。

　　马晓臣看着哥走了，对张雪梅说："你看，妈，哥是多好的人啊，还救了你儿子一命。现在这年头，这么见义勇为的人真的不多了。"

　　张雪梅直直地看着儿子："你说实话，是你不让报警的？那些人你认识？"

　　马晓臣低下了头："确实是我对不起人家，你别告诉娜娜。"

　　张雪梅长长地叹了口气："儿子啊儿子，以后你千万别再搞这些乱七八糟的事情了，再这样，以后命都没了。真的跟那小子没关系？"

　　马晓臣点了点头。张雪梅为自己刚才的态度感到羞愧："那我真是错怪他了，以后，他的事我也不管了。"

　　"您的意思是说，哥可以留在公司里啦？妈，您真的太好了，您呀，是世界上最可爱、最明理、最漂亮无敌的妈！"

　　张雪梅摇了摇头，哭笑不得："你都被人揍得破相毁容了，还有心思嘴滑，唉。"

她看着儿子这张惨不忍睹的脸，心里那个愁。离婚礼没多少天了，怎么办？难道临时推迟？

3

家里，尚萌萌给马应龙擦着碘伏，马应龙痛得吱吱地叫："轻点，姑奶奶，你不是故意的吧？"

尚萌萌稍增加了力度，马应龙又叫了。她哼哼地说："我就是故意的。"

"别这样，做人要慈悲为怀，今天的事可真是巧。你说我那个弟弟，可真是个惹事的主。我看这事并不是偶尔的抢劫，好像真是他欠了别人钱又玩了人家妹子，否则他不会硬是拦着不让我们报案。我看他根本就是心虚，他们被抢了包也算是给人家抵债了，罪孽太重，花钱消灾。"

"是啊，典型的纨绔子弟。唉，是不是富家子弟都这样啊？"

"那也不尽然，不管哪个层次的人，都会有这号人。不过晓臣最近还好，不知道是不是左拉娜管得严，收敛了许多。"

"不过今天的事还真是一桩好事。"

马应龙愣了一下："怎么讲？"

"晓臣母亲对你态度的改变啊。原本人家不是坚决让你退出公司吗，这回你救了她儿子一命，她不至于那么不识好歹的，只要她睁一只眼，闭一只眼，不再坚持，那么，我们的计划就能顺利进行下去。你老爸也一定会支持你的。"

马应龙若有所思地点了点头。

4

　　张雪梅没有让马应龙滚蛋，这让秦伊夏心里很不安。秦伊夏也不知道后来竟会冒出这码事，让她的反间计落了空。现在马应龙强大起来，跟尚萌萌又走得这么近，这始终让她有点不安。不管怎么样，只要我跟沈利夫妻一条心，就没什么可怕的。

　　沈利还在书房，秦伊夏躺在床上，想着想着便睡着了。一觉醒来，她发现沈利还没来睡觉，一看时间，都凌晨一点了，心想着他不会出去幽会了吧。

　　于是她便起床，见书房的灯依旧亮着，推开门，吓了一跳：整个房间都是烟味。她皱着眉头，开窗透气："你怎么还不睡，还抽这么多的烟？"

　　"你们贷款还不发放，我怎么能睡得着？再拖下去，非但我辛苦争取的项目黄了，连保证金都要被没收了。"

　　看着沈利焦虑憔悴的样子，秦伊夏甚为心疼，她从没见过他如此焦灼。

　　"明天我再去催一下，我一定想办法让行长批下来。如果她还犹豫的话，大不了我把自己的房子也抵押了，学区房，值个两三百万。"

　　沈利非常感动："伊夏，我真不知道该怎么感谢你。"

　　"谁叫我们是夫妻呢，夫妻不就应该同甘共苦的嘛。只要我们挺过这段时间，我想一切都会好起来的。走吧，睡觉去。"

　　沈利拉过秦伊夏把她搂在了怀里，心里的感动真的无以名状。他真的没想到为了自己，她愿意抵押自己的房子，以后不能对不起她了。或许，兜兜转转这么多年，他们能走在一起，也是上帝对他的眷顾吧。

5

秦伊夏一大早刚到单位又被沈利催，他确实急疯了。她边接电话边在公司的走廊里走着："行了行了我知道了，你的事不是我过手的，我问了才知道。好好，我现在再去问。"

她在一间办公室前停了下来，敲了敲门，进去了。这是她一个同事的办公室，沈利的申请由他来经手。

这同事是个四十多岁的男人，戴着一副黑框眼镜，看上去挺书生气。

"老郑，沈利的贷款怎么样了？"

"唉，行长还拖着，压在她那里，没说批，也没说不批，我还能怎么样？"

秦伊夏沉思片刻："那好吧，我去找她问问。"

老郑点了点头。

秦伊夏进了际慈心的办公室，问了几个无关痛痒的工作问题，然后话锋一转："行长，我老公的贷款申请还压着吧？"

际慈心点了点头："嗯，这笔金额过大，得从长计议。"

"行长，我老公合同上的交款时间快到了，如果毁约，别说工程没的做，保证金也得全部没收。行长，能不能在这三天给个准信。唉，我也是被他催得不行，一会儿一个电话，催得我头都痛了。"

际慈心正色说："秦伊夏，你知不知道你违规了？"

"我知道行长，沈利是我的家属，这事我本来是不能过问的。他毕竟是我的老公，他急，我也急。这段时间，他都睡不好，精神压力特别大。"

际慈心的神色缓和下来："评估部门在做最后的统计，数据应该很快会下来。如果有消息，我会告诉老郑的，你先回去。"

尚萌萌拿着一份文件想找际行长签字，正欲敲门，听到了秦伊夏的声音，便停住了。她来干什么呢？是不是在问沈利贷款的事？于是尚萌萌干脆附耳倾听。

"行长——"秦伊夏一副欲言又止的样子，接着似是下定了决心，从档案袋里摸出一本东西，"行长，为了这次的贷款，他把厂房、住宅都抵押了。这样吧，行长，这是我的房产证，也抵上吧。"

说实在的，秦伊夏原本不大情愿，这是她个人的房产，可以说她在事业上拼了这么多年，就拼出了这房子。这房子按现在的市场价，值个两三百万。她之所以决定把自己的房子交出来，是她觉得自己如此掏心掏肺，把一辈子的财产都押在上面，沈利应该知恩图报，没理由对她不好。她也觉得，凭她秦伊夏的运气，不至于差到被没收财产的地步。再说，她相信沈利的眼光，到时候，这些投入一定会加倍奉还给他们。

她把本子交给际慈心，际慈心拿起来仔细过目后，看着秦伊夏语重心长地说："小秦，你在这里这么多年了，是我们银行的业务骨干。私底下，我们是朋友，所以，有些忠告我希望你听得进去。你有没有想过，如果你们投资失败，那就真的一无所有了，可能连个安居之处都没有。现在投资房产跟前几年不一样了，不会像以前那样风生水起、价格高企了，你要认真考虑好。"

秦伊夏叹了口气："谢谢行长的忠告，失败的后果我也考虑过，但如果不拼一下，怎么知道结果会如何。我老公在事业上非常有野心，这也是我喜欢他的一个原因。"

"小秦，有时候，人会被自己的野心害死。当然，也会因自己的野心过着人上人的生活。"

"我知道，我们都有这个心理承受能力，希望行长慎重考虑。我已经做好孤注一掷的准备了，好了，我先出去了。"

际慈心看着秦伊夏出门，摇了摇头，叹了口气。

秦伊夏看到门口的尚萌萌，哼地白了她一眼，然后昂首挺胸地
走了。

尚萌萌心想，还没贷到款呢，就把自己当作居万人之上的豪门阔
太太了？你信不信，你不会有机会当阔太的，不但没机会，而且下场
会很惨。

6

尚萌萌回到自己的办公室，想了想，给沈利打了个电话："沈
利，晚上一起吃个饭吧。我买了些东西，想让你带给宁宁。"

沈利正为贷款的事焦头烂额，刚听秦伊夏说，可能会有点希望，
心情稍稍放松了点。现在这个时期，他哪里还有什么心情去见尚萌
萌，虽然他真的挺想见她的。

"这不好吧萌萌，你送东西给宁宁，伊夏会生气的。"

"我说沈利，你平时还挺聪明，现在怎么变成榆木脑袋了？宁宁
过几天不是要过生日了嘛，你就说是你买的，提前送给他，秦伊夏能
有什么意见？"

这倒也是，只是现在非常时期，沈利觉得这个时候去见尚萌萌，
太对不起秦伊夏了，秦伊夏为了他的贷款，把她唯一的那套房子给抵
押了。

"嗯，她不知道是没意见，可是——"

"你不记得今天是什么日子了吗？"

尚萌萌的生日跟宁宁挨得很近，有时候，他们俩干脆就一起过
了，这也是尚萌萌觉得跟宁宁特别有母子缘的原因。

"是你的生日啊，萌萌，你看我这记性。"

"反正我们现在也不是一家人了，我的生日你无须记着，记得宁宁的就好了。"尚萌萌这话说得连自己听着都有点酸溜溜的，很好笑，"我只想让宁宁多收些礼物，让他开心。你迟点回去，秦伊夏看到你手里有这么多的东西，就知道你是为儿子挑礼物了呢。"

这下沈利真是不好拒绝了，本来，他还想贷款到位之后，约尚萌萌见个面聊个天，仅此而已。既然今天是她的生日，她来约自己，说明她跟那个马应龙，关系还没好到那一步，而且她这么惦记着宁宁，于情于理，他都不好再拒绝了。

"那好吧，等会儿见。"

尚萌萌按掉电话，心情非常好，除了有预谋地约沈利，她是真的挺想念宁宁的，不知道他现在是不是长高了。沈利的手机里应该有他的近照，既然不能见上，那么看下照片一解思念之情也好。

一下班，尚萌萌就去商场给宁宁挑选了很多玩具，各种车子啊，机器人啊，玩具枪啊，挑了一大堆。男孩子，就是喜欢这些。

买完后她就往餐厅赶，沈利已经在餐厅的包厢里等她了。

尚萌萌放下手头的东西，一屁股坐在了沙发座上。

"不好意思，让你久等了。"

"我也刚到没几分钟。这么多的东西提着多累，你早点说，我就去那里接你。"

"还是不了，避嫌呗，免得被熟人看到讲闲话。先点菜吧，我饿死了。"

"我刚刚点好，我知道你喜欢什么口味，就自作主张了。"

"那更好了，节约时间。"

这时，尚萌萌注意到沈利的身边还有个很精致的盒子。沈利把盒子拿到桌子上，把盖子打开来，原来是一个非常漂亮的蛋糕。

"这蛋糕是进口淡奶油做的，我去买的时候没现货。这是别人预订的，那人还没来取，我就赶紧抢过来了。"

"那人家买不到得多失望。"

"放心吧，店员在赶工了，你就别替别人担心了。"

尚萌萌倒是想起沈利这人虽然善忘事，她的生日却从没有忘过。他在手机上设了生日提醒，就算前一天刚吵了架，他也会跟她欢欢喜喜地过，每次都会给她惊喜。只是，往事只能成回忆了。现在就没惊喜这回事了，不过能有这个蛋糕出现，说明沈利还是挺有心的，而不是完全不把她当一回事。

"对了，有宁宁的照片吧，我看下吧。"

沈利把手机递给了尚萌萌，尚萌萌一张一张地翻："越来越帅了，越来越可爱了。现在身体状况怎么样？"

"还可以，就是最近老是感冒。"

"唉，这个年纪是很容易生病的。"尚萌萌看着照片，一会儿跟着照片里的宁宁笑，一会儿跟着哭。沈利递给她一张纸巾，尚萌萌抹了抹眼泪："我太想念宁宁了，不知道他还记不记得我这个妈了，唉。"

"有的，宁宁跟我提过。他不敢跟伊夏提，一提你，她就会凶他，然后他就哭起来。现在他也学乖了，知道放心里了。"

"唉，我可不想他有什么心事，忘了就忘了。"养了近三年，就算是动物，都会有感情，别说人了。尚萌萌一想起宁宁真是心疼得不行，这段时间，她还是经常惊醒，想起要给宁宁泡奶粉，因为他有喝夜奶的习惯。醒来之后，她却发现，他可能永远都不会再在她的身边了，心里一片惆怅。

沈利看着她说："蜡烛我都点好了，三支，永远三岁。寿星，不管发生什么样的事，都要快乐。"

尚萌萌点了点头，沈利唱起了生日快乐歌，令尚萌萌恍惚了一下，仿佛回到了从前的时光：宁宁与沈利一边大声唱着一边说，"妈妈，永远爱你；妈妈，永远年轻；老婆，永远爱你；老婆，永远

十八、永远漂亮"。

此时此景，沈利也恍惚了，想起了从前的时光。那时候，一家人是那么其乐融融，那么幸福快乐。倘若他不受别的女人的诱惑，倘若他对事业没有太多的野心，那么他们现在过得同样跟以前一样快乐。现在，虽然自己事业越做越大，但压力也越来越大，经常有一种透不过气的感觉。沈利知道，自己已走得太远了，不知道该怎么收住脚了。

尚萌萌吹灭了蜡烛，暂时的黑暗，令沈利产生了可以避开现实生活的幻觉。如果现实真能避得开该多好啊！当灯光瞬间照亮时，沈利发现，一切回到了讨厌的现实之中。那一刻，他真希望永远不再回来。

在带着暖色调的灯光中，尚萌萌的脸美得恰到好处，虽然并不惊艳，甚至乍看不会觉得特别漂亮，却越看越耐看。这张脸看起来是那么熟悉、可亲，又带着几分陌生。面对这张曾无数次枕在他胳膊弯上的脸，他突然间有种捧着它亲吻的冲动。

"萌萌——"

他不自觉地握住了尚萌萌的手，尚萌萌早已感觉到沈利那异样而痴迷的目光，却假装不知，手指动了一下，也不抽回。

"怎么了？"

沈利的脑子里突然出现一个念头，这个念头荒唐之至，一旦冒出芽来，却像树苗一样地长势凶猛，压都压不住。

他咽了下口水，支支吾吾地说："萌萌——我们——我们——可以继续交往吗？"

尚萌萌有点意外，闷了老半天，原来是说这个，"可以呀，我们还是可以当朋友的。说实在的，我觉得能跟你联系着也不错，至少可以知道宁宁的一些状况，看看他现在长什么样了，免得以后遇到了，我都不认得了。"

沈利觉得还是得把话讲明白，这是多么好的一次机会啊，如果这次错过了，他可能很难鼓起勇气了："我是说，你可以当我的女朋友吗？"

尚萌萌愣了一下，等明白过来，心里在大骂：沈利啊沈利，你真是想家里红旗不倒，外面彩旗飘飘啊，跟以前一个德行，想玩情人又不想离婚。你可真不要脸，你知不知道，你把前妻当作小三，这对我是多大的侮辱啊。想玩我又不想负责任是吧，你以为我还是以前那个被人踩在头上也不吱一声的尚萌萌吗？

沈利的这个态度对她来说却是一件好事，这说明，沈利真的够渣够无耻，她当初怎么会看上他这样的男人，真是瞎了眼。他现在跟秦伊夏结了婚，还是死性不改。尚萌萌真可怜秦伊夏，这个她处心积虑抢来的，对他掏心掏肺，不惜用自己的房产作抵押给他拼事业的男人，对她并没有那么专情，她自以为稳固的地位，其实是那么地不堪一击。女人，是多么可怜啊！

尚萌萌笑了，不置可否，转而避开了这个问题："今天的酸菜鱼真好吃，我吃饱了，也累了。你也该回去了，这些礼物记得给宁宁带回去。"

说着，她便站起身欲离去。

沈利有点急了："萌萌——"

尚萌萌走到门口，停了一下，突然转过身，给沈利一个甜蜜的吻。沈利一时间惊呆了，等他反应过来想搂住尚萌萌，尚萌萌已经放开了他，对他做着打电话的动作，还妩媚地笑着："想我了电话我，拜拜——"

沈利看着尚萌萌的身影完全消失，他才明白，尚萌萌一定是答应他了！

他高兴得心花怒放，像是找到了热恋时那种最美妙的感觉。他抱着一个玩具重重打了个响吻："你太可爱了！"

7

马应龙提着一篮水果去看望马晓臣，这是马晓臣那天受伤之后，他第一次来看望。马晓臣现在转到了专业的整形医院，这里的环境好多了。

马晓臣已经在这里待了五六天了，每天在电话里对着马应龙各种诉苦，你说一个腿脚灵便的大活人，特别是像马晓臣这样坐不住的大活人，你让他住院，简直比让他坐牢还痛苦。

张雪梅早就防了他这一手，她太了解自己儿子的秉性了。她请了两个护工24小时轮流看着他，请的主治医生也是顶尖的整形科医生，白天每隔两个小时就过来给他换药，打针，或检查情况。按张雪梅的意思，婚礼是不能推迟的，这是大事。生意人也特别讲究面子，如果一推迟，势必引来各种猜测与关注，还会引来八卦心特别强的各媒体记者，儿子的一些破事，可能会被挖出来，影响到家族的声誉，甚至股价。张雪梅与马德康咨询过主治医生后，商量再三，决定婚礼照期进行。他们预约了一个国内顶尖的化妆师，据说很多的一线明星都是请他化的妆，到时候还没痊愈的伤痕就请他用神奇的化妆术美化。所以，马晓臣在婚前的任务就是养伤养伤再养伤，别想逃出张雪梅的手掌心。

马应龙来到病房，医生与护士刚刚给马晓臣换药完毕，马应龙看着他们走了出去，才说道："啧啧，你可真享受，这么多人围着你一个人转，这可是皇子般的待遇啊。"

马晓臣脸上与手上的伤好多了，没有明显的浮肿了。几个大点的伤口已经结痂，一些痂块已经陆续脱落。

他挥挥手，示意一旁的护工先出去："我跟我哥有些事情要谈，你先出去吧，等会儿叫你。"

　　看着护工出去了，马晓臣长长地叹了口气。

　　"这样的待遇还是让你来享受吧，我都快疯掉了。这哪是人过的，别说没自由，让我休息下都不行，我刚眯着，他们一会儿来说要看伤口，一会儿又说换药，一会儿说要挂个点滴。我这是人啊，又不是牲口，也不是电脑，想一键复原，也得需要时间啊。"

　　"谁叫你惹那么多事，纯属咎由自取。"

　　"哥，你都知道了？"

　　"你哥又不是傻子，猜得八九不离十。"

　　"千万不能让我爸妈与娜娜知道啊，这事就这么算了，我不想再追究了，以后再也不干这些浑蛋事了。怎么混，结果还是怎么还，我这是自作孽不可活。"

　　"能这么想，你还真是成熟了。恭喜你啊，要不去夜店庆贺一下？"

　　"你别逗我了，等这阵风过了再说。"马晓臣突然抓住了他的胳膊，"哥，我快憋疯了，这样下去，我会得抑郁症的，你知道抑郁症有什么后果吗，会自杀的！让我出去透下气吧，就算是在外面逛一圈也好啊，我没断腿，过着又断腿还痛苦的日子，我好惨啊。"说着说着他就号上了。

　　"打住打住，这个你不应该问我，我又做不了主。"

　　"你能，只要两个小时，两个小时，不对，一小时五十分。他们刚走，两个小时才会回来一次，你躺在这里闭目养神就行。"

　　"这怎么行啊，万一你妈过来，我怎么交代啊，你妈本来对我就有意见。对了，你的婚礼不就是后天了吗，她这两天一定会过来看你的。"

　　"她早上刚来过，今天肯定不会再来了。哥，我求求你了，就两个小时不到，你让我活动下筋骨也行。我这么个大活人，不是狗不是猪更不是金丝雀，整天困在这个病房里，真的是浑身难受。哥，就两个小时，不，两个小时差十分，我一定会回来的。就这么点事，你还不帮我吗？你可是我亲哥啊。"

马应龙觉得弟弟这样被软禁确实是挺可怜，想想最多也就两个小时，应该没什么事吧，这么短的时间，他干不了什么坏事。他应该也不会逃走，他能逃到哪里去，像马晓臣这样的人，是决计不会逃走的，他是个脱离不了马家的人，否则，他能不能养活自己都成问题。所以，这样的傻事，他是绝对不会干的。

想来想去，马应龙看了看时间："这样吧，给你一个半小时的时间，不要去太远的地方，你必须在这个时间内给我回来。还有手机你得拿着，随时保持联系，如果有特殊情况，我打电话过去你得马上回来。"

"好好，那还愣着干什么，咱赶紧换衣服。"

俩人换了衣服之后，马应龙躺到了床上，裹上了薄被，而马晓臣悄悄地打开门，旁边刚好没人，他便弯着腰，低着头，溜走了。

四周没什么响动，马应龙心想着马晓臣应该顺利逃脱了，便安心地躺在床上。这时他听到外面有响动，应该是护工回来了，就赶紧蒙着被子，假装睡觉。护工也没觉察床上的人有什么异样，更不知道调了包，还以为马晓臣睡着了，也就不打扰了。

这时间可真是难熬啊，马应龙开始后悔了：马晓臣这么不靠谱的人，你竟然被他给利用了，真是脑袋被驴踢了，自作自受！好吧，熬吧，把这一个半小时给熬过去。马应龙看了看时间还早，心想，蒙在被子里睡个小觉也好。

半睡半醒间，马应龙听到外面有女人与男人说话的声音，张雪梅的声音听得特别清晰。

真是怕什么来什么啊。

马应龙一个激灵，差点从床上弹起来，但他根本就没法逃出去。屋里有护工，而张雪梅已经到门口了。

他赶紧把自己蒙得紧紧的，然后微信与短信齐发马晓臣：赶紧给我回来！！！你妈来了！！！

原来，张雪梅带着化妆师过来看看马晓臣的情况，而此时马晓臣正在人来人往的街道上小跑着活动筋骨，他觉得自己就跟《肖申克的救赎》里的男主一模一样，刚出笼的鸟就是自由，可以在无边无际的天空里翱翔，就连街上的姑娘看着都那么漂亮那么可爱。他这么兴奋，哪能听见短信声啊。

张雪梅问护工："怎么，睡着了？"

"是的，太太。"

张雪梅便坐了下来："晓臣，睡觉怎么捂脸呢，很不卫生的，对伤口复原也不好。"

马应龙那个小心脏啊都快跳出来了，他看短信没任何反应，便直接打马晓臣的电话，但是没人接。

"怎么了晓臣，你是在被窝里玩手机吧？"

马应龙赶紧用手臂压住了手机，免得漏光。张雪梅觉得很奇怪，儿子今天是怎么了，不会这几天关在这里关出毛病了吧。

于是她便开始拉被子："起来，起来啦宝贝儿子，化妆师来看你了。"

马应龙死命地缠着被子，他越是缠着，张雪梅就越纳闷，越是用力拉扯。化妆师与护工阿姨面面相觑，不知道这是怎么回事。

张雪梅的力气是拼不过马应龙的，张雪梅真是火了："儿子，你这是怎么了，不会出什么事了吧？你们愣着干什么，帮忙啊。"

化妆师与护工阿姨只好跟着她一起拉被子，马应龙都快哭了：马晓臣啊，你要害死我了，你快回来啊！

马应龙最终寡不敌众，整条被子被拉过去，三个人差点摔倒。马应龙俯卧着，两手紧紧捂着脸。

张雪梅心想，这孩子，不会真是出什么毛病了吧？

"晓臣，你哪里不舒服，告诉妈呀。"她想把他翻过身，但是没成功。这时她已感觉到异样了，马应龙的身材要比马晓臣高大。

"你不是晓臣！"

这话一出，马应龙知道自己瞒不过去了，只好翻过身，坐了起来。

看到是马应龙，张雪梅的脸都青了："怎么是你？"

"晓臣说自己快闷死了，浑身不舒服，想出去透一下，活动下筋骨，又怕你会生气，就让我替他……"

"胡闹，这简直是胡闹！这是不是你的主意？"

"阿姨，这跟我真没有关系，我也不想这样躺着。你以为这样舒服啊，快闷死我了。"

"晓臣人呢？"

"我不知道，我们约定，他出去逛一个半小时就回来。"

张雪梅气急败坏地边掏手机边说："再熬两天都熬不住吗？万一这两天又出事怎么办！"

此时的马晓臣真心感觉到自由的可贵，他在路上不停地晃荡着，晃荡到了一所幼儿园边上，看到一个男孩子坐在围墙里面发呆，另有几个小朋友在另一头玩得正欢。马晓臣感觉这个男孩真心可爱，屁点大的孩子，竟然都有心事？

"小家伙，你在想什么呢？"

小男孩白了他一眼，没回答。

嗯，这才是正常反应，马晓臣心里想。

"唉，你好像一点都不开心，告诉你啊，其实我也不开心，什么都是爸妈安排的，连婚姻都是。什么叫婚姻，你懂不懂？就是一个男人跟一个女人要一起生活——唉，反正说了你也不懂。还有，我很没用，很差劲，做了很多不靠谱的事，甚至干了很多坏事，却不能在自己的大事上反抗，比如选择什么样的学校，选择什么样的专业，选择什么样的工作。其实，以前我很喜欢画画的，但是，我妈妈说，画画有什么用，后来也只能放弃——还有自己的终身大事，我都不能自己做主。反正，我就是个没用的人，要不是老爸有钱，估计连饭都混不上。"

听他说了一堆自己似懂非懂的话，小男孩也开始说话了："我好想妈妈。"

"为什么呀，你跟你妈妈不生活在一起吗？"

"我们生活在一起，我想念以前的那个妈妈。她以前无论有什么事，都会陪着我。"

"噢，你有两个妈妈吗？"

小男孩点了点头。

"现在的妈不好吗？"

"好是好，但是她太忙了。"

"唉，孩子啊，我告诉你，妈当然是亲妈好了，后妈啊，怎么使劲都比不上亲妈。"

小男孩忽闪着漂亮的大眼睛："现在的这个是亲妈呀。"

马晓臣愣了，想了老半天也没想明白："你是说，以前那个对你好的不是你亲妈？"

小男孩点了点头，马晓臣对他竖起了大拇指："你个小家伙，家庭可真复杂啊，叔服了你。你叫什么名字呢？"

"宁宁——"

这时，手机响了起来，马晓臣一看，是老妈打来的，便接了起来："妈，我在医院呢，有什么事吗？"

"你在医院？我还在医院呢，马上给我滚过来！"

马晓臣赶紧翻手机，这才发现马应龙给他打了无数个电话：坏事了。

"好了宁宁，叔叔有事先走了，你赶紧回那边，跟小朋友们一起玩吧。开心点，这样，你妈就更喜欢你了。”

宁宁点了点头。

马晓臣撒腿就跑。

8

马晓臣赶到医院，被张雪梅劈头一顿骂："你都这样子了，还乱跑什么啊，万一再遇到歹徒怎么办。婚礼之前，你就不能让我少操心点啊？"

"哪有那么多的歹徒啊，妈，我是人，不是小花小草没有脚，孤零零地被摆在墙角；也不是小猫小狗，用绳子拴着，再说，囚禁还是犯法的事呢。"

张雪梅眼睛一瞪："你个臭小子，说什么浑话？"

"妈，我是说，你总得让我透口气啊，你说我又没缺胳膊断腿的。不就是结个婚嘛，我又不会逃跑，你让我出去逛下总是要的吧。我又没乱吃什么，也没出去喝酒，你至于这么大动干戈吗？"

马应龙想，这妈确实太霸道了。摊上这样的妈，看来马晓臣过得并不痛快，可能压抑得太久，他才会做出叛逆的事来。

"阿姨，晓臣真的只是想散散步，透透气，然后按规定时间回来，接受医生的检查。"

张雪梅白了马应龙一眼，马应龙赶紧闭嘴。

这时护工与化妆师完全明白了是怎么回事，都点了点头。

看他们都觉得自己有点过分了，张雪梅也不好再发脾气，免得被人说自己不近人情，对亲生儿子太苛刻。

"行了行了，让刘老师给你仔细看一下，后天怎么上妆好。"

　　两兄弟心里都吁了一口气，总算是逃过了一劫。

　　化妆师提起马晓臣的下巴，仔细地端详着："这里还有个痂比较大比较明显，看来一时间是掉不下来的，不过还好长在额头上，我可以补些假发把它盖住。脖子这里也有一块，可以穿竖领的衣服，打上领结，也没有问题。其他地方的疤相对小点，可以用化妆品遮掩。当然，我会选择最好的纯天然无刺激的护肤品与药妆，先用对伤口有修复作用的药膏打底，再用温和零刺激的护肤品，然后再用化妆品，所以，不用担心化妆品对伤口会有什么不好的影响。我会全程跟着的，随时处理情况，婚礼结束后，再给你仔细卸妆。你们不要有太多的顾虑，我跟古装片的剧组比较多，打打斗斗的，大伤口都能处理。"

　　听化妆师这么一说，张雪梅心里的一颗石头总算是落地了："刘老师，您这么一说，我就放心了。明天开始，晓臣就托给你了。晓臣，你今天在这里再待一天，明天就在家里养了，护士也会跟过来。"

　　"我终于可以不用待在这个鬼地方了？"

　　"这都什么话啊，什么鬼地方。"

　　"会死人的地方就是鬼地方。"

　　张雪梅眼睛一瞪，马晓臣赶紧改口："好啦，好啦，我知道啦，再熬一天吧，反正这么多天都过去了。明天我就可以在咱家的小花园里逛逛了，像我这么个大好青年，都快憋成忍者神龟了。"

　　听到这话，马应龙忍不住笑了，心想，你是不能在这里快活了，当然成神龟了吧。

　　"行了行了，你就好好待着，不要再乱跑了。我这段时间快忙死了，还不是为了你的婚事，你婚事办好了，我也了却了一桩心事。明天我接你出院，刘老师，我们走。"

　　"好好，妈妈再见。"

　　马晓臣扬着手，看着他们走远，又泄气了："唉，我这辈子就这么被安排了。哥，还是你舒服，我都不知道这是不是我想要的，但我还能怎么样，我有的选择吗？我能反抗、说一个不字吗？我都被逼得有人格分裂倾向了，一方面很想干坏事，恶狠狠地发泄自己心里的郁闷；另一方面，我也想变得像他们想的那样，做一个很优秀又非常孝顺的儿子，可是我能力不够啊。"

马应龙突然有点同情这个弟弟了，生活在豪门之家，外人看起来很光鲜，很幸福，穿名牌吃山珍海味，永远不用为吃喝住行之类的问题操心，但他们也有着自己的苦恼。

"行了，你就不用身在福中不知福了，这世界还有多少人饿得瘦骨嶙峋的，吃顿肉都成奢望，你这点牺牲算什么，想得到什么，总得付出什么。这世界，相对来说，还是公平的，上帝也算是很眷顾你了，给了你钱，还给了你一张帅气的脸，还送了你一个漂亮媳妇，你说这样的事，哪里求去。人家就算每个月都去庙里求神，也没你这般福气。"

马晓臣白了他一眼："我也就唠嗑下，你就给我摆这么大的道理。唉，没人理解的人生真痛苦啊。"

马应龙看了看时间："行了行了，你就乖乖地待着吧，我有事先走了。"

马晓臣有气无力地嗯了声，马应龙笑着摇了摇头，便出去了。

9

马应龙带着马德康等人看着这片空地，这片空地位于新体育馆的斜对面，跟沈利所拍的那块地正对面，沈利的那块地，位于体育馆的左侧。

"爸，你看，斜对面不用我说了，是新体育馆，这位置好吧。你看我们左边的这块地也卖掉了，是商业楼，将来是做购物中心的。右边在建的呢，你看，是一小的新教学楼，过两年就会竣工投入使用。再过去点，便是青少年宫，新的市图书馆，这些，在建的在建，规划的规划。所以说，将来的发展重点，便是这个片区了，老城区已经适应不了发展需求了。"

马德康点了点头，看了看正对面："据说，这块地也卖掉了？"

"是啊，但是，那块地的位置没有我们这块好：第一，挨着体育馆太近，一旦有体育比赛或晚会、演唱会，就会很吵，会影响住户的正常休息；第二，那里原来是滩涂地，是填海填的，根基不稳，做楼层不高的体育馆还行，做高层住宅就不那么好了，打桩要比正常的泥土地深很多才会稳，当然造价成本就要高很多；第三，既然他们开发在前，那么，他们的价格我们可以掌握，无论他们开什么价，我们都可以压得比他们低。在设计方面，我们尽量走亲民实用路线，多一些绿植与四季花卉，不做那些不实用的人工湖、假山、游泳池什么的，我们的成本就会比他们低。这样，我们的开价也可以尽量低，只要工程一开工，就可以采取预售形式预售。他们却不可能会按我们的价预售，因为他们这样搞准亏，他们根本就亏不起，所以，我们不用怕竞争。"

同行的人纷纷点头，其中一个胖胖的人说："马经理分析得挺有道理，这块地确实是挺好的，而且现在这样的价格，拿下挺划算。我觉得亏是亏不了，我们公司财大气粗，名气大，宣传能力强，只要各方面运作得好，不怕卖不出去。"

另外一个戴着眼镜的中午男人说："自从对面的那块地卖出后，现在很多人对这块地虎视眈眈，我觉得贵公子的眼光很不错。"

但也有反对的意见："现在各地的房产都在走下坡路，有多套房的人都在抛售，房产商也在压价出售，这里的新楼盘也是层出不穷，房价已是一路向下。大家都知道，旁边的二环路，整条路全是新楼盘，但是，入住率有多少，晚上经过就知道了，没几盏灯是亮着的。我觉得，整个房产已呈饱和状态，也就是说，供大于求了，现在我们再插手房地产，是不是有点不合时宜？"

这话也是有道理的。最近的房产新闻，几乎都是报道哪个城市的房价在下跌，至少不再涨了。

马应龙笑着说："这位叔叔，你说的是有道理，但是，那是相对于价格泡沫来说的，我们不搞泡沫，我们实打实地走。你想，现在这状况非要挺着卖两三万一平，谁领你这个情，对吧？我们不要很大的利润，我们的要求是让中等收入的百姓都能买上房，他们卖两万，我们就不能卖一万、九千，甚至八千？只要我们跟预算保持着百分之二三十的利润，我们就不会亏！也绝对有人抢着买！"

"不是吧，这价格是不是太疯狂了。不过，也不是做不起来。"大家议论着。

一直在听着大家讨论的马德康微微一笑："我们这几天就集中预算这个成本，如果按马经理说的那个价能有点小赚，我们就做；如果预算的完工成本价，每平超过一万，那我们就放弃。"

这下大家都没有意见了，纷纷赞同这个方法。

看来姜还是老的辣，看着马德康向自己投来赞许的目光，马应龙的自我感觉特别良好。

看来，我马应龙不早点投奔老爹真是可惜了，那样的话，说不定，我都能赶上老爹了。

不管怎么样，今天算是挺成功了，至少马德康已经准备为这个项目投入人力了。

只要成功，一切都会风调雨顺，不仅能把沈利打下来，还会显示自己卓越的商业头脑，顺便帮助老爸做了件实在的大事。

10

沈利的贷款还是批下来了，当沈利听到这个消息，高兴得都快蹦起来了。

事实上，贷款的成功跟秦伊夏有很大的关系。她的诚心打动了际慈心，一个能为自己的男人付出一切的女人是很傻，但也会令人同情与感动。

际慈心正是感动于她的这份执着，以前的她或许是自私的，但现在，她已经全力在维护这个家庭，这是难能可贵的。而且现在的抵押物，就算沈利还不起贷款，银行也不会亏。际慈心是精算过的，再多的人情她也不会做亏本的生意。

而此时沈利最想告诉这个消息的人，竟然是尚萌萌。这是一个多大的讽刺，如果秦伊夏知道他现在跟尚萌萌关系亲密，不疯掉才怪。

"萌萌，你知不知道，我的贷款批下来了。唉，不过接下来又会很忙了。唉，其实，我一直很想你的。"

此时尚萌萌正在办公室，她故意跑到秦伊夏的门口，假装无意路过接电话："嗯，我也很想你呢。没事，你不是很忙嘛，男人嘛，应该以事业为重；女人嘛，更喜欢跟事业有成的男人在一起。我这几天也挺忙的，想我给我打电话发微信就行，等你忙过这一阵子，我们就去旅游吧，过我们的二人世界，再也不想看到第三个人。我还有事了，亲爱的，啵一个，拜拜。"

秦伊夏从门口钻了出来："哟，恋爱上了？那个姓马的？"

尚萌萌讳莫如深地耸了耸肩："无可奉告。"说着，便走了。

秦伊夏当然做梦都不会想到跟尚萌萌说着情话的人，正是自己的老公。

一想到这个，尚萌萌就咯咯地笑了。

　　秦伊夏，不是我特别想这样做，我不屑于拆散别人的家庭，但是，你是个例外。这一切，都是你先这样做的，我不过以其人之道还治其人之身。

　　此时的秦伊夏沉浸于快乐之中，这笔贷款，是他们俩最近最操心的事，现在终于成功了。这是件多么振奋人心的事情啊。

　　就在刚刚，老郑告诉她那笔贷款办成了，并通知了沈利，款项很快就会打到他在本行的户头。她心想着，沈利应该乐坏了，晚上怎么着也得祝贺一番才对。

　　于是她便打了个电话给沈利："老公，你的事情成了，怎么也不告诉我一声呀。"

　　沈利愣了一下："老婆，这事不是你最先知道的呀？"

　　"你的申请又不归我负责，我哪知道呀？"

　　"至少你同事也会第一个告诉你的呀。"

　　"我也是刚刚知道。好吧，老公，这事顺利完成了，你该怎么谢我？"

　　"宝贝，晚上我真没时间，我有饭局。这事不是成了嘛，我还得跟合作的房产商谈一下接下来合作的事，毕竟，地产方面他们比我内行，我得像爷一样侍候他们。晚上我可能会迟些回去，你跟宁宁先睡吧。"

　　秦伊夏心里嘀咕，早知道你会变得越来越忙，没时间陪我们俩，我还懒得给你争取贷款呢。

　　"好吧，你少喝点酒，早点回来。"

　　她有点郁闷地挂掉了电话。

11

晚上沈利确实有饭局，这事一成，接下来的项目都得马不停蹄地开始运作。

酒局上，他不知道他们灌了多少酒，反正到最后都需要搀着，就这样一个个还叫着：兄弟，喝，继续喝。沈利看着自己实在是不行了，结完账，就抓着司机的肩膀开溜了。

在车里，他想都没想就给尚萌萌打电话："老婆，你在干什么？我去你那里——"

尚萌萌先是吓了一跳，听到他那醉醺醺的声音，估计醉得不轻，居然还管她喊老婆？

"你喝了多少酒？白的还是红的，还是啤酒？"

"红的喝了，白的——也喝了，三瓶五粮液都——都——喝完了——"

"几个人喝啊？"

"四……四个人，还是五……五个人，不对，六个，我哪里数得清呀——"

尚萌萌心想着，五六个人喝三瓶五粮液，可能还有红酒，也够喝大了，听他舌头都打结了，就算是收了他，他也干不了坏事。也好，就让秦伊夏尝尝独守空房，尝尝联系不到她男人的滋味吧。

"行了，你过来吧，我去楼下接你。"

沈利报了尚萌萌的地址，听得青年司机一愣一愣的。老板几时在这里也有个老婆，难道他又有了小三？看来，有钱的男人真是爽啊。

到了之后，尚萌萌已经在楼下等了。沈利在车上睡着了，司机一看，这不是老板的前妻吗？男人真是吃着碗里的看着锅里的，连前妻都不放过。但是，你说你醉成这样，还能干什么事情？

他都怀疑沈利的脑子秀逗了，但是，这又关他什么事呢？

看着沈利在车里睡着雷打不动，尚萌萌有点哭笑不得："小王，你帮我扶一下吧。"

小王只得把沈利搀到尚萌萌的家，累出一身臭汗，然后告辞了。

尚萌萌这么不介意小王知道今晚沈利在她家过夜，是她觉得这事多个人知道是好事。

她看到沈利就这么一摊烂泥一样地躺在她家的客房里，而他手机的音乐声一遍一遍地响起，她觉得过瘾极了，一边品着咖啡，一边欣赏着他的丑态。

换在以前，每次他喝醉了酒，她都心疼地泡杯蜂蜜水，给他擦干净身体，有呕吐物给处理掉，让他舒服地躺着。

而现在，这个男人早就不属于她了。

她拿起沈利的手机，果然是秦伊夏打来的。她微微一笑，摇了摇头，自言自语地说，你太吵了亲爱的，直接把手机给关掉了。

她又想了想，给沈利拍了张照片，接着给马应龙打了个电话："亲爱的，你知道我家的沙发上现在躺着谁？"

马应龙正睡得香，被她一吵，又这么一问，丈二和尚摸不着头脑："能躺着谁啊，发春梦吧你。"

尚萌萌便沈利的照片用微信传了过去，马应龙立马炸了："天啊，萌萌你可别干傻事啊。你等等，我马上去救你。"

"去，都什么话。沈利喝了一斤的白酒，现在醉得不省人事，你说，他还能干什么？"

"那倒也是，不行不行，那万一他醒过来怎么办？不行不行，太危险了，他碰你一根毫毛我都会疯掉。"

"行了，别吃干醋了，他在我客房里躺着。我现在回我自己的房间里，倒锁上这总行了吧。困死我了，睡觉去。"

尚萌萌按掉电话，关上客厅的灯，却冷不丁地撞上一个人，吓得她"哇"的一声大叫。

"怎么了，姐？"

原来是尚成成。屋子里动静太大，手机声响了老半天，活生生地把他给吵醒了。

"吓死我了，你怎么神出鬼没的，也不发出点动静啊。"

"你刚才不是在打电话吗，就算我弄出了动静，你也不一定听得见吧？这是怎么了，你半夜三更的起来干什么，还放了半天音乐？"

音乐声来自沈利的手机，尚萌萌心想着多一事不如少一事，赶紧挡住了他的视线："没什么，没什么，回去睡觉，回去睡觉啊。"

她把尚成成一直推到门外，然后把门给锁上了。

尚成成莫名其妙："好像不对劲啊，姐。"

尚萌萌赶紧把他推到他自己的房间："没什么不对劲的，你睡一觉一切就对劲了。"

尚成成摸了摸自己的头发，还是没明白，但他实在太困了，也没多想，然后又倒在床上睡觉了。

12

这一晚，秦伊夏真的疯掉了，打了沈利无数次电话他都没接，然后还关机了。

她给司机打电话，司机哪敢说啊，怕沈利炒他鱿鱼。他支支吾吾地说，沈总喝醉了，就直接在这家酒店开房间睡下了。可是哪个房间他又不讲，说自己要休息了把电话给挂了。一个小司机居然敢挂她的电话，她真是气疯了。

或者，是自己想多了吧，她这么想着。

13

尚成成与沈利同时被手机的闹钟声叫醒，俩人在一个公司上班，上班时间一样，难免会撞时间。

沈利醒来一看，发现自己竟然在一个陌生的地方，如果是宾馆倒也罢了，喝醉了躺宾馆里睡觉很正常。这里分明不是，应该是在别人的家里，这令他有点发怵。

我怎么会在这里？

身上的衣服居然还穿着，散发出一股汗酒臭。自己的公文包放在茶几上，手机也放在旁边。但是，醉酒后的头痛欲裂，他也不想再思考那么多了，站起身就往外走，跟睡眼惺忪准备上卫生间洗漱的尚成成打了一照面。真熟悉啊，难道是在家里？

尚成成也恍惚了一下，就在一瞬间，俩人同时回过神尖叫了一声："你怎么在这里？"

尚成成此时已完全清醒："姐夫，你昨晚就待在这里？"

沈利也愣了："这是你家吗？我怎么会在你家？"

"这是我姐家啊！"

"噢，尚萌萌，这是尚萌萌的家，我怎么会在萌萌的家啊？"

"我说呢，姐昨天怎么这么鬼鬼祟祟，这事我还真不知道。"

尚萌萌听到声音从厨房里出来："大惊小怪什么呢，你昨天喝得跟猪一样，什么都不知道，非要让司机来我家。到了后，你又睡着了，我哪知道你为什么要来我家？"

沈利心想坏了，这事竟然连司机都知道，我可是什么事都没干啊。

"萌萌，我——"

"行了，别说了。你赶紧冲个澡洗洗干净，臭死了。成成你去拿件衣服给你老板换上，早餐已准备好了，吃好了，让成成带你去公司。"

"好吧——"

自己现在这副臭模样，确实是有损形象，而且身上汗黏黏的也不舒服，于是沈利便进了卫生间冲澡。洗澡的时候，他突然想到一个问题，赶紧完事，换上了尚成成的衣服。他冲进客厅拿手机，开了机，都是未接电话提醒。

昨晚秦伊夏估计是疯掉了，怎么办好，该怎么回答。

对，还是先问小王？如果他捅出来了，那么一切都毁了。

"小王，你在公司了吗？"

"我在去公司的路上，沈总，我要去接你吗？"

"好好，对了，昨天我老婆打你电话了吗？"

"有啊，打了好几个。我说你喝得太多了，就在楼上的客房睡觉了。她还不停地责怪我怎么不把你送回家呢，我说我吃伤了，得了急性肠炎，实在没办法把你送回家。一会儿她又打过来，问我哪个房间，我说我没注意，正在医院挂点滴，就把电话给挂掉了。"

小王的回答真是令沈利太满意了。天啊，这么善解人意、这么设身处地为老板着想的员工哪里找啊，这个月一定得给他加薪，不加薪，我都觉得自己愧对沈总这个称呼了。

"太好了，小王，你做得太棒了，这个月加你奖金！"

"谢谢老板。"

于是他便底气十足地给秦伊夏打电话了："老婆——"

秦伊夏刚起床，一醒来便给沈利打电话，但还是没打通，正在生闷气："你还活着啊？"

"老婆对不起，他们太会灌酒了，我一瓶五粮液外加一瓶红酒下去，差点酒精中毒了。下次再也不敢这么喝了，喝得我难受死了，到现在都恶心。"

"你这样乱喝会喝出人命的，你没看到新闻里经常有人喝酒喝挂掉的吗？"

"嗯嗯，下次再也不敢了。身上都是臭汗，我让小王带件衣服给我先换换，他要来接我了，就这么说了，晚上我们再聊啊。晚上我回家吃饭，喝酒喝得胃难受，让阿姨给我烧点小米粥吧。"

"嗯，早点回来。"

沈利长长地吁了一口气，看来，小王是个人精，秦伊夏都能搞定。以前怎么就没发现他这么有才呢，嗯，以后一定要视为心腹。

他收好东西，拎起包，发现尚萌萌原来早就站在那里，带着几分失望的表情看着他。

"萌萌，我——"

"好了，不说了，赶紧来吃早点吧。"

尚萌萌跟以前一样，还是那么温柔，贤淑，又善解人意。看到桌子上的早餐，全麦面包、葱油蛋煎饼、芒果丁酸奶、新鲜的蔬菜沙拉，还有稀粥，沈利又恍惚了一下，这些都是他以前爱吃的，尚萌萌天天给他与宁宁做。

尚成成边咬着煎饼边喝着稀粥："姐夫，你一来就能享受这么丰盛的早餐，待遇比我高多了。我在这里住了这么久，只有她突然心血来潮的时候才会做，平时直接赶我去早餐店。"

尚萌萌边吃边说："得了，你得改口，别再姐夫姐夫地叫了，人家早不是了。"

"唉，我这不是叫习惯了嘛，你说是吧，姐夫！"

沈利有点尴尬地笑，喝完一碗粥加一些饼，小王打电话过来说到楼下了。沈利看了看时间，说："我们走吧，早上还有会议。"

俩人便出了门，沈利走在后面，在门口停顿了下，回头对尚萌萌说："萌萌，谢谢你的早餐。"

尚萌萌笑而不语，目送他们离开。

他以前上班，她也是这样目送着他离去。

萌萌，你现在对我好，我以后会加倍还你的。

沈利心里这么想着，只是心里有点不安，他现在无论对谁好，都会负了另一个。这两个女人他都负过，却依旧对他这么痴心不改，女人啊，就是缺心眼。

这让他飘飘然起来。

14

小王看到两个大男人一起过来有点意外。

沈利欲盖弥彰地说："昨晚真不好意思，占了小尚的房间，小尚只好睡沙发了。"

真是此地无银三百两，本来没有的事，又故意撇开来给小司机听。小王倒是笑笑，心里想，你们爱咋咋地关我毛事，老子一点不感兴趣。老子只对几时涨工资感兴趣，物价太高，钱太少，不够花啊。

尚成成听着却不舒服了，你这算什么，想玩我姐，又急着想撇清跟我姐的关系，是怕你老婆知道，昨晚你在我姐家过的夜?

尚成成不紧不慢地说："姐夫，不，沈总，你搞错了，我睡在另一个房间呢。"

好吧，这家伙可真不会给人台阶下啊，沈利感觉自己很没面子。"噢，那是我搞错了吧。"沈利赶紧转移了这个该死的话题，"对了，早上的会议，你给我做好图解文件了没有?"

"做好了，我昨天加班才搞好，等会儿回办公室，我把文件拷给你。"

"嗯。"

15

马晓臣的婚礼如期举行，虽然他的脸看起来有点奇怪，但是化妆师巧妙的化妆手艺，至少令他看上去不那么令人感觉背后发凉，反正化了那么多层的妆，不仔细看也看不出什么异样来。这点，张雪梅还是比较满意的，并庆幸自己做了明智的决定，婚礼可以正常地举行。

左拉娜今天非常漂亮，一袭洁白的及地婚纱，配着白色头花，衬得格外美丽。

马德康今天让马应龙带一个女伴过来，马应龙自然带了尚萌萌。马德康看着他们俩，心里非常欢喜，他拍了拍儿子的肩膀："晓臣已经完成大事了，现在就剩你了。儿子，好好加油，争取跟喜欢的人在一起。"

他看了看尚萌萌，尚萌萌微羞着脸，低下了头。马应龙点点头："爸，放心吧，你儿子有这个能力。"

这时，张雪梅招呼好客人，看了看老公前妻的这个儿子和他身边的女人，淡然一笑："你叫尚萌萌吧？"

尚萌萌有点意外，但不作他想："伯母好。"

"听说你是个离婚的女人，还霸着别人的孩子不放。可惜，天都看不下去了，那孩子呢，也交给了他的亲生父母。"

尚萌萌做梦都没想到她会说出这么一番话来，一时脸色苍白，说不出话来。

马应龙也没想到，他非常恼火："你听谁胡说八道的，离婚又怎么了，离婚的女人不允许有幸福吗？就因为有你这种女人在，所以才有离婚的！"

眼看着一场战争就要爆发，马德康赶紧拉开了妻子，压着声音说："今天是晓臣的大喜日子，无论怎么样，你都不要惹事啊，一大帮的记者盯着，吵起来对谁都没有好处。"

张雪梅本来是要大发脾气的，这个前妻的儿子居然敢跟她顶嘴，反了天了。但她一想，今天毕竟是儿子的大喜日子，这么多的人看着，她这个当妈的不能倒儿子大婚的场啊，忍了忍，拂手往另一边去了。

马德康看了看马应龙与尚萌萌，叹了一口气："她最近脾气有点怪，你们别跟她一般见识，我去那边看一下。"

"你没事吧？"

尚萌萌的情绪一下子很低落，张雪梅说得没错，她是个离过婚的女人，还生过孩子，确实，她配不上马应龙。换以前，她可能因自卑而退却，但现在她是重生后的尚萌萌，坚强的尚萌萌，马应龙都不在乎，她何必去在乎呢，何必在沉重的人生中再加以重重的枷锁，将自己桎梏于笼。

这么一想，她抬起头，看着马应龙，微微一笑："我没事，再重的打击都没把我击垮，何况这些小事。"

马应龙看着她，眼睛里满是深情，他真的越来越喜欢这个坚韧的女子。如果当初喜欢她仅仅是出于怜悯与同情，因为她有着跟母亲差不多的遭遇；而现在，她的努力与勤奋，她柔弱中透着的那股坚毅与执着，更令他欣赏。

所以，他必须帮助她惩罚那些伤害过她的人，他要让人知道，她善良，并不代表她软弱；她被抛弃过，并不代表她不值得去爱。恰恰相反，正因为她身上有着传统中国女人的美德，虽然遇人不淑，却更应该值得尊重与呵护。

尚萌萌，等着吧，我一定会好好爱你的。

第九章　无间

1

马晓臣的婚礼结束后，一切都开始了正常的运作。

马应龙的房产计划也顺利通过了，虽然土地与造价的成本、高额的税收，还有后继的物业管理、销售宣传等各方面的费用都不是小数目，但是房产业毕竟是一个容易产生高利的产业，而且马德康之前也做过房产，对这个行业有一定的经验，预算出利润尚可的情况下，马上吩咐人进入了竞标。凭马伦集团的实力，势在必胜。尘埃已落定，得知这些消息，马应龙特别开心，第一个通知的人也是尚萌萌。

"亲爱的，我们的计划离成功越来越近了，放心吧，我们很快就能搞垮沈利了。"

"嗯，沈利这边也差不多办好手续了，开始动工建设了。"

"我们这边也在办手续了，资金这方面没有问题，只要手续齐全，就可以马上投入建设与营销了。到时候，我把本市所有的媒体与政要人士都请过来，开一个新闻发布会，先打响知名度，然后利用各种媒体，进行低价预售，价位可以秒杀一切优质学区房新楼盘。亲爱的，属于我们的大时代来了，我们不仅能击倒沈利，还能做出一番大成绩来。"

"行了，你就好好干吧，这段时间一定会很辛苦，多注意身体。还有，关于沈利楼盘的销售方案与定价，我让成成盯着了，我想应该还需要一段时间。他那边一有消息，我就让他通知你。这些，我不想直接问他。"

"嗯，好的，那我先工作了。"

看着事情越来越顺利，尚萌萌露出欣慰的笑，一切的辛苦都不会白费。她甚至喜欢上这种感觉，喜欢上强者为王的感觉，强大的自己更容易受人尊重与欣赏，而报不报复反而成了其次。胜者为王，败者为寇，竞争无所不在，如果你一直止步不前，那么就会被社会淘汰，现实社会，就这么残酷。

特别是，当你不再有可以依赖的人，唯一能做的，便是自强。

2

沈利的房产项目热火朝天地进行着。他终日奔波在工地与公司之间，可谓是付出了汗水与心血。当设计图正式定稿之后，便马上投入打地基阶段，虽然好事多磨，经历了很多的小插曲，但是，看着自己呕心沥血的大项目终于开始动工了，他感到非常欣慰。

这天，他照例来工地察看进展情况，惊奇地发现对面的那块空地也开始动工了，便问旁边的助理与周边的人："这是哪家公司的，你们知道吗？"

"是马伦集团的，前段时间这块土地被他们买下来，据说是马德康的大公子在忙着这事。"

沈利非常意外，是马应龙，他怎么会把对面的地皮买下来？他隐隐觉得有点不安，但是转念一想，最近尚萌萌跟自己有互动，非常关爱自己，这至少说明一件事，尚萌萌的心里只有自己，还容不下别的男人。你跟我抢女人抢不过，现在开始拼事业了？拼吧，你信不信，无论玩哪个我都能把你玩死。

沈利实在是太自信了，自我感觉太好了。是啊，事业在腾飞阶段，情场呢，家里与外面同时旗子飘扬。他不知道，太过骄傲的人，最容易栽跟斗。

这会儿，他还真有点想念尚萌萌了，于是便给她打了个电话："萌萌，告诉你一个好笑的事情，那个姓马的家伙竟然在我对面盘下了一块地，你说他是不是想找死呀？"

尚萌萌心里笑抽了："嗯嗯，他这么想死就让他死得痛快点。"

"哈哈，还是你说得痛快。萌萌，晚上我们见个面吧，我真的好想你。"

"行呀，有一段时间没见着你了。这时间确实大家都忙，我现在一个星期有三个晚上要上培训课，虽然有点忙，但也挺充实的。"

"萌萌，想不到你改变得这么多。要不，我们定个时间，在宾馆里见面吧。你今天晚上九点以后有空吗？"

"嗯，不见不散。"

沈利高兴地挂上了电话，他提出了如此非分的要求，尚萌萌非但没拒绝，还一口应了下来。看来，她对自己真是痴心如故，想想往日里的恩爱，不禁旧情泛滥。如果能这样一直共续前缘，何尝不是一件完美的事？

于是沈利给秦伊夏打了个电话："老婆，晚上我还得陪着几个领导应酬，回来可能很迟了，估计又得喝酒。唉，你就不用等我，先睡吧。"

秦伊夏心里挺郁闷，沈利自从搞这个工程后，整天神龙见首不见尾，连宁宁都连着好多天没见着他了。往往是他回来了，宁宁已睡觉了。如果以后都这样的话，就算有再多的钱，又有什么意思呢？一家人搬至国外，过着清闲生活的承诺会实现吗？要知道，人的欲望永远是无止境的。秦伊夏突然后悔帮沈利搞这么多的贷款，或许，过着原来的生活也比现在强吧，她想要的天伦之乐，不就是希望一家人多多相聚吗！

而尚萌萌坐在办公室，心里在思索着怎么应付晚上的事情。如果她真的跟沈利待在一起，那么，接下来发生什么事情无法避免。但是，她无法做这种违背自己内心的事，她更不能对不起马应龙，虽然这事情是他们一起策划的，这样的交易，这种违背自己道德的事她是不会干的。

尚萌萌想了想，突然计上心头。

3

傍晚时分，尚萌萌开着车，找了一家夜总会。她将车子停在夜总会附近，看着来来往往的红男绿女，寻找着目标。

从衣着方面，基本上就能断定谁是这里的陪酒女郎。她们买化妆品很大方，对于衣服的布料却总是很节省，只要天气允许，能露的尽量露。

有的女郎是几个人一起来的，她想找个独自的、身材长相跟自己稍微有点接近的下手，就算只是身材与发型有点接近也行。

等了好长时间，尚萌萌有点不耐烦了，终于看到一个女人从车旁边经过，她穿着超短裙，一头长发，身材苗条，看上去没那么脂粉味，相貌跟她有几分接近。她便下了车，叫住了那个女郎。

"你好，美女，有一桩生意需要你来完成，报酬两千，一个晚上，只需按照我所说的去做就行，怎么样？"

这女郎面无表情地边嚼着口香糖，边上上下下地打量着尚萌萌，说："是你的需要？"

"不是不是，是我的一个情人需要。他出差路过这里，想要我陪着，但我刚好经期，不是不方便吗，所以——"

"噢，明白了。行，告诉我地址，要不你送我过去也行。"

"这样吧，今天这里的班你不要去上了，给我一个手机号，等我联系你。放心，这钱赚得比在这里舒服多了。"

尚萌萌从包里拿出一千块给她："这是一千，事后，如果没破绽的话，我再付你另外一千。有一点你要记得，你就是我，不能让他发现。放心吧，到时，我会在他隔壁开一个房间，随时接应你，你只管按我说的去做就行。"

"灯一关，黑灯瞎火的，谁认得谁呀。放心，这事我在行。"

尚萌萌点了点头："嗯，具体怎么做，我会电话你。"

她们互通了电话，各留了手机号："行，等你电话。"

"等等，记得——必要的防护措施。"

女郎咯咯地笑，没有进夜总会就回去了。

这事就这么定了，尚萌萌突然感觉到好笑。自己这样算是坑沈利吗？这样坑前夫是不是太没人性了？但是，他不就是想占我便宜吗？只要他的目的达到又有什么好说的，况且钱还是我出的，给他买快乐，他还有什么不乐意的？

接着她又打电话给沈利："亲爱的，房间订好了吗？"

沈利这会儿还在办公室，处理手头的一些事情。"预订好了，宝贝。"

"哪个宾馆,房间号是多少呀?"

"云雁5506,等会儿我就过去,哈哈。"

"嗯,我还在外面吃饭,等会儿再回家换套衣服,你到了电话我。"

于是尚萌萌便驱车来到云雁宾馆,到了前台问:"请问房间还有吗?"

5508有人住了,幸好5504还空着,尚萌萌便要了这个房间。进去后,她把手机调成了振动,然后打开电视,百无聊赖地看了起来。看来,晚上还真是个无眠夜啊!过了一会儿,隔壁似乎有了动静,尚萌萌便把电视的声音关掉。看来,是沈利到了。

果真,她的手机响了起来:"宝贝,我到了。"

"嗯,我等会儿就到。最近我看了本杂志,杂志上说,处于完全黑暗中的男女凭嗅觉更容易迸发激情,所以,我到的时候,你得把房间里的灯全关掉,我想要给你一个大大的惊喜,嘿嘿。"

"好啊好啊,你现在懂得可真多,我更爱你了。快点来啊,我怕我都等不了了。"

"知道啦。"

于是,尚萌萌便给那个女郎打了个电话:"你来云雁宾馆5506号,进去别说话,也不要开灯,只管做你该做的就行了。"

而隔壁的沈利此时都快按捺不住了,洗了澡之后,在房间里不停地来回走着。不一会儿,他听到门铃声,就走到门边,又想起什么,便很开心地把房间里的灯全部关掉,然后开了门。

门一开,一个女人就撞进他的怀抱,一阵非常好闻的香味,冲击着他的感官细胞。

他赶紧把门关上,然后抱起"萌萌"不停地亲着:"亲爱的,想死我了。"

没多久,尚萌萌的隔壁就响起了吱呀吱呀的床板晃动声与女人的呻吟声。

尚萌萌冷冷地笑着，给尚成成打了个电话："你不是有个变号软件吗，赶紧捏着嗓子给秦伊夏打个电话，告诉她，云雁宾馆5506，她的老公在跟人偷情。"

尚成成哈哈大笑："有这么精彩的好事？好好，我马上通知她，这样的好戏我也想去看啊。"

"行了，你就别多事了。咱们现在在暗处，懂吗？"

"知道啦，姐。"

4

不一会儿，走廊上就响起了急急的脚步声，不用多想就知道是秦伊夏。听脚步声，应该只有她一个人。看来，她对沈利也够真心的，还对他抱有幻想，或者是，还不想把事情闹大，只想知道是不是有人在故意耍她。

听隔壁声响，正是干得热火朝天的时候，尚萌萌感觉自己真的太坑前夫了。不过这样的情景，对她来说真的太熟悉了，秦伊夏现在所经历的，不过是她以前所经历的罢了，她要让秦伊夏尝遍所有她以前不堪的滋味！因为这一切，都是她带给自己的。呵呵，秦伊夏，你终于也有这么一天，你终究会明白，你处心积虑得到的男人，不但会背叛我，同样也会背叛你。

秦伊夏按了好一会儿门铃沈利才打开，他非常恼火有人在这个时候来打扰。他大声吼道；"干什么啊，不是说不需要啊，再按我向你们老板投……"

因为房间里面没开灯，他一时没看清敲门的是谁。当他的眼睛适应了光线，凭着走廊里微弱的灯光，他看到眼前站着的竟然是秦伊夏。再看着那张钢铁侠一样坚冷的脸，他一下子呆了，犯了结巴："伊夏，怎么是你，你——怎么……怎么来了？"

秦伊夏想一把把他给推开，但是被沈利死死拦住了："伊夏，你冷静点，我只是想过来清静地睡一觉——"

秦伊夏火了，用力地甩开他的手："滚开！"

那女郎趁着他们争执的时候赶紧穿好了衣服，看来，这钱也不是很好赚，所谓高回报就有高风险啊。

秦伊夏按亮了灯，看到一个完全陌生却极其性感的女人站在那里。她冲过去就要打，却被沈利死死抱住了。她本以为这个女人不是尚萌萌就是宋丝雨，想不到还有另外的女人，她完全疯了。

"你这个不要脸的贱人，为什么勾引我老公啊，我要撕烂你这个贱人的脸！"

沈利这才发现刚才跟自己翻云覆雨的女人，他压根就不认识："你是谁啊？"

这女郎不愧见多识广，对于这种场面，她不是没经历过："不是你叫我来的吗，这里不是5508号房间吗？"

沈利蒙了，难道这女人走错房间了吗？哪有这么巧的事啊？

"我这里是5506号啊。"

"不好意思，那我走错房间了。"

秦伊夏更气了："你们还在这里给我演演！"

她给了沈利一巴掌，又冲过去要打女人。沈利死命地拉着她，示意女郎快走，女郎赶紧跑掉了。

秦伊夏鬼哭狼嚎起来，引来看热闹的人越来越多。沈利真是觉得丢不起这个脸，赶紧把秦伊夏往外面拉："我们回家再说，别在这里丢脸了。"

"你偷情，还怪我丢脸。沈利，你真是个不要脸的东西！我犯的都是什么病啊，为什么会瞎了眼跟你这个不要脸的东西结婚，我这是自作孽不可活啊。"

"好了好了，是我不对，是我不对，我回去再你解释清楚，老婆。"

沈利用力地拉着她走，吵闹声渐渐远去。

一直贴着门听动静还录着音的尚萌萌，此刻感到无比酣畅淋漓。看到了吧，秦伊夏，你也有这样的一天。当初，你安排你那个同父异母的妹妹宋丝雨勾引沈利，被我捉奸在床，你知道当时我是什么样的心情，现在，你总算很好地体会一次了吧。

有时候，世间的一切都会轮回的，你所处心积虑安排的一切，现在，都一一还给你！

5

第二天，尚萌萌给沈利打了个道歉的电话："沈利，真的不好意思，昨晚我下车的时候，裙子被车门给卡住，摔了一跤，脚扭了，就去医院了，没来得及跟你讲一声……"

如此天衣无缝的安排沈利自然没有多想，他叹了一口气："尚萌萌，你真是害死我了——不过，幸好你没来，否则——"

尚萌萌装作很吃惊的样子："怎么了亲爱的，发生什么事了？"

沈利能说自己后来跟一个走错了门的小姐滚了床单，还被秦伊夏捉奸在床了吗？他只能叹了一口气，真是哑巴吃黄连有苦说不出，打掉牙齿和血吞了。

"没，也没什么。"

"要不，晚上吧，晚上我去宾馆等你。"

"不不不，改天再说吧。"

昨天晚上秦伊夏闹得要死要活的，一回家就上演了那种一哭二闹三上吊的戏码，折腾得他都没睡，宁宁也被吓哭了好几次。你说，他还敢顶风作案吗？那不是自找死路家无宁日吗？

"那个，你的伤怎么样了？"

"没事，就是有点扭伤，休息几天就好了。"

"那好，这几天我实在抽不出空，等缓过了这阵子，我们再见面。"

"嗯。"

尚萌萌按掉电话，心里无比地舒服。她走出办公室，想看看秦伊夏现在的精神状态怎么样。

秦伊夏办公室的门是开着的，今天她竟然来上班了，不愧是女强人啊，抗打击与耐压能力还真是高人一等。尚萌萌敲了敲门便进去了。

只见秦伊夏戴着一副茶色的眼镜，脸色非常憔悴，想必眼镜背后的那双眼睛肿得像两只桃子。

"怎么了，老朋友，在办公室里也戴着副有色眼镜。您这是装酷呢，还是得眼病了呀？"

秦伊夏冷冷地说："不想跟你说话，你出去。"

尚萌萌不卑不亢地说："其实我也不想跟你说话，不过，有一句话，我还是得告诉你，抢别人老公的女人，是不会有好下场的。她能抢走别人的老公，别人也能抢走她的老公，这叫因果报应。"

秦伊夏用沙哑的声音吼了声："滚！"

"好吧，下次你男人偷腥的时候，记得通知我一声。要知道，我在捉奸方面，还是挺有经验的。"

说着，尚萌萌便飘飘然地走了。秦伊夏拿起案头的一堆文件，歇斯底里地扔了过去："滚滚滚！"

6

怒气平息之后，秦伊夏想着昨天发生的事情，再想想刚才尚萌萌所说的话，觉得很蹊跷：尚萌萌怎么知道这件事情？难道她跟沈利一直有联系，而且关系还很亲密？一想到这个，她就怒不可遏。

她又想起尚萌萌近一年来翻天覆地的变化，不免觉得吃惊。一个不修边幅的家庭妇女，在失去所有之后，跟原老板成为好友，发奋图强，考上注册金融分析师，又成功进入银行工作。她的每一步都走得令秦伊夏吃惊，虽然秦伊夏并不认为她会对自己构成威胁。但尚萌萌走到这一步，秦伊夏不得不重新衡量这个女人可能会对自己造成的影响。她得知道，导致自己与沈利关系破裂是不是尚萌萌搞的鬼。当然，在她的挑拨之下，马应龙跟他的继母关系并不那么好，但是，马应龙与马德康的父子关系是不可能断的，她只能另想法子，再行反击。

她想了想，拿起了手机，拨打了一个号码："小王，你好，我是沈利的爱人……"

7

马应龙的红星公寓即将预售，广告铺天盖地。沈利的海天首府也不甘示弱。这几天，报纸上，各大媒体公众号上，在醒目位置几乎都能看到这两家楼盘热火朝天地做各种宣传活动，为自己造势。

马应龙把红星公寓的预售时间定在跟海天首府同一天，但比对方楼盘的价格低了整整一倍。同样的位置，相当的质量，只在小区环境稍有差别。预售那天，马应龙那边人山人海，针都插不进，沈利那里却门庭冷落车马稀，只几个款爷还有几个他们请来的媒体合作方，在销售大厅看着样板图，听售楼员的详细讲解，工作人员比客人还要多。

马应龙那边可忙晕了，他拿着个话筒大声叫着："大家排好队，慢慢来，面包会有的，牛奶会有的，房子也会有的。看中了赶紧交定金、签合同，房源不多，一共308套，有89平、128平、168平三种房型，价格是同类新楼盘中最低的。仅这三天，希望大家都能住上新房子，好房子，安居乐业奔小康。"

每个销售桌前客人都挤得满满的，马应龙吩咐工作人员给客人分排队号，拿到号的坐在座位上安心等待，还给他们送上了小糕点和饮料，另外还有印着红星公寓字样的广告伞等小礼品。如此人性化的服务令客人们赞叹不已，大家都坐在位置上耐心地等待着。

这边的沈利那个急啊，预售的第一天就这么冷清，银行债务可没法还啊。

都是这个马应龙，要不是他故意跟自己排在同一天，以这么低的价格销售，海天首府也不至于这么惨淡啊。

马应龙瞄了一眼对面惨淡的场景，开心一笑。这样的场景，他想象过无数次，终于在他近一年的努力之下变成了现实。

开盘一个多小时了，沈利那边的客人还是寥寥无几，沈利站在红毯上，像只热锅上的蚂蚁不停地来回走着，早知这种情况，应该请一批打工仔、大妈装作客人来热场啊。其实，他预料到了马应龙的楼盘会占优势，但他还是对自己有信心，毕竟自己面对的是高端客户，曲高和寡是难免的，却没想到会冷清到这个地步。

这时，几个大妈过来了，沈利赶紧笑脸相迎。一个公司的老总，居然亲自迎客，卑屈到如此地步。没想到那几个大妈却问了这么一句："你们这里是红星公寓吗？"

沈利的笑容在两秒钟之内僵住了，他从鼻腔里冒出一个字："滚！"

几个大妈很生气："牛什么啊，态度这么差，怪不得连个看的人都没有，真是活该。我看房子会烂那里卖不出去！"边说着边往对面去。

马应龙心里那个痛快啊，赶紧迎了上去："各位大妈，我们这里是红星公寓，请问有什么能帮到你们吗？"

大妈们乐了，交头接耳地赞："怪不得这里这么多人，你看，人家的态度多好啊，价格又实惠。我们是来看样板房与设计图的。"

"请到那边，那里有专业的人员给你们讲解，看了之后觉得满意想买房的话，就去那边拿排队号，然后坐在那里慢慢等，有饮料与点心供应。"

大妈们纷纷竖起大拇指："好好，真是好！"然后便往那边去了。

马应龙意味深长地看了沈利一眼，沈利哼了一声气呼呼地走了。

这年头，只有胜利者才能笑对一切。对于失败者，将面临巨额贷款与利息，你说怎么还能笑得出来。

沈利回到大厅，大吼一声："改价格，重新定位营销方案！"

8

虽然海天首府的价格重新进行了核算，但是，毕竟属于比较高档的楼盘，整个基建还有小区相应的绿化都投进了比较大的预算，整体的格局都已布局好，已按照原定方案在建，一时再改，必然会多消耗很多财力物力。所以海天首府再怎么调整价格，也不可能跟红星公寓一样。另外，现在买房的基本属于刚需，毕竟，大部分的人都没有那么多的钱，这是红星公寓如此畅销的原因，而他的海天首府虽然价格有所降低，但还是比较难卖，市场上此类高档楼盘实在是太多了。

满怀憧憬的调价之后，几天大预售下来，房子还是没签出多少。

拼死拼活辛苦了这么长时间，沈利一直靠毅力支撑着，而此时，他感觉自己突然间被击溃了，实在不知道以后该怎么偿还巨额的银行贷款。

秦伊夏开着车，偷偷地经过他们的预售现场。她无法相信，一边是那么火热，三百多套房子，在三天内抢购一空；而另一边，却是那么冷清，对比如此鲜明。

一想到沈利对她再三的背叛，再想起巨额的贷款，还有她抵押在银行的房子，她闭上眼睛，感觉到从没有过的无力与疲惫，眼泪无声地滑落。她喃喃地说："或许，以后会好起来的，一切都会好起来。"

然后她抹干了眼泪，又开走了。

9

尚萌萌在办公室忙完了手头的一个文件，扭了一下僵硬的四肢，然后给自己泡了一杯菊花枸杞茶。看着杯子里缓缓舒展的皇菊，如正盛开时的模样，她想，如果时光可以如干花般凝滞不前，在适合的时候再次盛放，那是一件多么美好的事情。现在虽然一切变得好起来了，她的内心依旧千疮百孔，或许是因为曾经沧海难为水。

想想这一年多，她几乎都在工作与不断的充电中度过。这几年来，从没如此为自己活过。她却从不后悔，觉得那才是完整的人生，虽然过得非常辛苦。不过，一想起她曾付出的一切，她还是感到剜心剖腹的痛。

没有人会坦然地面对抢夫夺子之恨，如果能，是因为她根本不够爱，不够爱这个家，也没有全心全意地付出。而今，她从一个绝望主妇，蜕变成职业白领。她知道，除了自己的努力，还有机遇与贵人相助，而这个贵人，便是马应龙。他在她最落魄、最狼狈的时候，给了她最强有力的支撑，使她重新面对生活，并全力以赴，挑战自己的极限，使她在事业上有了一席之地，并对伤害她的人以强有力的反击。或许，马应龙才是自己生命中的真命天子吧，只是他们真的能走到一起吗？她真的没有信心，经历了这么多，她不敢再奢望爱情。当然，她心底还藏着一份渴望。

这时响起了敲门声，她没想到，进来的是际慈心。她赶紧站了起来："际行长——"

际慈心看了看她的办公室，目光落在她后面的窗台上，和颜悦色地说："这两盆绿萝长势不错。"

尚萌萌给她泡了一杯茶："您请坐。"

际慈心坐了下来："最近你业务做得不错——好几家公司的业务都被你拿下，特别是马伦集团的业务。原本他家的业务都在大银行，但是，自从他们成立了子公司，由大公子负责之后，子公司的金融业务全部由你经手，而且还贷能力强，信用一直保持着3A级。"

尚萌萌轻声地说："我跟马公子有点私人交情，算是比较要好的朋友，所以，他的业务便由我来做了。"

际慈心点了点头："嗯，但是把关得好，至少目前还没出现麻烦的事。其实我们做银行的，最烦的就是逾期还不了贷，我现在很担心秦伊夏丈夫的那笔贷款。如果他们还不了，会给我们造成相当大的麻烦，而秦伊夏的感情用事，会为此付出代价。"说到这里，她站起了身，"如果这次她失败，不仅收回她的房子，而且，她工作上的位置，可能会不保。"

她看着尚萌萌，语重心长地说："而你，会坐上她的位置。所谓优胜劣汰，我们股份公司性质的银行，竞争就这么残酷。"

尚萌萌看着她，心里不知道是悲还是喜。如果这样，她的仇报了大半，只是，现在还不能说是不是真的胜利了。而且，这份工作令她真的压力太大，并非是她所喜欢的。但不管怎么样，现在的她唯有努力努力再努力，把秦伊夏与沈利完全击垮。她只有不断地挑战自己与超越自己，才能完成真正的蜕变。

她会喜欢上这种感觉的。

10

沈利拖着疲惫的身体回到家，瘫在沙发上。他感觉自己全身每一个细胞，都累得不能再动了。宁宁跑过来，扑进他的怀里："爸爸，我好想你啊——"

猛然间，沈利发现宁宁长高了许多，感觉一阵歉意。他既成不了一个好爸爸，也成不了一个好老公，还不能成为一个好老板，他从没发现自己会活得如此失败。

他紧紧地抱着宁宁："宁宁，爸爸对不起你。等忙过这一阵子，爸爸带你去游乐场玩，好不好？"

"这次说的是真的吗？"

沈利跟宁宁勾了下小拇指："嗯，真的。"

"还有妈妈也一起去。"

沈利点了点头："那是一定的。"

这时，保姆过来了："饭已经做好了，要不要先吃？"

沈利一看时间不早了，宁宁这会儿也该饿了："好，我先给宁宁喂饭。"

沈利已经很久没正常下班，也很久没给儿子喂饭了。最近基本上都是保姆一个人照顾他，宁宁确实挺孤独的。以前在尚萌萌那里，宁宁多快乐，现在——

他觉得自己真是愧对儿子，等他们都吃完了饭，秦伊夏才回来。宁宁又奔过去要她抱，沈利说："妈妈还没吃饭，先让妈妈吃饭吧。"

秦伊夏淡淡地说："不用了，我在外面吃过了。宁宁，你身上油腻腻的，让阿姨给你洗个澡，然后早点睡觉吧。"

宁宁噘着嘴，很不情愿地被保姆拉去洗澡了。

她在沈利的旁边坐下来，但是隔着两个位置的距离："楼盘的情况我都看到了，你打算怎么办？"

沈利闭着眼睛，摇了摇头："我不知道——"

秦伊夏想破口大骂，但是，她发现自己甚至连吵架都觉得没有力气了。最终她叹了口气："沈利，这回，你把我给害死了。"

说着，她回了自己的房间，换了套衣服要出门。沈利说："你去哪里？"

"我去哪里是我的自由，你结婚了都能玩女人，我出去逛一下，又怎么了？"

说着她便顾自出去了，沈利便不再吱声，双手捂住了脸。

11

秦伊夏漫无目的地在路上走着，她觉得自己这辈子完全毁了，不知道是被沈利毁的，还是被自己毁的，或者是被所谓的爱情毁的。

好不容易得到了，她以为自己从此可以幸福满足地度过下半辈子，一家三口过着平淡又温馨的生活。这是她一直所渴望的，所想要的。确实她得到了，虽然很辛苦，并伤害了很多人。她认为这原本就是她的，她只是要了回来而已，所以，她没有一点愧疚。但是，她真的就幸福了吗？就开心了吗？沈利多次出轨，令她的心已破碎。而她引以为傲的事业，又被尚萌萌抢走了风头。但她还是竭尽所能，帮沈利开辟他的伟大宏图，现在呢？

秦伊夏真的不敢想以后将会怎么样，她觉得自己已太累太累，已经承受不起任何的风吹草动，哪怕是最细微的。

她看到一个酒吧，门口各色灯光奇怪地亮着，仿佛它们来自另外一个世界。自从跟沈利结婚，宁宁回到自己身边，她再也没来过酒吧。她想，她真的需要一个人静静地待一会儿，远离所有熟悉的人，任性放纵地醉一回。

她一个人坐在吧台，点了几瓶酒。

马应龙与尚萌萌、尚成成，刚好坐在里面的位置，为他们的胜利而干杯。尚成成首先发现了秦伊夏："看，姐，那女人看起来好落魄呀，想不到她也有这么一天。"

尚萌萌冷冷地扫了她一眼，心里想着，我不但要令他们破产，令他们走投无路，还要令他们离婚！

她拿着杯子，在秦伊夏的旁边坐了下来："半夜出来独自买醉的女人，心情一定不怎么样。"

秦伊夏看了她一眼，低低地吐出一个字："滚。"

"别这样，其实，我也讨厌你，就像现在你这样讨厌我一样，但是我现在对你更多的是同情。一个女人把某个男人当作生命来爱，用尽一切心机夺回来，并用自己所有的财产，欲永远留住他的心，但是他呢，只是把你当作一匙调味剂，该出轨还是照样出轨，不断跟别的女人牵扯不清，对他的前妻依然旧情不忘，心情低落也只是找前妻倾诉，甚至还让她做他的情人。呵呵，他还真可以让全世界的女人都围着他转。"

秦伊夏没有生气，冷笑道："你以为这样就能挑拨我跟我老公的关系？你以为你胡编几句，我就能信了？"

"好吧，我知道没点证据你也不会相信。"

她从那边的桌子把自己的手机拿了过来。其实，她跟沈利的每一次通话，每一次微信聊天，还有那次她生日时所说的话，都暗地做了录音，把没用的清理掉，有用的话留下来，可谓是情话绵绵。

于是她边报着录音日期边放着录音，秦伊夏的脸变得越来越苍白，在昏黄的酒吧灯光中，就如一具失真的躯壳，灵魂游离于外。看着她，尚萌萌想起了那时候，她刚被秦伊夏夺走宁宁时的模样，身心俱焚成灰烬的感觉，倘若不是亲历，怎么能体会？

秦伊夏现在体会到了，她付出了一切的男人，其实根本就不爱她。

但秦伊夏毕竟是秦伊夏，她猛灌几口酒，元神似乎又回来了："关掉吧。"

尚萌萌关掉了录音，秦伊夏冷冷地说："这又如何，能改变什么？他不会跟我离婚，你又能得到什么？"

"呵，如果你觉得守着这样的一个男人很有意义的话，我也没话说。"尚萌萌拿起手机与杯子返回自己的位置。

秦伊夏其实知道，自己不过是表面装着无所谓，可怜的虚荣心还死撑着那点自尊。底子里，她的情感从沈利上次被她捉奸在床就已开始溃败，而今，他跟尚萌萌旧情不断更是令她悲愤。原以为自己捡回了宝，而沈利却一次又一次击溃了她的心理底线。

但表面上，她依旧镇定地坐在那里喝酒，连尚萌萌都佩服起她来。

马应龙看着秦伊夏显得有点孤独的背影："她现在是表面装坚强，来维护着她那可怜的自尊。我们现在是人多力量大，秦伊夏现在是孤军作战，分身无术，而且还有个孩子拖累，再加上屡次出轨令她伤心的沈利，她可谓身心俱疲，苦不堪言啊。不过，这一切都是她自找的，她最终会被自己的自私、任性、残忍给害死。"

尚萌萌盯着手里杯子里的红酒，缓缓地晃动着："我们等着她为自己的残忍埋单的一天。"

她看了看马应龙，又看了看尚成成："那女人这么失落，你有什么好的主意吗？"

"人家都这样了，算了吧，见好就收。"马应龙说。

尚成成一想起还在监狱里蹲着的小玫，就咬牙切齿："不行，我一定要她身败名裂，这样才能让小玫解恨。"

尚萌萌说："你有什么好的法子吗，亲爱的弟弟？"

尚成成眼睛溜向了邻桌，旁边有两个男人，一直在唉声叹气地聊着天。

其中一个长得很不错，说："老婆刚生了孩子，我又手贱输了那么多的钱，怎么办好啊？"

另一个说："叫你别赌你还赌，现在还能怎么办，把赌债还了，认栽吧，以后别再赌了。"

那长得好看的男人说："我哪有钱啊，有钱我还向你吐苦水啊。"

"你可别问我，这次的单我可以买，但多余的钱我真没有，我可也是新找到工作，哪有钱。"

听到他们的对话，尚成成脑子一转："嘿嘿，有了，不过你们给报销吗？"

尚萌萌向马应龙噘了噘嘴："他这次的公寓大畅销，他老爸给他打了一百万奖金，当然报喽。"

"嘿嘿，那就好办。姐，当初她是怎么算计你的，现在咱就以其人之道还治其人之身。"

他拎着一瓶酒便往邻桌凑去："兄弟，你们在聊什么呢？对了，我怎么看你这么眼熟呢？一定是哪里见过吧？"

那好看点的吓了一跳，以为是要债的，一副想逃的样子。尚成成赶紧说："对了，你长得真像那个明星，叫什么什么，金……对，金城武！"

"金城武"终于吁了一口气："嘿嘿，我姓金。"

"是这样的兄弟，我有个事想跟你商量下，我们去那张桌子上说吧。"他指了指旁边的一张空桌，那男人犹豫了一下，便坐到了那边。

"只要你做得到，我们就替你还赌债。"

"真的啊？"小金喜出望外，不过随即摇了摇头，"不过杀人放火贩卖毒品的事，我可不干。"

"放心，不但不违法，还是件美差呢。"

尚成成指着坐在吧台背对着他们的秦伊夏，然后对小金耳语了一阵："很简单，只要你能在一个月内让她爱上你，我不但替你偿还赌债，还给你娃包两万红包买奶粉。"

"真的，就这么简单？"

"嗯，不过有个条件，这事不能让任何人知道，包括跟你一起来的那个朋友。我们可以先给你付一半的钱，半个月后，如果你们之间有进展，给你付另一半，让你还债。任务完成后，再给你打两万。当然，如果提早完成任务更好。"

"真的吗？好，成交。"

于是小金让自己的朋友先回去，说自己还有点事，这次的单他来买。

马应龙从包里拿出三捆钱给尚成成，尚成成便把它交给了小金。

幸好，他欠的一共是6万，不算很多。

"这是给你还债的钱，我告诉你，如果以后让我们发现你还在赌，砍断你的手！"

小金真是欣喜若狂，突然有这么多的钱，他赶紧放进自己的随身包里："不敢，以后再也不敢了，一定洗心革面好好做人。"

然后他深吸了一口气，使自己看起来更加深沉，更加有魅力，然后往吧台走去……

三个人看到秦伊夏终于对这个小金解除了戒心，你一杯、我一杯地喝着，彼此相视而笑。

"行了，我们先回去，由他们怎么发展吧。我倒是希望他们是实打实的，而不是一夜情。唉，我怎么觉得自己心眼这么坏呢。"尚萌萌突然叹了口气。

尚成成说："姐，这叫坏人自有坏人治。还有，我发现，有钱啊，真是件好事，想干一些缺德的事，都不用自己动手。"

马应龙说："你们开心就好，不过，我真不希望玩得太过火了……"

"行了，我们走吧，免得被秦伊夏发现我们在这里。"尚萌萌拉起了马应龙，三个人走到酒吧门口回头望时，都瞪大了眼睛，因为秦伊夏竟然跟小金划起了拳……

12

行长办公室，际慈心看了看电脑里的资料，然后拿起了旁边的电话："你过来一下。"

不一会儿，秦伊夏敲门而入，际慈心看着秦伊夏，发现她憔悴了许多，再厚的脂粉都盖不住那种长期处于疲乏与睡眠不足所带来的晦暗脸色。"你好像状态不大好。"随即际慈心皱了皱眉头，"好像有一股酒气？"

秦伊夏赶紧摇了摇头："是昨晚喝的，朋友生日，有点喝多了，可能现在还有点酒气。"

际慈心马上转入正题："你的私生活我不关心，上班时间不喝酒就行。沈利的贷款还有一个月就到期了，先提前通知你一下，这可是一笔不小的数目，想必，他已在筹备了吧？"

秦伊夏愣了一下，随即回过神来："对，他最近都在忙这件事，回家我再催催他。"

际慈心点了点头："关于红星公寓与海天首府的楼盘战，我也有耳闻。红星也是在我们单位贷的款，他们的资金已全部到位，提前还了贷，这让我们银行取得不菲的收益，红星也成为我们银行3A级信用单位。虽然海天首府的贷款不归你负责，你要明白正因为你的介入，我才把这笔款子贷出去，如果收不回来，除了连累信贷员，还会连累到你自己，其中的利害关系，我不说你也懂。"

秦伊夏不知道尚萌萌负责的红星公寓贷款事项，这么快就资金到位了。她连连应着从际慈心的办公室出来，心里却沉闷之至。

她没有想到，入行才一年的尚萌萌业绩超过所有的人，只因为身后有个马应龙。当初，她怂恿尚萌萌去上班，随便介绍了一个合作的小企业给她，没想到马应龙会超越普通的老板身份，对尚萌萌鼎力相助。她更没想到，马应龙身后有个实力雄厚的老爹，竟然是马伦集团的大BOSS。真是人算不如天算。

她知道尚萌萌与马应龙所做的一切，是为了打垮她与沈利。是她的太过自信与对沈利的信任，才使她不遗余力地帮助沈利，而忽略了对手的实力。她以为自己面对的仍然是那个只会哭哭啼啼的家庭主妇，那个贷到一点小资金就各种嬉皮笑脸马屁拍尽的小毛头创业者，却不知道他们已经强大到令人难以置信的地步。现在，她面临的问题不是该去如何反击，而是迫切需要解决沈利的贷款问题。

她坐在办公桌前，深吸了一口气，给沈利打了一个电话："最近你必须把钱筹回来，就算把房子贱卖也行。"

沈利叹了一口气："这事不是你说的那么轻巧，现在再降价，之前卖出去的房子怎么办？房主肯定会闹，要退差价给他们吗？"

"这我不管，你只要把贷还上就行。"

"好了，好了，我知道了，我已经在想办法。这事我会处理的，你放心好了。"

那边的沈利其实更烦，越是临近还贷日期，他就越烦。更心烦的是，有两位股东闹起来，闹着要退股。现在房子卖得不多，而且全是按揭。他怂恿几个亲戚朋友买第一批的房子，只交了定金，因为之后做了调价，他们就闹了起来，吵着要退房退定金，他头都被吵痛了。早知房产这么难搞，他就不应该蹚这趟浑水。但是，现在好几千万的资金再加上房产商与其他股东一共近亿的资金砸进去了，他有退路吗？

13

秦伊夏还真的陷入了情网，小金甜言蜜语，对她无微不至地关怀，每天都会给她发好几条微信与搞笑视频逗她开心。这跟平日里根本见不着影，几天说不上一句话的沈利比起来，差别太大了。

女人，不管是什么样的女人，包括那种非常强大的女人，其实内心都渴望着那份真真切切实实在在的关爱，有时候跟金钱没多大关系。

一句关心，比如今天有点凉，衣服多穿点；一句情话，比如，我想你了，就能让她一整天都是好心情。

小金的出现令秦伊夏灰暗的生活终于有了一丝阳光，也令她恢复了以往的自信与自恋。她觉得，对于未来，她不那么害怕了。爱情就是那么神奇，可以令一个女人重生，也可以摧毁一个女人。她对沈利并不愧疚，只是对宁宁有点愧疚，因为陪他的时间越来越少。

这天，她又很迟才回来，沈利一直坐在客厅里等她。原本，这样的事一直是秦伊夏做的，现在角色转换了。

秦伊夏浓妆艳抹，还带着一身的酒气。

"你去哪里了？"沈利压着怒火。

"出去喝点酒，乐一下呗。"

"你不知道宁宁这几天身体不舒服吗？有你这样当妈的吗？只顾自己快活，儿子生病了也不管。"

"谁说儿子生病就必须得当妈的照顾，你这个当爸的就没有照顾的义务了？这是哪条法律规定的，你给我找出来。"

"你——"沈利一时气噎。

"我告诉你沈利，我已经为这个家牺牲了太多，包括我的自由，我的财产。你说，自从我跟你们在一起后，我还有个人样吗！我得到了什么，你自己说！现在我明白了，我要让自己活得好，自己活得再不好，也没有人来关心你！"

沈利也火了："当初是你要死要活把宁宁抢过来养的，现在呢，你尽到做母亲的责任了吗？平时不管，生病了也不管，全都扔给保姆，你这样做，宁宁有妈没妈有区别吗？"

"你别光说我，你这个当爸的，尽到责任了吗？还不是一样！"说着，她便顾自进卫生间了。

沈利气不打一处来。楼盘搞砸了，连这个家都不像家了，他心里非常苦闷，需要一个出口来发泄。

这时，尚萌萌的短信发了过来：阳光总在风雨后。亲爱的，面对挫折，我们不能束手就擒，多给自己一份信心，我会永远在背后支持你。

还有什么比心情低落的时候，一句安慰更能让人感动。

他回了句：谢谢我的最爱。然后顺手给删掉了。

他真的好怀念以前的时光，那时他们一家三口过得那么宁静又快乐。

如果自己真的变得一无所有了，尚萌萌还会接受自己吗？会的吧？当初，他们在一起的时候，他的事业没有多大起色。

这么一想，他突然觉得自己的人生又有转机了。

现在，他跟秦伊夏在一起，有一种同床异梦的感觉。

这段时间，秦伊夏经常很迟才回来，而且看样子心情很好。最近她的电话、短信也多了起来，这种状态只有恋爱中的女人才会有，难道她真的有相好的男人了？如果这样的话，他们还有继续下去的必要吗？

婚可以离，宁宁怎么办？巨额的贷款怎么还？在这方面，秦伊夏确实付出了很多，如果分债务的话，凭着良心，他不能让她分担。

一想到这个问题，沈利就头痛欲裂。

14

尚萌萌在单位的卫生间，看到发着短信进来的秦伊夏一脸的春光。看来，女人就像一盆娇生惯养的植物，你若细心呵护，它就盛开美艳的花；你若不闻不问，它就会枯萎凋零。

尚萌萌悄悄地按下了手机录音键，笑着说："偷情的感觉很好吧。"

秦伊夏瞪大了眼睛，这女人怎么什么都知道啊，不会是她在背后搞的鬼吧？

"你怎么知道？"

"那天，我在路上刚好看到你跟一个男人在一起，那男人挺帅的，比沈利好看多了，你可真艳福不浅。"

"你可不要乱讲，普通朋友而已。"

"普通朋友会搂搂抱抱还亲吻吗？哎，你就不怕被沈利知道吗？"

"实话跟你说吧尚萌萌，沈利现在于我来说，不过是根鸡肋，食之无味，弃之可惜。我没有提离婚，是看在宁宁的分上。你说一个男人，欠了一屁股债，还对你不闻不问的，你觉得这样的男人，你有必要再忍耐下去吗？谁要送谁好了，求之不得。"

"哇，当初用尽各种手段，还动用美人计从我这里抢过来，现在就不要了？不觉得可惜？"

"有什么好可惜的，天下好男人多的是，何必一辈子在一棵树上吊死呢，你说呢？"

"这么说，如果我去抢沈利的话，你也没有意见？"

秦伊夏拿出一支口红，补了补妆："随你便吧，最好早点动手，趁贷款还没到期。"

看来，秦伊夏对这个家庭已经完全不在乎了。尚萌萌想了想："那宁宁，也可以要过来吗？"

秦伊夏瞪了下她："那是我的儿子，休想！"

说着秦伊夏便出去了。尚萌萌按掉了录音键，发出会意的笑。她出去找了一个安静的地方，给那个小金打电话。

"你跟那女人发展得怎么样了？"

"唉，真累人，我为了让她打心底里爱我，每天都要关心她，比对我老婆孩子还关心啊。"

"我是问你，你们发展到哪一步了？"

"嘿嘿，你说呢，我们昨天刚刚粘在一起，那娘们好生猛，好像很久没男人滋润过她了。"

"嗯，这几天，你再约她一次，弄些出彩的照片，明白吧？弄到后，我打另一半的钱给你。再过段时间，我会把另外两万打给你。到时候，你想不想继续下去，我就不管了。不过，我劝你，野花毕竟是野花，如果你想离得远远的，玩消失最好，我可以再另外给你一笔钱。"

"这样啊，嗯嗯，我明白，我很爱我老婆与孩子，我有数。"

尚萌萌挂上电话，看着窗外的蓝天白云，心里从没有如此透亮过。她觉得，秦伊夏开心的日子不会太久了，等沈利的贷款到期，那么，一切都可以收尾了。

她尚萌萌又可以过上宁静平和的生活，跟马应龙一起。对于那种平静的生活，她已向往了很久很久。

15

尚萌萌经过一家幼儿园的门口，看见一个个孩子投入父母的怀抱，那种场面是那么温馨，令她非常想念宁宁。现在秦伊夏只管自己快活，沈利被楼盘搞得焦头烂额，还有什么心思去照顾他？她越想越过意不去，觉得自己搞这个计划最大的受害人是宁宁，而宁宁却是她最不想伤害的人。

想了想，她还是驱车去了宁宁所在的幼儿园。这么久没见到他，不知道他还好吗？是不是长高了许多，是不是还认得自己？

她到了幼儿园，在门口张望着，不知道宁宁被接走了没有。里面还有些孩子在滑滑梯，没有看到宁宁。她有点失望，这个时间，他可能已被接走了。正当她失望地想走时，无意中看到一个塑料积木屋里有个孩子在玩着积木，有点像宁宁。

于是她走过去看，没想到还真的是宁宁。宁宁很不高兴地一个人玩着积木，不时咳嗽着，鼻涕流到了嘴巴里也没去擦一下，看得尚萌萌有点心酸。

"宁宁——"

宁宁看到她先是呆了好一会儿，这么久没见怕是生了，尚萌萌心里有点失望。突然宁宁却"哇"的一声哭了，尚萌萌赶紧抱着他。宁宁边打她边哭："妈妈，你是不是不要我了。我好想你啊，你怎么扔下宁宁就不管了？我每天都想你，可是每天都看不见你——"

听到宁宁这么哭诉着，尚萌萌的眼泪掉下来了。旁边的老师见状走过来，疑惑地看着尚萌萌："请问您是……"

尚萌萌抹了抹眼泪，她不知道该怎么解释自己的身份。

宁宁说："老师，她是我妈妈。"

老师愣了，宁宁的父母还有保姆她都是认识的，平时都是这三个人接送。

尚萌萌简短地说："是这样的，以前，他都是我带的。后来，我跟他爸离婚了，宁宁就跟他们了。"

"唉，我说呢，原来那是后妈啊。孩子都不管，前几天宁宁感冒发烧，都没人理，还是我送的医院。接送也都是保姆，有时候很迟才过来接，别的孩子都走光了就剩他一个人，真的挺可怜的。宁宁也不怎么跟人交流，照这样下去，如果心理出现了问题，那孩子一辈子就毁了。你毕竟是宁宁的亲妈，他爸不上心，你总要上点心。怪不得宁宁老是念叨妈妈，我还奇怪呢。"

尚萌萌震惊了，她想不到宁宁竟然过着这样的日子。以前天天被自己宠着，那么天真活泼的一个孩子，现在变成这样了，性格都变了，因为根本就没人关心他！

正说着，宁宁的保姆急匆匆地赶过来："哎哟，不好意思，我来迟了。"

老师说："你呀，以后早点过来。"

"我忙呀，得烧菜做饭，得做家务，还得赶空来接孩子。唉，忙不过来呀，这个保姆我都不想做了，但是，不做宁宁又没人管。"

宁宁拉着尚萌萌："妈妈，我想跟你在一起。"

尚萌萌跟保姆解释了一番，然后说："这样吧，阿姨，晚上就让我带着宁宁吧。我带他去吃饭，然后带他玩会儿，八九点钟我送回去，怎么样？"

"这个这个——万一他爸他妈问起来怎么办？"

尚萌萌想了想："对了，我等会儿叫他爸一起吃饭，这样就没关系了。如果他妈妈问起，你就说宁宁跟他爸出去玩了，估计他妈妈最近也忙没工夫问。"

"那好，那好，那最好了，那我先走了。"

于是宁宁紧紧地牵着尚萌萌的手走了，老师看着直叹气，估计在感慨，父母离异对孩子的伤害有多深。

16

回到车上，尚萌萌让宁宁坐好，然后打电话给沈利："你们真的太不像话了，老是不管宁宁，老师说宁宁心理都要有问题了。"

沈利愣了下："你去看宁宁了？"

"嗯，他现在在我车上，我想带他一起吃饭，然后陪他玩会儿。

明天双休日，我想带他去医院好好查查，做个全面的检查，现在身体不知道怎么样了。你看都是鼻涕，感冒这么严重，都没有人管，真不知道你们是怎么想的。当初要知道你们这么对他，把他像个野孩子似的扔在那里不闻不问，我是不会让你们带他走的。"

说到最后，尚萌萌哽咽了，沈利心里也满是歉意。确实，他跟秦伊夏都没有尽到做父母的责任，宁宁对秦伊夏其实并不亲，甚至有点害怕她，毕竟没有感情基础。他有时候闹起来要尚萌萌这个妈，秦伊夏也会心烦发脾气，以至于现在连看都不看亲生儿子，也没觉得有什么不妥。

"你们在哪里？这样吧，我陪你们一起吃个饭吧。"

"我们现在还在幼儿园门口，等下我到餐厅了再给你打电话吧。"

"好，好。"

尚萌萌回头，看着这个她最心疼的孩子。他确实比以前长大了好多，个子也高了，表达能力也强多了，而最重要的是，他对自己的感情似乎没有变。要知道，他们分开一年多了，一般小孩子就算认得出，可能也生了，但是，他不仅认出了自己，还喊自己妈妈，可见他对自己的感情有多深厚。

"宁宁，等会儿爸爸也陪我们一起吃饭，好吗？"

宁宁点了点头："我就是想跟妈妈一起吃饭，爸爸来不来都没关系。"

尚萌萌呆了一下，她没想到宁宁会说出这样的话。唉，沈利啊沈利，你知不知道你做老公做得很失败，事业也做得很失败，连爸爸都做得这么失败，你还有什么脸面做宁宁的爸爸。不行，我一定要你们两个放弃宁宁的抚养权，宁宁以后得跟我，像你们这样自私，眼里只有自己的配当父母吗？

这回，尚萌萌内心无比地坚定，她要让他们自动放弃抚养权。如果不出意外，宁宁的监护权会归自己。

如果秦伊夏不放弃，那么她就请老师、保姆来做证。她相信，事实就是事实，人心都是肉长的；她相信，那些法官不会这么冷漠，哪怕宁宁毁掉，也要把他交给那对不负责的父母。

好吧，秦伊夏、沈利，你们曾经害我们这么惨，小玫到现在都还在监狱里，我也要让你们活得很惨，惨到没有能力抚养宁宁，那么，我就可以照顾他了。

"妈妈，我们要吃什么呢？"

"我们呀，去吃自助餐吧，不过上火的东西你可不能吃。"

"知道了。妈妈，晚上我可以跟你一起睡觉吗？"宁宁怯怯地问。尚萌萌有点难住了。也好，如果秦伊夏问起宁宁，就让沈利告诉她，宁宁晚上住奶奶家了。虽然沈利的妈妈从来不管儿子孙子的事，不过这个理由，秦伊夏应该会相信。再说，她现在跟一群人天天出去疯，满脑子都是那个男人，哪还顾得了儿子。

"嗯，等下跟你爸爸商量下，如果没有问题的话，你晚上就跟我吧。然后明天起来，我们一起去医院给你做个检查，你看你又咳嗽又流鼻涕的。"

"嗯，我会吃药打针的。"

看着宁宁这么乖，尚萌萌心里很是难受。原以为他跟亲爸、亲妈在一起，还有保姆照顾，他会过得更好，每天都开开心心的，却没想到，他虽然长高了却变得那么瘦，让她看着觉得心疼。她知道秦伊夏是什么样的女人，总以为她毕竟是宁宁的生母，会承担起一个做母亲的责任。哪想到她虽然经历过生育之痛，因为之前从没养过孩子一天，根本受不了这种苦，过了一把瘾之后，就开始厌烦了。这完全是尚萌萌没有料到的。

17

　　尚萌萌带着宁宁去了一家餐厅，沈利不多时也赶到了。宁宁虽然身体不怎么舒服，但是情绪高涨，吃得很开心。

　　吃完后，他们又带宁宁去室内游乐场玩，宁宁玩得很开心。沈利这才发现，自己的儿子很久没有这么开心过了，他叹道："如果我们三个人又这样在一起多好啊。"

　　尚萌萌点了点头："我真的希望跟宁宁在一起，就是怕你放不下秦伊夏。这个你自己选择吧，我不会勉强你的，分分合合经历了太多，我也看淡了，不管怎么样，我都会接受。"

　　尚萌萌永远是那么善解人意，纵然他以前那么伤害她，她依旧那么温柔，对他无所求地好，真不知道自己哪辈子修来的福，会遇上这么好的一个女人，好得令他觉得自己这辈子欠她的太多太多。

　　"唉，我还是要好好考虑下。"

　　玩了一会儿，他们觉得差不多了，何况宁宁还在感冒，也不宜玩得太累，便要回去了。宁宁想要跟尚萌萌回去，沈利同意了。这个晚上，他们俩不在家，秦伊夏连个电话都没有。于是沈利先回家，拿些宁宁需要的干净衣服，交给了尚萌萌。看着他俩开走了后，他便返回家里，秦伊夏还是不见人影。他问了问保姆，她晚上果真没回家。

　　沈利怒火冲天，给秦伊夏拨了个电话。那边，两人正搂在一起，热火朝天地翻滚着。听到手机响起，秦伊夏意识到可能是沈利打过来的，想接，但是小金压住了她："这个晚上，你是属于我的，完完整整属于我的。这是我们两个人的世界，别人就当不存在。"

　　然后他干脆把她的手机给关了。

　　秦伊夏没有异议，现在她觉得，跟沈利结婚根本就是个错误。如果早点离了倒也早点解脱，免得她还要共同承担巨大的债务。

沈利一听电话原来是通的，这会儿竟然关机了，更是愤怒了。他跑到卧室里，把秦伊夏的首饰化妆品都砸在地上。

18

第二天一大早，尚萌萌带宁宁去医院，做全面的检查。

昨晚尚萌萌一夜没睡好，一是好久没跟小孩子一起睡了，有点不习惯；二是宁宁夜里咳得很厉害，气都有点喘不过来，而且还发了烧，就这样折腾了一夜。

没想到，宁宁查出得了轻度的肺炎，还有点营养不良，需要住院治疗。医生责怪尚萌萌这个当妈的怎么这么不负责任，为什么不早点过来看，早一点孩子也不至于肺部感染。尚萌萌有口难辩，只能应和着。

秦伊夏跟小金度过了销魂的一夜，第二天中午才回家。一回到家，她就看到自己的东西都被扔在地上。家里只有保姆，宁宁沈利都不在家，她便问保姆是怎么回事。

保姆叹了一口气，说宁宁生病了，在住院。

她这才意识到问题的严重，赶紧往医院赶。

到了那里，她发现尚萌萌与沈利都在病房里，不由分说给了尚萌萌一个耳光："是不是你把宁宁给害了？"

沈利多日来对秦伊夏的愤怒终于爆发了，左右开弓回了秦伊夏两个耳光："你还有脸过来看宁宁，要不是你整天只顾自己在外面玩，根本不管宁宁死活，他能得这个病吗？"

尚萌萌捂着脸，心里想着，秦伊夏，这一记，我以后会连本带利给你还回去的，现在沈利给你的不过是利息。她轻轻地说："宁宁因为咳嗽拖了太久，得了肺炎。"

本来想撒泼的秦伊夏突然间无话了，她扑到了宁宁的面前："宁宁，都是妈妈不好，都是妈妈的错。以后，妈妈会好好照顾你的，好不好？"

宁宁看着她，又看看尚萌萌与沈利，怯怯地说："我想跟萌萌妈妈在一起——"

"你——"想不到亲生儿子在自己的面前说出这样的话，秦伊夏一时气噎。

沈利冷冷地说："孩子的心里最清楚，别看他小，其实他都懂，谁对他好，谁对他不好，他一清二楚。像你这么一个没有一点责任心的女人，活该亲生儿子都不要你！"

"你们走，你们都给我滚！这几天宁宁由我来照顾，我大不了请假，这里不需要你们！"秦伊夏吼道。

沈利看了看尚萌萌："咱先走吧，昨天你一直陪着宁宁，也累了，回去好好休息下。"

宁宁却不肯了，哭闹起来："我要萌萌妈妈，我要妈妈。"

秦伊夏一时无措："宁宁别乱动啊，还在挂点滴啊。"

看到这种情形，尚萌萌走到门口又回来了，她给宁宁擦了擦眼泪："宁宁，萌萌妈妈真的很累了。现在，先由你妈妈陪着你，等萌萌妈妈回去好好睡一觉，养好精神了，再过来陪你，好不好？"

好不容易把宁宁哄下，尚萌萌便跟沈利出去了。

"萌萌，真的辛苦你了……"

尚萌萌疲惫地笑，她确实挺累的，以前这样的日子天天过，也没觉得怎么样，因为宁宁给她带来很多快乐，所谓痛并快乐着。现在，偶尔熬下夜，就有一种力不从心的倦怠感了，或者，真的是老了。

"没事，希望宁宁能早点好起来。他从小身体就弱，需要好好照顾，你们这样也太没责任心了。"

"唉，我这个当爸的真不称职。"

尚萌萌心想，现在你倒有自知之明了。

"要不要我送你？"

"不用了。"

目送着尚萌萌进了自己的车，沈利朝她扬了扬手。

这时，小金打来电话："你要的东西我发你信箱了，不过所有的照片与视频都做过处理，我的脸部打了马赛克，我不能让我的老婆认出来。当然我的黄头发很明显，昨天特别染的，现在去理发店洗掉。我要的东西，你验完货，我希望马上打给我。"

尚萌萌连连应着。

而秦伊夏这时接到沈利的司机小王的电话，她看了一眼沈利，出了病房，找了一个僻静的地方去接。

"沈夫人，尚成成真的不对劲。有几次，我发现他把公司的资料拷出来带走，还拍了照。"

"他本来就有问题，现在重要的是，你要把证据提供给我，拍照、录视频都行。我必须要得到证明，这样沈利才会信。你要抓紧时间。"

"行。"

秦伊夏打好电话，心里冷笑：尚萌萌，你亲爱的弟弟马上就要滚蛋了。

19

尚萌萌回到家，打开电脑，把小金传过来的视频与照片包点开来。场面真是火爆啊，小金新染的黄头发特别显眼，明显不是沈利所有的。秦伊夏啊秦伊夏，当初你指使宋丝雨勾引沈利，最后让我一无所有，这样的滋味，我怎么好意思不让你尝一下呢。

她嘴角露出一抹笑意，给尚成成打了一个电话："亲爱的弟弟，你会修改IP发资料吗？"

"小事一桩。"

"行，只要对方查不出就行了。等会儿早点回来，我给你做顿好吃的，顺便咱干一件大事。咱们商量下，怎么做好。"

"嘿嘿，好哩。"

接着她给小金转了钱："这次，我一次性给你转了5万块，现在起，我们之间的账算是清了。以后，你不要再跟秦伊夏联系了，手机号也换掉，直接玩消失。还有，你好好找个工作，别再赌了，如果让我发现你还在赌，后果你自己清楚。"

"好好，我知道，我知道。我保证好好爱我的老婆孩子，不再干那些勾当了。"

"嗯，最好住得远一点。"

"我这几天就搬，反正房子是租的。我想租个稍微好点的，肯定不让她知道。"

"嗯。"

20

宁宁病情有所好转，住了一个星期后，出了院。

这几天，秦伊夏倒也良心发现，对孩子尽心尽力。孩子就是这样，谁对他好，他都会敏感地感受到，所以，他从内心开始慢慢接受秦伊夏了。尚萌萌这几天来看过一次，带了些水果，因为怕秦伊夏有意见，她不敢过多地表示对宁宁的爱。反正，接下来的大风暴，会把你卷得体无完肤的。

宁宁很高兴，希望萌萌妈妈经常来看他。尚萌萌点了点头，对宁宁说了句悄悄话："过段时间，我们永远在一起好不好？"

宁宁拼命地点了点头，尚萌萌说："这可是我们俩的小秘密，不能告诉任何人。"

"嗯，对妈妈我也不说。"

尚萌萌跟他拉了个钩便告辞了，她来的时候，秦伊夏便去外面逛了，怕自己控制不了情绪，在孩子面前吵架。这时看到她回来了，尚萌萌就知趣地走了。

宁宁出院后，秦伊夏便让保姆好生照料着。自己这几天确实很累，需要好好休息下，然后好好去上班。令她奇怪的是，这几天小金没跟她联系。

这天，她拿到了小王发给她的尚成成拷的公司文件的照片，如果可能，她不但要让尚成成从公司滚蛋，还准备举报他窃取商业秘密。当然，后一步她得收集更可靠的证据才有可能。

她秦伊夏，不仅可以扳倒尚萌萌那伙人，而且可以像一些成功的男人那样，家有丈夫撑腰，外有情人暖床，只不过给儿子的时间少了，唯一亏欠的便是儿子。但是，儿子，只要妈妈过得幸福，你也会幸福，我会尽量弥补对你的爱，好吗？

秦伊夏想得太美好了，完全没想到一场暴风雪已到来。

第十章　重生

1

这天，秦伊夏来到单位，这是她请假几天后第一天上班。

她一进单位的门，就听到里面的同事像炸开了锅似的，聚在一起议论纷纷。发生什么事了，难道又有客户来闹？

秦伊夏觉得奇怪，这时，一个女职工看到她过来，嘘了一声，大家忙作鸟兽散。秦伊夏非常奇怪，问其中一个人："怎么了？"

那同事目光闪躲，挤出一点笑："没，没什么。"说完便埋头工作。

秦伊夏回到自己的办公室，回想起同事们的态度，感觉很纳闷，但是也没特别在意。

这时，际行长的秘书过来叫："秦科长，行长叫你过去下。"

秦伊夏点了点头，给自己倒了一杯水，便过去了。

际行长的脸色不大好看："秦伊夏，关于你的私事，我本来是不想管的，但是，现在事情搞得全单位都知道了，你都快成名人了！你不要脸也就算了，你让我这个做行长的还有什么脸面！"

这番话说得这段时间心思全放在宁宁身上的秦伊夏莫名其妙："际行长，我不明白这是什么意思。"

际慈心把自己的电脑屏幕转了过去："你自己看吧。"

上面竟然全是自己跟小金亲热时的激情照！秦伊夏一下子血往脑门上冲，蒙了，脑子里一片空白，好一会儿才回过神。她发现小金的脸部打上了马赛克，而她的面目如此清晰，都是些不堪入目的照片啊。

怎么会有这些照片？秦伊夏不停地点击着，里面竟然还有视频！

她一下子瘫软，坐在了地上，喃喃自语："怎么会这样？怎么会这样？"

际行长冷冷地看着她："那男的不是你老公吧？"

"行长，我——"

"若要人不知，除非己莫为。"

秦伊夏挣扎着爬了起来，际慈心看到她这副模样，有点心软了："你是不是跟人结仇了？这些照片我们单位每个人的工作信箱都有，传出去多丢人。要知道，这会让我们银行的声誉受到影响。你想想，你一个信贷科的科长，现在好了，成艳照门的名人了，你说，我们以后怎么在这个行业里竞争下去——我已经通知下去了，让他们不要外传，网络上有没有公开我们不知道，没有的话最好，这事也就我们内部知道，有的话，我们也救不了你。"

这种近距离的照片，只有房间里才能拍得出来。难道是宾馆里的监控泄露出来的？如果是宾馆的原因，不可能发到她单位啊？单位的工作信箱，只有内部人员才有。她的脑子里马上冒出一个名字：尚萌萌！一定是尚萌萌，一定是那女人搞的！

"尚萌萌，你个贱货！"秦伊夏歇斯底里地吼叫着要出去。

际慈心叫住了她，声色俱厉地说："秦伊夏你站住，别再给我在单位里添乱了，没有证据的事不要乱说。在单位外面，你们怎么解决我不管。"

"我——"秦伊夏再怎么抓狂，还得顾及际慈心的威望，不敢在她面前撒泼，况且，自己确实已经颜面尽失。

"行了，沈利的贷款快到期了，打算几时还？"

秦伊夏无力地摇了摇头："这个我真不知道，我最近跟他关系也不好，你还是直接打电话问他吧。"

"难怪，关系不好就跟别的男人——行了行了，你出去吧，我自己问。"

际慈心皱着眉头摇了摇头。

秦伊夏回到办公室，第一件事就是拿起手机给小金打电话，但是小金的电话竟然停机了，根本打不通。天啊，这简直就是阴谋啊，怪不得自从那天后，小金就一直没跟她联系！秦伊夏这才意识到，小金对她的接近与关心，甚至热情似火的感情，可能全是假的，就如当初宋丝雨对沈利的感情。

她一下子瘫软在椅子上。

2

沈利在办公室里接到际慈心的催款电话："沈利，我先提前通知你一下，你的贷款还有两个星期就到期了，这不是一笔小数目，希望你有思想准备，早点偿还。你可以想办法先把贷款给还上，然后再贷也可以，这个，你自己看。"

他现在哪有这么多的钱还上啊，资金都转不动，先偿还后再贷也是不可能的。

"谢谢际行长，我明白了，我最近努力在筹款。"

挂上电话，他想了一下，然后给售楼部打了一个电话："马上做轰炸式的广告宣传，在原来的房价基础上再降百分之二十甚至三十，电视电台报纸网络，全部覆盖！一次性付全款的，再低百分之十！"

说完后，他瘫在椅子上，靠在椅背上，闭着眼睛。

他真不知道做出这样的决策会不会挽回残局，这已经是他最后的一拼了。这是用成本价销售，能不能成就看造化了。他知道，这样一降价，之前买的房东毫无悬念会再次来闹，但是他现在没有更好的办法，只能靠售房来聚拢资金。

人的欲望就是个黑洞，原本那么舒服的生活，虽然赚得不是特别多，但是比起普通人，不知道要好多少倍，却总是希望多一点再多一点。这时，沈利意识到如果还不了贷，自己多年来经营的公司、耗费的心血，全得当陪葬！

他揉了揉太阳穴，睁开了眼睛，电脑里显示有一封未读邮件，标题是：你老婆的一些艳照。

早上这样的提示他也看到了，以为不过是些病毒邮件。这回他想了想，还是点开了，想看看内容说些什么。只见里面好多的附件，内容是：你知不知道，当你儿子生病住院的时候，你的老婆在偷情！

沈利仔细一想，那天，秦伊夏确实是一夜没归啊。

犹豫了一会儿，他还是点开了那些附件，全是火辣辣的照片。里面的女主角，他最熟悉不过了，真的是秦伊夏！

他不相信这些照片是真的，肯定是无聊的人PS的。再仔细看看，他有点疑惑，于是便给秦伊夏打了个电话。他沉着声音说："那些照片是不是真的？"

秦伊夏吓晕了，但还是装不知："什么照片呀？"

"你跟一个黄头发男人的照片。噢，还有视频。"

"沈利，你别点开，回家我给你解释。"

"你是说这些照片与视频都是真的？"

"肯定不是真的，回家再说好吗？"

沈利愤怒地挂了电话，还有视频，怎么可能假得了？她竟然真的有情夫！真给自己戴了顶绿帽子！

这事沈利早就有所怀疑了，但是，他没有证据也无可奈何。一旦怀疑成了赤裸裸的事实，他真的感觉天旋地转。为什么？秦伊夏，为什么在我最失落的时候，你做出这样的事，令我最后一点做男人的自尊都没有了！这次，我真的无法原谅你！

男人总是这样，自己出轨的时候，从不考虑这样做是不是令老婆很没有尊严。一旦老婆出轨了，他就觉得自己那点可怜的尊严全部扫地了，无法接受。特别是面对这些赤裸裸的照片，如果没有看到还好，一旦看到，那种冲击力就会一次次击溃他的心理防线。

他的手狠狠地捏着玻璃杯，直至杯子碎掉，手指鲜血淋淋。

3

秦伊夏冲进了尚萌萌的办公室，她压住心里的怒火，低声地问："尚萌萌，这些事情是不是你背后搞的鬼？"

尚萌萌顾自写着一个文件，头也不抬地问："什么事呀？"

"你还给我装蒜！"

尚萌萌抬起了头，一脸的无辜样："到底什么事呀？我真的不明白呀。噢，对了，早上我的信箱里有你的艳照，你是说这事吗？但是大家都有呀，都是同样对待呀，我也是早上才看到这些。祝贺你脱离苦海，找了个那么帅的男人，那个帅哥比你小多了吧，你看小帅哥那身材那肌肉，啧啧，我们同事都很羡慕呢，是经常上健身房的吧。看来我也要向你学习，做女人也要懂得享受——"

"闭嘴！"

"哎，我怎么又不对了？"

"尚萌萌，你给我好好听着，我一定会抓到你的把柄，到时候，我就告你！"

"随时恭候。"

秦伊夏怒气冲冲地走了，在单位里，际慈心早就警告过了，她不敢乱来，但是，她不会就此罢休的。

尚萌萌看着她气成这样，心里非常过瘾。她打了个电话给沈利，还没说话先哭了几声。沈利虽然心里烦，但现在他最在意的女人便是尚萌萌了，只有尚萌萌才对自己忠贞不贰。

"怎么了，萌萌？"

"刚才秦伊夏过来莫名其妙地打了我一巴掌，说我把她出卖了，我都不知道怎么回事。"

"这女人！"

"有件事，本来我是不想告诉你的。其实，前段时间我就知道了，有一天，我看到一个男人过来接她，感觉他们关系有点不一般，但是只是猜想，现在看来……唉，本来我还想给她留点颜面的，可是她真的太欺负人了。你不知道，有人把她跟她情夫的那些照片发到我们的工作信箱了，大家都知道了，我怕你——"

沈利心想着，原来尚萌萌早知道了秦伊夏出轨的事，连她单位的人都知道了。那我还有什么脸面去她单位啊，难道被人指着我说，这是个被老婆戴绿帽的男人吗？看来，天底下就我最傻了。

"她的事，我也是刚知道，快气死我了。"

"唉，那我不说了，我不喜欢说别人的不是。我的手机上有一段前段时间跟她的对话，你听听就好了，我等下给你发过去。"

秦伊夏还有什么秘密？沈利应道："好吧，你发过来吧。"

尚萌萌于是便把那段她们在卫生间的对话，那段秦伊夏对沈利那么不屑的话，给沈利发了过去。

沈利听了这段话，如果说刚刚心里都是火气，那么现在都成灰了。他彻底对这一段婚姻心冷了，现在他也明白自己在秦伊夏心里的真实位置了，自己不过是根鸡肋，在她心中失去了利用价值。

这样也好，一切该结束的还是结束吧。或者，对她也有好处，就如她说的那样，毕竟曾经她也付出了很多，而且可能房子都要赔进去了。

4

秦伊夏回到家，看到沈利呆坐在沙发上，一动也不动。

她小心翼翼地说："我回来了。"

沈利说："到这里来吧，到我旁边。"

秦伊夏放下包，依言坐了下来。沈利看上去平静似水，看着茶几上的几张纸。

"把这协议签了吧。"

秦伊夏拿起来细看，是离婚协议，烫了手似的放了下来："不，老公，我不要离婚——"

"你的事，我都知道了。签吧，这对你有好处，否则你还得背上债务。"

"我愿意跟你一同承担。"

"别傻了，你还不了的……"

"没事，只要我们一起努力，一切都会好转的。"

364

沈利有点不耐烦了："签吧，不签的话我可以拿那些照片起诉离婚，到时候，你还是得离，而且对你没一点好处。"

秦伊夏蓦地跪了下来，眼泪鼻涕都流出来了，哭哭啼啼地说："老公，我真的知道错了，你就原谅我一次，行不行？我再也不会犯这样的错了，你就原谅我一次吧，老公，我不能没有你啊……"

这次，沈利真的是铁了心，无论秦伊夏怎么一把鼻涕一把眼泪都没有用了。

"你还是起来吧，真不签是吧，行，那我们明天法院见。"

"别——"秦伊夏看软的不行，就边抹眼泪边站了起来。

"可是，宁宁呢？"

"宁宁归我。"

"不行，宁宁是我辛辛苦苦怀孕十个月生下来的，他只能归我——"

沈利冷笑："你辛辛苦苦十个月，我问你，他现在几岁了，你有几天好好关心他？"

秦伊夏一下子不吭声了，过了一会儿才说："你都快破产了，拿什么来养他？"

"这个你不用管，我会有办法的。"

"不行，这个我无法妥协，宁宁的监护权必须得归我！"

看来这还真是个大问题，沈利有点头痛。他知道，尚萌萌一心想把宁宁留在身边，只有监护权归他，他跟尚萌萌复婚的话，以后一家三口才会像以前那样过着很幸福的生活。但是秦伊夏的脾气他也知道，如果宁宁归他的话，这个字她是不会签的。

如果她不签，那么这个婚就离不掉。现在，首要的问题就是先把这桩婚姻结束了再说，如果秦伊夏以后发现，她一个人带孩子真的那么困难，说不定会把监护权还给他的。

反正不管怎么样，这个婚一定要离，一天不离，他就一天无法安心。

这个事，他考虑了很久，也担心秦伊夏不同意离婚，于是同时起草了两份不同的协议。

他真的不想再看到她了，只想尽快去民政局办好离婚手续，尽快跟尚萌萌在一起。他想了想，只得拿出另外一份协议，这份协议上写着宁宁的抚养权归秦伊夏。

秦伊夏凄然一笑："看来，你都做好多方面的准备了，我还有什么好说的。不过，沈利，签之前，我想告诉你一个秘密，你投房产失败，都是尚萌萌搞的鬼，你居然至今还相信她对你有感情，真是可笑。"

温柔的尚萌萌会这样对他？沈利当然不信："你别胡言乱语了，我是不会信的，而且她也没有这个能力。"

"是的，她是没有，但是马应龙与尚成成有。他们里应外合，当初你不听我的劝告才会输成这样！"

说着，她拿起手机，把那些资料转至沈利的微信。沈利看了后瘫到了沙发上，喃喃地自语："不，我不信，我不信。"

他是真的不信，今天还对她温言软语的尚萌萌，怎么可能会害他？她对宁宁的感情根本假不了，可是尚成成的作为怎么解释？马应龙对自己的情况一直了如指掌，他应该知道尚成成与马应龙的关系啊，而且就算他把文件设了密码，尚成成也会轻而易举地得到。这一切，尚萌萌，是你掺和了吗？或者，就如秦伊夏说的那样，如果当初把尚成成辞退，他可能就不会输得如此凄惨。

秦伊夏看着这个男人，这个令她又爱又恨的男人。她不管沈利会不会破产，至少现在不能放弃他，否则，她便会输给尚萌萌。于是她柔声地说："现在，你还要跟我离婚吗？"

沈利一声不吭，往自己的书房走去。

5

尚萌萌感觉有点不妙，给沈利发微信短信他都没有回。她不知道发生了什么情况。

直至尚成成打了个电话给她："姐，我失业了。"

尚萌萌吃了一惊："沈利把你炒了？"

"对。"

她沉思片刻："炒了也好，他公司迟早会关门，而且我们的目的达到了，你也没有在那里的必要了。只要他还不了款，他就会一败涂地。不过，我们现在不能及时掌握信息了，而且，他对我也产生了戒心，我们还得想想法子。"

她挂掉了电话，约了马应龙中午一起吃饭，一起商量对策。

马应龙中午赶到，他也没想到在他们即将成功的时候，出现这么一个插曲，沈利原有的策略不知道会不会改变。

马应龙想了想："现在他们以大降价为营销策略，而属于他的时间不多了，他没有另外的办法短时间内筹这么多的资金。现在降价引起了先前购买房主的不满，我们可以强化这种情绪，鼓动先买的房主弄条幅在他们的楼盘前闹，造成更不好的印象。他们房子的质量嘛，我们曾派人调查过，说实在的，还是过得去的，不过有楼台搭建等违章行为，现在违章管得很严，只要投诉，肯定会有人来管。成成你不用担心，我会安排他来我公司上班，不会让他失业的，好歹他也是我未来的小舅子。嘿嘿，这一年多来，他真的成熟多了，如果还是以前那样子，我可真不敢招来。可能是小玫和你的事影响了他……"

确实，尚成成现在比以前改变了很多，一有空就学习，或给小玫写信，而不是光知道在家打游戏，在外吃喝玩乐。

尚萌萌点了点头："沈利这边，我会再跟他打情感战；银行那边，我想办法让际行长向他施加压力。"

马应龙握着她的手，把她搂在怀里："萌萌，熬过最后半个月，我们很快就能光明正大在一起了。"

尚萌萌靠在他的胸前，尚未尘埃落定，她内心还是有点不安。

这时，她心中有一种想法更为坚定，那就是必须要让秦伊夏与沈利离婚！

6

沈利往海天首府走去，大门前面挂着红色的写着"无良奸商，出尔反尔，还我们血汗钱"字样的条幅，还有几个穿着印着"海天还钱"白T的人在那里吵着。

"我是负责人，你们的诉求我能理解。这样吧，你们把条幅撤了，我们去楼上，一起开个会，把这事解决了好不好？"

其中一个男人说："只有事情解决了我们才撤，几时解决好，几时撤，现在是绝对不会撤的。"

沈利无奈了："行行，这样吧，一个小时后，我们在二楼办公室开个会，大家都没意见了，我们会另拟一个差额协议，盖上章。我们这么大的楼盘跑不掉，你们放心好了，到时候——补你们差额。"

"到底几时给我们补差额啊？"

沈利沉思了一下，现在首要问题是还贷，哪有钱给他们补差额，于是就说："不会超过一个月。放心好了，如果我没办到，你们可以拿着差额协议去告我。"

这么一说，大家都没什么意见，于是赶紧回家拿购房合同去了。

沈利吁了一口气，吩咐保安把条幅给拿掉。这时，手机响起来，是尚萌萌打来的。他本来不想接，因为若不是他们姐弟俩，他也不会落到这个地步，但毕竟旧情难泯，而且，他也想听听尚萌萌给他做出的解释。

想了想，他还是接了起来，尚萌萌那边有气无力地说："沈利，我怀孕了。"

怀孕？沈利愣了一下，她不是没有男人吗？

"谁的啊？"

"当然是你的喽，否则我也不会打电话告诉你。我们终于有自己的孩子了，已经两个多月了，我一直不敢告诉你，怕你烦恼。"

"等等等等，这不可能啊，我们之间并没有——"

"你忘了吗？有一天，你喝醉了来找我，我把你扶到沙发上，你抱着我不让我走……"

确实有那么一天，他喝醉了在尚萌萌的沙发上过了一夜，而那天晚上有没有做过什么，他确实是什么都想不起来了。尚萌萌一直对自己含情脉脉，难道是因为这个？

沈利真是惊呆了，这个消息对他来说，并不是一件好事："萌萌，我——"

"你难道不想我们一家人过着平淡却温馨的生活吗？对了，你怎么把成成辞了呢，他一直尽职尽责，没做过任何对不起你的事。我想你可能是误会他了，也可能是受别人的挑拨。沈利，我知道你现在的处境，只要我们能在一起，我想办法让际行长再给你一两个月的时间。秦伊夏艳照事件已人人皆知，你居然能原谅她。呵呵，只可惜她在际行长心目中的地位已一落千丈。"

"我知道了。"

"我晚上能见你吗？"

"好吧。"

挂掉电话，沈利真不知道自己该怎么办，本就够焦头烂额的了，楼盘销售不利，还有人来闹事，巨额贷款马上要到期，老婆出轨众人皆知，现在前妻居然还怀上自己的孩子，还能再令人崩溃一点吗？但尚萌萌说了，说不定她会有办法让贷款延期，他只能一试了。秦伊夏现在在银行确实没什么地位了，连头都抬不起来，还能有什么位置可言。

他长叹了一口气，往里面走去。

7

尚萌萌化了个裸妆，穿了件宽松的棉麻料绣花连衣裙，包里塞着一张孕检单。这单子，是尚萌萌托左拉娜搞的，反正她医院有人。沈利也不会仔细看，晃一下就行。

到了那里，沈利已在等她。

她装作一副有气无力的样子，还没坐下便用手捂住嘴干呕一下。沈利看着有点心疼，起身扶着她坐下："你没事吧？"

"没事，又不是没经历过。"说到这里尚萌萌眼睛红了，她想起了自己一出生就走了的女儿。她从包里掏出那张单子给沈利："你看，他多健康。"

沈利看了一眼，轻叹了一口气。

"其实，我真的不想让你为难，本想一直瞒着你的，但是一想到孩子将来没有爸爸，我就心疼。"说到这里，尚萌萌哽咽了，"我也想过，他可能不适合在这么尴尬的情况下出生，可你知道，我特别想要这个孩子。宁宁虽然是我带大的，但毕竟不是我亲生的，他有自己的妈妈。我们的那个孩子……"说到这里，尚萌萌抽泣起来。

沈利不知道如何开口。"萌萌，其实——"话到嘴边又咽下了，他不能讲。

尚萌萌赶紧说："我不想你有心理负担，如果不能跟你名正言顺在一起，那我把工作辞了，离开这个城市，离你远远的。我一个人在另一个城市和肚子里的宝宝一起生活，虽然可能会很辛苦，但我不会后悔。"

沈利没想到她会这么说，心里非常感动。秦伊夏为了得到她想要的东西不择手段，而尚萌萌宁可做出牺牲，也不想为难自己。这是两个完全不同的女人，怪不得跟尚萌萌一起生活是那样幸福。而现在，他真的感觉非常疲惫，他要一辈子这么持续下去吗？

如果当初他没出轨，如果现在他没搞什么房产，那么现在他们一家四口过着多么幸福的生活啊，但现在，还回得去吗？他真的不敢想。

"萌萌，不是我不想跟你在一起，你知道，我现在身负巨债，我不想拖累你。"

尚萌萌喝了一口水："如果我能帮你偿还巨债呢？"

沈利瞪大了眼睛："你？"

尚萌萌点了点头："你知道马应龙吧，他曾帮助过我。他的红星公寓做得这么好，如果让他一起做你的海天首府，或者海天挂于红星的名下，成为红星的中高端楼盘，这样不仅能偿还贷款，说不定还有不少的盈利。你知道，他的背后有马伦集团撑着。"

沈利眼前一亮，这真的是一个绝好的办法，但是马应龙肯帮自己吗？要知道，他们的关系并不好。

尚萌萌似乎看透了他的心思："只要我一句话，他肯定会去做。他是一个很好的人，一直把我当作姐姐。他也是一个很聪明的商人，只要有利润，他有把握做得好，他就会去做。他爸也相信他的能力，非常支持他。"

"那太好了。"一直困扰着沈利的那片乌云终于要被风吹散了，沈利感觉前方豁然变得明朗，"你让他帮帮我吧，让他几时有空过来一起坐下来谈谈。"

　　"可以，但有一个条件。"尚萌萌定定地看着他，一字一顿地说，"你必须得跟我结婚。"

8

　　自从秦伊夏发现被小金欺骗了，她一下班就回家，没有再在外面吃喝玩乐，对宁宁也挺尽心，宁宁脸上的笑容也多了。这令沈利有点恍惚，他不知道自己现在置身于真实世界还是虚境。跟尚萌萌一家？跟秦伊夏一家？他不知道谁才是他的宿命。他现在必须做出抉择，哪怕是为了自己。他不想破产，不想变得一无所有，不想多少年的打拼变为乌有。如果什么都没了，男人到了这个年纪，还有勇气与旺盛的精力再次白手起家吗？

　　等宁宁与保姆睡了之后，他把秦伊夏叫到了书房，把之前的那两份协议放在她的面前："伊夏，我要破产了，挨不过去了，这两天就叫银行的人过来清算。我不想连累你，我想离婚了或许能保住你的房子，你跟宁宁还有房子住，否则，可能我们什么都没有了。这是我能想到的最好的办法，也是我想了好几天的决定。"

　　秦伊夏呆住了，她没想到沈利败得如此凄惨。如果这样的话，房子没了，他们得租房子住；沈利的公司没了，保姆请不起了，那么，她秦伊夏真的要跟他受苦吗？她真的不敢想象。之前，她一直相信他有这个能力，不至于真的还不起贷款，现在真到了这个地步，沈利已经放弃了，她也开始动摇。她之前把沈利抢回来，除了不甘心，不就是因为他的公司越做越好，她可以更好地生活吗？如果他是个穷光蛋，她可能看都不会看他一眼，她秦伊夏又不傻。

"没有更好的办法吗？"

"没有，想遍了，没办法筹得起来，而且还欠第一批房主差价款……房管的又隔三岔五来拆违建的楼台，老是闹，买房的人很少。签了吧，秦伊夏，宁宁可以归你也可以归我，你自己看着办。两份协议你选择，我们趁早把手续办了，办好之后再让银行的人来清算，这样，对你的影响就会降到最低。等我有一天东山再起，就把你跟宁宁都接回来。毕竟，你们是我最大的牵挂。"

看来也只有这样了，秦伊夏想，她可不想真的跟沈利一起背负可能一辈子都还不了的巨额债务。一辈子这么短，何必耗在穷困和为还债而艰苦奔波的悲苦生活里。而且，她堂堂银行信贷科科长，丈夫却是破产负债者，传出来是多大的笑话，谁还会找她合作？

这么一想，她惋惜了一番，还是签掉了。

沈利心里一阵轻松："明天我们一起去把手续办了，宁宁可以继续住在我家，由保姆来照顾。不过我想这里很快就会被封了，唉。"

秦伊夏长叹了口气："算了，明天他跟我都搬我家，明天晚上收拾一下就搬，保姆也跟着。"

"好吧，现在我也没有多余的钱分给你。唉，如果以后有转机，你有什么困难，我会尽量帮助。"

"行了，你能自保就不错了，这样也好，我也落个清净。"

确实，离婚对秦伊夏来说，还真不是坏事，至少，她不用再为还贷款的事操心了。把离婚手续办完后，她得想办法把她的房产证拿回来。既然他们离婚了，说不定际慈心会网开一面，让她保住房子。她只能这么祈祷了，虽然她不知道能不能保住，她真不想连个安身之处都没有了。

9

从民政局办好手续出来，沈利觉得一阵轻松。

有的婚姻就像是一个瘤，你越是养着它，它就会越肥大，最后只能进入死期；如果趁早把它给割掉，倒是不用累及其他部位。一想起秦伊夏给他带来的动荡与一顶鲜绿的帽子，他真是觉得这一年多过得特别累。

他问秦伊夏："我去公司，要先送你去银行吗？"

秦伊夏淡淡地说："不用了，既然离婚了，咱还是保持距离比较好，免得被人说闲话。"她便打了车去上班，她此时心急的是她房子的事。

真是理智的女人。沈利感叹道，看来，她对自己并非真的有多爱吧，此前把房子都拼上了，现在知道自己要破产了，恨不得长翅膀飞了。这时，他更想念尚萌萌了，于是回车里坐定之后，满心欢喜地给尚萌萌打电话："萌萌，我终于自由啦！"

"真的还是假的？"

"等下我的本本发你瞅瞅你就信了。"

"行，那你先发过来吧。"说着，尚萌萌就挂了电话。沈利愣了一下，但也没多想，便把离婚证拍了照给尚萌萌发过去。

尚萌萌看了后，心想着，这下是真的离婚了，呵呵，你们还能抱成团吗？这时，沈利的电话再次打来，尚萌萌便问："那宁宁呢？"

"秦伊夏要宁宁，否则她不会这么干脆离这个婚，所以——"

尚萌萌心里骂，果真是自私的男人："嗯，我知道了。噢，我还有个电话要接，先这样吧。"

"等等，萌萌，你能找际行长说说还贷延期的事吗？"

"行，我等下问问。"

"还有，晚上要不要把马应龙——"

沈利本想让她把马应龙叫出来商量房产合作的事，但还没说完，尚萌萌就挂掉了。他愣了下，随即笑笑，急什么呢，反正都离婚了，以后我跟尚萌萌有的是机会，只要贷款延期了什么都好讲。

10

秦伊夏一回到单位又被际慈心训了，她本想找际慈心的，没想到际慈心先找她了。际慈心这段时间对她非常不满，以前的那个秦伊夏多么尽心尽责，全身心投入工作中，业绩做得好，而现在跟以前相比是一落千丈，连最基本的工作热情都没有了。

"小秦，你到底想怎么样？这段时间老是请假，有时候没请假就不来上班，你以为我们银行的门，是永远向你敞开的吗？想上班就上班，想不上班就不上班？"

"行长，我——"

"行了，你别再找什么理由了，你再这么下去，我告诉你，你还是不要来上班了！"

这次，际行长真是动怒了，对她的耐性用尽了，才会说出这样的狠话。秦伊夏的艳照门事件发生后，银行的声誉很受影响，而秦伊夏现在根本不在状态，出了好几次差错，要不是际慈心发现得及时，真不知道会引来多少麻烦。

换在以前，秦伊夏可能毫不在乎，让爷走，爷还不想干呢！现在不一样了，她需要一份工作，养着宁宁与自己。况且，这份工作的待遇还算不错，当初她扔下襁褓中的宁宁，就是想在事业上拼一番，她好不容易才混上比较高的职位，怎么能轻易放弃呢？

"不，不，际行长，我知道错了。以后，我再也不把生活上的情绪带到工作上来了，我保证，真的。"

际慈心不耐烦地挥了挥手："你先出去，以后再惹出什么事，我告诉你，你自动走人。"

秦伊夏欲言又止，本来想说自己那房子抵押的事，看这情形，还是先等行长情绪好点再说吧。"我知道了，谢谢际行长。"

秦伊夏一拉开门，却见好几个八卦的女同事在门口偷听，一看到她出来，装作是经过这里。换在以前，秦伊夏早就把她们臭骂一顿，现在，她还有什么资格发飙呢？

她一声不响地往外走，那几个女同事又聚在一起窃窃私语："这是报应呀。听说她离婚了，以前死活抢别人的老公、孩子，抢到了，自己又闹婚外情，这种女人真是极品呀。"

"嗯，就凭她那样，也配当母亲？"

…………

秦伊夏感到一阵天旋地转，天啊，她们消息怎么这么灵通，我离婚她们都知道了！难道沈利给尚萌萌打过电话？他们之间关系如此亲密？秦伊夏突然感觉自己这次被算计了：把我们搞到离婚的地步，不正是尚萌萌的计划吗？

这回，秦伊夏已没力气去质问尚萌萌，是不是她透露的消息。她只能在心里大声呐喊：你们就不能放过我吗！

11

马应龙与尚萌萌在家里喝着庆功酒。

马应龙拉过尚萌萌，让她靠在自己的肩上，尚萌萌嗔怪道："干吗呀，这么亲昵。"

"这场戏都快收场了，你还想逃吗？"

"就不能允许我逃吗？"

"哼，你就算逃到天涯海角，我都会抓住你。"

马应龙做了个张牙舞爪的动作，尚萌萌咯咯地笑："唉，我还真喜欢就这么靠着你的感觉。"

"我让你依靠，让你靠，让你投我的怀抱——我就让你靠一辈子好了，全免费无限量。怎么样，这样的好事，你还不想要？"

尚萌萌含着笑，依着他，这种甜蜜幸福的感觉，真的很久没有过了。

"对了，萌萌，这几天哪天有空，去看下我妈吧。她呀，早知道你了，一直念叨着要见你呢，你说，还能让她扫兴吗？"

尚萌萌想了想："行，周六或周日选个时间去吧。"

"你呀，终于答应做我们马家的媳妇了，这回你可逃不了了。"

尚萌萌这时突然想到一件事，心里有顾忌："应龙，如果有一天，我把宁宁接回来跟我们一起住，你会同意吗？"

马应龙想了想："那也不错啊，我妈天天念叨着抱孙子呢，先让她有个大孙子预习下。以后我们住在一块儿，宁宁可以让我妈照应着，我妈这个人真的是年纪越大越怕寂寞，我想她一定会乐意的。再说，现在凭我的收入，别说一个，三个都养得起。到时，我们再生两个一起养，不过太多了受不了，能吵得人头晕。"

"行，你要几个都给你生。"尚萌萌嘴里这么说，心里却有点茫然。有马应龙的孩子当然好，只是不知道几时的事，而宁宁，几时才会回到她身边呢？

"就算宁宁回不来，我们也要自己造一个，选日不如撞日，要不，就晚上吧。"

"我可还没心理准备。"

"嘿嘿，晚上你可真逃不了了……"

12

　　尚萌萌、马应龙提了些礼品，来到了马应龙的新家。这房子是马应龙新买的，马德康暗地里出了不少钱。

　　"妈，我们来了。"

　　马母应声出来，今天为了跟准儿媳见上一面，特意打扮了一番。她把头发烫了个小短卷，穿了件唐式盘扣的上衣与黑色小绣花的大脚裤，显得既气派又非常精神。

　　"哟，妈，你今天可真漂亮啊，起码年轻十岁。"

　　马母笑了，非常亲热地招呼着尚萌萌："萌萌，你坐你坐。哎，来就来呗，你来我就高兴，干吗还买东西呢。"

　　尚萌萌笑着说："一点小心意而已，也不知道伯母喜欢什么。听应龙说您最近上火睡不好，我就买了铁皮枫斗与燕窝，给您喝喝看。"

　　"这么客气，你坐着啊。你的事，应龙都对我说了，你还有个弟弟吧，挺好的。你先坐，我去烧几个菜，等会儿咱好好吃个饭。"

　　"伯母，我给你打下手吧。"

　　"不用不用，你第一次来，是客人，怎么能让客人下厨呢，你坐着就好。"马母拉住她，自己便去厨房忙活起来了。

　　尚萌萌看了一眼马应龙，马应龙眨了眨眼睛："你看，你未来的婆婆对你印象不错嘛。我看，咱之间的事会进行得非常顺利。改天呀，我去看望下你母亲，凭我这漂亮的身架子，再多买些东西贿赂一下，老人家一定会乐开花的，嘿嘿。"

"去，自信过头了。"尚萌萌还是有点担心，"你妈知道我是离过婚的吗？"

"嗯，我说过了，我说你有过一段失败的婚姻。刚开始她听了有点纠结，毕竟她儿子是没结过婚的。后来，我就把你的经历都给她讲了，而且说我是真心喜欢你的，只喜欢你一个人，换谁都不行。她是过来人，估计想通了，所以也没太大的意见。"

尚萌萌这才放心了。确实，离过婚的女人跟一个没结过婚的男人在一起，总会让别人有看法。所幸，他妈妈是个开明的人，这倒省了不少麻烦。

其实，她跟马应龙的事，她昨天打电话给老妈说了声，说几时带男朋友去看她。老妈淡淡地说："你觉得好就行，妈都祝福你。"

对于老妈，她真的觉得很愧疚。她想，以后一定要好好弥补。

马母做好了菜，一家人围坐着，马母不停地给尚萌萌夹菜。马应龙吃醋了，假装不高兴地说："妈，你真是有了儿媳妇连儿子都忘了。"

马母笑了："你啊，你又不会给我生孙子，你拍你马屁干什么呢。"

"唉，怎么有这么势利的妈啊——不过，放心吧，我们一定会给您造一堆的孙子出来。"

"那可不必，我可忙不过来，有一两个就行了。"

"这可是你说的啊。"

"对了，你们打算几时结婚，要不把亲家约过来，咱们一起商量下。"

马应龙与尚萌萌互相看了一眼："妈，我们是有这个打算，只是现在时机还不是很成熟。不过快了，很快的，一到时机呀，我们马上定个好日子，好不好？"

马母莫名其妙地看着他们："什么时机呀？"

"天机不可泄露。"

"你这孩子……"

"我认真告诉你啊，你跟赵叔叔几时拿证，我们就几时结婚。"

"说什么呢，你这孩子——"马母看了看准儿媳，有点难为情。

"妈，你看，我以后真没那么多时间陪你了。你想吧，你跟赵叔叔真的挺不错，如果你们不结婚，那只能说明，你对爸还有想法，难道你还真有想法？"

"你乱讲什么，根本就没有的事。"

"那你赶紧把事情给我办了。我告诉你呀，我跟尚萌萌以后准备生一堆孩子，你一个人啊，根本就忙不过来。"

"今天是你们的事，怎么扯到我身上来了？好了，老妈知道了，你的心意我领了，我会好好考虑的。"

"妈，你这算答应了吗？不许反悔。"

一直没插上话的尚萌萌笑着说："那咱们先为伯母的幸福干杯。"

"还是早点改口，叫妈吧。"

大家都笑了，三个人的杯子撞在了一起。

13

这边一家三口其乐融融，那边沈利却急得不行。要知道，还贷期限马上就要到了，如果不还，那他的公司账户、个人账户，全都面临着冻结；还有他抵押的房产，会被拍卖，他怎么能不急呢？而尚萌萌还没回他，到底她承诺的会不会实现。

马应龙送尚萌萌回家的时候，她的手机不停响起来。她笑着看了马应龙一眼，便接了起来，装作很委屈的样子："沈利，真的对不起，下午，你的事我跟际行长说了，结果被她大训一顿。她说我怎么连最基本的行规都不懂，如果期限没有约束性，那又有什么用？她说不可能延期的，反正噼里啪啦一通骂，我都被骂蒙了。唉，是我不好，是我太自信了……"

尚萌萌怀疑自己快要成戏精了，但是又有什么办法呢，这一切，都是沈利与秦伊夏赐予她的。

沈利无言以对："那马应龙呢？"

"他说时间太短，是不可能操作的。唉，我也没想到会这样。沈利，你骂我吧，这事我也很难过，我妊娠反应各种不舒服，所以也没及时回你……"

"好吧，我知道了。"沈利有气无力地瘫在椅子上，他从没有过如此的疲惫。此时，再也没有任何东西足以支撑着他，看来，尚萌萌那边是不能指望了，他只能自己想办法，或者说，做着最后的挣扎。

14

秦伊夏要求拿回自己房子的要求被际慈心驳回，她真的没想到一时冲动的举动，会给她带来无法弥补的损失。她更无法忍受同事们的各种眼光与排挤，再加上际慈心把她的职位降了，让尚萌萌顶替上来，秦伊夏那点可怜的自尊终于全部溃散，她犹豫着要不要辞职。

这个单位，她待了整整十年，自己一辈子最美好的梦想都投入里面，不停地摸索着，打拼着，甚至使手段算计着，以拼命三郎的劲儿，把那些跟她差不多甚至比她强的对手统统挤下来。现在真的要选择离开吗？离开之后，她能做什么？房子也将要被查封，她跟宁宁该何去何从？可是不离开，她能在尚萌萌的眼皮底下低声下气地生活吗？

她有着一种大势已去的苍凉，沈利也不会比她好多少。终究是他害了自己，还是自己害了他，她真的不知道。或许这就是她的因果报应。

最终她还是选择辞职。

她收拾自己的东西要走的时候，没有人来送她，包括跟她相处了很多年的同事。际慈心其实心里有些不舍，终究也没做挽留，毕竟，现在秦伊夏成了一个反面典型，走了反而对银行更好。

走就走吧，先在家里待一段时间，多陪陪宁宁，等情绪调整好了，再好好去找工作。凭她的资历，她真不怕找不到工作。

其实她早该想到，有她的地方没有尚萌萌，有尚萌萌的地方没有她。

尚萌萌，现在，我真的无力跟你抗争了，你赢了，并且赢得很漂亮。

她走出大门口，不停地回头望着那个窗口，眼神里满是幽怨与悔意。

尚萌萌其实就在那个窗口看着她，心里默念，秦伊夏，这一切，不过是你咎由自取。一切都将要结束，现在，只等画上一个句号了。

15

沈利紧锣密鼓地展开销售计划，做最后的一拼。他再次降低价格售房，招合作投资商，能用的招数全都使出了，甚至不计成本，疯狂地筹款。无奈时间短，整个房产市场又走入了疲软期，房子是售出了一些，但是成绩并不理想。而且楼盘已建到一半，各种基建资金又不能撤，如果撤了，那么房子的完工就成了问题，那些交了房款的业主又怎么肯？

如此一来，回拢的资金只有贷款的一半。沈利找际慈心商量，能不能先还一半，其他的自己再慢慢想办法。

际慈心在这种原则问题上，态度是强硬的。她说无论哪个银行都没有这样的先例，也不会有这样的先例，否则还要签什么合同，她只遵循合同条约。

沈利无计可施，不知道该怎么办，该怎么收拾这个烂摊子。死凑活凑还差三千万，你说从哪里再弄到这三千万，他的财产全部抵掉都远远不够啊。他的脑子里突然出现一个念头：携款逃到国外！

反正已经还不起了，还不如不还，拿着凑好的资金逃到国外，那这笔钱还是自己的。否则还不了账，楼盘拍卖，自己的房子没收，企业清算，弄得一无所有，这些个烂摊子他怎么收拾都头痛。现在那些贪官不都是这样干的吗？

脑子里一出现这个念头，就像燃起的火焰收都收不住了。他觉得只有这个办法才是唯一出路，才能拯救自己。

思考了良久，还是决定这样做，他便打了个电话给尚萌萌："萌萌，你快点去办签证，加急的，办好了马上通知我。我去订机票，我们一起走，走得越远越好。"

尚萌萌想不到他会来这么一招："你打算去哪里？"

"去美国、奥地利、荷兰，随便哪里。要不去澳大利亚好了，我有那里的护照，反正先离开中国再说。"

尚萌萌沉思了下，心想着，这样也好，沈利，你的下半辈子就在监狱里待着吧。

"那好吧，我先去办澳大利亚的护照，我有个同学在办证大厅上班，叫她给我办个加急的，尽快办出来。"

"好，办好了马上告诉我啊，我得立即订机票。"

"OK。"

隔了半天左右，尚萌萌便给沈利打了个电话："亲爱的，同学说护照明天早上就可以去拿。"

"那好，你回家收拾东西，不要带太多，随身的就好。我去订两张明天中午或下午的机票，明天去接你。"

"嗯，好。"

打完电话，沈利又打了一个给在澳大利亚的表哥："表哥，我是沈利，最近你们过得好吗？"

客套了几句后，他转入了正题："表哥，你把你在那里的账户发到我信箱里吧。我有一笔钱，先打入你账户，你先替我保管，到时候，我会给你一笔保管费。"

这件事情办妥后，沈利感觉自己一下子轻松了。

他突然为自己明智的决策感到庆幸，但是，他高兴得太早了。

尚萌萌马上进了际慈心的办公室："际行长，沈利想逃到国外。"

际慈心差点从椅子跳起来："真的假的？"

"千真万确。你去报警吧，跟警察商量下对策，先不要打草惊蛇。"

际慈心马上起身，抓起包就走。

16

沈利在机场左等右等，不时地看着表，都等急了，终于等到了尚萌萌。

他有点不高兴了，拉着尚萌萌的手："你怎么不早点来，看看，都什么时候了，赶紧走。"

尚萌萌站在那里，笑眯眯地看着他："沈利，你不觉得我挺奇怪的吗？连个行李都没有？"

沈利一看，她还真是没带行李，肩上挂着一个随身的小包，跟平时没有什么两样。

"算了，没行李就没行李，到那里，咱全买新的，赶紧走。"

沈利又一次拉尚萌萌走，这时，几个警察出现了，亮出了手铐："你叫沈利吧，你涉嫌金融欺诈，金额巨大，跟我们走一趟吧。"

沈利完全呆住了，愣愣地看着尚萌萌，尚萌萌笑得更媚了："沈利呀沈利，你以为我还像以前那么傻吗？你不想要就踢开，想要就无任何条件地跟着你？你们把我害得这么惨，好好的家破碎了，宁宁也被你们抢走了，我弟媳关在监狱，我妈心灰意冷，我呢，什么都没有，你还真指望着我跟傻子一样地对你好？还以为我像以前那样爱你？真是笑话！你现在走到这一步，是咎由自取。不过我还是要感谢你，如果不是你狠心地抛弃了我，我也不会跟马应龙走在一起。我们非常相爱，过段时间就要结婚了，不过，喜酒你是没机会喝上了。"

沈利愣愣地看着她："你不是——有我的孩子了吗？"

尚萌萌笑得天花乱坠："哈哈，这你都信？"

沈利一阵歇斯底里地狂叫狼嚎，他完全受不了这种变故，完全不能接受他的下半辈子在监狱里待着。再加上感情上的报复，双重的致命打击，使他完全疯掉了："不不，不是这样的，不是这样的——尚萌萌你别忘了，你的孩子还在我手上！"

他说的是宁宁吧，宁宁现在不是跟秦伊夏生活在一起吗？这男人彻底疯了，不知道自己在说什么。几个警察按住他，离开了。

看着他们远去的身影消失在人群里，尚萌萌不知道是悲伤还是欢喜。所有的苦难终于有了尽头，所有的坏人得到了应有的惩罚。她不用再苦苦演戏了，终于可以自由自在地生活了，可以追求她想要的东西，她想爱的人。

她悲苦的、被凌辱的人生，终于落幕了，从此她可以开启另外一扇门了。

17

沈利被抓了进去，他的财产被清查，而秦伊夏为他做抵押的个人房产，也将被没收。

查封那天，秦伊夏又哭又骂，拉着哭泣的宁宁，阻止查封人员："你们不能这样，这是我的房子，我的房子啊，你们凭什么赶我们走？你们封了我的房子，我跟孩子怎么办啊？"

其中一个年纪大的查封人员为难地说："我们也是照章办事，真的没办法。这样吧，你们先找个地方安置，把自己的东西搬出去，我们后天再来封。下次过来，你就不要为难我们了，否则只能硬性执法了。"

说完他们就走了，秦伊夏搂着宁宁哭了。要知道，这房子是他们唯一的安居之处，失败的婚姻已给了她沉重的打击，工作也丢掉了，现在连房子都没有了，她跟宁宁以后怎么办，她又怎么养活宁宁？之前任性挥霍，她还有什么钱去租房子？

以前的那些事一幕一幕地在她的脑海里掠过，爱恨情仇，机关算尽，步步为营，以为自己胜利了，就会过着非常幸福的生活。她却忽略了，就连一只蚂蚁也是有尊严的，没人会任你践踏，任你凌辱。现在，她秦伊夏沦落到这个地步，完全是她咎由自取吧。

她的一生都没像现在这样这么失败过，而这，还不是拜她自己所赐?

　　她从没像现在这样想得如此透彻，自己造的因，就由自己来吞这苦果吧。她疲软地坐在沙发上，用手支着脸。宁宁怯怯地站在她的身边，她停止了哭泣。

　　她抬头，抹了抹眼泪："宁宁，你还喜欢萌萌妈妈吗？"

　　宁宁点了点头。

　　她长长地叹了口气。

尾　声

两个月后。

尚萌萌与马应龙的婚礼在酒店如期举行，婚礼上，马德康一家都在。张雪梅也释然了，毕竟这么多年过去了，下辈都一一成婚了，特别是她知道自己的情敌已跟别的男人结婚，就更加释怀了。马母与赵叔叔为人低调，俩人领了证，一家人庆祝下就算完事。这次马应龙结婚，他们俩自然也忙着张罗。

尚萌萌银行里的同事，包括际慈心都到场了。马母与尚萌萌的母亲笑得合不拢嘴，尚母好久没这么开心过了。

只是奇怪的是尚成成却不见踪影，尚母跟尚萌萌都有点纳闷。婚礼马上就要开始了，他不在怎么行呢？就在这时，尚成成拉着一个女子兴冲冲地跑过来："姐，姐夫，妈，你们看谁来了？"

那竟然是小玫，尚萌萌与尚母惊喜之余，抱着她痛哭起来。

小玫是请了假出来的，她在狱中表现良好，用不了多久就能提前释放了。

388

尚成成说："别哭啦，今天是姐的大喜日子，咱应该高兴才是。"

尚萌萌抹了抹眼泪，旁边的化妆师赶紧给她补妆。小玫的气色挺好，她说："姐，谢谢你做的一切，成成都告诉我了，真痛快啊。我呀，以后不会再有任何心理负担了，过几个月我就会出来了，以后，咱一家人永远不分开。"

"嗯，真好真好，小玫，这段时间，你真的受委屈了。"尚萌萌说着又哽咽了。

"没事没事，好了，你要高兴才是，婚礼快开始吧，大家都等急了。"

仪式结束后，酒宴开席了。尚萌萌便坐下来歇一会儿，马应龙靠着她坐下："亲爱的，今天你可真是美。以后，你就是我永远的新娘了，我们天天黏在一起，就像两颗口香糖一样，想分都分不开。"

尚萌萌甜蜜地笑，给他塞了一块肉："就你话多。"

"老婆真好，我还真饿了。"

这时，一个服务员过来对尚萌萌说："新娘子好，外面有一个女人，说一定要见你。我叫她自己过来，她就是不来。对了，她还带着两个孩子。"

马应龙说："带着两个孩子，不会是要饭的吧？既然不上来，咱就不管她了。"然后对服务员摆了摆手："别管她。"

服务员只好走了，过了一会儿又回来为难地说："那女人赶都赶不走，她说自己姓秦，一定要见你，还带着她的儿子。"

难道是秦伊夏，她这个时候找自己干什么，难道是来闹婚礼的？难道真有什么事，她想把宁宁送过来给她？尚萌萌想了想，对马应龙说："她是带着宁宁来的吧，我还是去看一下吧。"

"那我跟你一起去，这女人穷途末路，什么事情都干得出来。她敢动你一根毫毛，我直接让她狗啃屎。"

于是马应龙便扶着婚纱拖地的尚萌萌下楼，来到了酒店大厅。果真是秦伊夏，还有宁宁，另外还有个跟宁宁年纪相仿的女孩子，看着有点眼熟，但不知道是谁。

秦伊夏看到她，突然扑通一声跪了下来。尚萌萌一时愣了，赶紧扶她起来："你起来说。"

马应龙紧挨着尚萌萌，怕秦伊夏突然会抽出一把刀子什么的。

"萌萌，以前对你所做的一切，我真的表示抱歉。"

尚萌萌淡淡地笑："现在咱们倒是谁也不欠谁了，算是扯平吧。你还是先起来吧，这样太惹人注目了。"

"不，我希望你一定要原谅我，因为，我还做了件非常不可饶恕的事。我知道，你知道这件事后，一定不会轻易原谅我的，所以，你答应原谅我，我才起来。"

尚萌萌心想，秦伊夏啊秦伊夏，你干尽了坏事，难道还有什么丧尽天良的事瞒着我？

尚萌萌跟马应龙对视了下，马应龙点了点头，她便说："那好吧，你起来吧，你现在都这样了，我还有什么好怨恨的。"

秦伊夏站了起来，拉过旁边的女孩子，说："她叫念念，是你的亲生女儿。"

这轻轻的一句话却如晴天霹雳，一下子把尚萌萌震得天旋地转，她趔趄了下："你说什么？这怎么可能？"

原来，尚萌萌的女儿并没有死，当年秦伊夏逼着沈利偷偷调换了尚萌萌的女儿。宁宁出生时心肺功能不全，随时会有生命危险，她对这个孩子又爱又恨。那时她威胁沈利不成，又正处于升职关键时期，而宁宁需要无微不至的关爱，她心有余而力不足。她是事业心强的女人，但作为一个母亲，内心也备受纠结与煎熬。她考虑到把病孩子交给沈利与尚萌萌抚养，他们会照顾得周全些，于是逼着沈利把他刚出生的女儿跟自己未满月的儿子调换，否则她就要闹得尚萌萌与他们一家人都知道。沈利怕刚生产的尚萌萌承受不了这样的打击，不想让尚萌萌知道自己有个私生子，而母亲也一直盼望有个孙子，而不是孙女。思来想去，他只得同意。

尚萌萌的女儿一直被秦伊夏托人寄养在乡下，本来两个孩子算是交换，但是，秦伊夏怕被尚萌萌发现宁宁跟她没血缘关系后，以拐骗儿童罪告他们，所以干脆和沈利统一口径，说那女孩生下来就死了。两人还买通了尚萌萌在妇产科工作的同学姚丽，使尚萌萌确信不疑。

尚萌萌听着这一切，就像做梦一样。她慢慢地蹲下来，看着小女孩，她发现，这个小女孩长得跟她要多像有多像，除了鼻子像沈利。

她突然想起来，沈利被抓的时候，疯狂叫着"你的孩子还在我手上"的疯话。她当时以为他说的是宁宁，现在想来原来指的是自己跟沈利的亲生女儿！沈利啊沈利，难道我的孩子不是你的孩子吗？

此时，小女孩只是怯生生地看着她，秦伊夏说："她才是你妈妈，叫妈妈吧。你妈妈是个很善良的人，以后她会好好疼你的。"

小女孩这才轻轻地叫了一声妈妈。

尚萌萌紧紧地抱住了她，眼泪汹涌而出。想不到过了这么多年，她才知道自己的女儿原来还在人世，只是，自己的女儿从来没有体会过什么叫母爱。亲爱的宝贝，我该怎么去弥补你啊。一想到这个，她就哭得不能自已。

那边的宁宁也叫着："妈妈，萌萌妈妈——"

尚萌萌用另一只手搂住了宁宁，她紧紧地搂着这两个孩子，生怕他们逃走。

马应龙傻了，想不到自己新婚的妻子，竟然同时冒出两个孩子，这可如何是好。

秦伊夏说："今天除了把念念带给你外，我还有个要求，就是宁宁能不能托你抚养……因为，我现在，没工作没房子，根本没有能力抚养他……我知道，当初，我用各种手段把宁宁抢过来，现在提这样的要求很过分。但是，我想了很久，觉得他还是跟着你更好，在他的心中，他只有你这么一个妈妈，他做梦都经常念着萌萌妈妈。我知道，我真不是个好母亲……"

尚萌萌看着马应龙，她知道，也得他同意才行。毕竟，他现在是她的老公。

面对突然多出的两个跟他毫无血缘关系的孩子，换作谁，都没法接受。可是，一个是尚萌萌的亲生女儿，一个是她疼爱的养子，他能不接受吗？

马应龙真的好纠结，尚萌萌知道这事确实挺让人为难的，就附在马应龙的耳边说了几个字。马应龙大喜："真的吗？真的吗？唉，唉，看来我以后啊，不子孙满堂都不行。那好吧，两个小屁孩暂时先留下来吧。"

尚萌萌问马应龙："现在，我突然多出两个孩子，你真的还愿意跟我在一起吗？"

马应龙深情地看着她说："爱跟其他没有关系，我爱你，所以也爱你的孩子，是你的我都爱。"

秦伊夏喜出望外，尚萌萌牵着两个孩子的手，问她："你以后有什么打算？"

她淡淡地说："我父母都在奥地利，他们在那里开着一家中式小餐馆，我打算去投奔他们。到了那里，等我有了稳定的收入，我会每个月打你一笔钱作为宁宁的抚养费。我觉得那边环境还可以的话，就会把宁宁接过去，毕竟也不好叫你一直带着他。我总算想明白了，靠手段抢过来的东西不会让人真的幸福，平平淡淡的相守才能到老。祝福你们，我走了。"

看着秦伊夏走远，尚萌萌还在发呆。然后她看看宁宁，又看看念念，感觉就像做梦一样。马应龙摇了摇头，犯了愁："唉，萌萌，咱这叫娶一赔三吗？这样的生意我还真没有做过啊，我倒没事，可怎么向我老妈交代啊。你们啊，先在这里坐着，我先把老妈叫出来好好说说，让她有个心理准备，免得她在酒席上大喊大叫，那就糗大了。"

这时，尚母看到女儿不见了，就下楼来找。她看到宁宁吓了一跳，尚萌萌就对她说了刚才的事情，她可乐坏了。看到同时多了外孙与外孙女，尚母抱着念念与宁宁亲了又亲，高兴得合不拢嘴。

马母被马应龙叫下来，她可没这么高兴。你说娶了个离婚的女人也就算了，还突然间多了两个跟儿子毫无血缘关系的孩子，以后，她还得帮着照顾，换谁心里也不平衡啊。

马母的脸阴了下来："胡闹，这都什么事，我坚决不同意。"

尚母说："亲家母，这事真的挺让你为难的。实在不行，这两个孩子让我带乡下去养算了，趁我现在身子骨还算硬朗。"

宁宁与念念叫了起来："我要跟妈妈在一起。"

说实在的，尚萌萌刚刚才跟女儿相认，就让她离开自己，怎么都舍不得。

马应龙看这情形，拉着马母的手，说："妈，多几个孩子不好吗？多一分热闹嘛，多请个保姆就是了，我现在又不是养不起。对了，还有一件重要的事，我还没对您说呢。"

马母没好气地说："什么事？"

"你呀，很快就有你的亲孙子啦。"

马母瞪大了眼睛，尚母也是第一次听到这事，应和着："好好，这可真是好，多子多福呀，亲家母你的福气真好啊。如果你不嫌弃的话，我可以帮你一起照顾。"

马应龙说："那敢情好，你们聊天也有个伴。放心吧，妈，现在咱家的房子这么大，还怕住不下吗？我再努力赚钱，以后换套更大的，咱再多生几个也不成问题。"

马母的表情终于缓和了，都结婚了，还能怎么样，难道她要大闹儿子的婚礼吗？

　　"唉，这都什么事，随你们的便，你们想咋的就咋的吧。不过，这对外得说是亲戚的孩子，我可丢不起这个脸。还有，你们还是先把孩子带回家吧，免得楼上地震，我可不想成为笑柄。"说完她便往楼上去了。

　　尚萌明与马应龙相视一笑，紧紧拥抱。

（全文终）